Stummes Versprechen

1

Diana versuchte, nicht ständig an ihre schmerzenden Oberschenkel zu denken, während sie auf das erlösende Signal an ihrem Laufband wartete, nach dem sie endlich aufs Trimmrad steigen konnte. Als das Timersignal schließlich ertönte, verließ sie das Laufband und griff nach dem Handtuch, das sie zuvor auf einen Stuhl geworfen hatte, und drückte ihr Gesicht in den weichen Frotteestoff.

Genau in diesem Moment war aus der Küche ein lautes Klirren zu vernehmen, dem Stuarts Ausruf »Diese Schlampe!« folgte.

Sie war über seinen Ausbruch nicht sonderlich überrascht. Denn inzwischen lebte sie bereits seit zwei Jahren mit Stuart zusammen und hatte sich nicht nur an seine Gefühlsausbrüche gewöhnt, sondern kannte auch längst eine ganze Liste an Reizthemen, die ihn in Wut versetzen konnten.

An diesem Morgen war der Anlass seiner Wut mit großer Sicherheit die Tageszeitung, irgendeine Meldung, die mit den Finanzen zu tun hatte, also etwas, über das er sich austoben und worüber er schwadronieren konnte, ohne dass sie in die Sache mit hineingezogen würde. Und angesichts der Tatsache, dass man ihre Beziehung in den vergangenen Monaten nicht gerade als harmonisch bezeichnen konnte, beschloss sie, ihm ein wenig entgegenzukommen und ihm einfach nur zuzuhören.

Sie fand Stuart in der Frühstücksecke in gebückter Haltung vor, als er gerade seine preisgekrönte Steineibe vom Boden aufrichtete. Als er die Pflanze wieder zurechtrückte, rieselten dünne grüne Blättchen auf das Linoleum. An der

Rückseite des Stuhles verhedderte sich der Saum seines kastanienfarbenen seidenen Morgenmantels, der sich dadurch öffnete und seine auf der Sonnenbank gebräunten Beine freilegte. Mit einer wütenden Bewegung befreite er sich vom Stuhl und widmete sich dann wieder seiner Steineibe. Als er einen abgeknickten Zweig entdeckte, riss er ihn ab und warf ihn in Richtung des Spülbeckens.

Diana ließ den Blick durch den Raum schweifen. Sie sah in der Ecke die zerknüllte Tageszeitung liegen, registrierte den verschütteten Kaffee und den umgeworfenen Stuhl neben dem Tisch. Offensichtlich handelte es sich doch nicht nur um einen seiner regelmäßigen Wutanfälle, nach deren Ausbruch man ihn im Allgemeinen wieder damit besänftigen konnte, dass man als williger Zuhörer fungierte. Doch ganz egal, was ihn an diesem Morgen so sehr in Rage gebracht hatte, es war wohl etwas, was ihn vermutlich den ganzen Tag über in schlechte Laune versetzen würde. Wahrscheinlich wäre es viel klüger gewesen, wenn sie ihre Zeit weiterhin auf dem Trimmrad verbracht hätte.

Stuart warf genau in dem Moment einen Blick nach oben, als Diana wieder durch die Tür verschwinden wollte. Seine Wut traf sie vollkommen unerwartet mit voller Kraft.

»Dieses Mal ist sie einfach zu weit gegangen!«

Dabei betonte er das »sie« mit solchem Nachdruck, dass klar war, dass es sich dabei weder um irgendeinen unbedeutenden Politiker noch um eine x-beliebige Showgröße handeln konnte, die ihm eine so massive Kränkung zugefügt hatte. Es ging also um etwas rein Persönliches. »Wer ist zu weit gegangen?«

Er riss einen zweiten Zweig vom Baum ab und warf ihn dorthin, wo schon der erste gelandet war. »Jetzt fehlt bloß noch, dass irgendeiner richtig kombiniert, und dann weiß es das ganze Büro.« Er hielt inne. »Gott, allein der Gedanke daran macht mich schon krank.«

»Ehrlich gesagt, habe ich was Besseres zu tun, als hier

herumzustehen und mit dir Rätselraten zu spielen, Stuart. Entweder sagt du mir auf der Stelle, von wem du eigentlich redest, oder ich mache mich jetzt zur Dusche auf.«

Ihre scheinbare Ruhe schien seine Wut offenbar erneut anzustacheln.

»Stell dich doch nicht dümmer, als du bist, Diana. Wer sonst außer deiner gottverdammten Schwester könnte mich derart aus der Fassung bringen?«

Diana hatte plötzlich das Gefühl, als könnte sie sich vor Erschöpfung kaum mehr auf den Beinen halten.

»Was hat Amy denn jetzt schon wieder angestellt?«

»Diese Schlampe hat es fertiggebracht, sich letzte Nacht verhaften zu lassen.«

»Hör auf, sie so zu nennen!« Es dauerte einen Moment, bis sie den Rest begriff. »Was meinst du damit, dass sie sich letzte Nacht hat verhaften lassen?«

Er ließ sie ganz bewusst zappeln, um seinen Worten die größtmögliche Wirkung zu geben.

»Wegen Prostitution.«

Ihre ambivalente Haltung schlug mit einem Mal in Wut um. Denn Stuart hatte immer schon Spaß daran gehabt, sie zu piesacken. »Das glaube ich dir nicht.«

Aus irgendeinem perversen Grund schien ihm ihre Antwort zu gefallen. Es gelang ihm nicht, ein Lächeln zu unterdrücken, als er meinte: »Du musst mir nicht glauben. Lies doch selbst – es steht hier in dieser Morgenzeitung. Und mit der ganzen Familiengeschichte dazu. Amy hat es wohl nicht gereicht, sich selbst in den Dreck zu ziehen, nein, sie musste auch noch euch alle mit runterziehen.«

»Aber das muss ein Irrtum sein. Amy würde doch niemals ...«

»Ein Irrtum ist vollkommen ausgeschlossen.« Er richtete den umgeworfenen Stuhl wieder auf und schob ihn unter den Tisch. »Sie hat sich einem Polizisten käuflich angeboten.«

Diana ging über den Vorwurf einfach hinweg. »Sie hat sicher nur Unsinn gemacht.«

»Sie hat ihm einen Preis genannt.«

»Das heißt doch nicht, dass ...«

»Gib doch endlich auf, Diana«, unterbrach er sie und bückte sich, um die Zeitung aufzuheben. Er warf sie ihr zu. »Da du mir ganz offensichtlich keinen Glauben schenken willst, lies es doch selbst.«

Solange sie keinen Blick in die Zeitung warf, konnte sie sich vormachen, dass man irgendjemand anderen verhaftet hatte, der zufällig den gleichen Namen hatte. Amy hatte in der Vergangenheit einige recht fragwürdige Dinge angestellt, aber noch nie etwas Derartiges.

»Nun?«, drängte sie Stuart.

Er wusste genau, auf welchen Knopf er bei ihr drücken musste. Sie strich die zerknüllte Zeitung glatt und überflog die Schlagzeilen.

»Fast ganz unten, auf der rechten Seite.«

Diana warf ihm einen wütenden Blick zu. »Du brauchst gar nicht so selbstgefällig zu tun.«

»He, komm bloß nicht auf die Idee, deine Wut an mir auszulassen. Nicht ich bin der Feind hier.«

»Aber Amy ist es?« Meine Güte, da stand es tatsächlich, genau da, wo er gesagt hatte. »Tochter eines Prominentenarztes aus Minneapolis-Saint Paul wegen Prostitution verhaftet.« Warum wirkten alle Dinge, wenn man sie tatsächlich schwarz auf weiß gedruckt sah, so viel schlimmer?

»Ich sehe, du hast es gefunden«, meinte Stuart.

Sie las die ersten beiden Absätze und ersparte sich den Rest. Das reichte ihr. Sie zweifelte nicht eine einzige Minute daran, dass Amy wieder einmal eines ihrer albernen Spielchen gespielt hatte, aber dieses Mal dabei einfach zu weit gegangen war. Allein der Gedanke, dass sich ihre Schwester prostituiert haben sollte, schien ihr so sehr an den Haaren herbeigezogen wie die Idee, sie würde plötzlich einem Nonnenkloster beitreten wollen.

»Du weißt schon, dass dort genauso gut auch dein Name stehen könnte«, erklärte Stuart, »oder meiner. Wenigstens ist die Position deines Vaters im Krankenhaus nicht gefährdet. Aber ich kann mir meine Karriere bei Cunningham abschminken, wenn Ellsworth das hier liest und es mit mir in Verbindung bringt.«

Diana hätte fast laut losgelacht. Die Investmentfirma, für die Stuart arbeitete, war in den letzten fünf Jahren in ein halbes Dutzend Gerichtsverfahren verwickelt gewesen. »Wenn Gerry Cutter sich Geld aus einem der Fonds seiner Klientenkonten ›leihen‹ kann und immer noch seinen Job hat, dann kann ich mir schwer vorstellen, warum Stanton Ellsworth dir wegen meiner Schwester Probleme machen sollte.«

»Gerade dass Gerry das gemacht hat, ist doch der Grund, dass der Rest von uns über jeden Tadel erhaben sein muss.«

»Kein Mensch wird dich in irgendeiner Weise mit dieser Sache in Verbindung bringen. Wie denn auch?«

»Gott, du kannst manchmal aber auch verdammt begriffsstutzig sein. Die Hälfte meiner Klienten sind Leute, die ich durch deinen Vater kennengelernt habe.«

Diana warf einen Blick auf die Uhr. »Es ist schon fast sieben Uhr, Stuart. Wenn ich nicht jetzt zum Gefängnis fahre, dann muss ich im Büro anrufen und den Vormittag freinehmen.«

»Das ist doch nicht dein Ernst? Ich dachte, du hättest inzwischen deine Lektion gelernt.«

»Sie ist meine Schwester. Ich kann sie genauso wenig im Stich lassen, wie du John im Stich lassen könntest, wenn er in Schwierigkeiten steckt.«

»Mit dem Unterschied, dass mein Bruder mich niemals um Hilfe bitten würde. Aber Amy erwartet, dass du ihr hilfst. Sie weiß, dass du sofort angerannt kommst, um die

Dinge wieder in Ordnung zu bringen, egal, was auch immer für einen Mist sie in ihrem Leben baut.«

»Das stimmt doch gar nicht.« Sie suchte verzweifelt nach einem Beispiel, mit dem sie ihm das Gegenteil beweisen konnte.

»Ich hatte nichts damit zu tun, dass sie sich für diese Drogenentziehungskur angemeldet hat. Amy hat das alleine und von sich aus getan.«

»Na ja, sie war es schließlich auch, die ganz von selbst beschlossen hatte, sich diesen Mist in die Nase zu stecken.«

Sie hatten diesen Streit schon so oft geführt, dass sie keine Lust mehr hatte, sich nochmals darauf einzulassen. Sie war schon im Gehen, als er meinte: »Und was ist mit deinen Eltern? Meinst du nicht, es wäre an der Zeit, dass du auch einmal ihre Gefühle berücksichtigst? Hast du jemals darüber nachgedacht, was es für sie bedeutet, wenn sie ständig miterleben müssen, wie Amy ihren Namen durch den Dreck zieht?«

Sie musste nicht darüber nachdenken, weil sie es wusste. Ihr Vater würde wutentbrannt durchs Haus stürmen, und ihre Mutter würde sich mit einer Migräne ins Bett flüchten. »Es ist nicht Amys Schuld, dass die Namen von Mom und Dad in der Zeitung stehen.«

»Leg doch mal deine Scheuklappen ab! Wer denn sonst außer Amy hätte Reportern diese ganzen Einzelheiten stecken können?«

»So etwas würde sie niemals machen.«

»Das war für sie doch die Gelegenheit, um es ihnen endlich heimzuzahlen.« Diana zögerte zwar nur einen Moment lang, aber das reichte Stuart aus, um ihre Zweifel zu schüren. »Zumindest wirst du jetzt verstehen, warum ich es nicht zulassen werde, dass du dorthinfährst, um sie zu sehen. Sie wird bestimmt dafür sorgen, dass du ...«

»Ich kann mich nicht erinnern, dass ich dich um Erlaubnis gebeten hätte«, erwiderte Diana kühl.

»Setze mich damit bloß nicht unter Druck, Diana. Es steht viel zu viel auf dem Spiel.«

»Amy sitzt im Gefängnis. Du erwartest doch wohl nicht, dass ich sie dortlasse.«

»Vielleicht tun ihr ein paar Nächte hinter Gittern ganz gut.« Mit einem Mal kam wieder Leben in seine Augen, denn offenbar schien ihm dieser Gedanke gut zu gefallen. »Alles andere hat bisher nichts gebracht. Du weißt genauso gut wie ich, dass sie eines Tages im Leichenschauhaus enden wird, wenn sie so weitermacht.«

Es gab Nächte, in denen sie nicht schlafen konnte, weil auch sie dieser Gedanke verfolgte. Obwohl diese Geschichte natürlich eine echte Provokation von Amy war, konnte sie ihr nicht einfach den Rücken kehren. »Ich werde jetzt eine Dusche nehmen.«

»Soll ich dich bei der Firma absetzen? Ich muss sowieso deinen Weg nehmen, weil ich mich vormittags mit einem Klienten treffe.«

Sein Angebot kam so unauffällig wie Zigarrenrauch daher. »Ich hasse es, wenn du mir so kommst. Falls du wissen willst, was ich vorhabe, warum fragst du nicht einfach?«

»Vielleicht habe ich mich nicht deutlich genug ausgedrückt, Diana. Auf gar keinen Fall werde ich es zulassen, dass deine Schwester mich mit in die Gosse reißt.«

Sie sah abermals auf die Uhr. »Das werden wir später klären müssen.«

»Würdest du mir vielleicht sagen, was du vorhast?«

»Das weiß ich noch nicht.« Das war natürlich gelogen.

»Sag bloß nicht, ich hätte dich nicht gewarnt«, erwiderte er mit beängstigender Ruhe.

Inzwischen hatte sie mit Stuart lange genug zusammengelebt und sich an seine beiläufigen Drohungen gewöhnt, die er in der Hitze eines Gefechtes fallen ließ. Doch im Gegensatz zu den Anfangszeiten beunruhigte sie das längst nicht mehr. »Gut, du hast mich gewarnt.«

»Entweder ich oder Amy.« Selbst dann, wenn Stuart sie besonders stark verärgerte, hatte sie immer wieder das Bedürfnis, ihn versöhnlich zu stimmen.

»Wieso treffen wir uns nicht nach der Arbeit bei Charlie's? Ich lade dich zum Abendessen ein, und dann können wir alles besprechen«, schlug sie vor.

»Ich habe zum Abendessen schon andere Pläne gemacht.«

Sie wartete darauf, dass er ihr erzählen würde, um was es dabei ging. Doch schon bald wurde ihr klar, dass er nichts mehr dazu sagen würde. »Dann gehe ich davon aus, dass wir uns dann sehen, wenn du nach Hause kommst.«

Eine Stunde später teilte Diana ihrer Assistentin übers Autotelefon mit, dass sie erst später kommen würde und sie folglich ihre Termine streichen müsste. Sie hatte keine Ahnung, wie lange es dauern würde, wenn man jemanden auf Kaution aus einem Gefängnis holen wollte. Dieses Thema war zumindest in ihrem Freundeskreis noch nie zur Sprache gekommen.

In der einen Minute war sie auf Amy wütend, weil diese sich schon wieder in eine missliche Lage gebracht hatte, und in der nächsten konnte sie kaum Luft holen bei dem Gedanken, welche Dämonen es wohl waren, die Amy zu solchen Dingen trieben. Für jeden Menschen war es wichtig, dass er sich zumindest auf einem Gebiet hervortun konnte, auch wenn er ein Leben lang nur zu hören bekommen hatte, er sei lediglich der Zweitbeste in allem. Diana hatte aufgrund der Umstände und ihrer Persönlichkeit Amy eigentlich nur eine einzige Rolle überlassen, in der sie andere übertreffen konnte. Und diese spielte sie inzwischen mehr als gut.

Diana wusste, wo das Gefängnis lag, denn sie hatte ihr ganzes Leben in der Gegend von Minneapolis-Saint Paul verbracht, aber natürlich hatte sie nie einen Grund gehabt, die Strafanstalt zu betreten. Doch allein das Auto zu verlassen und die Besuchertür zu passieren, löste in ihr defensive Gefühle aus. In dem Moment, als sie es betreten hatte, merkte sie, dass sie gegen das völlig irrationale Bedürfnis ankämpfen musste, aller Welt erklären zu müssen, dass sie auf gar keinen Fall hierhergehörte und dass ihre Schwester Amy irrtümlich verhaftet worden war. Und dass keiner aus ihrer Familie, und auch kein anderer, den sie kannte, jemals in Schwierigkeiten der Art geraten war, für die man im Gefängnis landete.

Es dauerte etliche Minuten, bis sie herausgefunden hatte, wer dafür zuständig war, die Kaution entgegenzunehmen, und zugleich, dass bereits ein anderer für die Entlassung von Amy bezahlt hatte. Sie war schon vor über einer Stunde entlassen worden. Diese Nachricht traf Diana so unerwartet, dass sie dem Polizisten erst einmal eine Reihe von Fragen stellte, die er nicht beantworten konnte oder wollte. Schließlich gab sie es auf und ging.

Immerhin hatte Amys geheimnisvoller Wohltäter Diana die Schande erspart, dass ihr Name und ihre Adresse in einem offiziellen Polizeireport auftauchen würden. Eigentlich hätte sie darüber erleichtert, sogar dankbar sein sollen. Stattdessen war sie misstrauisch. Nicht ein einziger Mensch war Amy zu Hilfe gekommen, als aus ihrem Gesellschaftstrinken schließlich exzessiver Alkoholkonsum wurde oder als sie von ihren gelegentlichen Joints zu harten Drogen gewechselt war. Also warum jetzt?

Obwohl der Himmel bewölkt war, hielt sie an, holte die Sonnenbrille aus der Handtasche und setzte sie auf. Als sie wieder hochsah, entdeckte sie, dass Frank Pechacek, ein alter Freund ihres Vaters, auf sie zukam. Wenn er sie entdecken würde, würde er bestimmt wissen wollen, weshalb sie hier war. Denn schließlich war das Gefängnis nicht unbedingt der Ort, an dem man erwartete, die Tochter von Carl und Eileen Winchester anzutreffen.

Doch dann wurde ihr plötzlich etwas klar. Frank war

nicht nur ein Freund ihres Vaters, er war auch sein Anwalt – und dazu einer der Partner in einer der besten Kanzleien der Stadt. Er war bestimmt hier, um Amy zu helfen.

Doch kaum war ihr dieser Gedanke gekommen, musste Diana erkennen, wie abwegig er war. Ihre Eltern hatten bereits vor Jahren jeglichen Kontakt zu ihrer missratenen Adoptivtochter abgebrochen. Vielleicht würden sie sich melden, falls Amy sterbend im Krankenhaus läge. Aber ganz bestimmt würden sie den Teufel tun, sich ihr unter diesen Umständen zu nähern.

Diana führte ihre Hand zum Gesicht und tat so, als würde sie ihre Sonnenbrille zurechtrücken, während sie sich zur Seite drehte. Es war zu spät.

»Diana, bist du das?«, rief Frank.

Sie drehte sich um und rang sich ein Lächeln ab. »Frank, ich habe dich gar nicht gesehen.«

»Ja, verdammt noch mal, natürlich nicht«, antwortete er und ging auf sie zu. »Aber falls du aus dem Grund hier bist, den ich mal annehme, dann mache ich dir keinen Vorwurf, dass du versucht hast, mir aus dem Weg zu gehen.«

»Dann weißt du das bereits mit Amy?«

»Ihre Verhaftung stand schließlich auf der ersten Seite, Diana. Anwälte neigen dazu, solche Dinge zu registrieren.«

»Hast du mit Dad geredet?«

»Nein, und ich denke, das will ich auch nicht. Und schon gar nicht über diese Sache.«

»Ich dachte, du bist vielleicht hier, weil ... Ehrlich gesagt, hatte ich eher gehofft, meine Eltern hätten dich geschickt, um Amy zu helfen.« Sie lächelte ihn kurz an. »Wenn ich mich irre, dann irre ich mich gründlich.«

»Ich würde recht gern alles tun, was möglich ist, aber solche Sachen sind im Allgemeinen ziemlich klar. Angenommen, dass es das erste Mal ist, dass man sie erwischt hat, dann kann sie mit Bewährung rechnen.«

Das erste Mal, dass man sie erwischt hat? Diana spürte

einen Anflug von Wut in sich aufsteigen. Die Leute hatten Amy ein Leben lang für alles die Schuld in die Schuhe geschoben, völlig egal, wie der Vorwurf lautete. Wenn die Milch bis auf den letzten Tropfen leer war, dann hatte sie natürlich Amy ausgetrunken. Wenn der Hund davonlief, hatte Amy vergessen, das Gatter zu schließen. Als Jimmy Randall in der fünften Klasse behauptet hatte, jemand hätte sein Frühstücksgeld gestohlen, war Amy die Erste, die man verhörte. Obwohl es stets ein anderer gewesen war, der etwas aufgebraucht, vergessen oder gestohlen hatte, fand es keiner für nötig, sich irgendwann einmal bei Amy zu entschuldigen.

»Nicht nur, dass es das erste Mal ist, Frank«, erklärte ihm Diana, »das Ganze ist auch ein gewaltiger Irrtum. Ich würde es Amy nicht verübeln, wenn sie beschließen sollte, das Polizeirevier wegen unrechtmäßiger Verhaftung zu verklagen.« Obwohl es eigentlich schon gereicht hätte, nur entrüstet zu sein, fiel ihr Protest unverhältnismäßig vehement aus.

»Ich verstehe einfach nicht, wie das passieren konnte«, fuhr sie in einem weitaus gemäßigteren Tonfall fort. »Das Einzige, was ich mir zusammenreimen kann, ist, dass sie mit dem Polizisten einfach nur herumgealbert und er es ernst genommen hat. Ich bin mir ganz sicher, dass sie nicht mehr trinkt, folglich kann sie also auch nicht betrunken gewesen sein. Vielleicht war sie einfach nur in dieser verrücken Stimmung, sie hat das manchmal ...« Sie hörte zu reden auf, als sie seinen Gesichtsausdruck bemerkte.

»Es tut mir leid, Diana, ich dachte, du würdest es wissen.«

Ihr wurde ganz kalt. »Was wissen?«

»Amy treibt das schon eine ganze Weile.«

Es fiel ihr nicht leicht, sich einzugestehen, von was er da eigentlich redete. »Was treibt sie schon eine ganze Weile? Ich verstehe das nicht.«

Ganz offensichtlich war er durcheinander, denn zuerst wollte er darauf etwas erwidern, ließ es dann aber. »Ich hätte das gar nicht erst erwähnen sollen. Es ist wohl besser, wenn du mit Amy selbst darüber redest. Eigentlich sollte sie dir das selbst sagen und nicht ich.«

»Falls es da irgendetwas gibt, was sie mir hätte sagen wollen, dann hätte sie das doch bereits getan.« Sie merkte, dass ihn das nicht überzeugte. »Ich kann ihr nicht helfen, wenn ich nicht weiß, um was es geht.«

»Vor ein paar Monaten hat Darren Harris ... du erinnerst dich an ihn? Er war in dem Jahr Präsident des Fordham-Clubs, als dein Vater dort der federführende Schatzmeister war. Egal, Darren Harris betreute einige Klienten, die an einem Kongress in der Stadt teilnahmen. Und sie haben ihn gebeten, ob er ihnen nicht ein paar Mädchen für eine kleine Party in ihrem Hotel besorgen könnte. Darren rief einen seiner Freunde an, der sich um solche Sachen kümmert. Der Freund machte ein paar Anrufe und ...« Er überließ es ihr, sich den Rest selbst zusammenzureimen.

»Und?«, meinte sie.

»Amy war eines der Mädchen, die aufkreuzten.«

Genauso gut hätte er ihr erklären können, dass in diesem Sommer keine Blumen blühen würden. »Wie kam er darauf, dass es sich um Amy handelte?«

»Genau diese Frage habe ich Darren auch gestellt. Ich wusste ja, wie schwer ein solcher Vorwurf deine Familie treffen würde, deswegen wollte ich ganz sichergehen, wovon er redete. Er hat mich darauf hingewiesen, dass Amy und seine Tochter im gleichen Schwimmteam an der Highschool waren.« Frank wandte seinen Blick ab, als wollte er sich vor ihrer Reaktion schützen.

Wäre sie ein paar Minuten früher eingetroffen oder etwas später nach Hause gefahren, dann hätten sich die Wege von ihr und Frank Pechacek niemals gekreuzt. Und dann hätte sie zumindest den restlichen Vormittag an Amys Unschuld glauben können. Doch nun warfen sich für sie Hunderte von Fragen auf, auf deren Antwort sie keinerlei Lust verspürte.

2

Nachdem sich Diana von Frank Pechacek verabschiedet hatte, wusste sie erst einmal nicht, was sie tun sollte, und machte sich folglich zu ihrem Büro auf. Eigentlich hätte sie sich mit Amy treffen müssen. Je länger sie das Treffen aufschob, desto schwieriger würde es letztendlich werden. Aber sie war nicht in der Lage, ihrer Schwester gegenüberzutreten, zumindest nicht jetzt. Sie benötigte eine gewisse Zeit, um die Neuigkeiten zu verdauen, und sie brauchte auch Zeit, um einen Weg zu finden, ihre Verwirrung in Schach zu halten und, was noch viel wichtiger war, um weder Abscheu auf ihrem Gesicht noch in ihrer Stimme zu zeigen.

Wieso hatte Amy das bloß getan?

Diese Frage rumorte ständig in Dianas Kopf herum, betraf jeden ihrer Gedanken, erschütterte jegliche Kontrolle darüber. Ganz bestimmt war Amy nicht in Geldnöten. Der Treuhandfonds ihrer Großmutter war so hoch wie Dianas eigener. Aber wenn es nicht um Geld ging, um was denn dann? Auf gewisse Weise waren ihre Alkohol- und Drogenprobleme noch nachvollziehbar gewesen. Experimente dieser Art waren ein integraler Bestandteil der abendlichen Vergnügungen, die in Amys Freundeskreis aus der Highschool gepflegt wurden. Aber Prostitution gehörte absolut nicht zu den Dingen, die man so nebenbei als Hobby betrieb, um zu einer bestimmten Clique dazuzugehören. Denn wer seinen Körper Wildfremden zum Kauf anbot, der musste sich darauf eingestellt haben und ganz bewusst die Bereitschaft mitbringen, sich auch auf erniedrigende Sexpraktiken einzulassen.

Bislang war Diana an den Straßenmädchen vorbeigefahren, ohne viele Gedanken darauf zu verschwenden, wieso sie letztendlich dort gelandet waren, um ihren Körper zu verkaufen. Sie hatte zwar gelesen, dass Schauspieler Callgirls anheuerten oder Mädchen für schnellen Sex auf dem Parkplatz bezahlten, aber dass ihre eigene Schwester sich in dieser Szene bewegte, war für sie einfach unbegreiflich.

Diana bog in die Wendespur vor dem Sander's Food Building ein. Sie betrachtete das glänzende Gebäude und merkte, dass sie alles andere wollte, als es zu betreten. Irgendwann würde es ihr gelingen, mit den schiefen und fragenden Seitenblicken der Arbeitskollegen klarzukommen, doch so weit war sie noch nicht. Vor allem aber wollte sie auf gar keinen Fall mit der Sympathie oder dem Mitgefühl in ihren Augen konfrontiert werden. Und falls sich jemand tatsächlich dazu hinreißen lassen sollte, Mitleid zu zeigen, wäre es vermutlich um ihre anerzogene Höflichkeit geschehen.

Stattdessen wartete sie eine Lücke im Verkehr ab, kehrte wieder auf die Hauptstraße zurück und fuhr ohne Richtung und Ziel einfach weiter. Eine Stunde später war sie in Stillwater. Von dort aus machte sie sich in Richtung Norden auf, hielt in Taylors Falls an, um sich in einem Supermarkt ein Sandwich zu kaufen.

Erstaunlicherweise befanden sich nur wenige Touristen in dem Park, den sie aufgesucht hatte, um das Sandwich zu essen. Aber es war auch erst Anfang Mai, zudem mitten in der Woche, und der Wetterbericht hatte für den späten Nachmittag einen Sturm angekündigt. Nachdem sie den Rest ihres Sandwichs in einen Abfallkorb geworfen hatte, wanderte Diana den Fluss entlang und blieb stehen, um ein Pärchen in einem gemieteten Kanu zu beobachten. Der Mann mühte sich zwar mit dem Paddel ab, aber die Frau himmelte ihn an, als würde er zum Olympiateam gehören. Es war nicht zu übersehen, dass sie ein Liebespaar waren, das in seiner eigenen Welt lebte, die erfüllt war von Berührungen, innigen Blicken und Gelächter. Hatten sie und Stuart jemals diese Art von Welt erobert? Sie blickte auf ihren geradezu obszön großen Verlobungsring hinunter, den er ihr zum Geburtstag geschenkt hatte. Sie hätte ihn mit Freuden gegen einen einzigen Tag eingetauscht, den die beiden dort in ihrem Kanu verbrachten. Diana wurde von so heftigem Neid übermannt, dass sie wegsehen musste.

Seit sie es geschafft hatte, aus ihrem Laufstall zu entkommen, indem sie alle ihre Puppen in einer Ecke aufeinandergestapelt hatte, um über die Gitterstäbe zu klettern, blühte sie jedes Mal geradezu auf, wenn sie nach Lösungen für schier unlösbare Probleme suchte. Als sie noch Kinder waren, gab es bei jedem Problem, in das Amy geriet, für Diana immer eine Möglichkeit, sich zugunsten ihrer Schwester einzusetzen. Als sie gemeinsam die Schule besuchten und Amy in einer Klasse versagte, schaffte es Diana, alle Lehrer zu überreden, ihr noch eine weitere Chance zu geben. Selbst jetzt an ihrem Arbeitsplatz hielt man Diana für ein Genie, wenn es darum ging, einen Weg zu finden, um die größten Barrieren zu überwinden. Stuart behauptete, sie würde manipulieren. Sie selbst bevorzugte den Gedanken, kreativ zu sein.

Doch was für Talente sie auch immer besaß, im Moment nützten sie ihr gar nichts. Dieses Mal hatte sich Amy in eine Situation hineinmanövriert, die sich weder durch Reden, Manipulieren noch Wünsche in Luft auflösen ließ.

Diana wurde von diesem Gedanken geradezu überrumpelt. Kein Wunder, dass sie einfach aus der Stadt geflüchtet war, anstatt sich Amy zu stellen. Sie war einfach vor ihrem eigenen Gefühl der Hilflosigkeit davongelaufen.

Auf der Rückfahrt in die Stadt wiederholte Diana die Worte, die sie Amy sagen wollte. Aber als sie sich der Wohnung ihrer Schwester näherte, klangen sie abgedroschen und banal, und sie wurde erneut von ihren Zweifeln eingeholt. Sie fand zwar sofort einen Parkplatz in der Straße, schaffte es aber nicht, den Wagen zu verlassen. Sie hatte immer noch Angst, dass sie, falls sie hineingehen würde, solange sie noch mit ihrem Ärger und ihren Frustrationen zu kämpfen hatte, etwas sagen könnte, was sie später bereuen würde. Ihr Schmerz und ihre Enttäuschung waren noch zu frisch, um sie zu überspielen, aber bestimmt genau das Letzte, was Amy nach allem, was geschehen war, noch brauchen konnte.

Gefühlsmäßg war das zwar sehr nett gedacht, aber ehrlich gesagt, war es nicht wirklich selbstlos gedacht, sondern eher egoistisch.

Seit wann war sie eigentlich so ein Feigling?

Diana stieg aus dem Auto. Die Brise war inzwischen zu einem Wind angewachsen. Sie sah zum Himmel hoch. Der Sturm würde bald losbrechen. Amy liebte den Regen. Sie meinte, dann würden die Leute es sich lieber drinnen gemütlich machen und nicht so schnell aufbrechen. Diana fand es in Ordnung, dass wenigstens eine Sache, und sei es nur das Wetter, an diesem Tag Amy entgegenkam.

Diana überquerte die Straße, betrat das Wohnhaus und ging die Treppen zu Amys Wohnung hoch. Sie klingelte und wartete ab. Als sich Amy nicht meldete, fühlte sich Diana insgeheim mehr als erleichtert. Um ganz sicherzugehen, klopfte sie dummerweise noch gegen die Tür. Woraufhin dann Amy auch tatsächlich öffnete.

»Ich dachte, es wäre der Pizzadienst.« Es war offensichtlich, dass sie über Dianas Kommen nicht besonders erfreut war.

Mal abgesehen von ihren dunklen Augenringen sah Amy auch nicht anders aus als die Wochen zuvor. Sie trug Jeans und ein Sweatshirt. Sie trug weder Netzstrümpfe noch war auf ihrer Stirn ein scharlachrotes Kainsmal eingebrannt, lauter Dinge, die sich Diana, wie sie nun merkte, insgeheim eingebildet hatte. »Ich habe dir doch gesagt, dass du einen Türspion einbauen lassen sollst.«

»Warum bist du hier?«

»Seit wann brauche ich dafür einen Grund?« Sie versuchte die Aggressivität in ihrer Stimme zu unterdrücken. Denn Amy befand sich in der Defensive und forderte die Provokation heraus.

»Weil es mitten am Tage ist und du eigentlich in deinem Büro sein solltest.«

»Darf ich reinkommen?«

Doch Amy machte nicht Platz, damit Diana eintreten konnte, sondern lehnte sich nach vorne und mit den Schultern gegen den Türrahmen. »Ich glaube nicht, dass das eine gute Idee ist. Zumindest nicht heute.«

»Hast du Besuch?« Ihre Frage bekam auf einmal eine völlig neue Bedeutung, die Diana nicht beabsichtigt hatte. Doch diese Anspielung lastete schwer zwischen ihnen. »Wenn du mich reinlässt, dann kann ich dich davon abhalten, die Pizza ganz alleine zu essen. Stell dir mal vor, wie viele Kalorien du dabei sparst.«

»Wahnsinn! Du bist tatsächlich bereit, deinen schlanken Luxuskörper für mich zu opfern? Was für eine Schwester du doch bist!«

»Komm mir ja nicht so, Amy.«

»Wie soll ich dir nicht kommen?«, meinte sie schnippisch.

»Ich bin nicht hergekommen, um mich mit dir zu streiten.«

»Ach wirklich? Das kann nur heißen, dass du hergekommen bist, um mir eine Strafpredigt zu halten. Danke bestens, aber ich glaube, ich erspare mir das lieber.« Sie ging einen Schritt zurück, um die Tür zu schließen.

»Hör endlich auf, das kleine Miststück zu spielen, und lass mich rein«, antwortete Diana.

Obwohl Amy sich offenbar weiterhin dagegen wehrte, musste sie lächeln.

»Na bitte, das ist doch meine Schwester, wie ich sie kenne und liebe.«

Im Gegensatz zu Dianas stets kontrolliertem Gesichtsausdruck veränderte sich Amys Gesicht vollkommen, wenn sie lächelte. Dann schwollen ihre Backen an, und um die Augen bildeten sich kleine Lachfältchen. Es war unmöglich, ihrem Lächeln zu widerstehen. Trotz ihrer unermüdlichen Anstrengungen hatte selbst Eileen Winchester es nicht geschafft, dass sich die Schwestern besonders ähnlich sahen, sie waren vom Aussehen her so unterschiedlich wie ein Volvo und ein Maserati, die lediglich die gleiche Farbe hatten. Amy trug ihr dunkles Haar kurz geschnitten wie ein Kobold, mit einem Pony, der so aussah, als wäre er mit der Zickzackschere hingetrimmt worden. Sie hatte ein Faible für überdimensionale Ohrringe, Röcke, die entweder schenkelkurz waren oder bis zum Knöchel reichten, und Schuhabsätze, die aus ihren 1,73 Meter fast 1,83 Meter machten. Diana trug ihr langes schwarzes Haar in einem geraden Schnitt bis über die Schultern, ihre Garderobe bestand aus maßgeschneiderten Kostümen und lässigen Wollhosen sowie etlichen Designerjeans, die sie bei ihren gelegentlichen Landausflügen anhatte. Sie trug nur konservative Ohrringe, einige mit kleinem Emblem, die meisten davon aus reinem Gold.

Für Eileen war es ein beständiges Rätsel, über das sie sich auch lang und breit auslassen konnte, wie sehr sich doch ein Kind, das sie so sorgfältig und persönlich als Schwester für die eigene geliebte Tochter ausgewählt hatte, auf so völlig andere Weise entwickeln konnte. Und Eileen misstraute von Haus aus allem, was sie nicht verstand.

Bevor Diana Amy antworten konnte, tauchte hinter ihr ein Mann auf, der ganz bestimmt schon achtzig Jahre alt war. Er trug ein blaues Hemd mit einem verblassten roten Streifen in der Mitte und unter seinem Arm eine große Isolierbox.

»Haben Sie die Pizza bestellt?«, wollte er von Amy wissen.

»Ja, das habe ich«, antwortete sie. »Einen Moment bitte, ich hole schnell das Geld.«

»Das mache ich schon«, erklärte Diana. Sie zog einen Zwanzigdollarschein aus der Tasche. »Behalten Sie den Rest.«

»Es sind aber einundzwanzig Dollar achtzig«, meinte er und reichte ihr die Quittung.

Diana sah Amy an. »Was hast du denn bestellt?«

»Weiß ich nicht mehr.«

Sie zog einen weiteren Zehner aus der Tasche. Er steckte das Geld in die Tasche und zog dann einen Karton aus einer Isolierbox, den er Amy in die Hand drückte. Er hatte sich bereits umgedreht, um zu gehen.

»Was ist mit meinem Wechselgeld?«, hakte Diana nach.

Er warf ihr einen erstaunten Blick zu.

»Vergessen Sie's«, meinte sie mit einem Händewinken.

»Meine Güte, sind wir aber großzügig«, bemerkte Amy, als er außer Hörweite war.

»Wie würde es dir gefallen, in seinem Alter Pizza für deinen Lebensunterhalt auszuliefern?«

Sie folgte Amy in die Wohnung. Die Jalousien waren geschlossen und die Vorhänge zugezogen, wodurch die normalerweise wegen der verschiedenen Mauves und Grüns, der Blumen- und Streifenmuster so fröhlich wirkende Wohnung nun dunkel und leblos wirkte. Diana schaltete eine Lampe an, als sie das Wohnzimmer durchquerte. Doch das veränderte auch nicht sehr viel. Es schien ganz so, als sei es Amys eigenes Strahlen, das den Charme ihres Zuhauses ausmachte und es so einladend wirken ließ. Ohne ihren Enthusiasmus verloren das dick gepolsterte Sofa und die lackierten Beistelltische an persönlichem Stil und wirkten einfach nur abgenutzt.

Normalerweise fühlte sich Diana hier wesentlich wohler als in ihrem eigenen Heim. Weil es Stuarts Wunsch gewesen war, hatten sie, als sie einen gemeinsamen Hausstand gründeten, geradezu chirurgisch ihre finanziellen Verpflichtungen aufgeteilt. Zu ihren gehörte die Eigentumswohnung, deren Unterhalt und sämtliche Nebenkosten.

Er war für den Rest, und dazu gehörte auch die Einrichtung, zuständig.

Als es darum ging, welche Eigentumswohnung sie kaufen sollte, hielt er mit seiner Meinung nicht lange zurück. Aber mit dem Kauf der Möbel, allesamt klassische und minimalistische Stücke, ließ er sich monatelang Zeit. Jedes davon war wahnsinnig teuer und entweder aus Leder, Glas oder exotischen Hölzern gemacht. Insgesamt gesehen wirkte alles wie aus einem Einrichtungsmagazin und erinnerte eher an eine Ausstellung denn an ein Zuhause.

Während Stuarts Einrichtung mit edelster Zartbitterschokolade verglichen werden konnte, war Amys Wohnung dagegen ein Schokoriegel, der mit den unterschiedlichsten Dingen gefüllt war, die sie auf Flohmärkten, bei Wohnungsauflösungen und über Zeitungsannoncen gesammelt hatte. Dazu gehörte ihre verchromte Küche aus den 50er-Jahren ebenso wie eine Rokokouhr, die ihrer Großmutter gehört hatte.

Die Uhr war ein Familienerbstück, und unablässig betonte ihre Mutter, dass die Uhr von Rechts wegen ihr gehören würde. Angeblich war die Uhr ein Vermögen wert, weil Katharina die Große sie einer ihrer Verwandten geschenkt hatte. Der finanzielle Wert hatte für Amy keinerlei Bedeutung, für sie als Besitzerin zählte der ideelle Wert, weil ihre Großmutter sie ausgewählt hatte, die Uhr so lange zu verwalten, bis sie an die nächste Generation weitergereicht werden konnte. Großmutter Mary war in der weitverzweigten Boehm-Familie neben Diana die Einzige gewesen, die Amy ohne jegliche Zweifel und Vorurteile akzeptiert und geliebt hatte.

»Im Kühlschrank steht frische Limonade«, meinte Amy, während ihr Diana in die Küche folgte. »Wenn du aber lieber ein Bier möchtest, ich glaube, es liegt eines im Gemüsefach.«

»Was machst du denn mit ...?« Diana hielt inne, leider Gottes zu spät. Nach Amys Entlassung aus der Klinik hatte Diana versprochen, Amys Verhaltensweisen weder infrage zu stellen noch Spekulationen darüber anzustellen. Es gab Zeiten, in denen Diana fast daran erstickt war, wenn sie versucht hatte, einen warnenden Hinweis zu unterdrücken, besonders dann, wenn Amy eine Party besuchen wollte, bei der Alkohol und Drogen so selbstverständlich wie Chips und Dips gereicht wurden. Bis jetzt war ihr das immer gelungen.

»... mit Bier?«, beendete Amy die Frage für sie.

»Tut mir leid«, meinte Diana, »ist mir nur so rausgerutscht.«

»Ich vermute mal, ich sollte dir Punkte dafür geben, wenn du es nicht leugnest, was du eigentlich versucht hast zu unterdrücken.« Sie öffnete den Geschirrschrank und holte zwei Teller heraus.

»Wenn du mir schon Punkte geben willst, wie wäre es dann für alle Situationen, in denen ich in der Vergangenheit einfach den Mund gehalten habe?«

»Und was bekomme ich dann für die Momente, in denen ich für einen Drink am liebsten einen Mord begangen hätte, es aber gelassen habe?«

Diana dachte über die Frage nach und meinte dann schelmisch: »Den Mord oder den Drink?«

»Du kannst mir glauben«, erklärte Amy mit einem bedeutungsvollen Blick zu Diana, »es gab jede Menge Herausforderungen, sowohl was das eine als auch das andere betrifft.« Sie drückte die Laschen der Pizzaschachtel auf und öffnete den Deckel. Eine ganze Weile starrte sie auf den Anblick, der sich ihr bot, und schließlich begann sie zu lachen. »Das hier wirst du nicht glauben.«

Diana sah von der Ablage fürs Silberbesteck hoch.

»Stimmt irgendwas nicht?«

»Das musst du dir schon selber anschauen.« Amy rückte etwas von der Schachtel ab.

Diana spähte nach innen und entdeckte dort ein rundes, leeres Pizzabrot. Im allerletzten Winkel der Schachtel hatte sich ein Klumpen aus Käse, Peperoni, Pilzen, Oliven und diversen anderen Gemüsezutaten gebildet. »Ist das eine neue Sorte Pizza?«

»Ja, genau.«

Der Anblick war so bizarr, dass Diana die Sache nicht sofort begriff. Dann stöhnte sie auf. »Eigentlich hätten wir es wissen müssen. Hast du gesehen, wie er die Box unter seinen Arm geklemmt hatte?«

Amy griff nach einer Olive, lehnte den Kopf zurück, und ließ die Fäden von gezogenem Käse in ihrem Mund verschwinden.

»Da dreht sich mir ja der Magen um«, erklärte Diana.

»He, schmeckt gar nicht schlecht. Probier doch mal.«

Zögernd riss Diana einen Pilz los und steckte ihn in den Mund. Er hatte sogar noch ein wenig Biss und besaß ein wundervolles Waldaroma. Danach probierte sie ein Stückchen Paprika und etwas Peperoni. »Na, wenigstens schmeckt sie nicht so widerlich, wie sie aussieht.«

Amy griff nach oben, nahm zwei Schüsseln und reichte Diana eine davon. »Rein damit.«

Diana nahm die Schüssel und gab Amy eine Gabel. Beide spießten die Pizza mit der Gabel an einem anderen Ende auf und versuchten aus der erstarrenden Masse ein Stück herauszulösen. Als diese Methode nicht funktionierte, griffen sie zum Messer, aber auch das versagte. Diana konnte aus dem Augenwinkel heraus Amys Gesichtsausdruck sehen, der von gespannter Erwartung zu grimmiger Entschlossenheit wechselte. Dieser Gesichtsausdruck traf sie ganz unerwartet und setzte den Teil ihres Gehirns in Gang, der für die großartigsten und auch lächerlichsten Eindrücke reserviert war. Sie lachte laut los.

Amy grinste. »Wir verhalten uns wie zwei Löwen, die sich um die Beute streiten.«

»Noch viel verrückter, wie Onkel Pete und Tante Rosy, die sich um das letzte Stück Kürbiskuchen rangeln.« Diese Bemerkung reichte aus, um sie völlig aus dem Häuschen zu bringen. Ganz schnell befanden sie sich wieder in einer dieser Situationen, in denen ihr Gelächter bei weitem die Komik des Anlasses übertraf und so befreiend wie ein Geschenk wirkte. Es dauerte Minuten an, verselbstständigte sich vollkommen, weil sie einfach nicht mehr aufhören konnten zu lachen. Kurz darauf rangen sie nach Luft und mussten sich gegen die Küchentheke lehnen, um nicht umzufallen.

Diana blinzelte wie blind durch die Tränen und griff nach einer Serviette. Während sie die Tränen abwischte, spürte sie plötzlich, wie es ihr förmlich den Brustkorb zuschnürte. Mit einem Mal waren aus ihren Lachtränen echte Tränen geworden, ohne dass sie bemerkt hatte, wie und wann das geschehen war. Sie blickte hoch und bemerkte, dass auch Amy nicht mehr lachte und sie beobachtete. »Es tut mir leid«, meinte Diana leise, »ich wollte wirklich nicht, dass mir das passiert.«

»Weil du auch immer so verdammt perfekt sein willst.« Amy warf wütend den Deckel der Pizzaschachtel zu. »Wieso konntest du nicht einfach hier reinmarschieren und mich anschreien, wie es jeder andere normale Mensch an deiner Stelle getan hätte?«

»Ich habe dich niemals angeschrien.«

»Vielleicht solltest du es aber tun.«

»Und was für einen Unterschied hätte das gemacht?« Nun war Diana wirklich wütend. Ihr ganzes Leben lang hatte sie sich angehört, wie »perfekt« sie sei, von ihren Eltern, ihren Lehrern und auch ihren Freunden. Verdammt noch mal, sie wollte das nicht auch noch ausgerechnet von Amy zu hören bekommen, der Einzigen, die wusste, dass das nicht stimmte. »Mir ist nicht klar, was du möchtest, Amy.«

»Dass du mich in Ruhe lässt.« – »Jetzt?« – »Nein, überhaupt. Warum gelingt es mir nicht, das in deinen Kopf zu bekommen?«

Der Vorwurf saß. »Aber ich mische mich doch nicht in dein Leben ein.«

»Und warum habe ich dann das Gefühl, dass du mir ständig über die Schulter schaust?«

»Das ist nicht fair.«

Amy presste ihre Hände gegen die Küchenanrichte und starrte zur Decke. In der Ferne war Donnergrollen zu hören. »Nein, das ist es nicht. Es tut mir leid. Ich habe keinerlei Recht, das an dir auszulassen.«

Diana hatte sich selbst das Versprechen gegeben, den Vorfall nicht zu erwähnen. Aber dann rutschte ihr doch diese Frage heraus, bevor sie es verhindern konnte. »Warum?«

»Warum was?«

»Warum wolltest du dich prostituieren? Und für so wenig Geld dazu? Es gibt nicht einen lebenden Mann, der dir das bezahlen könnte, was du wert bist.«

»Willst du nicht überhaupt erst mal fragen, ob ich es wirklich getan habe? Es heißt doch ›Im Zweifel für den Angeklagten‹, wenn etwas passiert.«

Diana nahm sich eine weitere Serviette, um sich abermals die Augen zu wischen. »Darren Harris ist aber passiert.«

Amy fuhr zurück.

Sie legte die Arme so fest um sich, als ob der aufkommende Sturm bereits ihr Innerstes erreicht hätte.

Sehr lange stand sie völlig regungslos da, ohne etwas zu sagen. Dann meinte sie mit niedergeschlagener Stimme: »Von wem weißt du das?«

»Ich bin heute Vormittag im Gefängnis Frank Pechacek begegnet. Er hat mir gesagt, dass Darren Harris dich in irgendeinem Hotel gesehen hat. Und dass du dort mit ...«

»Ich hätte wissen sollen, dass Mr Harris über mich klatschen würde.«

Amy reagierte um 180 Grad anders, als Diana es erwartet hatte. Sie war weder wütend noch defensiv oder larmoyant, sie verhielt sich eher wie ein Schulmädchen, das der beste Freund ihres Vaters beim Klauen von Süßigkeiten erwischt hatte.

»Ich weiß nicht, wem er es sonst noch erzählt hat, aber Dad war es ganz bestimmt nicht. Denn falls Dad es wüsste, dann hätte er mir das gesagt«, sagte Diana.

»Das spielt keine Rolle mehr. Er weiß es jetzt«, entgegnete Amy.

»Das klingt ja so, als ob dir das etwas ausmachen würde.«

Amy packte die Pizzaschachtel und beförderte sie in den Mülleimer. »Tut es aber nicht, ja? Wieso sollte es auch?«

Als Amy zum zweiten Mal das College sausen ließ, hatte Carl Winchester seiner jüngeren Tochter klipp und klar erklärt, dass er mit ihr fertig sei und dass er mit ihr nichts mehr zu tun haben wollte. Und Eileen war so begierig darauf bedacht, ihren Senf auch noch dazuzugeben, dass sie noch am selben Tag Amy angerufen hatte, um ihr zu erklären, dass sie ab nun keine Rolle mehr in ihrem Leben und dem von Carl spielen würde. Hin und wieder besuchte Amy Wohlfahrtsveranstaltungen und Premieren, wenn sie annehmen konnte, ihnen dort unter Garantie zu begegnen. Als Diana ihr Verhalten als geradezu masochistisch bezeichnet hatte, behauptete Amy, dass es für sie eine unglaubliche Befriedigung sei, ihren Gesichtsausdruck zu sehen, wenn man sie dort entdeckte. Diana vermutete hingegen, dass Amy eigentlich nach etwas ganz anderem Ausschau hielt, was sie aber nie zu Gesicht bekommen würde. Und das war die Liebe ihrer Eltern.

»Aber das ist doch sehr schwer zu sagen, es wäre einem egal«, meinte Diana. »Egal, was passiert ist, sie sind immer noch deine Mutter und dein Vater.«

»Sie waren nie meine Mutter und mein Vater.«

Über diesen Punkt konnte Diana nicht diskutieren, denn sie hatte diese Situation nie wirklich verstanden. »Wolltest du es ihnen damit heimzahlen? Hast du aus diesem Grund angefangen ... bist du deswegen eine ...«

»Prostituierte geworden?«, ergänzte Amy.

»Hör auf damit, Amy. Du weißt, dass ich nicht glaube, dass du eine Prostituierte bist.«

»Aber das bin ich. Nicht hauptberuflich, aber ich versuche, so oft wie nur möglich als eine zu arbeiten.« Ihre Antwort klang wie eine Herausforderung, als wollte sie, dass Diana weiter nachhaken würde.

Dianas Magen begann zu grummeln, und es stieß ihr sauer auf.

»Aber warum? Wenn du Geld brauchst, wieso hast du mich nicht darum gebeten? Du weißt, dass ich dir alles gegeben hätte, was in meiner Möglichkeit steht. Und wenn das nicht ausgereicht hätte, dann hätten wir einen Weg gefunden, den Rest aufzutreiben.«

»Ich habe genug Geld«, erwiderte Amy kühl.

»Zwingt dich jemand, für ihn zu arbeiten? Hat man dich erpresst?«

»Ach, wäre das nicht herrlich dramatisch? Tut mir leid, aber damit kann ich nicht dienen.«

Diana wurde sauer. »Aber warum machst du dann so etwas Blödes? Wie kannst du es denn zulassen, dass man dich auf diese Weise benutzt?«

Nun war es um Amys prahlerische Tapferkeit geschehen, und sie rang um eine Antwort. Schließlich meinte sie: »Ich weiß es nicht.«

»Das musst du aber doch wissen. Kein Mensch verkauft seinen Körper nur rein zum Spaß.«

»Willst du, dass ich mir für dich irgendetwas ausdenke?«

»Wenn du schon nicht weißt, wieso ...«, Diana versuchte möglichst vernünftig zu klingen, »dann sag mir doch bitte, wie es passiert ist.«

»Für was soll denn das bitte schön gut sein?« – »Verdammt noch mal, ich versuche doch nur, es zu verstehen. Du könntest mir doch wenigstens das erzählen.«

»Ich habe in einer Bar einen Typen kennengelernt.« Sie nahm sich eine Serviette und schniefte hinein. »Er hat mir angeboten, mich dafür zu bezahlen.« Sie zuckte mit den Schultern. »Ich dachte mir, warum nicht. Nach einer Weile stellte ich fest, dass mir das gefiel, es gab keine Verpflichtungen, keine Erwartungen, keine Enttäuschungen.«

Diana wollte es nicht glauben. »Und was ist mit Geschlechtskrankheiten?«

»Du liest zu viel.«

»Aids ist ...«

Amy hob die Hand hoch. »Beruhige dich mal wieder. Ich bin ja nicht blöd. Natürlich schütze ich mich.«

Noch nie in ihrem Leben hatte sich Diana so frustriert gefühlt. Sie wollte losbrüllen und um sich schlagen, sie wollte eine Szene hinlegen, die Amy niemals vergessen würde. Aber es war ihr unmöglich, sich dermaßen aufzuführen, denn schon an der Brust ihrer Mutter hatte sie die Lektion gelernt, dass man dann einfach abgeschoben wurde. »Und wer hat dich aus dem Gefängnis geholt?«

»Ein Freund.«

»Wer?«

»Das geht dich nichts an.«

»War es dein Zuhälter?«

»Ich denke, du solltest jetzt gehen«, erklärte Amy.

Aber das konnte sie nicht, nicht so. »Es tut mir leid.«

Amy sagte eine Weile gar nichts, sondern starrte nur regungslos auf den Fußboden. Schließlich blickte sie wieder hoch und sah Diana an. In ihren Augen standen Tränen. »Ja, mir auch.«

Diana wollte ihren Ärger nicht loslassen, weil er ihr Stärke und Zielstrebigkeit verlieh. Aber es war ihr nie gelungen, auf Amy lange wütend zu sein, nicht einmal, als sie mit dem nagelneuen Mercedes von Vater eine Spritztour unternommen hatte, die an einem Baum endete. Damals war Amy gerade dreizehn Jahre alt gewesen, und sie hatte eine so harte Strafe zu erwarten, dass Diana die Schuld auf sich genommen hatte.

Mit einem erleichterten Seufzer schloss Diana Amy in die Arme. »Ich liebe dich.«

»Ich weiß, dass du das tust«, antwortete Amy. »Ich weiß bloß nicht, warum.«

Diana blieb an diesem Abend bis fast zehn Uhr bei Amy. Sie wollte nicht gehen, bevor sie sich nicht sicher war, dass es bei ihrem nächsten Treffen nicht zu irgendwelchen Peinlichkeiten kommen würde, egal, ob es nun am kommenden Tag oder erst in einer Woche stattfinden würde. Sie redeten miteinander, aber weder über die Verhaftung noch über die möglichen Folgen. Stattdessen steckten sie ihre Zehen in den Swimmingpool ihrer Kindheitserinnerungen und ließen sich von den Wasserkreisen zu wohlbekannten Ufern treiben. In stillschweigendem Einverständnis hatten sie über Jahre hinweg immer wieder diesen gut bewahrten Erinnerungen gefrönt und damit auch ihre schlimmsten Wunden geheilt. Wie zum Beispiel damals, als Amy sechzehn Jahre alt war und zu spät von der Schule nach Hause kam, weil sie unterwegs anhalten musste, um für sich eine Unterkunft zu organisieren. Die Eltern waren, um ihr eine Lektion zu erteilen, ohne sie in den Urlaub aufgebrochen. Die Haushälterin hatte Diana im College angerufen, und daraufhin war sie heimgefahren, um Amy Gesellschaft zu leisten. Als ihre Mutter davon erfahren hatte, war sie außer sich gewesen.

Als Diana aufbrach, war bereits der schlimmste Regen niedergegangen, und das Unwetter hatte sich fast gelegt. In regelmäßigen Abständen schaltete sie die Scheibenwischer ein, um die Windschutzscheibe klar zu bekommen, und wünschte sich, es gäbe eine ähnliche Vorrichtung, um damit auch in ihrem Kopf wieder Klarheit zu schaffen.

Als sie mit dem Aufzug zur Wohnung hochfuhr, betete sie insgeheim, dass Stuart bereits schlafen würde. Ihren Zustand konnte man kaum mehr als wach bezeichnen, und sie war viel zu verletzlich, um einen Streit mit ihm durchzustehen. Ganz bestimmt war es unmöglich, morgen früh einer Konfrontation auszuweichen, aber dann konnte sie wenigstens mit den längst verinnerlichten Parametern auf irgendwelche vorgefassten Argumente reagieren. Vermutlich würden sie sich bei Toast und Kaffee anschreien, der Streit würde unter dem Wasserstrahl der Dusche weitergehen, aber zumindest war ein Ende aufgrund ihrer beruflichen Termine vorhersehbar. Bevor Stuart es riskierte, zu spät zur Arbeit zu kommen, ließ er lieber eine dieser unliebsamen Begleiterscheinungen sausen.

Als sich die Aufzugstür öffnete, stand sie in einem dämmrigen Flur. Sie hatte zwar dem Verwalter bereits vor Tagen mitgeteilt, dass sich zwei Glühlampen verabschiedet hatten, aber ganz offensichtlich gehörte es nicht zu seinen Aufgaben, etwas so Unwichtiges zu regeln.

Falls er sich bis zum Wochenende nicht darum kümmern würde, sah es ganz so aus, als ob sie das selbst übernehmen musste. Aber das war immer noch besser, als sich Stuarts Gemotze anzuhören.

Das Wohnhaus war zwar schon vier Jahre alt, stand aber immer noch zur Hälfte leer. Angeblich gab es für die beiden anderen Eigentumswohnungen auf ihrer Etage bereits Interessenten, was Hoffnung gab, dass sie in einigen Monaten vielleicht Nachbarn bekommen würden. Ohne ihre einzige Nachbarin Stephanie Gorham, die für Diana inzwischen zu einer guten Freundin geworden war, hätte sie das Gefühl gehabt, in einem Hotel zu leben.

Diana öffnete die Wohnungstür und bemühte sich, dabei möglichst leise zu sein. Drinnen war es stockdunkel. Stuart war anscheinend wütend ins Bett gegangen und hatte bewusst in Kauf genommen, dass sie im Dunklen herumstolpern musste und ihn dabei womöglich auch noch weckte. Sie wanderte mit der Hand an der Wand entlang, um den Lichtschalter zu finden, und betätigte ihn. Eigentlich hätte nun das Licht im Flur angehen müssen, tat es aber nicht. Sie verließ die Wohnungstür, um das karge Licht aus dem Treppenhaus hereinzulassen.

Da, wo einst eine Lampe gestanden hatte, gab es keine mehr, und auch nicht den Tisch, auf dem die Lampe gestanden hatte. Diana arbeitete sich zentimeterweise vorwärts und verließ sich dabei auf ihr Gefühl, bis sie endlich den Lichtschalter erreichte, mit dem man die Deckenleuchten im Wohnzimmer anschaltete. Aber auch dieser reagierte nicht. Sie arbeitete sich bis zum Fenster vor, öffnete die Vorhänge und sah sich um. Der ganze Raum war leer.

Im ganzen Raum gab es kein einziges Möbelstück mehr, und es waren auch sämtliche Bücher und Kunstwerke aus den Regalen neben dem Kamin verschwunden. Sogar der handgemachte Teppich war weg, den Stuart für ein kleines Vermögen hatte anfertigen lassen, damit er mit dem Pollock-Gemälde harmonierte.

Offenbar hatte man sie ausgeraubt!

Sie ging in die Küche. Die Schranktüren und Schubladen starrten sie wie grotesk aufgerissene Münder an. Nicht einmal mehr eine Packung Frühstücksflocken stand in der gähnenden Leere. Sie sah sich erneut um. War sie womöglich im falschen Stockwerk ausgestiegen und befand sich in einer fremden Wohnung? So ein Unsinn. Denn nur Stuart brachte es fertig, die Küche mit grünen und goldenen Tapeten zu gestalten.

Als sie nach oben ging, raste ihr Herzschlag, aber inzwischen nicht mehr aus Furcht. Als sie dort im Schlafzimmer den Lichtschalter bediente, war sie nicht mehr überrascht, dass es auch hier dunkel blieb. Sie öffnete genau in dem Moment die Vorhänge, als die Wolken aufrissen und der Schein des Vollmondes das Zimmer erhellte. Die einzigen Überreste, die sie hier vorfand, waren die Abdrücke im Teppichboden, wo einst das Bett, die Stühle und die Kommoden gestanden hatten.

Sie öffnete die Schränke. Der von Stuart war leer geräumt, ihr eigener so, wie sie ihn morgens verlassen hatte. Mit einem einzigen Unterschied. Der Schrankboden war übersät mit ihrer Unterwäsche, mit Strümpfen, Pullovern und Nachthemden, die sich frühmorgens noch in den Kommoden befunden hatten.

Sie ging ins Badezimmer, um sich davon zu überzeugen, was mittlerweile schlichtweg auf der Hand lag. Ihre Toilettenartikel waren noch da, die von Stuart verschwunden. In der Duschkabine befand sich weder das Shampoo noch das halb verbrauchte Stück der teuren französischen Seife. Gerade als sie das Badezimmer wieder verlassen wollte, entdeckte sie die Nachricht, die auf dem Spiegel über dem Doppelwaschbecken klebte. Sie ging näher heran, um sie in dem diffusen Licht lesen zu können:

Ich habe versucht, Dich zu warnen, was passieren würde. Aber Du wolltest ja nicht hören. Vermutlich musste erst so etwas passieren, um mir endlich klarzumachen, wie wenig wir zusammenpassen.

Zuerst stand sie einfach nur regungslos da und starrte auf den Zettel, der wie ein gestohlenes melodramatisches Zitat aus einem dieser zweitklassigen Filme klang. Geduldig wartete sie darauf, dass sich endlich ein Gefühl von Verletztheit, Enttäuschung oder Trauer einstellen würde. Aber entweder war sie viel zu übermüdet und betäubt, oder ihr war einfach alles egal. Die einzige Regung, die sie verspürte, kam so unerwartet, dass sie erst einmal eine Weile brauchte, um es zu begreifen.

Sie war über Stuarts Verschwinden erleichtert.

Nicht ein Gedanke plagte sie, wie einsam es doch ohne

Stuart beim Frühstück sein würde, im Gegenteil. Sie konnte es kaum erwarten, ihr Müsli allein zu genießen, ohne sich ständig Stuarts Tiraden anhören zu müssen.

Sie müsste nicht mehr so früh zu Bett gehen, nur weil Stuart müde war und sich gestört fühlte, wenn sie sich erst später zu ihm gesellte. Nicht einmal die Vorstellung, Abend für Abend in eine leere Wohnung heimzukommen, konnte ihre wachsende Begeisterung dämpfen.

Noch wusste sie nicht, ob sie wegen ihres neu gefundenen Freiheitsgefühls einfach loslachen sollte, oder ob sie doch lieber den Jahren nachweinen sollte, die sie mit dieser Beziehung verschwendet hatte.

3

Diana hatte keine Ahnung, wie lange sie bereits auf den Treppenstufen gesessen hatte, als sie eine Stimme hörte, die ihren Namen rief. Plötzlich fiel ihr ein, dass ihre Wohnungstür noch offen stand.

»Diana, bist du da?«, rief Stephanie Gorham.

»Ich bin hier oben.« Diana legte die Hand aufs Geländer, um sich hochzuhieven, aber sie war zu diesem Kraftakt gar nicht mehr fähig und blieb einfach sitzen.

Stephanie lugte um die Ecke. Sie betätigte den Schalter für die Treppenbeleuchtung, den einzigen, den Diana nicht ausprobiert hatte. Ausgerechnet der funktionierte natürlich, und die drei tief liegenden Lichtstrahler beleuchteten die Gittertreppe.

»Ich wollte eigentlich schon viel früher hier sein, aber aus irgendeinem Grund bist du vor mir hier angekommen«, antwortete Stephanie.

»Ich kann also davon ausgehen, dass du offenbar bereits weißt, was hier vorgefallen ist?« Und das war etwas, über das sie ehrlich gesagt nicht besonders überrascht hätte sein müssen. Diana war inzwischen längst der Meinung, dass Stephanie dank ihrer Tätigkeit als Reporterin beim *Star Tribune* so etwas wie eine übernatürliche Hellsichtigkeit entwickelt hatte, die sich automatisch immer dann einstellte, wenn in ihrer Nähe etwas Ungewöhnliches vonstattenging. Jedenfalls blieb ihr nur selten etwas verborgen.

»Ich habe die Möbelpacker gesehen, als ich zum Mittagessen heimkam. Und den Rest konnte ich mir schnell zusammenreimen.« Sie stand am unteren Treppenabsatz gegen das Geländer gelehnt. »Ich habe versucht, dich in deiner Firma zu erreichen. Aber dort hat man mir gesagt, dass du heute nicht mehr kommen würdest.«

»Ich war einfach nicht in der Stimmung, mit jemandem zu reden.« Mehr brauchte sie gar nicht zu erklären.

Stephanie sah sich um. »Hat Stuart das wegen Amy getan?«

»Ich glaube, Amy war für ihn nur ein Vorwand. Mit uns beiden lief das schon seit langer Zeit auf so etwas hinaus.«

»Es tut mir leid ...«

Diana warf ihr einen tadelnden Blick zu. Stephanie und Stuart hatten sich nie besonders gut vertragen.

»Nein, das muss es nicht.«

»Na gut, es tut mir nicht leid, dass er weg ist. Nächste Woche wirst du das auch denken. Aber das bedeutet auch, dass nach wie vor sieben weniger angenehme Tage vor uns liegen, über die wir dir hinweghelfen müssen.«

»Ich glaube nicht, dass es wirklich so lange dauern wird.«

»Ach ja?« Die Zweifel, die in Stephanies Stimme lagen, waren unüberhörbar.

»Stuart hat praktisch alles mitgenommen, Stephanie, sogar eine halb leere Zahnpastatube. Das Einzige, was er zurückgelassen hat, sind meine Kleider und mein Make-up.«

»Auch diese Fitnessgeräte, die er dir letztes Jahr zu Weihnachten geschenkt hat?«

Bisher war sie noch gar nicht auf die Idee gekommen, auch in ihrem Gymnastikraum nachzusehen. »Ich habe keine Ahnung, nein, die hat er bestimmt dagelassen. Sie waren doch ein Geschenk von ihm.«

Stephanie ging um die Ecke in den Raum, um sich selbst davon zu überzeugen. »Irrtum!«, rief sie Diana zu.

»Bist du sicher?« Diana erwachte aus ihrer Lethargie und sprang mit einem Satz die Treppen hinunter. Es gab keinen Zweifel, der Raum war so leer wie an dem Tag, als sie mit Stuart in die Wohnung eingezogen war. Nur noch die Löcher in den Wänden waren vorhanden, wo vormals der Spiegel gehangen hatte. »Dieser Schuft!«

Stephanie lachte. »Seit du dieses Trimmrad hattest, hast du es täglich verflucht. Und jetzt verfluchst du Stuart, weil er es mitgenommen hat!«

»Es geht doch ums Prinzip! Stuart mag meinetwegen auf alles Anspruch erheben, was sich in der Wohnung befunden hat. Aber die Sachen hier in diesem Raum haben mir gehört.« Endlich hatte sie ein Ziel gefunden, an dem sie ihre Wut auslassen konnte. Sie wirbelte herum und machte sich zur Küche auf.

Stephanie folgte ihr. »Was hast du vor?«

»Festzustellen, wo Stuart steckt.«

»Und wie?«

»Indem ich alle seine Freunde anrufe.«

»Diana, es ist zwei Uhr morgens!«

»Umso besser, dann kann ich sie überrumpeln.« Sie durchquerte die Frühstücksecke und schloss dabei die Tür eines Küchenschrankes, um an das Telefon zu kommen. Doch alles, was sie anstelle des Telefons vorfand, waren ein paar weitere Löcher in der Wand.

»Das wird ja immer besser.«

»Er hat sogar das Telefon mitgenommen?« Stephanie gesellte sich zu Diana, um sich selbst davon zu überzeugen. »Wie konnte er es nur wagen, einfach hier reinzuspazieren und die ganze Wohnung auszuräumen? Sicher haben dir doch auch ein paar der Sachen gehört.«

Diana schüttelte den Kopf. »Als wir beschlossen haben, zusammenzuziehen, hat Stuart den Vorschlag gemacht, dass wir beide unsere ganze alte Habe hergeben.« Sie ging in der Küche hin und her und schloss die restlichen Schranktüren. »Unsere Vereinbarung sah vor, dass ich die Eigentumswohnung kaufen würde und er alles andere, angefangen von den Möbeln.«

»Mit anderen Worten, du bist auf den Hypotheken, den

Steuern und den Versicherungen sitzen geblieben, während er Lebensmittel, Möbel und Zahnpasta gekauft hat?«

»Mein Gott, ich kann es gar nicht fassen, wie dumm ich war.«

»Ich auch nicht«, murmelte Stephanie.

»Ich habe das sehr wohl gehört.«

»Weißt du was, das wäre ein großartiges Thema für einen Artikel. Sicher gibt es noch andere Frauen, denen es ...«

»Meiner Meinung nach hat der Name Winchester in letzter Zeit mehr als genug in den Zeitungen gestanden, meinst du nicht auch?«

Stephanie zuckte zusammen. »Willst du damit sagen, dass du die Sache mit Amy auch auf diese Weise erfahren hast?«

»Nicht direkt. Stuart hat es als Erster gelesen. Es wäre sehr viel einfacher für mich gewesen, wenn ich es vor ihm herausgefunden hätte.«

»Mehr brauchst du mir gar nicht zu erzählen, das reicht.«

Diana gefiel Stephanies schnelle Auffassungsgabe, mit der sie sich die restlichen Umstände einfach von ganz alleine zusammenreimte. »Ich habe gedacht, es würde sich dabei um einen Irrtum handeln.«

»Ich würde so etwas über meine Schwester auch nicht glauben wollen.«

Diana war längst mit ihren Kräften am Ende, und ihr Energiepegel sank auf einmal rapide ab. »Ich weiß nicht, wie ich ihr helfen soll«, erklärte sie Stephanie. »Ich habe immer gedacht, dass sich Amy fängt, wenn sie unsere Eltern verlässt, wenn sie sich auf eigene Füße stellt und sich ein eigenes Leben aufbaut. Aber nach alldem, was gestern passiert ist, bin ich mir da nicht mehr sicher.«

»Hast du es schon einmal in Betracht gezogen, jemanden zu finden, mit dem sie darüber reden könnte?«

»Ich nehme mal an, dass du damit einen Psychiater meinst.« Diana ging zu der gläsernen Schiebetür und überprüfte das Schloss, weil sie einen Moment lang vergessen hatte, dass es in ihrer Wohnung nichts mehr gab, was man hätte stehlen können. »Amy hat eine Therapie gemacht, als sie damals im Krankenhaus war.« Sie lehnte sich mit der Stirn gegen das kalte Glas und sah auf die Lichter in der Ferne, während der Sturm sich in Richtung Osten verzog. »Damals dachte ich, das hätte ihr geholfen.«

»Vielleicht ist es gar nicht Amy, die Hilfe braucht, sondern du.«

Diana sah Stephanie an, weil sie sichergehen wollte, ob sie ihre Bemerkung tatsächlich ernst gemeint hatte. »Wie kommst du bloß auf die Idee, ich könnte eine Therapie benötigen?«

»Nicht unbedingt eine Therapie, sondern einfach jemand, bei dem du dich endlich aussprechen kannst.«

»Dafür habe ich im Moment keine Zeit.« Sie breitete die Arme aus und sah sich in dem leeren Raum um. »So, wie es aussieht, werde ich wohl ein paar Dinge besorgen müssen.«

»Also, ich kenne keinen Laden, der um diese Zeit noch geöffnet hat. Und genau aus diesem Grund kannst du ebenso gut mit zu mir runterkommen. Mein Sofa ist zwar ziemlich durchgelegen, aber bei Weitem nicht so hart wie dein Fußboden hier.«

»Vielen Dank, aber ...«

»Aber was?«

Diana hatte Stephanies Angebot deshalb völlig automatisch abgelehnt, weil es ihr sehr schwerfiel, sich anderen aufzudrängen. Aber welche Alternative hatte sie denn sonst? Es gab in ihrer Wohnung weder Handtücher für die morgendliche Dusche noch Zahnpasta oder einen Haarföhn – und darüber hinaus nicht einmal irgendetwas Essbares. Entweder nahm sie Stephanies Angebot an, oder sie musste sich ein Motel suchen. »Warte doch bitte kurz, ich hole mir nur ein paar Sachen zum Anziehen.«

»He, mir ist gerade etwas eingefallen. Ich habe letztes

Jahr einen Artikel über einen Mann geschrieben, der Kinder betreut, die von zu Hause ausgerissen sind. Ich glaube, der könnte dir helfen.«

Eine Sache, die Diana an Stephanie am wenigsten mochte, war ihre verbissene Beharrlichkeit, wenn sie sich etwas in den Kopf gesetzt hatte. Sie seufzte. Doch es gab Zeiten, in denen es besser war, einfach nachzugeben. »Ich weiß zwar nicht, wie mir ein Mann helfen könnte, der sich um jugendliche Ausreißer kümmert, aber gib mir einfach seine Nummer, und ich werde ihn dann morgen anrufen.«

»Setze ich dich womöglich zu sehr unter Druck? Wäre es dir lieber, wenn ich mich verdrücken würde?«

»Wie kommst du denn darauf?«

»Weil du zu schnell nachgegeben hast.«

»Ich bin einfach zu müde, um zu widersprechen«, gab Diana widerstrebend zu. »Und wer weiß schon. Vielleicht brauche ich ja wirklich einen Menschen, mit dem ich reden kann.«

Stephanie legte den Arm um Dianas Schultern. »Nun komm schon, nichts wie raus hier. Bei mir unten warten auf uns eine Kilopackung Eiscreme und zwei Löffel.«

Diana musste angesichts der Ironie lächeln. »Genau das, was ich nötig habe, nachdem Stuart mit meinem Fitnessrad abgehauen ist.«

Die Woche darauf saß Diana an ihrem Schreibtisch bei Sander's Food und las einen Bericht der Verkaufsabteilung, als ihre Assistentin bei ihr anklingelte. Sie drehte sich auf ihrem Stuhl um, um die Sprechanlage zu bedienen. »Ja?«

»Mr Kennedy ist auf Leitung zwei.«

Diana wollte es zuerst nicht glauben. Noch vor fünf Minuten hätte sie die Hälfte ihres Jahresgehalts darauf verwettet, dass sie nach seiner Nachricht, die er an den Spiegel geklebt hatte, nie mehr ein Wort von ihm hören würde. Sie überlegte einen Moment lang, ob sie ihre Assistentin nicht lieber darum bitten sollte, ihn abzuwimmeln, aber ihre Neugier gewann die Oberhand, zumal sie in diesem Moment fast sicher war, ihm eine Nasenlänge voraus zu sein.

Sie nahm den Hörer ab. »Hast du in der Wohnung etwas vergessen?«, flötete sie süß.

Er ersparte sich sowohl eine Begrüßung als auch eine Antwort. »Pfeif sie zurück! Du kannst von mir fordern, was du willst, Hauptsache, du schaffst sie mir vom Hals!«

Zu Stuarts Stärken gehörte es, andere einzuschüchtern. Doch noch nie hatte sie einen so verzweifelten Tonfall in seiner Stimme gehört, und das machte sie neugierig.

»Ich habe keine Ahnung, von was du redest. Wen soll ich zurückpfeifen?«

»Versuch ja nicht, mir Sand in die Augen zu streuen, Diana.« Obwohl sein angestrengtes Flüstern einen höheren Tonfall annahm, klang es immer noch so gedämpft, als würde er die Hand über den Hörer halten. »Amy würde niemals so eine Scheiße abziehen, ohne es dir vorher zu sagen.«

Diana strengte sich ganz bewusst an, das aufkommende Angstgefühl zu unterdrücken, das sie bei der Erwähnung von Amys Namen überfallen hatte. »Ich bin nicht Amys Kindermädchen. Egal, was sie ...«

»Es ist mir völlig egal, wie du es anstellst. Ich will nur, dass du sie dazu bringst, dass sie endlich von hier abhaut, und zwar sofort.«

»Könntest du mir vielleicht verraten, was du mit ›hier‹ meinst? Oder soll ich einfach drauflosraten?«

»Ich warne dich, Diana, ich ...« Er unterbrach sich. Und dann wandte er sich mit aufgesetzt fröhlicher Stimme an jemanden im Hintergrund des Raumes. Einige Zeit herrschte Stille am Hörer, bevor er sich wieder bei ihr meldete. »Seit ich ausgezogen bin, ist sie jeden Tag in meinem Büro aufgekreuzt. Ich habe wirklich versucht, vernünftig mit ihr zu reden, aber sie hört mir gar nicht zu. Das überfordert bei Weitem meinen Sinn für Höflichkeit. Schaff sie mir also bitte vom Leib, ansonsten schwöre ich dir, dass ich ...«

»Wage es bloß nicht, mir zu drohen, Stuart. Ich muss mir deinen Unsinn nämlich nicht mehr länger anhören.« Donnerwetter, sie wollte es gar nicht glauben, wie gut es tat, sich zu wehren. Das hätte sie sich schon sehr viel früher einmal trauen sollen.

»Es tut mir sehr leid, wenn du das falsch verstanden hast. Ich habe es nicht so gemeint.«

Doch ganz genau das hatte er damit beabsichtigt, und deshalb nahm sie es ihm auch keine Minute lang ab, dass er das bedauern würde. Aber ihr gefiel es sehr gut, dass er es zumindest für nötig befunden hatte, ihr das zu sagen. »Ich gehe einmal davon aus, dass du von deinem Büro aus anrufst?«

»Ja.«

»Und Amy ist bei dir?«

»Ja.«

Im ersten Moment wusste Diana nicht, wie sie darauf reagieren sollte. Sie hatte nicht die geringste Ahnung, was Amy in Stuarts Büro zu suchen hatte.

»Ich werde mit ihr reden, gib sie mir.«

»Diana, du hast wohl immer noch nicht begriffen, um was es geht. Ich möchte auf gar keinen Fall, dass auch nur eine Menschenseele mitbekommt, dass sie sich hier wegen mir aufhält.«

Nicht einmal jetzt konnte er seinen Sarkasmus unterdrücken, obwohl er doch längst eingestanden hatte, dass sie die Oberhand besaß. »Was du sagst, klingt nicht gerade einleuchtend. Wie soll ich Amy denn dazu bringen, dass sie dich dort in Ruhe lässt, wenn ich nicht mit ihr reden kann?«

»Sag ihr das gefälligst, wenn du sie heute Abend triffst.«

»Ich kann dir absolut nicht versprechen, ob es etwas bringt, wenn ich mit ihr darüber rede. Du weißt genauso gut wie ich, dass Amy nur dann auf einen hört, wenn sie es selbst möchte.«

»Was soll denn das nun wieder heißen? Versuchst du nun auf einmal, mir zu drohen?«

»Aber das würde mir nicht einmal im Traum einfallen.« Langsam, aber sicher wurde sein paranoides Theater immer fadenscheiniger. »Weißt du was, ich finde, dass sich diese Sache allmählich erschöpft. Auf was zielst du eigentlich wirklich ab?«

»Was willst du? Die Schlafzimmereinrichtung? Ich kann sie dir nächste Woche liefern lassen.«

»Du lieber Himmel, nein.« Ihr ehemaliges Bett war so ziemlich das Allerletzte, was sie sich zurückwünschte, sozusagen als ein ewiges Mahnmal ihrer verflossenen Liebesnächte.

»Aber die Wohnzimmereinrichtung hat dir doch nie gefallen. Aus welchem Grund solltest du denn ausgerechnet sie zurückhaben wollen? Machst du das eigentlich nur, um mich zu bestrafen? Geht es darum? Du möchtest ausgerechnet das haben, was mir von allen Dingen am allermeisten am Herzen liegt, nur um es mir heimzuzahlen?«

»Ich bin viel zu sehr beschäftigt, um mir weiterhin deinen Blödsinn anzuhören.«

»Aber was willst du denn dann, Diana? Sag es doch endlich, ich werde es machen.«

Meine Güte, was wäre, wenn er ihr gar nichts vormachte, sondern es ernst meinte? Es konnte doch unmöglich sein, dass er tatsächlich dermaßen paranoid war. »Sprich mit Amy. Und finde heraus, warum sie dort bei dir ist und was sie von dir will. Wenn du sie damit glücklich machen kannst, dann bin ich es auch.«

»Ich habe dich vorgewarnt, Diana. Es war also nicht so, als ob ich einfach abgehauen wäre, ohne vorher gewisse Andeutungen zu machen.«

Nun versuchte Stuart tatsächlich auch noch sein Verhalten zu rechtfertigen. Mit einem Mal überfiel sie das irrsinnige Bedürfnis, einfach laut loszulachen. »Tut mir leid, dass ich vergessen habe, mich dafür zu bedanken.«

»Was bist du bloß für ein verdammtes Biest!«

»Mach's gut, Stuart.« Sie legte den Hörer auf, noch bevor Stuart überhaupt die Möglichkeit hatte, darauf etwas zu erwidern.

Diana versuchte den ganzen Nachmittag über, Amy zu erreichen, landete aber immer wieder auf ihrem Anrufbeantworter. Auf dem Heimweg machte sie einen Abstecher zu ihrer Wohnung, um nachzusehen, ob Amys Wagen vor der Tür stand, was jedoch nicht der Fall war. Und wie üblich funktionierte auch Amys Handy nicht. Entweder hatte sie wieder einmal vergessen, es einzustecken, oder aber der Akku war leer.

Nach ihrem Gespräch mit Stuart war Diana kaum mehr in der Lage, sich auf ihre Arbeit zu konzentrieren, egal um was es dabei ging. Während der Sitzung, für die sie ihr Team zusammengetrommelt hatte und in der es um den Starttermin einer neuen Nahrungsmittellinie mit fettarmen Backmischungen für Muffins und Kuchen ging, war sie geistig vollkommen abwesend. Es war entscheidend, den anderen Herstellern dieser Produkte zuvorzukommen, denn allen war klar, dass sie die Konkurrenten in jeder Hinsicht übertrumpfen mussten, um auf dem Markt überhaupt eine Chance zu haben. Die Kampagne sollte in acht Monaten gestartet werden, und dieser Zeitpunkt war ganz bewusst gewählt worden, weil man von dem jährlichen Diätwahn profitieren wollte, der grundsätzlich nach den Feiertagen einsetzte. Für die Marktanalyse war Dianas Team verantwortlich gewesen, und es sollte auch am Rande weiterhin in die Kampagne einbezogen werden, bis die Artikel auf dem Markt etabliert waren. Glücklicherweise war sie von einem Team umgeben, das aus selbstständig handelnden weiblichen und männlichen Mitarbeitern bestand, die auch ohne die nötige Anleitung funktionierten, an der sie es in der vergangenen Woche ohnehin hatte mangeln lassen. Aber natürlich konnte sie nicht so weitermachen, sie musste sowohl persönlich als auch geistig mehr Präsenz zeigen. Und sie musste einen Weg finden, um endlich ihr Leben wieder in Ordnung zu bringen, und zwar nicht nur ihr Leben, sondern darüber hinaus auch ihre Wohnung. Ihre Nächte hatte sie auf einem Futonbett verbracht, das aus Stephanies Abstellkammer stammte, und sich von Tiefkühlkost ernährt, die sie im Stehen an der Küchentheke zu sich nahm.

Sie hasste es, einkaufen zu gehen, sie hasste grundsätzlich alles, was mit Einkäufen zu tun hatte. Mehr als einmal hatte sie sich gefragt, ob ihr möglicherweise das weibliche Gen fehlte, das alle Frauen, die sie kannte, besaßen, wenn es darum ging, Farben, Streifenmuster, Karos und Blumendekors zu einem schönen Ganzen zu kombinieren, das darüber hinaus auch noch vollkommen natürlich wirkte. Die Ergebnisse all ihrer Versuche, die sie diesbezüglich unternommen hatte, wirkten so disharmonisch wie die Leistung einer drittklassigen Musikschule.

Diana fuhr in die Garage ihres Wohnhauses und stieg aus dem Wagen, als ihr Blick auf den roten Pinto von Amy fiel, der auf einem der Gästeparkplätze stand. Erst jetzt wurde ihr bewusst, welche Sorgen sie sich eigentlich um Amy gemacht hatte. Weil sie ganz sichergehen wollte, dass es sich tatsächlich um Amys Wagen handelte, inspizierte sie das Auto eingehend, obwohl es im gesamten Staat Minnesota garantiert keine zweite Rostlaube dieser Art geben konnte, die nur aus einem Haufen unsicherer Schrottteile bestand.

Bei einem Blick ins Auto sah sie, dass der Wagenboden mit leeren Wasserflaschen und mit CDs der Band Grateful Dead übersät war. Es musste also Amys Auto sein. Seltsamerweise schaffte es Amy, ihre Wohnung makellos sauber zu halten, während ihr Auto einem fahrenden Mülleimer glich.

Als sie ihre Wohnung betrat, musste sie einem Berg von Kartons und Tüten ausweichen, die nebeneinander aufgereiht im Flur standen.

»Wir sind hier in der Küche«, rief Amy fröhlich.

Diana warf im Vorübergehen einen Blick in die Tüten. Einige waren mit Lebensmitteln vollgestopft, in anderen befanden sich Töpfe und Pfannen, und außerdem gab es noch welche mit Handtüchern und Bettwäsche. Sie fand Amy auf dem Küchenboden sitzend vor, umgeben von ausgerolltem Schrankpapier, während Stephanie mit zerknülltem Zeitungspapier bei der Küchentheke stand. »Wo kommt denn dieser ganze Kram her?«

Amy zwinkerte Stephanie verschwörerisch zu. »Das haben wir alles gekauft. Wir haben anfangs überlegt, ob wir nicht lieber damit warten sollten, bis du uns begleiten könntest. Aber es ist so was von geistlos, diesen ganzen Alltagskram einzukaufen, dass wir angenommen haben, dass du darauf gerne verzichten würdest.«

»Ist doch so, oder etwa nicht?«, wollte Stephanie wissen.

»Absolut«, erklärte Diana. Sie betrachtete das Sortiment von Schüsseln, Gläsern samt einem funkelnagelneuen Toaster, die noch aufgeräumt werden mussten. Diana griff in einen Karton und zog einen Teller hervor. »Ich habe dieses Lenox-Muster schon immer gemocht. Ich hatte einmal ...«

»Nein, nicht ›du hattest einmal‹«, korrigierte Amy sie, die dabei sehr stolz klang, »du hast sie immer noch. Ich habe sie für dich aufbewahrt.«

Sie hatte vergessen, dass sie ihr Porzellangeschirr Amy überlassen hatte. »Hast du das Silberbesteck auch aufbewahrt?«

»Jawohl.« Amy grinste. »Aber den ganzen übrigen Kram haben wir völlig neu gekauft. Mit der freundlichen Unterstützung von Stuart Layton Kennedy.«

Diana konnte sich Amys Begeisterung nicht anschließen. »Stuart hat das alles hier bezahlt?«

»Und darüber hinaus noch sehr viel mehr«, antwortete Amy. »Du kannst dir morgen eine komplett neue Schlafzimmereinrichtung und die fürs Wohnzimmer aussuchen, und dazu außerdem entweder eine neue Couch oder ein Zweisitzersofa oder aber neue Geräte für deinen Fitnessraum.«

»Wie in aller Welt hast du ...?« Diana hielt inne. Diese Frage sollte sie wohl besser erst dann klären, wenn sie mit Amy wieder alleine war. Auch wenn Amys Benehmen sehr oft mehr als befremdlich wirkte, war sie eigentlich eine höchst diskrete Person. »Ist ja auch egal. Ich glaube, ich möchte es gar nicht wissen.«

Stephanie brachte das Geschirr zum Spülbecken. »Du solltest Amy die Chance geben, dass sie dir das erzählt. In meinem ganzen Leben habe ich noch nie ein besseres Beispiel dafür gehört, was ›ausgleichende Gerechtigkeit‹ zu bedeuten hat.«

Diana warf Amy einen fragenden Blick zu.

Amys Lächeln war verschwunden. »Wie wäre es mit ein bisschen Vertrauen, große Schwester?«

»Es tut mir leid«, meinte Diana, weil ihr nichts Besseres einfiel.

Weil sie die angespannte Situation entschärfen wollte, mischte sich nun Stephanie ein.

»Ich habe da eine ganz tolle Idee«, meinte sie zu Diana. »Geh doch in deine Wohnung hoch und zieh dich um. Wenn du dann wieder zurückkommst, haben wir eine Überraschung für dich.«

»Noch eine Überraschung?« Diana lachte. »Ich weiß ehrlich gesagt nicht, wie viele ich noch ertrage.«

Stephanie nahm Diana bei den Schultern und schob sie Richtung Treppe. »Wenn Amy und ich endlich mit dir fertig sind, wirst du ganz bestimmt überzeugt sein, dass dir nichts besseres passieren konnte, als dass Stuart dich verlässt.«

»Da hinkt ihr aber den Ereignissen hinterher. Ich habe das schon an dem Abend gedacht, als er sich aus dem Staub gemacht hat.«

»Ich habe gesehen, dass du seinen Ring nicht mehr trägst. Hast du den an ihn zurückgeschickt?«

»Der liegt in meinem Autoaschenbecher. Ich bin mir immer noch nicht schlüssig, was ich damit anfangen werde.«

Stephanie gab ihr einen kleinen Schubs. »Lass uns zehn Minuten allein.«

Diana sah auf ihre Armbanduhr und sah dann Amy an. »Bist du auch mit zehn Minuten einverstanden?«

Amy zuckte mit den Schultern. »Mir ist alles recht, was Stephanie vorschlägt.«

Nachdem Diana ihre Jeans und ein T-Shirt angezogen, das Make-up abgeschminkt und das Haar zu einem Pferdeschwanz nach oben gebunden hatte, waren gut und gern zehn Minuten vergangen.

»Egal, ob ihr nun fertig seid oder nicht, ich komme wieder runter«, rief sie ihnen vom Treppenabsatz zu.

Sie fand Amy in der Küche vor, wo sie Geschirr und Besteck auf ein Tablett packte. »Wo ist Stephanie?«

»Ihr Redakteur hat in heller Panik angerufen, weil mit einer Geschichte, die morgen in der Zeitung erscheinen soll, irgendetwas schiefgelaufen ist oder so was. Er wollte, dass Stephanie ihm nun die Geschichte per E-Mail schickt, an der sie zu Hause gearbeitet hat. Sie meinte, das Ganze würde nicht lang dauern, es sei denn, er will irgendwelche Änderungen haben.«

»Kann ich dir helfen?« Sie wusste zwar nicht bei was, aber zumindest war es eine Bemerkung, die nichts mit Stuart zu tun hatte.

»Im Kühlschrank ist eine Flasche Champagner und eine mit Cidre. Du kannst sie in einen Behälter mit Eis stecken und mit nach draußen bringen.«

»Ich gehe also davon aus, dass wir feiern werden, ja?« – »Das war Stephanies Idee.« Amy öffnete mit dem Ellenbogen die gläserne Schiebetür und ging auf den Balkon hinaus.

Diana nahm eine rostfreie Stahlschüssel von der Küchenanrichte, stellte die Flaschen mit Champagner und Cidre hinein, füllte die Schüssel mit Eiswürfeln und Wasser auf und folgte dann Amy nach draußen. Sie hatten dort aus diversen Kartons, die sie aneinandergeschoben und mit einer karierten Tischdecke geschmückt hatten, einen provisorischen Tisch gebaut. Den Mittelpunkt bildete ein Blumentopf mit einer Geranie, und die Kerzen, die sie in Weingläser gesteckt hatten, vermittelten eine Mischung aus Zweckmäßigkeit und Eleganz. »Das ist meine erste Dinnerparty als unabhängige Frau. Und ich musste nicht einmal bei der Planung und der Vorbereitung mithelfen.«

Amy verteilte die Teller. »Tust du eigentlich nur nach außen hin so, oder geht es dir wirklich so gut, nachdem Stuart dich hat sitzen lassen?«

»Reichlich verblüffend, was? Obwohl wir schon so lange Zeit zusammen waren, habe ich nur Erleichterung gefühlt, als es dann endlich vorbei war. Ehrlich gesagt, hat mich meine Reaktion darauf wahrscheinlich selber noch mehr überrascht als dich und Stephanie.«

»Und ich habe immer gedacht, dass du völlig verrückt nach ihm bist.« In ihrer Stimme schwang eine Spur von Zweifel mit.

»Vielleicht habe ich ihn nun endlich so gesehen, wie er wirklich ist.«

Amy umrundete den Tisch, während sie die Servietten und das Besteck so sorgfältig auflegte, als würde es sich um ein ganz formelles Abendessen handeln. »Aber es ist doch unmöglich, dass du nicht darüber verletzt bist oder wenigstens sauer auf ihn bist wegen der Art und Weise, wie er dich verlassen hat?«

»Was ist denn los mit dir, Amy? Warum denkst du denn, dass ich dir irgendetwas verschweigen würde?«

»Weil ich daran schuld bin, dass er ausgezogen ist.«

»Wie kommst du denn auf die Idee, so etwas zu sagen?« Diana stellte diese Frage sehr vorsichtig.

»Nun komm schon, Diana! Genau an dem Tag, an dem ich in den Schlagzeilen stehe, lässt Stuart dich fallen. Ich müsste schon sehr beschränkt sein, um den Zusammenhang nicht zu erkennen.«

Diana stellte die Schüssel in den Schatten. »Wenn du schon nach einem Grund suchst, um dich schuldig zu fühlen, dann könnte ich dir verdammt noch mal einen sehr viel besseren nennen. Wieso ist dir nicht schon früher etwas eingefallen, um mich aus dieser Beziehung zu befreien?«

»Weil ich immer davon ausgegangen bin, dass wir alle ein Recht darauf haben, ein paar Fehler zu machen. Und Stuart war deiner.« Sie schnappte sich das leere Tablett und klemmte es unter den Arm. »Dank der Tatsache, dass du mit ihm fast vier Jahre vergeudet hast, hast du natürlich eine Menge von deinem Vorschuss, der dir in der Abteilung Fehlermachen zusteht, aufgebraucht. Von jetzt an musst du also damit sparsamer umgehen.«

»Was hast du gemacht, Amy?« Sie hatte sich zwar geschworen, die Frage erst dann zu stellen, wenn sie mehr Zeit hätten. Aber die Frage quälte sie wie eine Fischgräte, die sie sofort ausspucken musste, bevor sie ihr im Hals stecken blieb. »Wie hast du es fertig gebracht, dass er sich bereit erklärt hat, für all das hier zu bezahlen?«

»Ich habe mich einfach nur auf einem der Stühle niedergelassen, die vor der Wandtafel mit den Börsenkursen stehen, und ihn angestarrt.«

Diana konnte ihr nicht ganz folgen, und außerdem hatte sie das Gefühl, dass sie noch auf etwas warten würde, das sie bis dahin vermisst hatte. »Und du hast kein Wort zu ihm gesagt?«

Amy schüttelte den Kopf. »Nein, erst zum Schluss. Das musste ich auch nicht.«

»Aber warum hat er dann ...?«

»Denk doch mal nach, Diana.« Ihre Stimme klang belegt, und sie räusperte sich, um den Hals freizubekommen. »Was könnte Stuart denn mehr zusetzen als eine stadtbekannte Prostituierte, die in seinem Büro herumsitzt und so tut, als wäre sie bestens mit ihm befreundet?«

Endlich verspürte Diana den Schmerz, den sie bislang vermisst hatte. Aber er hatte nichts mit Stuart zu tun und auch nicht mit den tumultartigen Ereignissen, die ihr Leben auf den Kopf gestellt hatten. Es brach ihr fast das Herz wegen Amy. Hatte ihre Schwester tatsächlich ihre eigene Schande als eine Art von Waffe benutzt, um ein Unrecht an ihr wiedergutzumachen? Diana hatte sich gegenüber ihrer Schwester immer für die Stärkere gehalten, für die, die sich nie geschlagen gab und sich stets um die Schwächere kümmerte.

Aber darin hatte sie sich nun gründlich getäuscht.

4

»Ich habe mich heute großartig amüsiert«, schwärmte Amy, als Diana in die Tiefgarage von Amys Wohnhaus einbog. »Ich bin wirklich froh, dass du mich gebeten hast, mitzukommen.« Eigentlich wollte sie, dass ihre Bemerkung so beiläufig klingen sollte wie nach dem Einkaufsbummel zweier Freundinnen, die sich seit langer Zeit nicht mehr gesehen hatten. Stattdessen hörte sie sich so an, als wäre sie dringend auf solche Treffen angewiesen. Noch schlimmer aber war, wie sie sich dabei fühlte, nämlich wie ein kleines Hündchen, das sich schrecklich abmühte, seine Schnauze unter die Hand eines Menschen zu schieben, dem das vollkommen gleichgültig war.

»Es kommt mir vor, als hätten wir seit Ewigkeiten nicht mehr gemeinsam etwas Derartiges unternommen«, fuhr Amy fort. Na großartig, dachte sie. Denn genau das, was Diana derzeit am allerwenigsten brauchen konnte, waren irgendwelche Schuldgefühle, weil sie sich nicht genügend um ihre kleine Schwester gekümmert hatte. »Aber ich kann dir das andererseits auch gar nicht vorwerfen. Es war schließlich mein Fehler, dass wir uns in den letzten Jahren so wenig gesehen haben. Ich hätte mich wirklich mehr anstrengen sollen, um mit Stuart besser auszukommen. Und du hast dabei zwischen allen Stühlen gesessen, weil ich nichts dazu beigetragen habe, um es dir leichter zu machen.«

Diana parkte ihren Volvo neben Amys Pinto, stellte den Motor ab und sah Amy von der Seite an. »Wenn es um Männer geht, dann muss ab jetzt einfach jeder akzeptieren, dass er uns nur im Doppelpack haben kann. Wer mich liebt, der muss auch meine Schwester lieben.«

Amy wurde nun ganz geschäftig, suchte ihre Tasche und die Päckchen zusammen, weil sie nicht wollte, dass Diana mitbekommen würde, wie viel ihr dieser Liebesbeweis bedeutete. »Klingt meiner Meinung nach ein bisschen sehr verdreht.«

Diana lachte. »Du weißt schon, wie ich das meine.«

»Du brauchst dir keine Sorgen machen«, erwiderte Amy. »Ich werde mich nicht mehr dazwischendrängeln. Wenn du wieder einen Mann findest, dann werde ich mein Bestmögliches geben, um sicherzustellen, dass er auch mich mag. Dann werden wir wie eine richtige Familie sein, die sich zu Thanksgiving trifft und an Weihnachten, diese ganzen Dinge halt.« Sie quasselte einfach drauflos und konnte damit gar nicht mehr aufhören. »Ich weiß natürlich, dass du an den ganz wichtigen Tagen immer zu Mom und Dad gehen musst, aber das ist schon in Ordnung. Es geht ja weniger darum, wann man gemeinsam feiert, sondern mit welchen Menschen man feiert. Und eines Tages, wenn du dann Kinder haben wirst, dann werde ich ganz bestimmt die beste Tante der Welt sein, die es für sie geben kann.«

»Falls ich mich tatsächlich wieder mit einem Mann einlassen sollte – und so, wie ich mich derzeit fühle, ist das mehr als fraglich –, musst du deinerseits gar nichts machen.«

Amy schüttelte protestierend den Kopf.

»Ich meine das ernst«, fuhr Diana fort. »Was ich gerade gesagt habe, meine ich genau so. Ganz egal, mit welchem Mann ich mich einlassen werde, wenn er dich nicht so liebt, wie du bist, dann steht er im nächsten Moment wieder draußen vor der Tür.«

»Aber es könnte doch sein, dass du diesbezüglich deine Meinung irgendwann einmal auch wieder ändern wirst. Du kannst doch nicht erwarten, dass der Mann, der dich wirklich verdient, geradezu in Begeisterung ausbricht, wenn er mitbekommt, dass ich seine künftige Schwägerin werden soll.«

»Da wir schon gerade von Schwägerinnen sprechen«, meinte Diana, »ich hätte dich gern einmal gefragt, was aus Larry geworden ist. Ich habe ihn eigentlich recht gern gemocht.«

»Wir haben uns vor Monaten getrennt.« Seitdem war sie mit zwei weiteren Typen zusammen gewesen, von denen Diana keine Ahnung hatte. »Du und ich, wir beide haben uns im letzten Jahr wirklich so gut wie nicht gesehen.«

Diana legte ihre Hand auf Amys Arm. »Es tut mir leid. Ich kann nicht mehr tun, als dir zu versprechen, dass das nicht mehr vorkommen wird.«

Was war denn bloß mit ihr los, dass sie sich schon bei der geringsten Berührung eines anderen Menschen mit einem Mal geliebt fühlte, selbst wenn es sich dabei nur um einen Kerl handelte, den sie in irgendeiner Bar aufgabelte? »Wenn ich gewusst hätte, was auf meine Verhaftung folgen würde, dann hätte ich das schon sehr viel früher ausprobiert.«

Diana verstärkte den Griff um Amys Arm. »Ich möchte nie wieder etwas Derartiges aus deinem Mund hören.«

»Mein Gott, Diana, du bist so was von fürsorglich, dass es schon fast peinlich ist.«

Das Schweigen zwischen ihnen wurde allmählich bedrückend, doch dann meinte Diana schließlich: »Ich weiß, dass du darüber nicht reden möchtest, Amy. Und ich habe dir gestern Abend versprochen, es auch nicht mehr zu erwähnen, aber ich kann es nicht. Hast du denn nie daran gedacht, was dir alles hätte passieren können? Sag mir wenigstens, dass du dir inzwischen einen Anwalt genommen hast.«

Amy warf ihr einen warnenden Blick zu.

Diana explodierte. »Verdammt noch mal, Amy, ich mache mir Sorgen um dich.«

»Nun, das musst du nicht.« Wann würde sie es endlich lernen, den Mund zu halten? »Inzwischen solltest du doch wissen, dass ich sehr wohl selbst auf mich aufpassen kann. Wenn die Zeitungen die Geschichte nicht gebracht hätten, dann hättest du darüber nicht einmal etwas erfahren.«

»Soll das heißen, dass es mir deswegen besser gehen sollte?« – »Du bist nicht mein Kindermädchen, Diana. Ich bin inzwischen eine erwachsene Frau.«

»Und deswegen meinst du, dass mir das alles egal sein sollte?« Sie legte die Hände aufs Lenkrad. »Wenn es das ist, was du möchtest, in Ordnung. Aber dann erkläre mir bitte schön, wie ich das anstellen soll?«

»Du kannst dir ja weiterhin Sorgen um mich machen, aber du sollst mir nicht sagen, was ich zu tun habe.«

»Selbst dann, wenn ich merke, dass du Dinge machst, die meiner Meinung nach falsch sind, etwas, mit dem du dich nur selbst verletzt?«

Amy starrte auf die Päckchen auf ihrem Schoß. »Habe ich dir gesagt, dass Stuart der Falsche für dich ist?«

»Das war doch etwas ganz anderes.«

»Ach, und wieso?«

»Man kann keinem beibringen, wenn er in der falschen Beziehung lebt, das muss man schon selbst herausfinden.«

»Seit wann denn das? Warst du denn nicht diejenige, die mir erklärt hat, dass Bobby Fender mich nur benutzen würde und dass ich mich von ihm trennen sollte?«

»Jetzt mach aber mal halblang, Amy. Damals hast du gerade die achte Klasse besucht!«

»Manchmal denke ich, dass du mich immer noch so wie damals siehst. Diana, ich möchte nicht, dass du dich um mich kümmerst, ich möchte deine Freundin sein.«

»Ich weiß wirklich nicht, was ich machen würde, wenn dir etwas zustoßen sollte. Schon für meinen eigenen Seelenfrieden muss ich einfach wissen, dass es dir gut geht.«

Sie waren wieder am Anfang angelangt. »Ich habe dir gesagt, dass ich über den Abend, an dem ich verhaftet wurde, nicht reden will.« Sie öffnete die Wagentür und machte sich daran, auszusteigen. »Das liegt hinter mir.«

»Wie kann das hinter dir liegen, wenn ...«

»Gib endlich auf, Diana.«

»Zum Teufel, manche Dinge lösen sich nicht einfach in Luft auf. Man muss sich darüber erst einmal aussprechen.«

»Großartig. Dann geh nach Hause und rede mit Stephanie darüber. Oder noch besser, ruf einfach Stuart an. Ich bin mir sicher, dass er eine Menge dazu zu sagen hat.«

Bis dahin war es ein Tag gewesen, den Amy am liebsten mit einem goldenen Band eingefasst und für immer aufbewahrt hätte. Sie verließ das Auto, schlug die Tür hinter sich zu und ging zur Treppe.

Diana ließ das Fenster herunter und rief ihr nach: »Möchtest du trotzdem morgen mit mir kommen?«

Das war doch typisch für ihre Schwester. Ganz egal, ob Dianas Wut berechtigt war und ihre Empörung echt, sie umgab sich nach wie vor mit dem Mantel der Friedensstifterin. Wenn die Wogen hoch schlugen, dann versuchte Diana, das Wasser zu glätten, selbst dann, wenn sie dabei Gefahr lief, selbst in den Wellen unterzugehen. Was für ein Glück es doch war, dass Stuart sie endlich verlassen hatte. »Das weiß ich noch nicht. Ruf mich morgen früh an.«

»Ich liebe dich, Amy.«

Wie immer, trafen sie Dianas Worte vollkommen unerwartet. Sie gab ihre Abwehrhaltung auf und drehte sich um. Dann kehrte sie zum Wagen zurück und legte die verschränkten Hände auf die Autotür. »Ich habe mir einen Anwalt genommen. Er konnte sie davon überzeugen, die Anklage fallen zu lassen.«

»Wie hat er das geschafft?«

»Indem er darauf hingewiesen hat, dass der Fall auch durchaus als bewusste Provokation zu einer Straftat angesehen werden könnte.«

»Wieso hast du mir das nicht erzählt?«

»Weil mich diese ganze Angelegenheit total krank macht. Ich will einfach nur, dass sich diese ganze Geschichte in Luft auflöst.«

»Aber du hast doch gewusst, wie viele Sorgen ich mir gemacht habe. Du hättest doch einfach nur ...« Mit einem Mal wurde ihr klar, was Amy ihr zu erklären versucht hatte. »Genug der Worte. Dir geht es gut, das ist das Einzige, was zählt.« Diana lächelte. »Wir sehen uns morgen.«

»Ja, ich denke schon. Aber bitte nicht allzu früh.«

In der Wohnung ließ Amy ihre Pakete und Tasche auf das Sofa fallen und ging in die Küche, um sich eine Flasche aromatisierten Tee aus dem Kühlschrank zu holen.

Sie fühlte sich erschöpft, für sie war das ein ungewohntes, aber durchaus nicht unwillkommenes Gefühl. Normalerweise war sie ständig auf der Suche nach irgendeiner Beschäftigung, mit der sie ihre Tage ausfüllen konnte. Die vergangenen beiden Tage war sie ununterbrochen unterwegs gewesen. Dianas Küchenschränke mit neuen Vorräten zu füllen war, im Vergleich zum Kauf der neuen Möbel, eine einfache Sache. Einkaufstrips waren nun einmal nicht Dianas Stärke. Sie wusste nicht einmal genau, welche Art von Couch sie eigentlich wollte, aber als es dann um den Bezugsstoff ging, war sie vollkommen ratlos. Die einzigen Anhaltspunkte, die sie diesbezüglich gab, waren alle negativer Art. Denn falls die Couch, die Stühle oder die Schlafzimmereinrichtung auch nur im Geringsten einen Stil aufwiesen, der auch Stuart hätte gefallen können, wollte sie das auf gar keinen Fall haben.

Nachdem Amy ein Tiefkühlgericht in die Mikrowelle geschoben hatte, ging sie ins Wohnzimmer zurück, um den Anrufbeantworter abzuhören. Sie erwartete einen Anruf des Englischprofessors, der sie auf dem College unterrichtet hatte. Er hatte ihr einmal angeboten, ein Empfehlungsschreiben für sie zu verfassen, falls sie jemals beschließen sollte, doch noch ihren Schulabschluss nachzuholen. Inzwischen hatte sie allen Ernstes vor, ihre Schulausbildung zu beenden. Und wenn sie das dann eines Tages wirklich geschafft haben sollte, würde diese Nachricht ganz bestimmt auch für Diana ein schönes Geschenk sein. Vielleicht würde sie sich dann etwas mehr um sich selber kümmern, anstatt sich ständig Sorgen um ihre problematische Schwester zu machen.

Das Signal für hinterlassene Nachrichten blinkte, und sie stellte fest, dass es sich um fünf Anrufe handelte. Doch ehe sie überhaupt dazu kam, auf den Knopf zu drücken, um sie abzuhören, klopfte es an der Tür.

Schon allein die Vorstellung, dass sich Diana nun doch noch dazu entschlossen haben könnte, bei ihr zu übernachten, versetzte sie in leichte Aufregung. Sie könnten sich vom Chinesen etwas zum Abendessen liefern lassen und sich ein paar Filme ausleihen oder aber einfach die ganze Nacht über nur reden, so wie sie es früher in ihrer Jugendzeit getan hatten.

Sie schob die Türverriegelung zurück. »Na, du hast wohl irgendwas vergessen?«, meinte sie, noch bevor die Tür sperrangelweit aufgerissen wurde.

Aber es war nicht Diana, die vor der Tür stand. Amys Hand verkrampfte sich um die Türklinke. Rein instinktiv wich sie einen Schritt nach hinten zurück, als könnte sie hinter der hölzernen Türschwelle Schutz suchen. »Mom? Was machst du denn hier?«

Eileen warf einen Blick über Amys Schulter in die Wohnung. Amy kam es vor, als wäre bereits eine Ewigkeit vergangen, als ihre Mutter schließlich meinte: »Erwartest du jemanden?«

»Diana ist gerade gegangen, und ich habe gedacht, dass sie vielleicht ... Ist ja auch egal. Es ist nicht wichtig.« Ihr Verstand sagte ihr, dass Eileen nicht hergekommen war, um mit ihr Frieden zu schließen. Und dennoch keimte eine gewisse Hoffnung in Amy auf, die sie keinesfalls durch logische Überlegungen sofort wieder ersticken wollte.

»Wäre es dir recht, wenn ich hereinkommen würde?« Eileens Worte klangen weniger wie eine Frage, schon eher wie eine subtile Form der Kritik an Amys Umgangsformen.

»Aber ja doch, natürlich. Du hast mich einfach nur überrumpelt.« Sie hatte alles Recht der Welt, nervös zu sein. Mittlerweile waren sechs Jahre seit ihrem Auszug von zu Hause vergangen, und es war das allererste Mal, dass ihre Mutter gekommen war, um sie zu besuchen. Amy öffnete die Tür einen Spalt weiter und forderte ihre Mutter auf, einzutreten.

Eileen ging ins Wohnzimmer, in dem sie sich ausgerechnet den Stuhl auswählte, der als einziger in der gesamten Wohnung nicht frei war. Sie blieb davor stehen, bis Amy herbeieilte und ihre Tasche und ihre Päckchen wegräumte, die sie kurz zuvor darauf deponiert hatte. »Möchtest du vielleicht etwas trinken?«

»Soweit ich mich entsinnen kann, hat mir Diana doch erzählt, du hättest das Trinken aufgegeben.« Eileen ließ sich mit aufrechtem Rücken nieder, während ihre schmalen Hüften nicht einmal die Hälfte des Kissens bedeckten. Ihr Leinenjackett wirkte wie frisch gebügelt, und die passenden Hosen dazu waren nicht minder makellos. Eileen Winchester war ein Mensch, der nicht schwitzte, sondern allenfalls glühte. Wenn der Wind ihr Haar zerzauste, dann fiel jede einzelne Strähne wieder genau an die dafür vorgesehene Stelle zurück. Und alles an ihr wirkte, als sei es einfach angeboren und für sie so selbstverständlich wie ihre blauen Augen. Für andere, die diesbezüglich weniger gesegnet waren, hatte sie weder Verständnis noch Geduld.

»Ich wollte dir nur einen Kaffee anbieten. Als ich ihn das letzte Mal in der Hand hatte, haben ihn alle noch für ein Getränk gehalten.« Amy war nicht klar, ob sie verärgert darüber sein sollte oder aber geschmeichelt, dass Diana ihren Eltern von ihren Fortschritten erzählt hatte.

»Das ist wohl nicht nötig. Ich habe nicht die Absicht, so lange zu bleiben.«

»Ich frage mich, wieso mich das nicht wirklich überrascht.« Amy ließ sich auf der Sofalehne nieder, wohl wissend, dass es ihre Mutter innerlich zum Kochen bringen würde. Damen saßen bekanntlich in einem Stuhl und nicht auf seiner Lehne.

»Ich denke mal, dass ich gleich zur Sache kommen sollte, zum Anlass meines Besuches. Es hat wenig Sinn, das hinauszuzögern.« Sie umklammerte mit den Händen das weiche Eidechsenleder ihrer Designerkuverttasche, die auf ihrem Schoß lag. Sie bedachte Amy nur den Bruchteil einer Sekunde mit einem Blick, bevor dieser zu dem Monet-Druck auf der gegenüberliegenden Wand schweifte.

»Es geht mir gut, Mutter. Danke der Nachfrage.«

»Ach, wirklich?«, blaffte ihre Mutter sie wütend an. »Mit Sicherheit haben da sowohl ich als auch Carl einen anderen Eindruck.«

Carl? Amy wunderte sich. Wieso hieß es auf einmal nicht mehr »Vater«? Entweder lief hier nicht mehr das übliche Spielchen ab, oder die Spielregeln hatten sich geändert. Amys aufgesetzter Mut schwand dahin. »Du siehst gut aus«, behauptete sie als eine Art von Friedensangebot. »Spielst du immer noch Tennis?« Es setzte ihr zu, dass sie nicht einmal etwas so Banales über ihre Mutter wusste, aber es hatte wohl wenig Sinn, eine Vertrautheit vorzuspielen, die überhaupt nicht existierte.

»Wieso willst du das wissen?«

»Aus keinem besonderen Grund. Es ist einfach nur... ach, vergiss es einfach.«

Eileen sah sich im Raum um, und schließlich fiel ihr Blick auf die Rokokouhr, als sie sagte: »Das ist kein Besuch von mir, Amy. Ich bin nicht hierhergekommen, um mich davon zu überzeugen, dass es dir gut geht, oder um irgendwelche Fragen über mich oder deinen Va... ich meine, über Carl zu beantworten.«

Mit einem Mal hatte Amy das dringende Bedürfnis, ihrer Mutter zu erzählen, dass sie vorhatte, wieder die Schule zu besuchen, und dass sie endlich zu einem Menschen werden würde, den Eileen und Carl Winchester mit Stolz ihre Tochter nennen könnten. »Also gut, dann lassen wir die ganzen Höflichkeitsfloskeln. Warum rückst du nicht einfach damit heraus, aus welchem Grund du hier bist, damit wir es endlich hinter uns bringen?«

Zum ersten Mal zeigte Eileen gewisse Anzeichen von Nervosität. Sie fuhr sich übers Haar und räusperte sich. »Ich möchte dir einen Vorschlag machen, ein sehr lukratives Angebot, das sollte ich noch erwähnen.« Sie hielt inne, um sich abermals zu räuspern. »Und wenn ich einmal in Betracht ziehe, wie du hier so lebst, dann nehme ich an, dass du etwas zusätzliches Geld durchaus gebrauchen könntest.«

Amy überging ihre Beleidigungen. Sich auf derartige Bemerkungen von Eileen einzulassen, war ebenso albern, wie darauf zu pochen, dass es im Winter Schnee in Minnesota gab. »Du willst mir Geld geben? Wieso?«

»Ich – wir – also wir, Carl und ich, sind der Meinung, dass es für alle das Beste wäre, wenn du unsere Stadt verlassen würdest. Du kannst leben, wo immer du möchtest, solange es mindestens 1000 Meilen von hier entfernt liegt. Natürlich kommen wir auch für sämtliche Kosten deines Umzuges auf, also zusätzlich zu dem Rest.«

»Dem Rest?«, wollte Amy vorsichtig wissen. Wieso war sie denn derart überwältigt von diesem Gefühl der Enttäuschung und dem Schmerz? Eileen hatte ihr schon als Kind eine Menge Dinge gesagt und auch angetan, die Amy nicht minder verletzt hatten.

»Wir sind bereit, dir einen überaus großzügigen Batzen an Bargeld zu geben, die Hälfte sofort und die andere Hälfte, sobald du dich an irgendeinem anderen Ort niedergelassen hast. Danach wirst du immer im Januar eine weitere Zahlung erhalten. Und zwar unter einer einzigen Bedingung – wobei mir gesagt wurde, dass ich dir ausdrücklich klarmachen soll, dass wir in keiner Weise bereit sind, darüber zu verhandeln –, nämlich, dass du dich bereit erklärst, nie wieder hierher zurückzukommen, und sei es auch nur für einen Besuch.«

Als Amy darauf nichts erwiderte, fuhr Eileen fort: »Ich merke, dass du mit so etwas nicht gerechnet hast. Wahrscheinlich willst du einige Tage Bedenkzeit. Aber es handelt sich dabei um eine große Summe Geld, sehr viel mehr, als du selber jemals verdienen könntest, egal womit.« Sie öffnete ihre Handtasche und zog einen Scheck hervor.

»Ich möchte ihn nicht«, erklärte Amy.

Eileen legte den Scheck auf den Kaffeetisch und erhob sich. »Ich bin mir ganz sicher, dass du, wenn ich weg bin und du siehst, um welche Summe es sich handelt, deine Meinung ändern wirst.«

Ihr Tonfall veränderte sich, wurde nun weich und süßlich.

»Es geht mir nicht nur um mich und deinen Vater, wenn ich dich darum bitte, Amy, es geht mir auch um Diana. Wenn du fort bist, dann kann sie sich endlich wieder Stuart und auch ihrer Arbeit mit der entsprechenden Aufmerksamkeit widmen, die beide verdienen. Sie hätte schon vor Jahren eine Familie gründen sollen, aber sie hat das Gefühl, dass sie das neben allem anderen überfordert. Aber alles, was sie dir angedeihen lässt, sollte sie eigentlich für ihre eigenen Kinder aufsparen.«

»Diana möchte gar keine Kinder«, erklärte Amy. Viel zu spät erkannte sie, dass sie ihrer Mutter eine Waffe in die Hand gespielt hatte, nur weil sie versucht hatte, sich selbst zu rechtfertigen.

»Natürlich möchte sie das nicht. Sie hat ja gesehen, wie sehr sie ihren Eltern das Herz brechen können. Und genau aus diesem Grund ist es so wichtig, dass du sofort von hier fortziehst. Diana braucht Zeit, um sich mit normalen Menschen zu umgeben. Sie muss sich mit ihren Freunden treffen, die Kinder haben, damit sie begreift, wie wunderbar es sein kann, wenn man ein eigenes Kind hat, eines, das man selbst auf die Welt gebracht hat.« Amy wusste, dass es ihr selbst in den Momenten, in denen sie große Stärke hatte, niemals gelungen wäre, diesem Angriff standzuhalten.

»Ich möchte, dass du sofort gehst.«

»Sobald du dich entschieden hast, rufe Frank Pechacek an. Wir haben ihn darum gebeten, etliche Papiere vorzubereiten, die du dann unterschreiben musst.«

»Was für Papiere denn?«

Eileen rückte ihr Jackett zurecht und fuhr mit den Händen glättend darüber, obwohl es nicht eine einzige sichtbare Falte aufwies. »Ich habe den genauen Wortlaut nicht im Kopf.«

»Es geht mir nicht um den genauen Wortlaut.«

»Sie halten nur fest, dass du mit deiner Einverständniserklärung bezüglich dieses Arrangements auf alle weiteren künftigen Ansprüche verzichtest.« Sie ging zur Tür.

»Ansprüche auf was denn?«

»Auf den Namen Winchester. An mich und an Carl – und an Diana.« Dianas Namen hatte sie mit einer Härte ausgesprochen, die keinen Widerspruch duldete.

»Ich soll das Ganze also nicht als einen Bestechungsversuch ansehen, mit dem ihr mich endlich loswerden könnt, ja? Das ist doch nichts anderes, als mir mein Erbe vorzeitig auszuzahlen, oder? Wie rücksichtsvoll.«

»Nein, Amy, es geht dabei lediglich darum, dass wir uns selber absichern. Carl und ich sind zu der Überzeugung gekommen, dass es am besten ist, wenn wir dich jetzt versorgen, damit du nicht auch noch das, was rechtlich gesehen Diana zusteht, in Anspruch nehmen kannst, wenn wir einmal nicht mehr da sind und sie nicht davor bewahren können.«

Amy konnte es gar nicht erwarten, dass ihre Mutter endlich ging. Sie öffnete die Tür und machte ihr Platz zum Gehen. »Du solltest endlich abhauen.«

»Nur noch eines: Ich möchte die Uhr meiner Mutter wiederhaben, bevor du umziehst.«

Amy starrte sie an. »Nein.«

»Das sagst du nur, um mir wehzutun. Diese Uhr hat doch keinerlei Bedeutung für dich.«

»O doch, das hat sie.« Da ihre Mutter ihr den wahren Grund ohnehin nicht abnehmen würde, konnte sie sie ebenso gut in dem Glauben lassen, dass sie mit ihrer Vermutung richtig lag. Also erklärte sie bestätigend: »Ich habe ihren Wert schätzen lassen.«

Eileen verspannte sich. »Natürlich hast du das getan. Von dir habe ich ja auch nichts anderes erwartet.«

»Gute Nacht, Mutter.«

»Wie viel willst du für die Uhr?« Als Amy nicht antwortete, fügte Eileen hinzu: »Ich biete dir dafür zehn Prozent mehr als den geschätzten Wert an.«

Amy zog sich zurück und schloss ohne ein weiteres Wort die Tür. Aber sie wartete ab, weil sie sich idiotischerweise noch etliche Sekunden einredete, dass ihre Mutter noch einmal loslegen würde, sagen würde, dass sie einen schrecklichen Fehler begangen hätte, und Amy um Verzeihung bitten würde. Selbst dann, als bereits viel zu viel Zeit verstrichen war, um diese Illusion weiterhin aufrechterhalten zu können, konnte Amy sich von ihren Wunschvorstellungen nur schwer lösen. Auf dem Weg in ihr Schlafzimmer wiederholte sie innerlich immer wieder die Worte, die sie sagen würde, falls Eileen doch noch einmal zurückkommen sollte.

Sie konnte es sich einfach nicht eingestehen, dass ihre Mutter und ihr Vater sie nicht liebten. Irgendwo tief drinnen in ihren Herzen musste es doch einen Platz geben, der für den Menschen reserviert war, den sie selbst als ihre Tochter auserkoren hatten. Trotz allem, was zwischen ihnen vorgefallen war, zählte letzten Endes doch nur, dass auch sie in jeder Beziehung ihr Kind war. Waren das nicht die Gefühle, die Menschen haben sollten, die ein Kind adoptiert hatten? Es konnte doch nicht sein, dass eine solche Verbindung nur einseitig verlief, denn ihre Großmutter hatte diese Gefühle für sie gehegt und auch Diana. Und eines Tages würden das auch ganz bestimmt Eileen und Carl tun. Vielleicht, wenn sie wieder die Schule besuchen würde. Oder wenn sie heiraten und ihre eigene Familie gründen würde. Amy musste einfach nur noch ein bisschen länger Geduld haben. Dann würde schon irgendetwas geschehen, um ihre Meinung zu ändern.

Aber ganz bestimmt nicht jetzt und auch nicht an diesem Abend. Wenn sie jetzt zu Hause bliebe, dann würde sie vermutlich verrückt werden bei dem Gedanken an das, was ihre Mutter ihr alles an den Kopf geworfen hatte. Wenn sie Leute um sich hätte und Lärm, dann würde ihr das ganz bestimmt helfen, das zu vergessen, wenn auch nur für eine kurze Zeit.

Und außerdem wollte sie möglichst weit von ihrem Telefon entfernt sein. Denn so konnte sie sich zumindest noch einreden, dass sich ihre Mutter vielleicht doch noch ein Herz fassen und den Versuch unternehmen würde, sich am Telefon bei ihr zu entschuldigen.

»Das Übliche?«, wollte der groß gewachsene schwarze Barkeeper wissen.

Amy nickte. »Allerdings dieses Mal mit Limone statt Zitrone.«

»Es ist gut, wenn man hin und wieder etwas anderes ausprobiert.« Er grinste. Ohne sie anzusehen, nahm er ein Glas, gab Eiswürfel hinein und füllte es aus einem Zapfhahn, der an einem Schlauch hing, mit dem Softdrink auf. »Hab Sie in letzter Zeit hier gar nicht mehr gesehen.«

»Ich habe meiner Schwester helfen müssen.« Der Mann, der neben ihr saß, knallte einen Dollarschein auf die Theke und erhob sich, um zu gehen. Amy rutschte weiter, nahm seinen Barhocker ein und drehte sich mit dem Rücken zur Wand, damit sie einen ungehinderten Blick durch den Raum hatte.

»Ich hab gedacht, dass Sie nicht mehr hierherkommen würden nach dem, was das letzte Mal passiert ist.« Er drückte ein Stückchen Zitrone in ihr Soda und schob dann das Glas über die Bar.

»Ich kann es selbst nicht fassen, wie blöde ich gewesen bin. Dem Kerl konnte man doch schon von Weitem ansehen, dass er ein Bulle war.« Tatsächlich konnte sie einen Polizisten nicht einmal von einem Angestellten unterscheiden, aber die Stammgäste im Dimwitty's hielten sie alle für eine professionelle Nutte, und sie hatte nicht die Absicht, sie vom Gegenteil zu überzeugen. Anfangs hatte sie aus lauter Jux diese Rolle nur gespielt. Sie hatte sich sogar einer der Professionellen angeschlossen, die sie an dem Abend in der Bar kennengelernt hatte, an dem sie auch Darren Harris im Hotel begegnet war. Was Mr Harris allerdings nicht mitbekommen hatte, war, dass Amy bereits zehn Minuten nach ihrem Eintreffen wieder durch die Hintertüre abgehauen war. Es machte ihr nichts aus, wenn man sie eine Nutte nannte, sie wollte nur nicht das Spielchen bis zum Ende mitspielen.

Mit dieser Nummer hatte sie wenigstens einen Grund, sich im Dimwitty's herumzutreiben, und sie konnte damit auch die Tatsache verschleiern, dass sie keine Ahnung hatte, wo sie sonst ihre Zeit verbringen sollte. Manchmal schlief sie mit einem der Kerle, die sie dort aufgabelte, aber die meisten ließ sie einfach an der Ecke stehen. Der Polizist war allerdings zu einer Herausforderung geworden. Sie hatte sich mit ihm in ein Wortgefecht eingelassen, und er hatte gewonnen. Was für eine Meisterleistung.

Der Barkeeper kam wieder, um ein paar Gläser abzuspülen. »Hat dieser Reporter das eigentlich richtig verstanden? Diese Leute sind tatsächlich Ihre Eltern?«

Sie grinste und zwinkerte ihm zu. »Wenn ich tatsächlich so einen reichen Kerl zum Vater hätte, würde ich dann hier für meinen Lebensunterhalt rumhängen?«

»Wahnsinn! Ich wette, die waren ganz schön fertig, als sie ihren Namen in der Zeitung gelesen haben. Wahrscheinlich verklagen sie die Zeitung auch noch.«

»Ja, um noch mehr Geld zu kassieren.«

Sie machte eine Drehung mit dem Stuhl, um die Gäste zu studieren. Einige der Stammgäste waren darunter wie diese in die Jahre gekommenen ehemaligen Yuppies, die sich jeden Abend ein Glas Wein gönnten und alles anbaggerten, was sich nicht rasieren musste, und die jungen Heißspunde, die sich zurücklehnten und abwarteten, bis die Mädchen auf sie zukamen. Sie hatte sich auf die Geschäftsmänner verlegt, die im Hotelbezirk in der Innenstadt abstiegen, Männer, die nur für ein paar Tage in der Stadt bleiben würden. Es gefiel ihr, weil sie wusste, dass solche Beziehungen keinerlei Zukunft hatten, ganz egal, wie gut ihr der Kerl gefiel, den sie aufgabelte. Damit ersparte sie sich gefühlsmäßig jede Menge an Strapazen und Nerven. Wenn man keinen Telefonanruf zu erwarten hatte, dann konnte man auch nicht enttäuscht sein, wenn er nicht kam. »Wer ist der Kerl in dem blauen Sportmantel dort?«

»Den hab ich noch nie gesehen.«

»Ist er allein?«

»Bis jetzt schon.«

Sie streckte sich, um ihr Make-up im Spiegel hinter der Bar zu überprüfen, und meinte dann: »Na gut, aber jetzt nicht mehr.«

Sie ging langsam auf den Tisch des Mannes zu, mit wohlbedachten Bewegungen, um sicherzustellen, dass er auf sie aufmerksam wurde, bevor sie bei ihm war. Während sie sich ihm näherte, stellte sie sich vor, dass ihre Mutter diesem Schauspiel beiwohnen würde. »Hi ... mein Freund hat gemeint, Sie wären alleine hier.« Sie erwiderte seinen fragenden Blick ganz offen und direkt. »Haben Sie etwas dagegen, wenn ich mich zu Ihnen setze?«

»Nein, natürlich nicht. Finde ich großartig.« Er erhob

sich und zog einen Stuhl für sie heran, damit sie sich zu ihm setzen konnte. »Ich trinke lieber in Gesellschaft.«

Sie streckte ihre Hand aus. »Amy Winchester.«

»Matt Carpenter.«

Sie neigte ihren Kopf kokett zur Seite und tat so, als würde sie ihn genau mustern. »Wenn ich raten sollte, dann würde ich mal sagen, dass Sie nicht von hier stammen. Wir haben in den Sommermonaten hier nicht so viel Sonne, um so eine Bräune zu bekommen.«

»Ich spiele sehr oft Handball.« Er tätschelte seinen Bauch. »Das hält mich fit, wenn Sie so ungefähr wissen, was ich meine.«

»Und wo spielen Sie dann Handball?«

»In Abilene.« Und als sie darauf nichts erwiderte, fügte er hinzu: »In Kansas.«

Sie drehte ihren Stuhl ganz bewusst so, dass er in seine Richtung zeigte, bevor sie sich setzte. Was würde es sonst auch bringen, einen kurzen Rock zu tragen, wenn der Tisch ihre Beine verbarg? »Sie sind geschäftlich hier?«

Er nickte. »Versicherungsgeschäft.«

»Kaufen oder verkaufen?« Sie schätzte, dass er entweder Ende vierzig oder aber ein gut erhaltener Mann um die fünfzig Jahre war. Er hatte sich mit seinem Haarausfall abgefunden, trug eine Gleitsichtbrille und machte keinerlei Anstalten, die Aufregung darüber zu verbergen, dass ihn eine junge Frau angesprochen hatte.

»Ehrlich gesagt, keines von beiden. Ich bin hier, um neue Agenten für meine Firma anzuwerben.«

»Und, waren Sie erfolgreich?« Ganz bewusst drehte sie ihren Kopf, um jemanden zu beobachten, der die Bar betrat. Als sie ihn wieder ansah, starrte er auf ihre Beine. Sie erwiderte seinen Blick mit einem leisen und aufmunternden Lächeln.

»Tut mir leid, was haben Sie gerade gesagt?«, wollte er wissen.

»Ich habe gefragt, ob Sie Erfolg damit hatten?« Er schien immer noch verwirrt zu sein.

»Mit dem Anheuern«, hakte sie nach.

»Ach so, nein, nicht wirklich. Anscheinend will keiner von hier wegziehen. Das kann ich ihnen auch nicht verdenken. Nach allem, was ich hier gesehen habe, würde ich auch nicht gern aus dieser Stadt wegziehen.«

»Dann kommen Sie mal im kommenden Winter zurück, wenn die Temperaturen auf 30 Grad minus fallen. Vielleicht gelingt es Ihnen dann leichter, jemand davon zu überzeugen.«

Sie nahm ein Stück Popcorn aus der Schale, die auf dem Tisch stand, und legte es auf ihre Zungenspitze.

»Möchten Sie einen Drink haben?« Er hatte schon die Hand gehoben, um der Bedienung ein Zeichen zu geben.

Amy legte ihre Hand auf seinen Arm. »Finden Sie nicht auch, dass es hier sehr laut ist? Das ist ein bisschen störend, wenn man jemanden näher kennenlernen will.«

»Mhm, ja, jetzt wo Sie es sagen, denke ich auch, dass Sie damit recht haben.« Er sah sie an, wandte sich aber ganz schnell wieder ab. »Falls es Ihnen hier zu laut ist, könnten wir ja auch woanders hingehen.«

»Ich glaube, das würde mir gefallen, irgendwo, wo es ruhig genug ist, um sich zu unterhalten.«

Er schluckte nervös. »In dem Hotel, in dem ich wohne, gibt es eine Bar. Als ich gegangen bin, war sie ziemlich leer.«

Amy erhob sich und fuhr sich mit der Hand über die Vorderseite ihres Rockes, um die Falten zu glätten. Unwillkürlich hatte sie plötzlich das Bild ihrer Mutter vor Augen, die ganz genau das Gleiche getan hatte. Wie die Mutter, so die Tochter. Aber Amy war sich ziemlich sicher, dass das ihrer Mutter trotzdem nicht gefallen würde. »Ich dachte eher, dass wir vielleicht irgendwohin gehen könnten, wo wir wirklich vollkommen ungestört sind.«

Mit einem Mal veränderte sich sein ganzes Verhalten. Er

kippte seinen restlichen Drink hinunter und stand auf. Als sei es ihm in letzter Minute eingefallen, schob er die Hand in seine Hosentasche und zog einen zerknitterten Geldschein heraus, den er auf den Tisch legte. »Mein Herzchen, du musst noch an deiner Anmache arbeiten«, erklärte er Amy. »Du sendest ziemlich unklare Signale aus.« Er legte den Arm um ihre Taille und führte sie zur Tür. »Wenn ich von Anfang an gewusst hätte, dass du 'ne Professionelle bist, dann hätten wir uns 'ne Menge Zeit sparen können.« Gemeinsam gingen sie durch die Doppeltür ins Freie. Als sie draußen waren, hob er die Hand nach oben, um nach einer ihrer Brüste zu fassen, wobei er seine Finger in ihr weiches Fleisch bohrte. »Als ich dich angesehen habe, hätte ich das niemals vermutet«, meinte er mit wachsender Aufregung. »Irgendwie passt das gar nicht zu dir.« Er blieb abrupt stehen und sah auf sie herunter.

»Was ist denn los?«, wollte Amy wissen. Lieber Himmel, nein, es konnte doch nicht sein, dass er ein Bulle war? Nicht schon wieder. Sie hatte doch nichts getan, weder einen Preis genannt noch in irgendeiner Weise erwähnt, was sie tun würden, sobald sie in seinem Hotelzimmer alleine wären. Sie versuchte ihren Arm zu befreien. Doch er verstärkte seinen Griff so sehr, dass sie vor lauter Schmerz nach Luft schnappte.

»Nun gib schon Ruhe«, erklärte er, »ich will nur sichergehen, dass du nicht womöglich ein Kerl bist.«

Amy hätte fast laut losgelacht. Ihre Erleichterung war fast so, als hätte sie eine Prise Koks geschnupft. Sie lehnte sich ihm entgegen und rieb sich an ihm. »Na, spürst du vielleicht irgendwas, was da nicht sein sollte?«, meinte sie mit heiserer Stimme.

»Keine Ahnung. Ich habe schon verdammt wüste Geschichten über solche Sachen gehört.« Nachdem er sich kurz vergewissert hatte, dass keiner sie beobachtete, packte er ihr Oberteil am Saum, zog es nach oben und legte ihre

Brüste frei. »Heiliger Jesus.« Er zog die Luft ein und fuhr sich über die Lippen. »Unmöglich, dass die einem Kerl gehören.«

Amy befreite sich aus seinem Griff und zog ihr Top wieder nach unten. Als er wieder nach ihr greifen wollte, scheuchte sie seine Hände mit einem Schlag weg.

»Nur noch einmal ganz kurz anfassen«, protestierte er.

»Ich arbeite nicht in der Öffentlichkeit.«

Er lachte. »Das ist ja der größte Witz. 'Ne Nutte mit Prinzipien.«

Amy hakte sich bei ihm unter, während sie sich insgeheim fragte, ob ihre Mutter wohl die Ironie, die in seinen Worten lag, verstanden hätte.

5

Falls man aus Matt Carpenters Unterkunft irgendwelche Rückschlüsse auf seine berufliche Position ziehen konnte, dann war er in seiner Firma bestimmt keine große Nummer. Das Zimmer war mit dem üblichen Doppelbett ausgestattet, einem runden Tisch, einem Stuhl in der Ecke und einer Resopalkommode, in deren hinterste Ecke ein Fernseher mit einem achtundvierzig Zentimeter großen Bildschirm geklemmt war. An dem orange-grünen Vorhang fehlten diverse Vorhangringe, folglich war er wohl regelmäßig von Gästen mit Heftklammern zusammengetackert worden, um wenigstens ein bisschen Privatsphäre zu schaffen. Der Teppichboden schien in den Ecken aus Tweedmaterial zu bestehen, in der Mitte wiederum war er braun. Im Kleiderschrank hingen zwei Hemden und eine Hose, und auf dem Tisch stand eine abgenutzte Aktentasche.

Amy kannte derartige Hotelzimmer zwar aus Filmen, aber sie selbst hatte so ein Zimmer noch nie gesehen. Das hier war eine völlig neue Welt für sie, und da galten offenbar ihr unbekannte Regeln. Sie fühlte sich hier absolut nicht wohl. Sie warf Matt Carpenter einen prüfenden Blick zu und musste sich eingestehen, dass sie auch ihn nicht mochte.

»Ist ja nicht gerade was Großartiges«, meinte er, während er versuchte, seinen Krawattenknoten zu lösen. »Aber ich habe nie kapiert, wieso ich für eine simple Übernachtung so eine Menge Geld hinblättern soll, wie es Hotels wie das Hilton für ein Zimmer verlangen.«

»Vor allem dann, wenn deine Firma dich dann die Differenz dafür bezahlen lässt.«

»Du bist schnell von Begriff. Denen ist es doch scheißegal, wie wir mit unserem knausrigen Tagessatz auskommen. Hauptsache, wir machen unsere Jobs.« Er zögerte. »Da fällt mir ein, dass wir noch gar nicht übers Geld gesprochen haben.«

Amy witterte nun ihre Chance. Denn sie musste lediglich einen Preis verlangen, der so hoch war, dass er ablehnen würde, und dann konnte sie einfach wieder gehen. »200 Dollar.«

Er zuckte mit keiner Wimper. »Angenommen, ich würde das bezahlen, was du verlangst. Was bekomme ich dann für mein Geld?«

»Die ganz normale Nummer, und zwar mit einem Kondom. Alles andere wird extra bezahlt.«

»Warum sollte ich 200 Dollar für etwas bezahlen, was ich daheim umsonst bekommen kann?«

»Handeln gibt es nicht. Entweder du akzeptierst oder ich gehe.«

Noch ehe sie ihn davon abhalten konnte, schob er eine Hand unter ihr Top und begann ihre Brüste derartig hart zu kneten und zu quetschen, dass es schmerzte. Völlig außer sich schob sie ihn weg. Doch er rächte sich dafür, indem er sie bei ihrem seidenen Oberteil packte und es so lange um seine Faust wickelte, bis ihr der Knoten fast den Hals zuschnürte. Nachdem sie sich anfangs nur ein wenig vor ihm gefürchtet hatte, wurde ihr plötzlich übel vor lauter Angst. Rein instinktiv erkannte sie aber, dass sie keinen größeren Fehler machen konnte, als ihm zu zeigen, dass sie sich zu Tode fürchtete. Sie schob ihr Kinn aus dem Knoten und starrte ihn an. »Damit ist der Preis um weitere 100 Dollar gestiegen.«

Er kam ihr so nahe, dass sie seinen Atem förmlich spüren konnte. »Wenn du erst mitbekommst, was ich für dich wirklich auf Lager habe, wirst du am Ende mich dafür bezahlen wollen.«

»Lass mich sofort los, du verdammter Hurensohn.«

»Nur weiter so, Baby.« Er unternahm den Versuch, sie zu küssen. »Ich mag Mädels mit Mumm.« Sie drehte ihren Kopf weg, und er steckte ihr daraufhin die Zunge ins Ohr. »Jawohl, meine Dame, ich hab Spaß an Herausforderungen. Ich würde es sogar mit einem der Holzbretter treiben, die dort stehen.«

»Und was ist, wenn ich anfange zu schreien?«

»Nur zu. Schrei, so lange und so laut du willst. Wenn die Polizei anrückt, was glaubst du wohl, wessen Arsch sie sich dann vorknöpfen werden?«

»Du hast schon recht«, erwiderte Amy und versuchte eine neue Taktik einzuschlagen. »Ich bin halt neu im Geschäft. Und ich hab es mir anders überlegt.«

Er sagte kein Wort. Sie bemühte sich, die Panik und den hohen Ton in ihrer Stimme zu unterdrücken. »Du willst eine, die sich ganz genau damit auskennt. Es ist ja noch früh am Abend. Es ist also noch genug Zeit für dich, um ein anderes Mädchen zu finden, das es dir genau so besorgt, wie du es möchtest, eine, die es richtig gut draufhat und auch billiger ist. Ich werde dir sogar dabei helfen, eine aufzugabeln. Ich weiß, wo sich 'ne Menge der Professionellen rumtreiben.«

»Ich will keine dieser Alten, Verbrauchten. Ich will 'ne Frau für mich, die noch richtig knackig ist, so wie du.« Er griff nach ihrer Hand und fing an, sie über die Vorderseite seiner Hosen auf und ab zu reiben. »Außerdem, mein Junior ist bereits in Stimmung, und er kann es gar nicht leiden, wenn man ihn warten lässt.«

Für ihn war das Ganze offenbar nur ein Spiel. Je stärker sie sich zur Wehr setzte, desto mehr kam er in Fahrt. Eine ihr vollkommen fremde Stimme, die offenbar irgendwo aus ihrem tiefsten Inneren kam, bettelte: »Bitte, tu mir nicht weh.«

»Na ja, so groß ist er nun auch nicht«, erklärte er, weil er ihre Ängste vollkommen missverstanden hatte. »Aber eines kann ich dir versprechen. Wenn du es einmal mit meinem Junior getrieben hast, dann bist du für den Schwanz eines jeden anderes Mannes hoffnungslos verdorben.«

Es drehte ihr den Magen um. Sie musste unbedingt dieses Zimmer verlassen. »Ich muss mal kurz ins Badezimmer.«

»Wozu?«, wollte er misstrauisch wissen.

»Was glaubst du denn?«

»Her mit deiner Tasche«, forderte er.

»Die brauche ich.«

»Nimm das mit, was du brauchst, der Rest bleibt bei mir.«

Er hatte also ihren Bluff durchschaut. Sie öffnete die kleine Handtasche, zog eine kleine goldene Pillendose heraus und widerstand gleichzeitig dem Versuch, bei der Gelegenheit auch ihren Führerschein in der Handfläche verschwinden zu lassen. Ihre Kreditkarten waren ihr egal, aber sie wollte auf gar keinen Fall, dass er ihre Adresse in die Hände bekam. »Bin gleich wieder da.«

»Was ist da drin?«

In der Pillendose war nur Aspirin, aber sie erwiderte spontan: »Ampicillin.«

»Das ist ein Antibiotikum. Was hast du denn?«

»Einen Tripper.« Sie hatte keine Ahnung, wieso ihr ausgerechnet dieses Wort in den Sinn gekommen war, weil sie gar nicht wusste, was es wirklich bedeutete, außer dass es sich dabei um eine Krankheit handelte, die beim Geschlechtsverkehr übertragen wurde.

»So was holt sich doch heute keiner mehr.«

»Das habe ich auch mal gedacht.« Aber so selbstsicher, wie er sich ihr gegenüber gab, war er dann doch nicht.

»Das will ich aber sehen.«

Sie bekam einen trockenen Mund. »Was?«

»Gib mir die Dose.« Ehe sie überhaupt reagieren konnte, hatte er sich bereits die Dose geschnappt und sah sich den Inhalt an. »Du hältst mich wohl für völlig bekloppt, was? Das sind doch ganz stinknormale Aspirin.«

In ihrem ganzen Leben hatte Amy noch nie eine derartige Angst übermannt wie in diesem Augenblick. Mit einem Mal hatte sich das Spiel gedreht, und plötzlich galten völlig neue Regeln, von denen Amy keine Ahnung hatte. »Bitte ... lass mich doch einfach nur gehen.« Mein Gott, nein, es war falsch, ihn anzubetteln. Sie durfte ihm gegenüber keinerlei Schwäche zeigen.

Er schleuderte die Pillendose durch den Raum. »Keiner hat dich gezwungen, hierherzukommen.«

Vielleicht war es möglich, vernünftig mit ihm zu reden. »Und keiner sollte mich folglich zwingen, gegen meinen Willen hierzubleiben.«

»So läuft das aber nicht, Baby. Du hast schließlich mit der Sache angefangen, und ich will, dass du sie jetzt auch durchziehst. Wenn's irgendetwas auf der Welt gibt, was ich am allermeisten hasse, dann ist es 'ne falsche Sexanmache, verstanden?« Nun gab es für sie nur noch zwei Alternativen, sie musste entweder kämpfen oder fliehen. Sie machte einen Satz zur Tür. Doch er hatte sie bereits gepackt, bevor es ihr gelungen war, das Sicherheitsschloss zur Hälfte umzudrehen. Und auf das, was nun folgen sollte, war sie absolut nicht vorbereitet. Von dem ersten Schlag, den er ihr versetzte, donnerte sie mit dem Kopf gegen die Wand. Als er ein zweites Mal ausholte, hatte sie das Gefühl, als würde ihr ganzer Kopf explodieren. Die Schmerzen, die ihre Augen und Wangenknochen durchfuhren, waren so scharf, als würden Glasscherben sie durchschneiden. Seinen dritten Schlag führte er nicht mehr mit der Handfläche aus, sondern schlug mit der geballten Faust zu. Sie spürte, wie Blut durch ihre Kehle rann.

Obwohl es eigentlich geradezu lächerlich war, versuchte sie sich weiterhin gerade auf den Beinen zu halten.

Doch anscheinend konnte sie ihn durch gar nichts mehr bremsen, ganz egal, was sie versuchte. Er führte sich auf wie eine dieser makaberen Aufziehpuppen, die erst dann wieder innehielten, wenn ihr Mechanismus abgelaufen war. Er schlug mit mechanischer Präzision weiterhin auf sie ein. Und dennoch gelang es ihr nicht, einfach die Augen zu schließen, damit sie seine heftigen Attacken nicht mitbekommen würde. Trotz ihrer blinden Benommenheit bemühte sie sich auch weiterhin darum, noch etwas zu sehen.

Schließlich gaben ihre Beine nach, obwohl sie sich die ganze Zeit aufrecht gehalten hatte. Sie sank langsam auf den Fußboden. Der Schmerz ließ nach, und sie hatte das Gefühl, als würde sie einfach davonschweben. Sie hörte noch, wie irgendjemand irgendetwas zu ihr sagte, aber die Worte klangen wirr und ohne Sinn.

»Komm sofort hierher, du Schlampe. So übel hab ich doch gar nicht zugeschlagen. Verdammt noch mal, steh endlich auf.«

Amys Kopf schmerzte entsetzlich, es war ein pochender Schmerz, der sie bei jedem Herzschlag zusammenzucken ließ. Sie griff sich mit der Hand an die Stirn, wie sie es normalerweise tat, wenn sie Kopfschmerzen hatte. Aber ihre Finger glitten über eine ihr ungewohnte Oberfläche, die sich nicht glatt, sondern geschwollen anfühlte, die nicht geschmeidig nachgab, sondern völlig angespannt war. Sie versuchte, die Augen zu öffnen, aber der Schmerz verschlug ihr schier den Atem. Schon beim kleinsten Versuch begann ihr Herz schneller zu klopfen. Fast eine Minute lang geriet sie in Panik, weil sie glaubte, dass ihr Kopf mit unerbittlicher Macht einfach explodieren könnte.

Sie blieb vollkommen regungslos sitzen, denn sie hatte sogar Angst, ihre Hand von ihrem Gesicht zu nehmen. Es erschien ihr wie eine Ewigkeit, bis sich die pulsierenden roten Zacken hinter ihren Augenlidern allmählich beruhigten und auch die messerscharfen Schmerzen langsam abklangen. Sie verharrte sehr lange in völliger Bewegungslosigkeit, bevor sie es schließlich erneut wagte, sich zu rühren, wobei sie sich schrittweise mit den Schmerzen arrangierte, indem sie sofort den warnenden Anzeichen nachgab, sobald sie sich zu viel zugetraut oder zu schnelle Bewegungen gemacht hatte.

Sie hatte entsetzlichen Durst. Es war diese Art von Durst, den sie aus ihrer Kindheit gut kannte, bei dem man dann den Mund unter den Wasserhahn gehalten hatte und in kürzester Zeit Mengen von Wasser in sich hineinschlürfte und trotzdem gar nicht genug davon bekommen konnte, obwohl es im Magen bereits gurgelte. Sie versuchte sich zu konzentrieren, und sie wollte sich mit der Zunge über die Lippen fahren, doch die war so angeschwollen, dass sie fast ihren Mund sprengte. Auch ihre Lippen waren geschwollen und rissig und von einer harten Kruste bedeckt.

Es war Blut. Und auch unter ihrer Nase und unter ihren Augen klebte Blut. Ganz langsam kehrten ihre Erinnerungen wieder zurück, sie waren wie die unzusammenhängenden Szenen eines Films. Sie bemühte sich, sie Stück für Stück zusammenzusetzen. Nachdem sie sich darauf mit einem unendlichen Kraftaufwand konzentriert hatte, blieben ihr nur noch wenige Gedächtnislücken. Und das, was ihr nicht mehr einfallen wollte, versuchte sie sich zusammenzureimen. Denn diese schrittweise Vorgehensweise war nichts Neues für sie. Sie hatte diese Fähigkeit fast zur Perfektion entwickelt in der Zeit, als sie noch getrunken hatte.

Trotz ihrer Schmerzen zwang sie sich dazu, die Augen zu öffnen, um sich umzusehen. Sie befand sich in einer Gasse, eingezwängt zwischen einem Müllcontainer und einer Steinmauer, wie ein Stück achtlos weggeworfener Müll. Sie saß auf ihren eingeknickten Beinen, die sich ganz taub anfühlten, obwohl sie vor Schmerz brannten. Indem sie sich von der einen zur anderen Seite wälzte, gelang es ihr, zuerst das eine und schließlich auch das zweite Bein zu befreien. Doch ihre Bemühungen rächten sich, als die Blutzirkulation wieder einsetzte und die Muskeln zuerst zu kribbeln und danach rasend zu schmerzen begannen. Dass er sie zusammengeschlagen hatte, war klar, aber was hatte er ihr sonst noch angetan? Ganz bewusst registrierte sie jeden Schmerz, versuchte ihn jedem einzelnen malträtierten Muskel zuzuordnen. Mit fast schon perverser Dankbarkeit stellte sie schließlich fest, dass sie zwar am ganzen Körper Schmerzen verspürte, nur nicht dort, wo sie es eigentlich vermutet hatte. Er hatte sie also nicht vergewaltigt. Vielleicht war er sogar von Anfang an nur auf das eine aus gewesen, nämlich sie zu verprügeln. Sie musste erst mehrere vergebliche Versuche unternehmen, bis es ihr tatsächlich gelang, wieder auf ihren Beinen zu stehen. Zwischendrin lagen mehrmals minutenlange Pausen, damit sich die Schmerzen beruhigten und sie einen erneuten Anlauf wagen konnte. Als sie endlich wieder stand, legte sie eine Hand über die andere und versuchte auf diese Weise, den Müllcontainer zu umrunden. Danach hatte sie endlich einen freien Blick und starrte intensiv durch die Gasse, zuerst in die eine, danach in die andere Richtung. Sie bildete sich ein, dass sie einen Antiquitätenladen erkannt hatte, der nur wenige Häuser vom Dimwitty's entfernt lag. Aber ganz sicher war sie sich darüber nicht.

Sie wagte einen weiteren Schritt nach vorn. Aber dabei trat sich auf etwas Spitzes. Sie merkte, sie hatte keine Schuhe an.

Sie ging also wieder zu dem Platz zurück, auf dem sie gesessen hatte, um nach ihren Schuhen zu suchen. Und da lagen sie auch, und zudem ihre Tasche. Sie warf einen Blick in die kleine Ledertasche. Ihr Geld war weg, aber das war ihr egal. Und es überkam sie eine schon fast übertriebene Dankbarkeit, als sie feststellte, dass ihre Schlüssel noch da waren. Denn lieber wäre sie auf Händen und Füßen nach Hause gekrochen, als jemanden um Hilfe zu bitten. Auf gar keinen Fall durfte sie jemand in diesem Zustand sehen, keiner.

Sie schlüpfte in ihre Schuhe und machte sich danach bis zum Ende der Gasse auf. Als sie anhielt, um eine Pause zu machen, musste sie an ihre Mutter denken. Wenn sie jetzt hier bei ihr wäre, was würde sie tun? Würde sie traurig sein und versuchen, ihr zu helfen, oder würde sie sich mit Abscheu von ihr abwenden? Und Diana? Schon viel zu oft hatte Amy die Enttäuschung in Dianas Augen gesehen, um lange raten zu müssen, wie sie reagieren würde. Für sie war der Weg schon viel zu vertraut, sie kannte jede Klippe, Kurve und jeden Meilenstein davon.

Vielleicht hatte ihre Mutter tatsächlich recht. Sie würde ganz bestimmt allen nur einen großen Gefallen damit tun, wenn sie einfach verschwände.

Diana würde sich darüber anfangs ganz bestimmt wahnsinnig aufregen, aber nach einer gewissen Zeit, wenn sie ihr eigenes Leben wieder aufgenommen hatte, würde auch sie begreifen, dass es für alle so am besten war. Vielleicht wäre sie sogar dankbar dafür. Noch vor einem Monat, ja sogar noch vor einer Woche, hätte Amy davor zurückgeschreckt, die Stadt zu verlassen. Doch inzwischen war sie davon überzeugt, dass es wohl die beste Möglichkeit war, um Diana zu beweisen, dass auch sie sich sehr wohl Sorgen um das Wohlergehen der anderen machte.

6

Diana klopfte an Amys Tür und wartete ab. Als keine Antwort kam, klopfte sie abermals und schob sich noch näher an die Tür heran, um herauszufinden, ob irgendwelche Geräusche zu vernehmen waren, die ihr verraten würden, dass Amy bereits wach war, oder ob sie sich womöglich gar nicht in ihrer Wohnung aufhielt. Aber es war kein Laut zu vernehmen.

Sie hatte Amy kurz zuvor angerufen, um ihr zu sagen, dass sie sich ein bisschen verspäten würde. Als sich der Anrufbeantworter meldete, war sie davon ausgegangen, dass sich Amy unter der Dusche befand. Auch wenn sie keine feste Verabredung getroffen hatten, war es ganz und gar nicht Amys Art, sich einfach wortlos aus dem Staub zu machen. Und auch die Möglichkeit, dass sie es vergessen haben könnte, kam nicht in Betracht. Amy würde vielleicht einen Termin beim Zahnarzt vergessen, aber auf gar keinen Fall eine Verabredung zu einem Einkaufstrip, schon gar nicht, wenn sie sicher sein konnte, dass sie dabei in ihren geliebten Trödel- und Antikläden herumstöbern durfte.

Diana besaß zwar einen Schlüssel zu Amys Wohnung, hatte ihn bislang allerdings nur zweimal benutzt. Einmal, als Amy die Stadt verlassen hatte und überzeugt gewesen war, sie hätte ihren Lockenstab nicht ausgeschaltet, und ein weiteres Mal, als sie dort ein Geburtstagsgeschenk abholen sollte. Damals hätte Amy eigentlich gar nicht zu Hause sein sollen, war aber unerwarteterweise wieder in ihre Wohnung zurückgekehrt und befand sich mit einem Mann unter der Dusche, den Diana weder zuvor noch jemals danach getroffen hatte. Amy musste noch heute darüber lachen,

Diana hatte es hingegen überhaupt nicht komisch gefunden.

Sie warf einen Blick auf ihre Armbanduhr. Die Läden würden allenfalls noch eine halbe Stunde geöffnet sein, aber immerhin lange genug, um bei Rico's vorbeizufahren und Brötchen und Kaffee zum Frühstück zu besorgen. Und sollte bei ihrer Rückkehr Amy immer noch nicht reagieren, dann würde sie ausnahmsweise ihren Schlüssel benutzen.

Erst als Diana bereits in ihrem Wagen saß und sich in den Verkehr einfädeln wollte, fiel ihr ein, dass sie eigentlich in Amys Garage hätte nachsehen sollen, ob ihr Wagen dort stand. Sie griff nach ihrer Tasche, eilte über die Straße und ignorierte dabei den indignierten Blick einer Frau, die darauf gewartet hatte, ihren Parkplatz einzunehmen.

Amys Pinto stand zwar auf seinem ausgewiesenen Parkplatz, aber er war so verquer geparkt, dass es aussah, als hätte sie ihn schlaftrunken dort abgestellt. Oder gar halb ...? Doch diesen Gedanken wollte Diana gar nicht erst zu Ende denken. Sie weigerte sich, es auch nur in Erwägung zu ziehen, dass Amy wieder mit dem Trinken angefangen haben könnte.

Die Vorstellung, dass sie Amy womöglich mit irgendeinem Mann überraschen würde, war im Vergleich dazu gar nicht mehr so schlimm.

Als Diana die Treppe erreichte, hatte sie bereits die Schlüssel in der Hand. Bevor sie die Stufen mit Riesenschritten hinaufstürmte, ging sie den Schlüsselbund durch, bis sie Amys Schlüssel gefunden hatte. Da sie ein Leben lang darauf getrimmt worden war, sich gesellschaftlich korrekt zu verhalten, klopfte sie noch einmal an die Tür, bevor sie den Schlüssel benutzte. Doch auch dieses Mal reagierte keiner auf ihr Klopfen.

Als sie den Flur betrat, hielt sie erst einmal inne in der verführerischen Hoffnung, sie würde Stimmen hören, oder die laufende Dusche, oder aber Amy, die sich in der Küche zu schaffen machte. Doch es herrschte absolute Stille, so geheimnisvoll und fremd, als würde man in einem Wald plötzlich auf die Schritte eines Eindringlings warten. Mit einem Mal überkam Diana das dringende Bedürfnis, sofort wieder zu gehen. Sie verspürte den Zwang, umzukehren, den Flur zurückzugehen, die Tür zu schließen und es Amy zu überlassen, mit ihr Kontakt aufzunehmen, wenn sie dazu Lust hatte. Ob man es nun Intuition nennen wollte oder einfach nur Bauchgefühl, der Begriff spielte keine Rolle. Alles, was sie wusste, war, dass sich in der Wohnung etwas abgespielt hatte, was sie nicht sehen wollte.

Sie verspürte ganz kurz einen Anflug von Wut. Verdammt noch mal, Amy, dein Timing ist wirklich hundsmiserabel! Du hättest wenigstens so lange warten können, bis ich meine eigenen Probleme aus dem Weg geschafft habe, bevor du mich wieder mit deinen belästigst!

Doch ehe sie überhaupt auf ihre plötzliche Gekränktheit reagieren konnte, hatte sich der Gedanke bereits wieder verflüchtigt wie Rauch aus dem Kamin, der sich in Luft auflöst.

Also rief Diana schließlich: »Amy, ich bin es. Bist du da?« Sie hängte ihre Tasche an den antiken Kleiderständer und wartete darauf, dass jemand antworten würde. Als sie keine Antwort bekam, machte sie sich zum Schlafzimmer auf, wurde aber von einer Lampe abgelenkt, die noch im Wohnzimmer brannte. Ihr Blick wanderte von der Lampe zum Sofa, auf dem Amy, immer noch mit ihrem Morgenmantel bekleidet, bäuchlings lag. Ihre Haare waren nach hinten geklatscht, als hätte sie sie gerade gewaschen, und sie bedeckte mit einem Arm ihr Gesicht, als ob sie sich von der Welt abschirmen wollte. Diana überkam ein Gefühl der Erleichterung, das sie etwas schwindelig machte, als sie ins Zimmer ging und sich über den Kaffeetisch beugte, um Amy auf die Schultern zu tippen. »He, Schlafmütze, es ist Zeit zum Aufstehen. Wir wollen doch etwas unternehmen, unter Leute kommen und Geld ausgeben.«

Aber Amy reagierte nicht, sie stöhnte nicht einmal protestierend auf, weil sie im Schlaf gestört wurde. Diana schüttelte sie erneut, aber dieses Mal etwas fester. Aber auch jetzt zeigte Amy keinerlei Reaktion. Diana kam noch etwas näher und stieß mit ihrem Fuß gegen einen Gegenstand. Als sie nach unten sah, entdeckte sie dort eine leere Flasche Wodka. Diana fühlte, wie die unterschiedlichsten Gefühle auf sie einstürmten und sie nicht wusste, welchem davon sie trauen sollte. Sollte sie aus lauter Enttäuschung einfach losweinen oder ihre Wut und Frustration hinausbrüllen?

Verdammt noch mal, gottverdammt noch mal!

Was für eine schreckliche Geschichte konnte sich denn seit gestern Abend ereignet haben, dass Amy aus diesem Grund plötzlich wieder zur Flasche gegriffen hatte? Sie schüttelte ihre Schwester noch fester bei den Schultern. »Wach endlich auf! Ich muss mit dir reden.«

Amys Arm rutschte von ihrem Gesicht, und Diana schnappte überrascht und schockiert nach Luft. Allein ihr Verstand sagte ihr, dass es sich bei dieser Frau, die auf dem Sofa lag, wirklich um ihre Schwester handelte. Denn sie sah überhaupt nicht wie jene Amy aus, die Diana kannte. »Amy«, meinte sie, wobei ihre Stimme zu einem erstickten, angsterfüllten Flüstern wurde, »bist du das?«

Endlose Sekunden schienen zu vergehen, in denen Diana wie versteinert dastand und ihre Verwirrung immer größer wurde. In der sicheren und geschützten Welt, in der sie lebte, war Gewalt etwas, das sich nur im Kino und im Fernsehen abspielte. Das Blut bestand aus Sirup, und blaue Flecken konnte man mit Seife wieder abwaschen. Doch keiner der Schauspieler sah so zugerichtet aus, wie Amy es jetzt war. Diese Art von Realismus würde kein Mensch ertragen können, nicht einmal im Theater in sicherer Distanz.

Mit einem Mal wurde ihr trotz dieses Schutzwalls, den sie mit ihren Wahrnehmungen aufgebaut hatte, jäh bewusst, dass sie jetzt einfach schleunigst Hilfe leisten musste. Denn die Frau, die auf dem Sofa lag, war weder eine Schauspielerin noch eine Fremde, es war ihre Amy.

Diana ließ sich auf die Knie nieder. »Wer hat dir das angetan?«, wollte sie wissen. Doch Amys Teilnahmslosigkeit ging bei Weitem über den Zustand eines Menschen hinaus, der einfach nur sinnlos betrunken war. Außerdem lag sie nicht nur vollkommen regungslos da, auch ihr Atem war sehr schwach.

Nun schlug Dianas Sorge in echte Panik um. Sie griff nach Amys Handgelenk, weil sie den Pulsschlag überprüfen wollte. Dabei fiel etwas aus Amys Hand, das auf den Boden rollte. Es handelte sich um ein Tablettenfläschchen, das geöffnet und leer war. Diana hob es auf und studierte die Aufschrift.

Es handelte sich um Cloridate.

Aber was war Cloridate, verdammt noch mal?

Sie warf das Fläschchen auf den Tisch und drückte ihre Finger auf den Puls an Amys Handgelenk. Nach etlichen Sekunden versuchte sie es an einer anderen Stelle, und schließlich fühlte sie die Halsschlagader und nahm einen schwachen, langsamen Pulsschlag wahr, immerhin so spürbar, dass Diana erleichtert aufschrie.

Sie sprang hoch, schlug dabei mit dem Schienbein gegen den Kaffeetisch, als sie sich das Telefon angelte.

Die Feuerwehr traf zuerst ein. Nachdem Diana den Männern das Tablettenröhrchen und die Wodkaflasche gezeigt und diverse Fragen beantwortet hatte, die sie sofort wieder vergaß, stand sie in einer Ecke und sah zu, wie die Männer in den blauen Uniformen die Betreuung ihrer Schwester in die Hände nahmen. Sie flehte sie inständig an, mit Amy ganz besonders vorsichtig umzugehen, und bat sie, bloß nicht aufzugeben und alles Nötige zu unternehmen, um Amys Leben zu retten.

Kurze Zeit später trafen in dem ohnehin bereits überfüllten Zimmer auch noch zwei Helfer von der Ambulanz ein.

Als einer der Feuerwehrmänner herbeieilte, um dabei zu helfen, Amy auf die Bahre zu hieven, entdeckte Diana, dass etliche Drähte von Amys Brustkorb zu einem kleinen Kästchen führten und dass man ihr das Mundstück eines Beatmungsgerätes übergestreift hatte.

Sie folgte ihnen nach draußen und die Treppen hinunter und unterdrückte dabei eine Reihe von Fragen aus lauter Angst, die kostbaren Sekunden für eine Antwort würden womöglich genau die Zeitspanne sein, die man benötigte, um Amys Leben zu retten. Diana fuhr auf dem Beifahrersitz im Krankenwagen mit und murmelte insgeheim eine Litanei an Gebeten herunter, die sie als Kind im Religionsunterricht gelernt und seitdem nur noch selten benutzt hatte.

Im Krankenhaus wurde Diana mit weiteren hektischen Abläufen konfrontiert, nachdem man Amy in einen Raum gebracht hatte, der mit einem Vorhang abgetrennt war, und man ihr abermals eine Reihe von Fragen stellte. Als sie schließlich alle Papiere ausgefüllt hatte, bat man sie, in einem Bereich zu warten, in dem es einheitliche Stühle, zwei Jahre alte Zeitschriften und einen Fernseher an der Wand gab.

Ihr ganzes Leben lang hatte Diana immer nur das getan, worum man sie gebeten hatte, und sie hatte auf jeden Fingerzeig von Amy reagiert, obwohl alle Wege, die ihre Schwester einschlug, aufgrund ihrer Verschrobenheiten doppelt und dreifach schwer zu orten waren. Es hatte Zeiten gegeben, in denen Dianas Anpassungsfähigkeit nicht im Geringsten etwas mit Klugheit zu tun gehabt hatte, sondern eher schon mit Feigheit, weil es nur eine Entschuldigung dafür war, damit jeglicher Konfrontation unter dem Deckmantel des gesellschaftlichen Sittenkodex aus dem Weg zu gehen. Sie versuchte sich vorzustellen, was Amy jetzt an ihrer Stelle machen würde. Würde auch sie einfach nur still in der Ecke sitzen und abwarten, bis man ihr irgendwelche Informationen gab? Oder würde sie sich mit Feuereifer in eine Debatte werfen und dabei darauf pochen, dass man ihrer Schwester auf der Stelle die bestmögliche Behandlung angedeihen ließ?

Ihre Antwort darauf fiel so klar aus, dass es schon wehtat. Noch bevor ihre unumstößlichen Ansichten wieder über ihr rein instinktives Gefühl die Oberhand gewinnen konnten, stand Diana auf, marschierte an der Anmeldung vorbei und danach direkt in den Behandlungsraum. Obwohl sie sich nicht in dem Krankenhaus ihres Vaters aufhielt, würde sein Name dennoch gewichtig genug sein. Denn Dr. Carl Winchester gehörte immerhin zu den einflussreichsten Kapazitäten unter den Medizinern dieser Stadt. Und ob es ihm nun passte oder nicht, jetzt sollte er zu einem lauten und hartnäckigem Advokaten seiner Tochter werden, auch wenn er sie inzwischen nicht mehr als solche betrachtete.

Es war bereits später Nachmittag, als Diana immer noch die rhythmische Zickzackkurve von Amys Herzschlag auf dem Monitor verfolgte. Sie hatte Hunger, schreckte aber davor zurück, das Krankenhaus zu verlassen, um sich etwas zum Essen zu besorgen. Die Krankenschwester hatte gemeint, dass Amy jederzeit aus ihrem Koma erwachen könnte, und wenn das passieren sollte, wollte Diana natürlich zur Stelle sein.

Sie vernahm ein leises Klopfen an der Tür. Noch ehe Diana es geschafft hatte, sich zu erheben und nachzusehen, steckte Stephanie bereits ihren Kopf durch die Tür.

»Wie geht es ihr?«, flüsterte sie.

»Unverändert.« Obwohl sie über Stephanies Kommen dankbar war, versetzte es ihr doch einen kleinen Dämpfer, denn sie hatte gehofft, es wäre ihre Mutter oder ihr Vater, und nun war sie enttäuscht. Sie hatte bereits vor Stunden sowohl Stephanie als auch ihre Eltern zu erreichen versucht, bei Stephanie aber nur den Anrufbeantworter erreicht und bei ihrem Vater nur dessen Sekretärin Glenda. Glenda hatte ihr versprochen, dass sie versuchen würde, ihre Eltern ausfindig zu machen, und ihnen auch mitteilen würde, dass sie

Diana so schnell wie nur möglich im Krankenhaus anrufen sollten.

Stephanie betrat das Zimmer mit einer grünen Vase voller Blumen in der einen Hand, in der anderen hielt sie ein Plüschtier. »Es tut mir leid, dass ich es nicht früher geschafft habe, aber ich habe deine Nachricht erst vor ungefähr einer halben Stunde abgehört. Ich musste doch dieses langweilige Interview mit dem Kerl machen, der mit Kettensägen jongliert und ...« Ihr Redefluss erstarb, als sie Amy sah. Sie näherte sich dem Bett.

»Gott, du hast mir nicht gesagt, dass sie einen Unfall hatte.«

Weil Diana partout nicht wusste, was sie hinterlassen sollte, hatte sie es kurz und knapp gemacht und Stephanie lediglich erklärt, dass sie die Verabredung zum Abendessen absagen müsse, weil Amy im Krankenhaus sei. »Es war kein Unfall.«

Stephanie stellte die Blumenvase auf den Nachttisch und legte das Stofftier daneben. »Aber was ist denn dann passiert?«

»Sie wurde von jemandem zusammengeschlagen.«

Es dauerte eine Weile, bis Stephanie begriff. Als sie die Nachricht verdaut hatte, stellte sie wütend die Frage: »Wer?«

»Ich weiß es nicht.«

»Willst du damit sagen, dass dieser gottverdammte Hurensohn immer noch da draußen frei herumläuft?« Stephanie starrte Amy an. »Wer hat sie gefunden?«

»Ich.« Diana lockte Stephanie vom Bett weg und informierte sie dann über das Wenige, was sie selber wusste.

»Du glaubst doch nicht ...« Stephanie wusste nicht, was sie als Nächstes sagen sollte, und rang mit den Worten. »Du denkst doch nicht etwa, dass sie ... ach, vergiss es.«

»Dass sie versucht hat, sich das Leben zu nehmen, als der Kerl endlich weg war?«, beendete Diana den Satz für sie.

»Ich weiß, Diana, dass du dir ohnehin schon die allergrößten Sorgen machst, aber wenn es nur um den Alkohol gehen würde oder nur um die Tabletten, dann wäre es wohl sehr viel leichter, einfach anzunehmen, dass es sich um einen Unfall handelt.«

»Alles, was du sagst, habe ich schon selbst in Betracht gezogen.« Diana rieb sich den Nacken, während sie Amy musterte. »Aber dem Laborbericht nach hat sie allenfalls fünf oder sechs Tabletten geschluckt.«

»Ich habe dich so verstanden, dass das Fläschchen leer war.«

»Es waren wohl nicht mehr drin als die paar wenigen.« Diana hatte immer und immer wieder alles durchgespielt, was wohl an diesem Morgen passiert sein könnte, den kleinsten Hinweis analysiert und auch dem kleinsten Detail einen Sinn und Zweck beizumessen versucht, egal, wie gering und scheinbar bedeutungslos es war. Alles, was sie nicht wusste, hatte sie versucht, sich zusammenzureimen. Doch weil die Schlüsse, die sie daraus ziehen konnte, ihrer Meinung nach keinen Sinn ergaben oder aber ihr absolut nicht behagten, hatte sie angefangen, erneute Mutmaßungen anzustellen.

»Ich habe nicht gewusst, dass sie wieder angefangen hat zu trinken.«

»Hat sie auch nicht. Zumindest nicht bis gestern Abend.« Diana verschränkte die Arme über der Brust und lehnte sich mit dem Rücken gegen die Wand. »Es waren nur ein paar Drinks. Falls sie wirklich vorgehabt haben sollte, sich umzubringen, dann hätte sie doch viel mehr getrunken, meinst du nicht auch? Und wenn nicht mehr als fünf oder sechs Tabletten in dem Röhrchen übrig waren, dann hätte sie doch bestimmt noch irgendetwas anderes zusätzlich schlucken können, oder?«

Diana merkte, dass sie Stephanie damit nicht überzeugen konnte. »Amy hat nie etwas halbherzig gemacht. Falls sie wirklich vorhatte, sich umzubringen, dann hätte sie auch dafür gesorgt, dass es klappt.«

»Ich verstehe ja, dass du nach einer Antwort suchst«, erwiderte Stephanie leise. »Aber du versuchst eine irrationale Handlung mit logischen Überlegungen zu erklären. Und das funktioniert nicht.« Sie zog ihre Jacke aus und legte sie auf das Bettende. »Was haben denn deine Eltern gemeint, als du es ihnen gesagt hast?«

Jedem anderen hätte Diana eine geschönte Antwort aufgetischt und die Dinge so erklärt, wie sie nicht waren. »Ich habe ihnen eine Nachricht zukommen lassen, aber sie haben sich bis jetzt nicht gemeldet.«

Stephanie zog erstaunt eine Augenbraue hoch. »Ich habe eigentlich angenommen, dass sie zumindest inzwischen alles Nötige unternommen hätten, um irgendwelchen Schaden von sich abzuwenden. Soweit ich das mitbekommen habe, funktioniert die Klatschbörse in Krankenhäusern mindestens so gut wie in den Tageszeitungen.«

»Vielleicht hat Glenda sie nicht erreichen können.« Sie versuchte, irgendwelche Entschuldigungen zu finden. »Ich hatte gehofft ...« Wenn sie die Worte laut aussprechen würde, dann musste sie die Wahrheit akzeptieren. Sie hatten auf ihren Anruf nicht reagiert, weil es sie nicht interessierte.

Stephanies Blick wanderte zu Amy. »Ich weiß, was du erwartet hast, aber das wird nicht passieren. Zumindest nicht in diesem Leben.«

»Für Amy würde es unendlich viel bedeuten, wenn sie sich nur ein einziges Mal überwinden könnten.«

»Du musst endlich damit aufhören, dir das anzutun, und auch Amy. Nach allem, was du mir über deine Mutter und deinen Vater erzählt hast, denke ich, dass es ihnen gar nicht so viel ausmachen würde, wenn Amy hopsgegangen wäre.«

Obwohl Diana bei den harschen Worten von Stephanie zusammenzuckte, widersprach sie der Vermutung ihrer Freundin nicht. »Sie haben Amy nie wirklich geliebt. Mir ist es bis heute ein Rätsel geblieben, warum sie sie überhaupt adoptiert haben.«

»Hast du ihnen eigentlich jemals diese Frage gestellt?«

»Nein.« So wie sie erzogen worden war, war es nicht ihre Art, die Handlungen oder Entscheidungen ihrer Eltern infrage zu stellen. Weil sie das kleine brave Mädchen war, hatte Diana immer das geglaubt, was man ihr erzählte. Sie hatte niemals das Verhalten ihrer Eltern angezweifelt, obwohl sie mitbekam, wie sich Amy nachts in den Schlaf weinte, oder wie oft sie ihre Schwester in ihr Zimmer geholt hatte, um ihre Tränen zu trocknen. Wenn sie Amy so gedankenlos missachteten, dann gab es ganz bestimmt einen guten Grund dafür, auch wenn er ihr rätselhaft erschien. Und wenn sie ständig an Amy herumkritisierten, dann war das doch nur zu ihrem Besten. Und wenn sie es abgelehnt hatten, ihr zu verzeihen, dann doch nur, um ihr damit eine ganz wichtige Lektion zu erteilen.

»Meinst du nicht auch, dass es endlich an der Zeit wäre dafür?«

»Ich weiß wirklich nicht, für was das jetzt gut sein sollte.« Es war die simple, automatische Antwort, auf die man ein zutiefst empfängliches Kind programmiert hatte, das sich auch noch als erwachsener Mensch daran klammerte, den Frieden um jeden Preis zu bewahren.

»Es ist doch völlig egal, ob das für irgendetwas gut ist. Denkst du nicht auch, dass Amy das Recht hat, endlich zu erfahren, wieso deine Eltern sie adoptiert haben?«

»Vermutlich hast du sogar recht. Irgendwann einmal werde ich ...«

»Und wieso nicht jetzt, sofort?«

Diana fiel darauf keine Antwort ein. Denn Stephanie hatte auch in diesem Punkt recht. Je länger sie abwartete, desto mehr würde die Wut verpuffen, die sie nötig hatte, um das Ganze durchzustehen. »Könntest du für eine Weile bei Amy bleiben?«

»So lange du möchtest.« – Diana ging zum Bett und griff nach Amys Hand. Sie versuchte, eine Stelle zu finden, die nicht von Blutergüssen und Schnittwunden übersät war, um ihr einen Kuss zu geben. Schließlich drückte sie ihr einen Kuss auf die Stirn, da, wo sie am wenigsten verletzt war.

»Wünsch mir Glück«, flüsterte sie.

»Möchtest du, dass ich dich anrufe, wenn sie wieder zu sich kommt?«, wollte Stephanie wissen.

Diana dachte über ihre Frage nach. Sie wollte bei der Konfrontation mit ihrer Mutter keine Unterbrechungen und auch keinen Grund, der ihr die Möglichkeit gab, sich davor zu drücken. »Nur, wenn sich ihr Zustand verschlechtern sollte.«

Vielleicht würde sie nicht die Antworten bekommen, die Amy auf ihre Fragen brennend erwartete oder nötig hatte. Aber zumindest würde sie auf diese Weise sehr bald die Wahrheit erfahren.

7

Diana hielt vor dem Stoppschild, lehnte sich über das Armaturenbrett ihres Wagens, nahm die Fernbedienung zur Hand, mit der man das Tor zum Haus ihrer Eltern öffnen konnte, und beobachtete, wie sich das Metallgitter mit dem riesigen W darauf nach hinten öffnete, um die Einfahrt freizugeben. Als Kind war ihr das zweieinhalb Meter hohe Eisengitter als etwas ganz Selbstverständliches vorgekommen. Erst als sie alt genug war, um zu verstehen, mit was ihr Vater draußen in der Welt sein Geld verdiente, fing sie an, die offensichtlich übertriebenen Sicherheitsvorkehrungen, mit denen ihre Eltern ihr Haus abschirmten, ein bisschen seltsam zu finden. Aber wie übertrieben sie tatsächlich waren, wurde ihr eigentlich erst klar, als sie Vergleiche ziehen konnte und in der Lage war, die Verhaltensweisen ihrer Eltern mit einer gewissen Distanz zu beurteilen.

Wer sich mit der Aura des Erfolges umgeben wollte, der hatte zwei Möglichkeiten. Entweder man hatte sie sich verdient oder man schuf sich diese Aura selbst. Als Eileen durch ihre Heirat eingewilligt hatte, eine Winchester zu werden, übte die Familie mit dem alten und respektablen Namen in Minnesota längst nicht mehr den Einfluss aus, den sie einmal gehabt hatte, und besaß auch nicht mehr den früheren Reichtum. Eileen war bei Weitem nicht so zuversichtlich oder gar vor Liebe so blind gewesen, um sicher anzunehmen, dass ihr frischgebackener Ehemann eines Tages möglicherweise doch noch eine mächtige Position bekleiden würde, und war folglich auch nicht gewillt gewesen, ihr Schicksal ausschließlich in seine Hände zu legen. Daher hatte sie ganz bewusst und wohlüberlegt versucht, die Dinge auf ihre Weise zu lenken, und ganz gezielt die Illusion aufgebaut, dass sie tatsächlich zu den besonders einflussreichen Familien der Stadt gehören würden. Der erste und vor allem der allerwichtigste Schritt dabei war für sie, dass man in der »richtigen« Gegend wohnte, also nicht in einem x-beliebigen Haus, sondern in einem, das ihrem sozialen Status entsprechen musste, den sie irgendwann einmal erreicht haben würde und den sie bis dahin erst einmal vortäuschen konnte. Für sie war das Risiko, das sie dafür eingegangen war, durchaus beträchtlich gewesen. Sie hatte dafür fast ihr gesamtes Treuhandvermögen investiert, bis Carls Verdienst endlich so hoch war, dass er mehr als die Lebenshaltungskosten damit begleichen konnte. Doch wie bei allen Dingen, die sie in ihrem Leben getan hatte, rechtfertigte ihrer Meinung nach das Ergebnis die Mittel, und falls ihr irgendjemand oder irgendetwas dabei in die Quere kam, dann war die Hölle los.

Anstatt unter dem Säulengang zu parken und die Vordertür zu benutzen, fuhr Diana hinters Haus und betrat es durch die Hintertür. Helen, die Haushälterin, die seit Dianas Kindheit bei der Familie beschäftigt war, stand am Spülbecken und schälte Karotten. Sie blickte auf und lächelte. »Du weißt doch, dass es deine Mutter gar nicht mag, wenn du auf diesem Weg das Haus betrittst«, meinte sie, während sie sich die Hände an einem Handtuch abwischte.

»Ist sie denn da?« Normalerweise war es Diana bei ihren Besuchen sehr wichtig, dass sie genügend Zeit mit Helen verbringen konnte. Sie genoss es einfach, wenn sie von ihren Enkelkindern erzählte, denn diese Geschichten waren für sie der angenehme Ausgleich zu den ewigen gehässigen Klatschgeschichten, die ihre Mutter von sich gab. Aber heute konnte sie sich diesen Luxus leider nicht leisten, obwohl sie genügend triftige Gründe dafür hatte, einem Gespräch mit ihrer Mutter auszuweichen.

Helen warf das Handtuch auf die Küchenablage und ging

zu Diana, während ihr Lächeln beim Näherkommen allmählich verschwand. »Ich habe ihr vor ungefähr einer Viertelstunde Tee ins Arbeitszimmer gebracht. Sie hat dort irgendwelche Arbeiten zu erledigen. Ich vermute also mal, dass sie immer noch dort ist.«

»Und Dad?«

»Er ist vor etwa einer Stunde weggegangen.«

»Verdammt!« Es war schon schwer genug, das, was sie hierhergeführt hatte, ein einziges Mal aussprechen zu müssen, und sie hatte absolut keine Lust dazu, das Ganze noch einmal zu wiederholen. »Ich hatte gehofft, sie würden beide da sein.«

»Hast du denn irgendwelche Probleme?«, fragte Helen zögernd.

»Nein ... doch, ich habe welche.« Warum sollte sie etwas abstreiten, was auf der Hand lag?

»Kann ich vielleicht irgendetwas für dich tun?«

Diana war so erzogen worden, dass man Probleme, vor allem dann, wenn es um Familienangelegenheiten ging, als Privatsache behandelte, die man diskret abwickelte, um möglichst wenig Aufmerksamkeit zu erregen. Ganz egal, wie sehr man auch darunter leiden sollte, man musste es für sich behalten und vor allem für alles auch noch einen positiven Aspekt finden. Tränen verdrückte man alleine im Stillen. Mit diesem »Ehrenkodex« konnte man zwar Gleichgesinnte beeindrucken, aber für einen selbst konnte das in geradezu verzweifelter Einsamkeit enden, in der es einem schon fast als logisch erschien, wenn man sich dann mit Alkohol oder Tabletten betäubte. »Nein, für mich nicht«, erwiderte Diana. »Aber da gibt es etwas, was du für Amy tun könntest. Du könntest sie in ein paar Tagen vielleicht einmal anrufen, wenn sie das Krankenhaus verlassen hat. Ich weiß, wie sehr sie sich darüber freuen würde.«

»Keiner hat mir etwas gesagt ... Wieso ist sie denn im Krankenhaus? Was ist denn passiert? Was ist mit ihr los?«

Diana empfand die tiefe Besorgnis, die sich auf Helens Gesicht breitmachte und in ihrer Stimme lag, geradezu wie ein Geschenk. Die Freundlichkeit von Fremden war eher flüchtiger Art, aber echte Freunde konnten mit Freundlichkeit wahre Schutzwälle aufbauen. Ihre Mutter würde toben, wenn sie erfuhr, dass Helen wusste, wie es um Amy stand. Aber Diana ertappte sich auch bei dem Gedanken, dass ihr das egal war. »Sie wurde von irgendjemand zusammengeschlagen. Und dann ... ehrlich gesagt, weiß ich auch nicht, was danach geschehen ist«, gab sie zu. »Das Einzige, was ich mit Sicherheit weiß, ist, dass sie auch noch ein paar Gläser Wodka getrunken und ein halbes Dutzend Schlaftabletten geschluckt hat.«

»Gütiger Himmel, das arme Mädchen.« Sie bekreuzigte sich. »Wird sie denn wieder in Ordnung kommen?«

»Derzeit sieht es so aus.«

»Werden sie mich denn zu ihr lassen?«

Helen zeigte eine solche Besorgnis, dass Diana am liebsten ihre Worte wieder rückgängig gemacht hätte. »Falls du irgendwann einmal Zeit haben solltest, ich weiß ...«

»Aber natürlich habe ich Zeit.« Helen umarmte Diana und drückte sie fest. »Alles andere ist doch nicht so wichtig.«

»Ich werde auf der Station eine Nachricht hinterlassen, dass du einen Besuch machen wirst.«

»Meinst du, dass sie vielleicht gerne ein paar selbst gemachte Kekse hätte? Ich könnte für sie Schokoladenkekse backen. Die hat sie immer so gemocht.«

Diana hätte ein Jahresgehalt darauf verwettet, dass ihrer Mutter nicht eine einzige Sache einfiele, die Amy besonders gern mochte. »Vermutlich wird sie die Kekse im Moment noch nicht essen können, aber ich weiß, wie sehr sie sich darüber freuen würde, wenn du ihr welche mitbringst.«

Helen blühte bei dem Gedanken, endlich wieder eine Aufgabe zu haben, regelrecht auf. »Ich werde noch heute Nachmittag welche für sie backen.« – »Ich danke dir.«

»Aber für was denn?« – »Für deine Anteilnahme.« – »Aber natürlich geht mir das nahe«, erwiderte Helen mit einem ungeduldigen Kopfschütteln. »Du und Amy, ihr seid doch für mich wie meine eigenen Kinder.«

Sie ging zur Speisekammer, öffnete die Tür und riss ein Blatt von dem Block ab, auf dem sie ihre Einkaufsliste notiert hatte.

»Mein Gedächtnis ist auch nicht mehr das beste. Wenn ich mir nicht alles sofort aufschreibe, dann vergesse ich es so schnell wie die Antworten bei einem Ratequiz. Gib mir doch bitte Amys Zimmernummer und erklär mir, wie ich zu dem Krankenhaus komme.«

Nachdem Diana die nötigen Informationen aufgeschrieben hatte, machte sie sich widerwillig auf den Weg, um ihre Mutter aufzusuchen.

Die Tür zu ihrem Arbeitszimmer war geschlossen. Sie klopfte leise und wartete dann ab.

»Ja«, erwiderte Eileen, »was ist denn?«

»Ich bin es, Mutter.« Diana öffnete die Tür und betrat das Zimmer. »Ich muss mit dir reden.« Normalerweise hätte sie noch hinzugefügt: »Natürlich nur, wenn du Zeit hast«, doch im Moment war es ihr völlig egal, ob ihre Mutter beschäftigt war oder gerade wieder einmal in einer großen Krise steckte.

Eileen setzte ihre Lesebrille mit einem Anflug gezügelter Ungeduld ab, stieß sich mit dem Stuhl von ihrem Louis-Quatorze-Schreibtisch ab und erhob sich. »Ich habe dich bereits erwartet.«

Wie immer stellte Eileen Winchester auch äußerlich perfekt die Rolle dar, die sie gerade spielte. Im Moment gab sie sich als die Gutsherrin, was von der Kleidung her einen klassisch-dezenten Auftritt erforderte – Understatement, dem man jedoch deutlich seine Exklusivität ansehen sollte: hellbraune Hosen aus leichter Wolle, eine ecrufarbene Seidenbluse zu den Pumps von Bruno Magli. Und dazu nur ein

Minimum an Schmuck, der aus einer goldenen Halskette, schlichten Goldohrringen und einer Piaget-Armbanduhr bestand.

»Ich habe bereits vor Stunden eine Nachricht für dich hinterlassen«, erklärte Diana. »Wieso hast du auf meinen Anruf nicht geantwortet?«

Eileen fixierte ihre Tochter mit einem eiskalten Blick. »Nimm bitte einen zivilisierten Tonfall an, wenn du dich in diesem Haus befindest.«

Diana schloss die Tür. Es gehörte zu Eileens Methode, sie wie ein eigensinniges Kind zu behandeln, um die Oberhand zu gewinnen. Aber auf dem Weg von der Küche bis zu dem Arbeitszimmer war Diana irgendwann die Angst abhanden gekommen, sie könnte ihre Mutter womöglich gegen sich aufbringen. Und auch der Gedanke, dass sie es unbedingt schaffen müsste, ihre Mutter für ihr Vorhaben zu gewinnen.

»Heute funktioniert das nicht, Mutter. Du solltest also erst einmal die Luft anhalten.«

Eileen konnte ihre Überraschung nicht verbergen. »Entweder nimmst du jetzt endlich Beherrschung an, oder ich werde ...«

»Du wirst was tun? Mich hinauswerfen? Mich verstoßen?«

Bislang war ihre Mutter nur indigniert gewesen, doch jetzt wurde sie richtig wütend. »Sie hat es dir gesagt«, zischelte Eileen. »Diese kleine Hexe. Ich hätte es ja wissen müssen, dass man ihr nicht trauen kann.«

Diana versteinerte regelrecht unter dieser verbalen Attacke. Genau in diesem Moment hatte sich irgendetwas Wichtiges abgespielt, aber sie wusste nicht, um was es dabei ging. Das Einzige, was im Moment für sie zählte, war, dass sie ihre Verwirrung nicht offen zeigen durfte. Die einzige Chance, die sie hatte, um herauszufinden, über was ihre Mutter eigentlich redete, bestand darin, dass sie ihr Spielchen mitspielte. »Natürlich hat sie es mir erzählt.« Diana war automatisch davon ausgegangen, dass mit »sie« ihre Schwester Amy gemeint war. »Wir erzählen uns immer alles.«

Eileen griff zum Telefon. »Noch ist es nicht zu spät. Ich kann den Scheck immer noch sperren lassen.«

»An deiner Stelle würde ich das nicht tun.«

»Ach?« Ihre Hand schwebte immer noch über der Tastatur. »Und warum nicht?«

Diana wusste, dass ihre Antwort unangreifbar ausfallen musste, denn Eileen Winchester beherrschte das Spiel der Manipulation nahezu perfekt. Auch nur ein einziger falscher Tonfall von ihr, und ihre Mutter würde das sofort registrieren. »Weil du, wenn du das machst, damit auf gar keinen Fall dein Ziel erreichen wirst.«

Eileen wartete wie ein Aasgeier ab, der wachsam genug war, wenn ihm seine Beute zu leicht erschien. Weil es ihr aber nicht gelang, herauszufinden, ob sie auf der falschen Fährte war, fuhr sie schließlich fort. »Willst du mir damit erklären, dass es doch noch eine Hoffnung gibt, dass Amy die Stadt verlassen könnte?«

Ihre Frage kam für Diana so unerwartet, dass sie nicht wusste, was sie darauf antworten sollte. Verzweifelt versuchte sie, das Puzzle zusammenzusetzen. Doch die logische Schlussfolgerung, die ihr zuerst durch den Kopf ging, kam ihr selbst für ihre Mutter viel zu abstoßend vor. Aber alles andere ergab einfach keinen Sinn.

»Du hast Amy Geld angeboten, dass sie von hier weggeht? Wie konntest du nur so etwas deiner eigenen Tochter antun?«

»Sie ist nicht meine Tochter.« Eileen knallte den Telefonhörer auf.

Diana musste daran denken, was Amy alles durchgemacht hatte und was sie versucht hatte, sich selbst anzutun. Dabei überkam sie ein so immenser Schmerz, dass sie daran schier zu ersticken drohte. »In meinem ganzen Leben hat mich noch niemand auf solch abgrundtiefe Weise enttäuscht wie du in diesem Moment. Du machst mich einfach krank.« – »Wie kannst du es wagen, so mit mir zu reden? Ich bin deine Mutter. Zeige gefälligst den nötigen Respekt.«

»Respekt muss man sich verdienen.«

Soweit sich Diana erinnern konnte, war es das erste Mal, dass ihre Mutter um Worte ringen musste. Schließlich erwiderte sie mit etwas gemäßigterer Stimme. »Es ist doch alles ihre Schuld. Vom ersten Tag an, als wir Amy in unser Haus gebracht haben, hat sie nur Schwierigkeiten gemacht.«

»Vom ersten Tag an, Mutter? Sie war ein Säugling, noch nicht einmal eine Woche alt.«

»Sie hat ununterbrochen geschrien. Sie hat sechs Monate lang nichts anderes getan.«

»Viele Säuglinge leiden unter Koliken. Das kannst du ihr doch kaum zum Vorwurf machen, oder?«

»Bevor wir sie aufgenommen haben, warst du ein liebevolles, glückliches Kind. Doch von dem Moment an, wo du sie gesehen hast, hast du dich verändert. Du bist geheimnistuerisch geworden. Du hast dich nachts in ihr Zimmer geschlichen, um bei ihr zu schlafen, obwohl ich es dir ausdrücklich verboten habe. Und es gab Zeiten, da hast du sogar deinen Vater und mich nur ihretwegen angelogen.« Noch bevor Diana überhaupt etwas sagen konnte, um sich zu rechtfertigen, erhob ihre Mutter gebieterisch die Hand.

»Oh, wage es bloß nicht, das abzustreiten. Ich weiß sehr wohl, wie oft du dir irgendwelche Geschichten ausgedacht hast, nur um Amys Dummheiten zu vertuschen. Ich werde es ihr nie verzeihen, dass sie es geschafft hat, dich gegen mich und deinen Vater aufzubringen.«

Diana merkte, dass es vollkommen sinnlos war, mit ihr darüber zu streiten. Stattdessen stellte sie die Frage, die sie eigentlich hierhergeführt hatte. »Warum habt ihr Amy adoptiert?«

Überraschenderweise versuchte Eileen der Frage nicht auszuweichen. »Dein Vater hat das vorgeschlagen. Er hat damit angefangen, sobald wir erfahren hatten, dass wir keine eigenen Kinder mehr bekommen können.« Obwohl Eileen sehr oft die Schuld auf andere schob, wenn sie vermutete, dass sie einen Fehler gemacht hatte – und wenn es vorteilhaft für sie war, dann konnte ihr Gedächtnis diesbezüglich erstaunliche Lücken aufweisen –, nahm Diana ihr die Erklärung dieses Mal ab. »Aber warum eine weitere Tochter? Wieso nicht einen Sohn?«

»Damit hat das doch überhaupt nichts zu tun. Dein Vater wollte einfach nicht, dass du so aufwachsen solltest wie er. Er hat immer gemeint, er hätte seine Eltern um ein weiteres Geschwisterchen geradezu angefleht, aber sie seien so sehr mit ihrem eigenen Leben beschäftigt gewesen, dass sie gar nicht mitbekommen hätten, wie einsam er sich fühlte. Und da hätte er sich geschworen, dass er das niemals einem eigenen Kind antun würde.«

»Soweit ich es mitbekommen habe, hattest du doch nie ein Problem damit, Dad etwas abzuschlagen, wenn du etwas nicht wolltest. Wieso hast du denn in diesem Punkt nachgegeben?«

»Ich war dumm genug, ihm zuzuhören, als er mir erklärt hat, wie gut sie dir tun würde, wenn du sie als Gesellschaft haben würdest.« Ihre Mutter musste ob der Ironie dieser Worte auflachen. »Kannst du dir das vorstellen?«

»Willst du damit sagen, dass du Amy nie als deine Tochter angesehen hast? Nicht einmal am Anfang?«

»Ich hatte doch bereits eine Tochter, eine, die ich selbst geboren hatte. Wie sollte ich denn einem fremden Kind gegenüber die gleichen Gefühle hegen?«

»Als ihr Amy aufgenommen habt, da war sie keine Fremde, sondern ein neugeborenes Wesen, ein vollkommen unbeschriebenes Blatt.«

Eileen setzte sich wieder an den Schreibtisch und begann fieberhaft irgendwelche Papiere zu sortieren. Sie schob den Baccarat-Papierbeschwerer, der die Form eines Golfschlägers hatte, von der einen zur anderen Seite, steckte den Montblanc-Füllhalter in den Ständer und ließ die goldene Papierklammer in einen Ablagekorb fallen. »Ich erwarte nicht, dass du das jetzt verstehst, aber du wirst es dann verstehen, wenn du mit Stuart eigene Kinder haben wirst. Es interessiert mich nicht, was in diesen ganzen Büchern behauptet wird. Zwischen einer Mutter und ihrem eigenen Kind besteht ein Band, das man nicht einfach künstlich herstellen kann. All die Leute, die behaupten, sie würden ein adoptiertes Kind genauso lieben wie ihr eigenes, machen sich entweder etwas vor oder sie lügen einfach.«

Zumindest konnte Diana bis dahin ihren Erklärungen folgen. Dass sie die ganze Kindheit über, die sie mit Amy gemeinsam verbracht hatte, immer bevorzugt behandelt worden war, hatte also nichts damit zu tun gehabt, dass sie ein besonders fügsames, pflegeleichtes Kind gewesen war, oder an dem, was Amy getan oder nicht getan hatte. »Du hast sie niemals geliebt ... du hast es nicht einmal versucht.«

Eileen lehnte sich in ihrem Stuhl zurück, als würde es sich um den Thron einer Königin handeln, die sich darauf vorbereitete, Gericht über ihre unseligen Untertanen zu sprechen. »Jetzt habe ich mir aber lange genug dein Gejammer über diese Sache angehört. Wir haben diesem Mädchen alles gegeben, sogar den Namen deines Vaters. Sie hat in einem schönen Zuhause gelebt, die besten Schulen besucht und jede Möglichkeit gehabt, etwas aus sich zu machen. Und wie hat sie uns das gedankt? Dein Vater wird es dir gegenüber nie zugeben, aber er hatte fast eine Herzattacke, als er die Zeitung aufschlug und den Namen Winchester in Großbuchstaben auf dem Titelblatt lesen musste. Er hatte sogar mit dem Gedanken gespielt, seinen Posten im Vorstand aufzugeben. Diese Geschichte war unendlich demütigend, und ich werde es Amy niemals verzeihen, dass sie ihm das angetan hat.«

Mit einem Mal holten Diana völlig unerwartet alte Erinnerungen an jene kurzen, aber schmerzvollen Augenblicke ein, die sie jahrelang versucht hatte, zu verdrängen oder mit irgendwelchen Erklärungen abzutun. Sie sah wieder das Bild vor sich, wie ihre Mutter auf einem Sofa saß und Amy hochkrabbelte, weil sie neben ihr sitzen wollte. Doch es waren nicht einmal Worte nötig gewesen, um Amy davon abzuhalten. Allein das missbilligende Stirnrunzeln ihrer Mutter hatte gereicht. Als Diana alt genug war, um Auto fahren zu lernen, hatte ihr Vater es ihr beigebracht, Amy hingegen wurde in eine Fahrschule geschickt. Während Dianas Schulzeit hatten ihre Eltern jeder Theateraufführung beigewohnt, jedem Konzert und jeder Schulveranstaltung. Doch wenn es um Amy ging, hatten sie nur ganz selten Zeit dafür gefunden, ganz egal, welche Leistungen sie dabei vorzuweisen hatte.

Ihr ganzes Leben lang hatten ihre Eltern Diana Regeln beigebracht, die sie Amy niemals erklärt hatten. Vom Frühstückstisch bis zum Zubettgehen war Diana gedrillt worden, wenn es um Erwartungen ging, um Richtlinien und den sozialen Ehrenkodex. Von Amy hingegen war nichts dergleichen erwartet oder gefordert worden. Sie waren damit zufrieden, wenn sie sich wenigstens so benahm, dass sie ihre Familie nicht in peinliche Situationen brachte. Es hatte ganz den Anschein, als wäre es keinem der beiden so wichtig gewesen, sich Gedanken darüber zu machen, was einmal aus ihr werden sollte, wenn sie erwachsen war.

»Als ihr euch dann zu einer Adoption entschlossen hattet, wie habt ihr Amy gefunden?«

Für Eileen kam diese Frage völlig unerwartet. »Wieso willst du das wissen?«

Es gelang Diana, ihre Wut unter Kontrolle zu bekommen. Denn wenn sie eine weitere Konfrontation provozierte, würde sie von ihrer Mutter niemals das erfahren, was sie wissen wollte. »Warum hast du Amy Geld angeboten, damit sie die Stadt verlässt?«

»Das habe ich für deinen Vater getan – und für dich.«

»Amy wird niemals von hier fortgehen, es sei denn, sie hätte einen triftigen Grund dafür. Was ist, wenn ich ihre leibliche Mutter ausfindig machen könnte? Meinst du nicht auch, dass man sie vielleicht dann dazu bewegen könnte?«

Eileen dachte über den Vorschlag nach. »Wie kommst du denn auf die Idee, dass ihre leibliche Mutter sie überhaupt kennenlernen möchte?«

»Es sind doch inzwischen fast fünfundzwanzig Jahre vergangen. Vielleicht haben sich ihre Gefühle inzwischen vollkommen verändert. Soweit ich weiß, passiert das sehr vielen Frauen.«

»Und wenn es nicht so ist?«

»Wieso willst du mir diese Idee eigentlich unbedingt ausreden? Hast du vielleicht eine bessere?«

»Ich verstehe einfach nicht, wieso du meinst, du müsstest dir den Arm für Amy ausreißen. Was hat sie denn jemals für dich getan?«

Eileen sagte das selbstverständlich nur, um sie zu testen. Aber Diana musste ihr Spielchen mitmachen, wenn sie wollte, dass ihre Mutter mit ihr gemeinsame Sache machte. »Ich tue das nicht Amys wegen, ich mache es für dich und für Dad. Es wird Zeit, dass wir in unserer Familie endlich wieder zu einem dauerhaften Frieden finden. Und wenn das heißen sollte, dass wir dafür eine andere Familie für Amy finden müssen, dann ist es genau das, was ich versuchen werde.«

Erstaunlicherweise schien ihr ihre Mutter das abzunehmen. Wobei Eileen letztlich ihr ganzes Leben lang nur das akzeptiert hatte, was sie akzeptieren wollte, und nur das geglaubt hatte, was sie glauben wollte. »Es war eine private Adoption«, erklärte sie schließlich.

Bevor sie noch etwas hinzufügen konnte, wurde die Tür aufgerissen und Carl Winchester stürmte ins Zimmer. Er ging sofort auf Diana los. »Wann hört das endlich auf?«

Seine Venen traten am Hals deutlich hervor und pulsierten

bei jedem Herzschlag so stark, als wollten sie mit dem Rhythmus einer Heavy-Metal-Band wetteifern. Noch nie hatte Diana ihren Vater dermaßen wütend erlebt. Instinktiv wich sie ihm mit einem Schritt nach hinten aus. »Ich weiß nicht, wovon du redest. Wann soll bitte schön was aufhören?«

»Verkauf mich bloß nicht für blöd, Diana. Ich hab es bis hier oben satt.« Er machte mit der Hand eine entsprechende Bewegung über seine Stirn.

»Geht es um Amy?«, wollte sie wissen, wobei panische Angst in ihr aufstieg. »Ist ihr etwas zugestoßen?«

»Du weißt ganz genau, was passiert ist«, erwiderte er, wobei man ihm deutlich ansehen konnte, wie schwer es ihm fiel, seine Wut unter Kontrolle zu halten. »Und es ist dir nicht einmal in den Sinn gekommen, mich darüber zu informieren. Was glaubst du wohl, wie ich mich fühle, wenn irgend so ein gottverdammter Hilfspfleger ankommt und mich über meine Tochter ausfragt und ich auf Teufel komm raus nicht weiß, von was der eigentlich redet?«

Dianas Angst schlug in Wut um. »Ist das alles, was dich interessiert? Wie du dich dabei fühlst?«

Carl warf Diana einem einschüchternden Blick zu. »Du erwartest doch wohl nicht, dass es mich interessiert, wenn eine x-beliebige Hure von ihrem Freier verprügelt wird, oder?«

Seine Worte trafen sie wie ein Dolchstoß. »Das ist doch nicht dein Ernst!«

»Und ob das mein Ernst ist.«

Diana musste sofort weg aus diesem Haus. »Lass bloß Amy in Ruhe«, warnte sie ihren Vater. »Ich will auf gar keinen Fall, dass du auch nur in ihre Nähe kommst.« Und zu ihrer Mutter meinte sie: »Du kannst dir deinen Scheck sonstwohin stecken. Alles, was Amy von jetzt an brauchen sollte, wird sie von mir bekommen.«

Was daraufhin geschah, hätte Diana sich nie träumen lassen. Sie hatte plötzlich das Gefühl, dass ihre linke Gesichtshälfte mit einem heftigen Knall explodierte, und danach sah sie nur noch ein Meer von Sternchen. Sie stolperte rückwärts, während sie sich mit der Hand die Wange rieb.

»Wage ja nicht, noch einmal in diesem Ton mit deiner Mutter zu reden!«, brüllte Carl.

Ihr Vater hatte sie geschlagen. Sie war viel zu sprachlos, um sich verletzt zu fühlen. In all den Jahren hatte Carl noch nie die Hand gegen sie erhoben. Sie starrte ihren Vater eine Weile an. »Ich kann es einfach nicht fassen, was du da eben getan hast. Sag mir, Dad, wie fühlt man sich eigentlich, wenn man eine Frau schlägt? Gibt es dir ein Gefühl von Macht? Das Gefühl, die Kontrolle über sie zu haben?« Bevor sie seine Antwort abwartete, fiel sie ihm sofort ins Wort. »Denkst du, dass der Kerl, der Amy zusammengeschlagen hat, sich genauso gefühlt hat?«

»Wahrscheinlich hätte ich das nicht tun sollen, aber ...«

»Wahrscheinlich?«, fauchte sie zurück.

»Du bist meine Tochter, ich ...«

»Ist mir doch egal.« Diana versuchte einen Weg zu finden, um ihn herum zu gehen, weil sie so schnell wie möglich das Zimmer verlassen wollte.

Er streckte einen Arm aus, um sie aufzuhalten. »Du wirst nicht gehen. Nicht bevor wir das hier zu Ende besprochen haben.«

»Was auch immer du sagen möchtest, es interessiert mich kein einziges Wort.«

»Lass sie gehen, Carl«, meinte Eileen. »Sie zieht doch ohnehin nur eine Show ab.«

Diana blieb stehen, um ihre Mutter anzusehen. »Am besten, du rufst gleich Stuart an. Ich bin mir sicher, dass du ihn garantiert überzeugen kannst, euren Standpunkt in der Sache zu verstehen.«

»Verstehen?«, wiederholte Eileen. Sie lächelte ihren Mann an. »Ich habe doch gewusst, dass man sie nicht ernst nehmen kann. Stuart wird sich schon in deinem Sinne um sie kümmern.«

8

Nach drei Schlägen war man ausgezählt.

Diese Metapher kam Diana bei allen Überlegungen in den Sinn, die sie anstellte, als sie wieder zum Krankenhaus zurückfuhr. Doch genau genommen passte sie überhaupt nicht, denn ihre Eltern hatten über Jahre hinweg immer wieder eine Chance bekommen, sich für Amy einzusetzen, aber sie hatten es nicht einmal für nötig befunden, mit ihr in Verbindung zu treten. Dabei hätten sie schon vor sehr langer Zeit alarmiert reagieren müssen.

Baseballspieler hatten einen Schiedsrichter an ihrer Seite, der ihnen ein faires Spiel garantieren konnte. Doch für Amy hatte keiner diese Rolle eingenommen. Diana hatte es zwar versucht, aber sie war dafür viel zu schlecht gerüstet und hatte bedauerlicherweise auch nicht die Spielregeln durchschaut. Viel zu oft war sie in ihrem Alltag selbst in irgendwelche Kämpfe verwickelt, um zu verstehen oder zu erkennen, was tatsächlich mit Amy vor sich ging.

Obwohl Diana fest entschlossen gewesen war, das elterliche Fehlverhalten in Amys Vergangenheit auf ihre Weise auszubügeln, hatte sich ihr während der Auseinandersetzung mit ihrer Mutter immer deutlicher ein Gedanke aufgedrängt, der mit einem Mal alle ihre Pläne oder Vorstellungen besetzte. Gab es denn überhaupt noch eine Möglichkeit für Amy, so viel Liebe und Anerkennung zu finden, dass die lebenslange Geringschätzung und Ablehnung, die sie durch ihre Eltern erfahren hatte, nachträglich wieder wettgemacht wurde, oder war es dafür nicht längst zu spät? Würde ihre biologische Mutter den Schaden, den Eileen und Carl Winchester angerichtet hatten, beheben können, oder war das

Verhalten ihrer Eltern so zerstörerisch gewesen, dass eine Wiedergutmachung gar nicht mehr möglich war? Wenn das der Fall war, wie sollte es dann für sie alle weitergehen? Würde Amy trotz ihres geringen Selbstvertrauens ihr Leben alleine meistern können?

Diese Überlegungen quälten Diana. Die menschliche Seele war wahrscheinlich außergewöhnlich elastisch, aber unzerstörbar war sie bestimmt nicht.

Sie musste etwas unternehmen, um Amy zu helfen, und sie musste es vor allem tun, solange noch genug Zeit dafür blieb.

Diana hörte das Hupen hinter sich. Sie sah hoch und stellte fest, dass die Ampel auf Grün umgeschaltet hatte. Es war zwar Samstag und der Verkehr bei Weitem nicht so schlimm wie unter der Woche, aber wenn sie sich nicht endlich auf das Geschehen um sie herum konzentrierte, landete sie womöglich noch in dem Bett neben Amy.

Eine Viertelstunde später bog Diana in den Parkplatz vor dem Krankenhaus ein, aber seit sie das Haus ihrer Eltern verlassen hatte, war sie mit ihren Überlegungen nicht sehr viel weitergekommen. Bevor sie Amys Zimmer aufsuchte, hielt sie beim Geschenkeladen an, um Blumen für sie zu kaufen. Angesichts der Umstände war das zwar eine geradezu banale Geste, aber sie war es schon dann wert, wenn Amy beim Anblick der gelben, rosa und orangefarbenen Tulpen, die in der Rückseite eines Clowns mit Luftballons in der Hand steckten, zumindest einen Moment lang Freude empfinden sollte.

Als Diana das Zimmer betrat, stand Stephanie beim Fenster. »Wie geht es ihr?«, wollte Diana wissen und sprach dabei so leise, als würde Amy lediglich ein Nickerchen halten.

»Sie hat ein paar Mal aufgestöhnt und sich ein bisschen hin und her bewegt, aber bis jetzt hat sie die Augen noch nicht geöffnet. Es sei denn, ich habe es nicht mitbekommen.«

»War der Arzt da?«

Stephanie schüttelte den Kopf. »Wie ist es mit deiner Mutter gelaufen?«

Bevor Diana darauf antwortete, stellte sie die Blumen auf das Nachtkästchen und musterte Amy. Es sah ganz so aus, als hätten sich in der kurzen Zeit, in der sie weg gewesen war, die Blutergüsse und Schwellungen erneut verändert. An manchen Stellen sahen sie schlimmer aus, an anderen wiederum besser. »Ich habe einiges erfahren, von dem ich bislang keine Ahnung hatte.«

Es fiel ihr nicht gerade leicht, die Charaktereigenschaften ihrer Familie aufzudecken, nicht einmal einem Menschen gegenüber, dem sie so vertraute wie Stephanie. Nach einer Weile ging sie zum Fenster, zog mit den Fingern leicht die Lamellen des Rollos auseinander und starrte nach draußen. Dann begann sie so leise zu sprechen, dass sich Stephanie zu ihr beugen musste, um sie zu verstehen. »Du hast sicher schon von Eltern gehört, die ihre Kinder so verwöhnen, dass sie ihnen sogar ein eigenes Pony schenken. Meine Eltern haben mir statt eines Ponys eine Schwester geschenkt.«

»Ich bin mir nicht sicher, ob ich dich richtig verstanden habe.«

»Eileen und Carl Winchester wollten nicht, dass ihre kleine Tochter alleine aufwächst, und deswegen haben sie ihr eine Spielgefährtin gekauft.«

»Moment mal. Ich bekomme ein ganz komisches Gefühl. Sag mir jetzt bloß nicht, dass du nach irgendeinem Grund suchst, um dir selber Vorwürfe machen zu können für das, was deine Eltern Amy angetan haben.«

»Wenn es mich nicht gegeben hätte, dann hätten sie doch niemals ...«

»Hör mit dem Unsinn auf, Diana. Diese Selbstbeschuldigungsarie hilft doch weder dir noch Amy weiter.«

Sie dachte über Stephanies Worte nach. »Du hast recht. Manchmal ist es wahrscheinlich verdammt langweilig, mir zuzuhören.« Dabei schüttelte sie sich. »Uff.«

»Eher schmerzlich denn langweilig.« – »Oh, Stephanie, ich werde mich zusammennehmen.« Sie warf einen Blick zum Bett, um sicherzugehen, dass Amy immer noch schlief. Danach fuhr sie beruhigt fort: »Ich brauche deine Hilfe in einer Sache.«

Irgendetwas schien Stephanie dabei zu irritieren, und sie antwortete deshalb nicht sofort. Stattdessen öffnete sie das Rollo und studierte intensiv Dianas Gesicht. »Was ist denn mit deiner Backe los?«

Instinktiv bedeckte Diana die Wange mit ihrer Hand. »Mein Vater war der Meinung, er müsste mich zur Ordnung rufen.«

»Er hat dich geschlagen?« Stephanie schien allein die Vorstellung vollkommen zu verblüffen.

»Er hat mir eine Ohrfeige verpasst.«

»Das ist doch reine Wortklauberei, Diana.«

»Ich weiß.« Als ihr bewusst wurde, dass sie immer noch mit der Hand ihre Backe kaschierte, zog sie die Hand weg. Wieso hatte sie versucht zu vertuschen, dass man sie geschlagen hatte? Natürlich war es ihr peinlich, wie sie aussah, aber da steckte noch sehr viel mehr dahinter. Wenn sie ehrlich zu sich selbst war, dann hatte sie damit versucht, ihren Vater in Schutz zu nehmen, ausgerechnet den Mann, der sie geschlagen hatte. Lieber Gott, reagierten alle Frauen, die misshandelt wurden, auf diese Weise? Sie warf einen Blick auf Amy. »Meinst du, Amy könnte aus einem Schuldgefühl heraus die Tabletten und den Wodka geschluckt haben? Könnte es sein, dass sie damit versucht hat, sich einfach deswegen aus dem Staub zu machen, weil ihr so etwas zugestoßen ist?«

»Nach allem, was ich versucht habe mir zusammenzureimen, leuchtet mir diese Erklärung noch am ehesten ein. Wie ich schon vorher erwähnt habe, hätte sie doch alles Erdenkliche unternommen, wenn sie vorhatte, sich tatsächlich umzubringen. Sie hätte sich doch nicht mit den fünf oder sechs

Schlaftabletten zufriedengegeben, sondern alles geschluckt, was sie zu Hause hatte, ob nun Aspirin oder einfach nur Grippemittel.« Sie ließ die Rollos wieder herunter, und das Krankenzimmer wirkte mit einem Mal wieder weniger steril und viel heimeliger. »Du hast gesagt, dass es da etwas gibt, was ich für dich tun könnte.«

»Ich möchte Amys leibliche Mutter finden.« Je länger sie darüber nachgedacht hatte, umso mehr war sie davon überzeugt, damit das Richtige zu tun. »Aber ich habe nicht die geringste Ahnung, wie ich dabei vorgehen muss.«

Stephanie kniff die Augen zusammen, als sie darüber nachdachte. »Es gab da vor Monaten eine Geschichte in einer der wichtigen Zeitschriften über eine Frau irgendwo in Chicago ... nein, ich denke, es war Detroit ... die solche Sachen abgewickelt hat. Meistens war sie damit erfolgreich, aber dann stellte sich heraus, dass sie bei ihren Nachforschungen nicht unbedingt den korrekten Weg eingeschlagen hatte. Offenbar hat sie sich gewisser Kontakte zu den Regierungsbehörden bedient, die ihr bestimmte Geheiminformationen verkauft haben. Soweit ich mich entsinne, wurde der Artikel geschrieben, nachdem sie das Gefängnis verlassen hatte und sich erneut dieser Sache widmen wollte. Wahrscheinlich versucht sie es inzwischen über den gesetzlich zulässigen Weg.«

»Weißt du noch ihren Namen?«

Stephanie lächelte. »Ich bin zwar gut in solchen Dingen, aber nicht perfekt. Ich werde Mike Jones anrufen, wenn ich das Krankenhaus verlasse, und ihn bitten, das für uns herauszufinden, und dazu noch alles, was er über Mütter, die ihre Kinder zur Adoption freigeben, ausgraben kann.«

»Wer ist Mike Jones?«

»Er ist der Chef unseres Zeitungsarchivs. Es gibt keinen Besseren, wenn es darum geht, Informationen herauszufinden. Und er ist zudem sehr schnell.«

Nachdem Diana sich entschieden hatte, welche Richtung

sie einschlagen wollte, konnte es ihr gar nicht schnell genug gehen, auch wenn es lange dauern konnte, bis sie einen Namen herausfand. »Ich möchte nicht, dass Amy davon erfährt. Zumindest nicht im Moment.«

»Meinst du, dass das wirklich klug ist? Sie wird doch sicher vermuten, dass du ihr irgendetwas verheimlichst. Und das könnte mehr Schaden anrichten, als wenn du ihr es gleich direkt erklärst.«

»Ich muss diese Sache ganz vorsichtig angehen.«

»Ich möchte wirklich keinen Druck ausüben, aber ....«

»Dieses Risiko kann ich nicht eingehen, Stephanie. Was, wenn ich Amy in mein Vorhaben einweihe und sie sich dann falsche Hoffnungen macht, falls sich womöglich herausstellen sollte, dass ihre leibliche Mutter absolut nichts mit ihr zu tun haben will? Wie lange verkraftet es ein Mensch, wenn er immer wieder aufs Neue abgelehnt wird?«

»Das habe ich nicht bedacht«, erklärte Stephanie. »Alles, was ich bislang auf diesem Gebiet mitbekommen habe, ist, dass es Mütter gibt, die herausfinden wollen, was aus ihren Kindern geworden ist. Ich denke mal, dass es durchaus sein kann, dass es auch Mütter gibt, die das nicht wollen.«

»Möglicherweise sogar die Mehrheit von ihnen.«

Wie aufs Stichwort begann Amy zu stöhnen und zog ihren Arm mit dem Infusionsschlauch zum Gesicht. Diana ging zu ihrem Bett, überprüfte den Katheter und wartete ab, ob Amy dieses Mal endlich zu Bewusstsein kommen würde. Aber es verging noch eine Weile, bevor ihre Augenlider zu flattern begannen. Doch schließlich schaffte sie es mit großer Anstrengung, die Augen lange genug offen zu halten, um sich auf einen Blick zu konzentrieren.

»Willkommen daheim«, meinte Diana. »Ich dachte schon, du würdest den ganzen Tag verschlafen.«

»Was machst du ... hier?«

»Wir waren zum Shopping verabredet, hast du das vergessen?«

Amy runzelte die Stirn. »Ach ja, stimmt. Ich habe wohl ... ja, ich habe offenbar verschlafen.« Sie versuchte, sich aufzurichten, lehnte sich aber sofort wieder zurück. »Gott im Himmel, mein Kopf bringt mich um.«

»Das wundert mich gar nicht.« Diana rückte ihr das Kopfkissen zurecht.

Während sich Diana um sie kümmerte, nahm Amy die Infusionsflasche wahr. »Wo bin ich denn?«

»Im Krankenhaus.«

Sie drehte den Kopf, um sich einen besseren Überblick zu verschaffen, zuckte aber vor Schmerzen zusammen und ließ sich langsam wieder in ihre ursprüngliche Position zurückgleiten. »Wieso?« Für diese Frage brauchte sie eine gute Minute. »Was ist denn passiert?«

»Das Einzige, was ich mit Sicherheit sagen kann, ist, dass du von irgendjemandem zusammengeschlagen worden bist. Danach bist du dann wohl heimgegangen, hast einige Schlaftabletten mit einem Glas Wodka runtergespült. Wer es war und warum es passiert ist, sind Fragen, von denen ich hoffe, dass du sie mir beantworten kannst.«

Amy schloss die Augen. Sie zeigte sehr lange keine Regung, und Diana dachte schon, sie wäre wieder eingeschlafen.

»Ich möchte nicht darüber reden«, erklärte sie schließlich.

Diana hatte schon den Mund geöffnet, um ihr zu widersprechen, als sie Stephanies Hand auf ihrem Arm spürte. »Na gut«, erklärte sie, »dann warten wir einfach so lange, bis du das möchtest.«

Nach diesen Worten schien sich Amy sichtlich zu entspannen. Nach wenigen Minuten war ihr Atmen wieder in den Rhythmus des Schlafes übergegangen. Genau damit hatte sie rechnen müssen, hatte der Arzt Diana erklärt. Am ersten Tag, und vermutlich auch am zweiten, würde Amy wohl mehr schlafen als wach sein. Und falls sie wach sein würde, dann würde sie lethargisch und verwirrt wirken.

»Glaubst du, dass sie sich das noch einmal anders überlegen wird?«, wollte Diana von Stephanie wissen.

»Darauf würde ich nicht wetten. Ich vermute mal, wenn sie es nicht gleich erzählt, dann wirst du niemals erfahren, was wirklich passiert ist.«

»Aber wie soll ich denn dann in der Lage sein, zu verhindern, dass ihr so etwas noch einmal passiert?«

Stephanie ging mit Diana zurück zum Fenster, wo sie so leise sprechen konnten, dass es einem Flüstern glich. »Das wirst du nicht. Genauso wenig, wie du Amy davon abhalten kannst, dass sie wieder zur Flasche greift oder nochmals Tabletten schluckt. Du kannst nicht Amys Leben für sie leben.«

»Hier oben weiß ich das ...« Diana tippte sich dabei auf die Stirn. »Aber nicht dort.« Sie drückte die Hand auf ihr Herz. »Ich habe verdammt noch mal nur Angst.«

»Du wirst Amy in keiner Weise damit helfen, wenn sie glaubt, dass du dein eigenes Leben wegen ihr auch noch vermasselst.«

»Eine Weile werde ich das ertragen. Ich werde sie dazu bringen, bei mir einzuziehen, bis sie wieder auf die Beine kommt.«

»Ach? Und auf welcher Seite des Fußbodens hast du vor zu schlafen? Oder hast du vielleicht angenommen, ihr beide könntet euch den Futon teilen?«

Diana fiel es sehr viel schwerer, um Hilfe zu bitten, als sie selbst anzubieten. Selten lieh sie sich etwas, aber sie verlieh mit Begeisterung Dinge und kümmerte sich um die Haustiere und Wohnungen ihrer Freunde, wenn diese auf Reisen gingen, hatte jedoch niemals denselben Gefallen von ihnen eingefordert. Nie wäre es ihr eingefallen, Stephanie in Anspruch zu nehmen. Aber da sie nun wiederum Amy dringend helfen musste, meinte sie: »In diesem Fall wollte ich dich noch um einen zweiten Gefallen bitten ...«

»Warum habe ich das merkwürdige Gefühl, dass ich lieber Nein sagen sollte?« – »Du kannst es ablehnen.«

»Danke.« Diana zog eine Kreditkarte aus ihrem Portemonnaie. »Ich möchte, dass du noch zu Dayton's gehst, bevor sie heute Abend schließen, und diverse Möbel für mein Schlafzimmer und einige für das Wohnzimmer aussuchst.«

Stephanie starrte auf die Kreditkarte und sah dann Diana an.

»Du willst, dass ich für dich Möbel einkaufe?«

»Es tut mir leid. Ich weiß, dass ich dich damit um einen großen Gefallen bitte, aber ich habe einfach keine Ahnung, wie ich es sonst anstellen soll. Ich möchte auf gar keinen Fall Amy nochmals alleine lassen. Jetzt schon gar nicht, wo sie doch endlich fast wieder wach ist. Und außerdem möchte ich unbedingt hier sein, falls sie es sich doch noch überlegen sollte, über die ganze Sache zu reden. Es bringt mich fast um, wenn ich daran denke, dass dieser verdammte Scheißkerl, der sie so zugerichtet hat, ohne Strafe davonkommen soll.«

»Und woher soll ich bitte schön wissen, was ich kaufen soll? Das ist doch ein bisschen was anderes, als einen Dosenöffner zu besorgen. Möbel sind teuer, sie müssen einem gefallen, und man kauft sie auch im Hinblick darauf, dass sie lange halten sollen.«

»Kauf einfach das, was dir gefällt. Und egal, was sie dafür verlangen, organisier bitte, dass man sie mir morgen noch vor zehn Uhr liefert.«

»Aber morgen ist Sonntag, Diana.«

»Ich weiß. Aber wenn es überhaupt jemand schafft, sie dazu zu überreden, dann bist du es. Ich habe dich bei deiner Arbeit erlebt. Du könntest sogar eine Gänseschar dazu überreden, im Sommer Richtung Süden zu fliegen.«

Stephanie griff zögernd nach der Kreditkarte. »Gib mir doch wenigstens ein paar Anhaltspunkte. Ich habe keinen blassen Schimmer, wenn es darum geht, Möbel zu kaufen.«

»Es ist mir egal, was du auswählst. Ich brauche nur zwei Betten, Kommoden und irgendwelche Sitzmöbel. Wichtig dabei ist lediglich, dass ich Amy davon überzeuge, dass sie eine Weile bei mir leben kann, wenn sie hier entlassen wird, und dass das keine Belastung für mich ist.«

»Und was, wenn dir die Sachen nicht gefallen, die ich kaufe?«

Diana lächelte. Stephanie zeigte sich damit von einer ganz anderen Seite, die sie gar nicht an ihr kannte. Normalerweise strotzte sie geradezu vor Selbstbewusstsein. »Halte dich doch einfach an deine Lieblingsfarben Avocado und Orange, dann machst du nichts falsch.«

Stephanie riss erschreckt die Augen auf. »Das ist doch nicht dein Ernst?«

»Ich schlage dir ein Geschäft vor. Alles, was mir nicht gefallen sollte, verkaufe ich dir dann zum halben Preis, sobald ich es nicht mehr benötige.«

Stephanie dachte über das Angebot nach. »Damit kann ich leben.«

»Und jetzt raus mit dir, bevor der Laden zumacht.«

»Möchtest du, dass ich auch noch schnell bei Amys Wohnung vorbeifahre und einige Sachen für sie einpacke? Und was ist mit ihren Freunden? Sollten wir sie nicht darüber informieren, dass sie im Krankenhaus liegt?«

Für Diana kam es nicht infrage, Stephanie um noch mehr Gefälligkeiten zu bitten, als sie es schon ohnehin getan hatte. »Ich schau dort selbst kurz vorbei, sobald Amy es sich bei mir gemütlich gemacht hat und ich das Gefühl habe, dass ich sie allein lassen kann. Bis dahin kann sie meine Sachen benutzen.«

»Und was ist mit ihren Freunden?«

»Ich habe keine Ahnung«, gestand ihr Diana. »Ich bin mir nicht sicher, ob sie überhaupt möchte, dass sie von dieser Sache erfahren. Meinst du nicht, wir sollten erst einmal abwarten, was sie dazu meint?«

Stephanie zog den Riemen ihrer Handtasche über die Schultern. »Ich komme später wieder, um dir zu sagen, wie es mit dem Möbelkauf gelaufen ist.«

Mit einem Mal überkam Diana ein großes Gefühl der Dankbarkeit. Auch wenn sie nicht unbedingt die besten Eltern der Welt hatte, eine bessere Freundin als Stephanie konnte man sich nicht wünschen. Sie ging auf Stephanie zu und umarmte sie, und zwar nicht auf diese flüchtige Weise, bei der man sich auf die Schultern klopft, sondern so fest, dass sie ihrer Freundin vermitteln konnte, wie es um ihre Gefühle stand. »Ich danke dir – für alles.«

Als Stephanie vier Stunden später wiederkam, trug sie ein hautenges schwarzes Kleid, unter dem man ganz bestimmt keine Unterwäsche tragen konnte, hohe Pumps mit schmalen, silbernen Riemchen um ihre Füße und dazu glänzende Ohrringe, die ihr bis zu den Schultern reichten. In der Hand hielt sie zwei weiße Papiertüten. »Weil ich angenommen habe, dass ich dich ganz bestimmt nicht dazu bewegen kann, das Zimmer hier zu verlassen, habe ich mich für das Naheliegende entschieden.«

Diana schlug die Zeitschrift zu, in der sie gelesen hatte, und erhob sich vom Stuhl. »Ich bin mir sicher, dass Amy, wenn sie wieder zu sich kommt, deinen Aufwand zu würdigen weiß, aber für uns hättest du dich nicht so herausputzen müssen.«

Stephanie drehte sich langsam im Kreis. »Ach, ist doch bloß ein Kleid, das ich im hintersten Eck meines Kleiderschranks gefunden habe.«

»Soso, und dazu auch noch ein paar dieser Judith-Leiber-Taschen, die du in irgendeinem Schnäppchenladen ergattert hast?«

Stephanie grinste. »Gefällt es dir?«

»Kann es sein, dass einem etwas gefällt und man trotzdem eifersüchtig darauf ist?«

»Das ist aber ein nettes Kompliment.«

»Du hättest mir doch sagen müssen, dass du heute noch etwas vorhast.«

»Warum?«

»Weil ich dich dann nicht darum gebeten hätte, für mich ...«

»Da bin ich aber froh, dass ich es nicht erwähnt habe. Denn als ich mich da so richtig reingesteigert hatte, hat es mir unendlich viel Spaß gemacht, die ganzen Möbel zu kaufen. Du musst auf dieser Kreditkarte aber einen verdammt hohen Spielraum haben. Nachdem der Verkäufer die ersten Schlafzimmermöbel zusammengerechnet hatte, war er vollkommen aus dem Häuschen und fing an, mir die Sachen zu zeigen, die wirklich teuer sind.«

»Ich schulde dir dafür etwas, sehr viel sogar«, erklärte Diana.

»Du willst nicht einmal wissen, wie viel Geld ich ausgegeben habe?«

»Das ist mir egal.«

Stephanie zog Dianas Kreditkarte aus der Tasche. »Also, ich habe mich beherrscht, obwohl es da einen Beistelltisch gab, in den ich mich total verliebt habe und bei dem ich fast schwach wurde, obwohl der allein so viel kosten würde wie das Sofa und der Zweisitzer zusammen. Vielleicht können wir irgendwann noch mal hingehen und ... dich interessiert das alles gar nicht, oder?«

»Wenn nicht diese Sache mit Amy passiert wäre, dann hätte ich vermutlich die kommenden sechs Monate weiterhin auf dem Futon geschlafen. Aber was mich wirklich interessiert, ist, mit wem du verabredet bist. Wer ist denn der Glückliche?«

»Stan Houghton. Ich habe ihn kennengelernt, als ich eine Geschichte über die letzte Spielsaison der Vikings geschrieben habe. Seitdem gehen wir hin und wieder zusammen aus.«

Es war seltsam, dass Stephanie ihn bis dahin nie erwähnt hatte. »Ein Spieler oder einer aus dem Management?«

»Also wirklich, ich bin doch nicht so blöd, dass ich mit einem Footballprofi ausgehe.« Bevor Diana sie daran erinnern konnte, dass Stephanie bereits mit einer ganzen Reihe von Spielern ausgegangen war, fügte diese hinzu: »Jedenfalls nicht öfter als einmal.«

Diana nahm ihr die Tüten ab und atmete tief durch. »Meine Güte, was auch immer da drin ist, es riecht einfach köstlich. Ich habe gar nicht gemerkt, wie hungrig ich bin.«

»Wie geht's unserem Mädchen?«

»Gut. In der Zeit, in der du weg warst, ist sie immer wieder einmal wach geworden. Das letzte Mal ist sie sogar volle zehn Minuten wach geblieben.«

»Und wie lange ist das schon her?«

»Kurz bevor du gekommen bist.« Stephanies Frage klang nicht, als hätte sie sie beiläufig gestellt. »Wieso?«

Stephanie griff in ihre Tasche und zog einen Umschlag heraus. »Ich bin noch kurz in der Redaktion vorbeigefahren.«

»Und, hast du etwas herausgefunden?« Diana stellte die Tüten auf dem Tisch neben dem Bett ab, warf danach einen Blick auf Amy, um sicherzustellen, dass sie noch schlief. Erst dann nahm sie den Umschlag und ging damit zum Fenster, um dort die Liste der Namen und Telefonnummern zu studieren.

Stephanie folgte ihr und schaute ihr über die Schulter. »Die Frau ganz oben, Margaret McCormick, ist diejenige, von der ich dir erzählt habe. Mike hat noch weitere Recherchen angestellt und ist dabei auf eine Reihe anderer Namen gestoßen, die sich ebenfalls um solche Angelegenheiten kümmern, für den Fall, dass es mit ihr nicht klappen sollte.«

»Ich hatte keine Ahnung, dass das Auffinden von Menschen so ein florierendes Geschäft ist.«

»Er hat mir gesagt, dass das hier nur eine kleine Auswahl ist.«

»Ich muss mir irgendetwas überlegen, um mich bei ihm dafür erkenntlich zu zeigen.«

»Solange es etwas mit Schokolade zu tun hat, kannst du nichts falsch machen.«

Diana starrte auf die Namensliste. »Ich frage mich, wie sie wohl ist?«

»Wer?«

»Amys Mutter.«

»Sie kann alles Erdenkliche sein«, erwiderte Stephanie. »Es kann einem ein bisschen Angst einflößen, wenn man das bedenkt.«

»Vielleicht ist sie einfach nur eine Frau, die noch zu jung war, als sie Amy bekam, und ist heute womöglich sogar eine Berühmtheit. Stell dir einmal vor, wie schwer es für Amy dann wäre, sich in ein solches Leben einzufinden.«

»Viel wichtiger ist meiner Meinung nach, dass es eine Person sein könnte, die man auf Anhieb absolut nicht leiden kann. Würdest du auch dieser Frau die Wahrheit über Amy erzählen?«

»Keine Ahnung.«

»Na gut, du hast ja noch eine Menge Zeit, dir darüber Gedanken zu machen. Jetzt werden wir uns erst einmal diesem chinesischen Essen hier widmen.«

»Geht ihr denn nicht zum Essen aus?«

»Doch.« Stephanie reichte Diana eine der Tüten, die auf dem Tisch standen, griff dann nach der anderen und zog einen kleinen weißen Karton und ein Paar Essstäbchen hervor.

»Aber nicht zum Chinesen.«

»Weißt du eigentlich, was ich an dir am allerwenigsten leiden kann?«

Stephanie nahm einen kräftigen Bissen von ihren Shrimps im Teigmantel und verdrehte verzückt die Augen. »Ich rate jetzt einfach einmal, aber kann es sein, dass es irgendetwas mit meinem Stoffwechsel zu tun hat.«

»Kommt denn in eurem ganzen Familienstammbaum nicht ein schwarzes Schaf vor?«

»Es gibt da dieses Gerücht, dass man einen Cousin dritten Grades meines Urgroßonkels gehängt hat, weil er ein Pferdedieb gewesen ist.«

»Das ist doch eine Lüge.«

»Klar, aber es ist doch wirklich eine gute Geschichte, meinst du nicht auch?«

Diana biss etwas von ihrer Frühlingsrolle ab und betete dabei insgeheim, dass auch Amy eines Tages irgendwelche guten Geschichten über ihre eigene Familie würde erzählen können.

9

Amy drehte sich zur Seite, schwang die Beine über die Bettkante und zwang sich langsam dazu, eine aufrechte Sitzhaltung einzunehmen. Inzwischen wusste sie, dass in dem Moment, in dem sie nicht einfach nur völlig regungslos dalag, ihr Kopf mit jedem Herzschlag zu hämmern anfing.

Seit man ihr vor zwei Tagen erlaubt hatte, das Bett zu verlassen, hatte sie sich zum Ziel gesetzt, gewisse Kurzstrecken zu überwinden, wozu auch der Weg vom Bett zum Badezimmer gehörte, und dabei darauf zu achten, dass ihr Puls nicht den normalen Wert von fünfundsechzig Schlägen pro Minute überschritt. Das gelang ihr manchmal, aber nicht immer.

Bei reiflicher Überlegung hätte sie sogar zugestimmt, dass man das auch über einen Großteil ihres Lebens hätte sagen können.

Sie warf einen Blick zum Fenster und versuchte anhand des Lichteinfalls, der durch die Rollos eindrang, zu erraten, wie spät es war. Die Krankenschwester hatte ihr versprochen, dass sie zur Mittagszeit wieder nach Hause gehen dürfte. Obwohl sie korrekt gesehen gar nicht nach Hause gehen würde. Diana hatte darauf bestanden, dass sie für etliche Tage bei ihr wohnen sollte. Ihr wäre es zwar sehr viel lieber gewesen, endlich wieder allein zu sein, weil sie über eine Menge Dinge nachzudenken hatte, aber Diana war ganz offensichtlich nicht bereit, sich so schnell von ihr zu trennen. Amy musste ihrer Schwester wirklich ein großes Lob aussprechen. Obwohl Diana einen innerlichen Seiltanz vollführte, ließ sie es sich niemals anmerken. Eine weitere Überraschung war für Amy, dass Diana sogar in der Lage war, gewisse Fragen einfach zu unterdrücken. Allerdings ging Amy davon aus, dass Diana ihre neuen Verhaltensweisen nur so lange durchhalten würde, bis es ihrer kleinen Schwester besser ging.

Was für ein Glück, dass sie ihre Klamotten noch weggeworfen hatte, bevor sie mit dem Trinken anfing. Diana hatte sie noch nie in dieser Aufmachung gesehen, und wenn es nach Amy ging, dann sollte das auch nie passieren. Und Gott sei Dank hatte sie auch den Scheck vernichtet. Amy ging es absolut nicht darum, ihre Mutter in Schutz zu nehmen, doch sie wollte nicht, dass Diana auf den Gedanken kommen könnte, sie müsse Partei ergreifen. Eileen würde es Diana niemals verzeihen, falls sie sich auf Amys Seite schlagen würde. Und eine verstoßene Tochter in der Familie war mehr als genug.

Aber hatte sie den Scheck wirklich vernichtet? Es machte ihr zu schaffen, dass ihr Gedächtnis in diesem Punkt nicht so klar und zuverlässig funktionierte, obwohl sie sich zum Beispiel genau daran erinnern konnte, dass sie ihre Kleidung zusammengeklaubt und weggeworfen hatte. Andererseits war es nur eine ihrer vielen Gedächtnislücken, und insgeheim hoffte sie sogar, dass manche Dinge für immer ausgelöscht sein würden.

Amy sah hoch, als sich die Tür öffnete und der Arzt ins Zimmer kam, der sich die letzten beiden Tage um sie gekümmert hatte. Er war knapp dreißig Jahre alt, hatte sonnengebleichtes Haar, trug eine Brille mit Hornfassung und besaß ein Lächeln, das rundum sexy wirkte. Unter anderen Umständen hätte es Amy vielleicht gefallen, ihn auch außerhalb des Krankenhauses wiederzusehen. Aber so, wie die Dinge nun einmal lagen, hoffte sie, dass sie sich danach nie mehr begegnen würden.

»Wie ich sehe, sind Sie inzwischen auf den Beinen. Wie fühlt sich das an?«

»Als ob mein Kopf gleich explodieren würde.«

»Das wundert mich gar nicht. Sie haben eine Menge Schläge einstecken müssen. Es wird noch eine Weile dauern, bis Sie sich wieder ganz normal fühlen.« Er trat an ihr Bett, zog eine kleine Taschenlampe aus seiner Tasche und leuchtete ihr damit in die Augen. »Ist die Polizei noch mal hier gewesen? Sie waren schon mehrmals da, aber da haben Sie immer geschlafen, und ihre Schwester hat sich geweigert, sie aufzuwecken.«

Amy wurde ganz starr. »Was will denn die Polizei von mir?«

»Es ist doch offensichtlich, dass Sie sich nicht selbst so zugerichtet haben.«

»Ich habe keine Ahnung, was mit mir passiert ist«, antwortete sie so schnell, dass es wenig überzeugend klang. »Und auch nicht wieso. Darüber kann ich rein gar nichts mehr sagen.«

»Und wieso glauben Sie, dass ich Ihnen das abnehme?«

»Und wieso glauben Sie, dass mir das etwas ausmacht?«, äffte sie ihn nach.

Er lächelte. »Es scheint Ihnen tatsächlich besser zu gehen.«

Amy war längst nicht mehr eines dieser Mädchen, die sich geschmeichelt fühlten, wenn ein charmanter Arzt sie als Patientin gut behandelte. Sie wollte sich zwar den Arzt nicht zum Feind machen, aber dabei ging es ihr allein um ihren Selbsterhaltungstrieb. Die Zeiten, in denen es wichtig für sie gewesen war, was Männer sagten, taten oder fühlten, waren längst vorbei. »Wissen Sie, alles, was ich eigentlich von Ihnen brauche oder möchte, ist, dass Sie mir meine Entlassungspapiere hier unterschreiben. Ansonsten können Sie meinetwegen ...«

Er fiel ihr ins Wort. »Besser, wenn Sie nicht weiterreden. Ihr Vater hat mich vorgewarnt, was auf mich zukommen würde, falls ich so blöd sein sollte, mich auf Sie einzulassen. Das werde ich nicht, Sie können sich also das, was Sie sagen wollten, für den nächstbesten Idioten auf Ihrer Liste aufbewahren.« Er schob die Taschenlampe wieder in seine Tasche zurück.

Eigentlich sollte sie das nicht groß überraschen, genauso wenig wie die gottverdammte Tatsache, dass ihr Vater es tatsächlich gewagt hatte, mit dem Personal über sie zu reden.

»Die Entlassungspapiere«, drängelte sie.

»Wenn es nach mir geht, kann ihr Hausarzt die weitere Behandlung übernehmen. Sie sollten mit ihm einen Termin für die kommenden Tage vereinbaren.« Er war schon auf dem Weg nach draußen, als er sich nochmals umdrehte, weil er offenbar etwas vergessen hatte. »Vielleicht wäre es nicht schlecht, wenn Sie mit ihm darüber reden würden, ob es nicht gut wäre, eine Beratungsstelle aufzusuchen. Ich weiß zwar nicht, ob es für irgendetwas gut ist, aber schaden kann es auf gar keinen Fall.«

»Vielen Dank für Ihr Interesse«, meinte Amy.

»Gern geschehen«, erwiderte er mit einem Lächeln.

Amy starrte auf die Tür, nachdem er verschwunden war. Wenn es etwas gab, an dem sie unbedingt arbeiten musste, dann war es offenbar ihr Auftreten. Denn er hatte den Sarkasmus in ihren Worte überhaupt nicht mitbekommen.

Diana ging den Schlüsselbund durch, um den Schlüssel zu Amys Wohnung zu finden. Als sie morgens ins Krankenhaus gefahren war, war sie auf eine Debatte mit Amy gefasst gewesen, um sie davon zu überzeugen, bei ihr einzuziehen, aber Amy hatte nicht einmal andeutungsweise einen Streit angefangen. Diana wäre es allerdings sehr viel wohler gewesen, wenn sie wenigstens einen Anflug von Widerstand gezeigt hätte. Amy liebte es, wenn es hoch herging. Das gehörte zu ihr wie ihre braunen Augen und der auffallende Schmuck.

Merkwürdigerweise fiel es ihr weitaus leichter, die körperlichen Veränderungen ihrer Schwester zu verkraften. Sie fand es selbst erstaunlich, wie schnell sie sich an die geplatzten Äderchen in Amys Augen gewöhnt hatte, die nun nicht mehr braun, sondern rot erschienen. Oder an die Schwellungen und die zerstörten Knorpel, durch die Amys Nase so aussah, als würde sie einem angeschlagenen, deformierten Boxer gehören.

Doch was sie viel weniger akzeptieren konnte, war diese Unempfänglichkeit von Amy. Und die setzte ihr mehr zu, als sie zugeben oder sich gar selbst eingestehen wollte. Es gab wohl keinen anderen Menschen, der einen größeren Komplex mit sich herumschleppte oder sich gegen die ganz offensichtliche Ungerechtigkeit derartig wenig zur Wehr setzte wie Amy. Tagelang hatte Diana versucht zu begreifen, weshalb Amy es zulassen wollte, dass der Mann, der sie so zugerichtet hatte, ungestraft davonkam. Doch in diesem Punkt war sie seit Beginn nicht einen einzigen Schritt weitergekommen.

Diana schloss Amys Wohnung auf. Eigentlich hatte sie nur vor, ein paar Sachen zusammenzusuchen, die Amy sich gewünscht hatte, um damit zurück zum Krankenhaus zu fahren.

Aber ihr Vorsatz änderte sich beim Anblick des Wohnzimmers schlagartig. Das Chaos, das dort herrschte, war ein stummer Zeuge der Anstrengungen, die alle unternommen hatten, um Amys Leben zu retten. Und Amy konnte auf gar keinen Fall in eine Wohnung zurückkehren, in der ein solches Durcheinander herrschte. Die Möbel hatte man in sämtliche Ecken geschoben, als sich die Feuerwehrmänner und Sanitäter Platz verschafften. Ein Lampenschirm hing schräg, und der Boden war mit den Zeitschriften übersät, die aus einem Regal gefallen waren, als die Helfer sich einen Weg mit der Bahre bahnten. Lediglich Amys kostbare Uhr thronte vollkommen unangetastet auf dem Kaminsims. Ihre Schwester hatte sie bewusst so platziert, dass sie jeder, der den Raum betrat, in ihrer vollen Pracht bewundern konnte.

Diana arbeitete sich entschlossen und mit großer Eile durch das Zimmer. Am Schluss musste sie nur noch den Beistelltisch wieder an seinen angestammten Platz rücken. Als sie ihn zuerst an einer Seite, dann auch an der anderen hochhob, hätte sie dabei fast das Stückchen Papier übersehen, dass unter eines der Tischbeine geklemmt war. Es handelte sich um einen Scheck, der auf Amy ausgestellt und von Eileen Winchester unterschrieben war.

Das hier war also der berüchtigte ...

Ihr Blick fiel auf das Datum in der oberen rechten Ecke. Ihre Mutter war also an dem besagten Freitagabend noch in Amys Wohnung gewesen. Damit war sie ein Bindeglied für die Zeitspanne, nachdem Diana ihre Schwester verlassen hatte, und dem Morgen, an dem sie Amy in diesem entsetzlichen Zustand vorgefunden hatte. Sicher war es nicht Eileen gewesen, die ihr diese Schläge verpasst hatte. Ihre zerstörerischen Methoden funktionierten anders, sie waren nicht körperlicher, sondern seelischer Natur. Aber Diana hätte ihr Treuhandvermögen darauf verwettet, dass Eileens Besuch der Auslöser für das gewesen war, was sich später ereignete.

Dann sah sie sich die Summe an, um zu erfahren, wie viel es ihrer Mutter wert gewesen war, ihre eigene Tochter loszuwerden.

Zweihundertundfünfzigtausend Dollar.

Das war bei Weitem nicht das, was Amy tatsächlich als Erbin der Hälfte des gesamten Winchester-Besitzes zustand, aber trotzdem eine ansehnliche Summe. Diana drückte sich den Scheck in die Handfläche, während sie überlegte, was sich für Möglichkeiten damit auftaten. Sie stellte sich vor, welche Befriedigung es wohl sein würde, einen Scheck über eine derartige Summe einfach zu vernichten. Aber diese Vorstellung verblasste angesichts der Überlegung, wie ihre Mutter wohl darauf reagieren würde, wenn sie herausfinden musste, dass man die Summe von ihrem Konto abgebucht hatte.

Endlich gab es für Diana wieder einen Anlass, zu lächeln. Die Sachen von Amy würde sie später abholen, denn erst einmal musste sie zur Bank fahren.

Es stellte sich als sehr viel leichter heraus, diese Transaktion abzuwickeln, als Diana sich vorgestellt hatte, auch wenn sie einer Familie angehörte, die seit über dreißig Jahren bei derselben Bank Kunde war. Jeder dort kannte sie bestens, von den Beratern bis zu den Kassierern. Und das traf glücklicherweise auch auf Amy zu.

Nachdem man aus reiner Formalität alles überprüft hatte, stellte sich heraus, dass Diana für sämtliche Aktivitäten, die das Konto ihrer Schwester betrafen, tatsächlich unterschriftsberechtigt war. Danach stellte Diana einige harmlose Fragen und fand dabei heraus, dass ihre Mutter trotz ihrer Drohungen die Auszahlung des Schecks bislang noch nicht gesperrt hatte. Zweifelsohne hatte sie angenommen, dass sie noch Zeit genug dafür haben würde, solange Amy im Krankenhaus lag. Oder es war so, dass sie immer noch eine gewisse Hoffnung hegte, dass Amy nach ihrer Entlassung doch noch das Geld abheben und aus der Stadt verschwinden würde.

Mit einem gespielten Anflug von Widerwillen erklärte Diana, dass es sich bei der Summe um ein dringend benötigtes Darlehen handelte. Sie hoffte, dass das als Erklärung ausreichte, weshalb sie so dringend darauf pochte, dass die Summe umgehend vom Konto ihrer Eltern umgebucht werden musste und sie einen bestätigen Barscheck über die volle Summe bekam. Sie ging sogar so weit, eine Andeutung zu machen, dass das Geld als Darlehen für ein Haus gedacht sei und dass die Vereinbarung nicht zustandekommen würde, falls sie das Geld nicht am Nachmittag vorlegen konnte.

Bevor Diana die Bank verließ, machte sie sich noch zu ihrem Bankschließfach auf. In der Abgeschiedenheit des Tresorraums zog sie den Barscheck aus ihrer Tasche und deponierte ihn dann in ihrem Fach. Sie hatte nicht die geringste Ahnung, was sie letztendlich mit dem Geld anstellen würde, aber eines war klar: Eileen Winchester würde nie wieder auch nur einen einzigen Cent davon zu sehen bekommen.

Bevor sich Diana zum Krankenhaus aufmachte, fuhr sie in ihrem Büro vorbei, um sich die Unterlagen zu holen, an denen sie zu Hause arbeiten wollte, solange Amy bei ihr wohnte. Auf dem Weg nach draußen begegnete sie auf dem Flur Bill Summersby. Vor vier Monaten hatte man Bill aus Pillsbury angefordert, und seitdem war er der Vizepräsident von Sander's Food und für das Marketing zuständig.

»Ich habe das mit Ihrer Schwester erfahren«, meinte er, »und möchte Ihnen nur sagen, wie leid es mir tut. Falls ich irgendetwas für Sie tun kann, betrachte ich es als ein Kompliment, wenn Sie mich darum bitten.«

»Ich weiß, dass ich es Ihnen persönlich zu verdanken habe, dass ich die kommende Woche zu Hause bleiben kann. Es bedeutet mir sehr viel, dass ich in der Lage bin, diese Zeit bei Amy zu verbringen. Vielen Dank.«

Er musterte ihre vollgestopfte Aktentasche eingehend. »Sieht ganz so aus, als hätten Sie vor, die Zeit mit Arbeit zu verbringen. Wir vermissen Ihre Beiträge bei den Sitzungen. Falls es sich machen lassen sollte, dann schauen Sie doch einfach vorbei.«

»Ich würde das gerne versuchen, aber verlassen Sie sich nicht darauf. Amy ist immer noch in einer ziemlich üblen Verfassung.«

»Haben sie den Kerl schon geschnappt?«

Ihr war klar, dass sie sich an diese Frage gewöhnen musste, man würde sie ihr in Zukunft unendlich oft in den unterschiedlichsten Formen stellen. »Nein«, erwiderte sie lediglich. »Und ich bin mir auch nicht sicher, ob das überhaupt geschehen wird. Amy kann sich nur noch ganz vage an diesen Abend erinnern.«

»Vielleicht ist das auch am besten so.«

Er machte es ihr sehr leicht, und sie hätte ihn wegen seiner Freundlichkeit am liebsten umarmt. »Ich weiß Ihr Interesse zu schätzen.«

Er legte ihr aufmunternd eine Hand auf die Schulter. »Wie schon gesagt, wenn ich irgendetwas tun kann …«

Diana musste die Akten, die sie unter den Arm geklemmt hatte und die ins Rutschen kamen, wieder hochhieven. »Amy wartet auf mich. Ich muss dann mal los.«

»Ich bringe Sie noch nach draußen.« Er trug ihre Aktentasche bis zum Auto, blieb auf dem Gehsteig stehen, als sie davonfuhr, und winkte ihr nochmals zu, als sie um die Ecke fuhr.

Bevor sich Amys Aussehen wirklich besserte, verschlimmerte es sich erst einmal. Eine volle Woche lang war sie jedem Spiegel aus dem Weg gegangen. Doch eines Morgens kam sie ins Badezimmer, als sich Diana gerade die Haare richtete, und betrachtete ihr Spiegelbild.

»Ich denke nicht, dass mir Grün steht«, meinte sie.

»Ich auch nicht«, meinte Diana, um Amy aufzumuntern. »Ich persönlich war schon immer der Meinung, dass dir Pfirsich und Creme am allerbesten stehen.«

Amy lehnte sich übers Waschbecken, um sich eingehend zu studieren.

»Ich muss ja ziemlich übel ausgesehen haben.«

»Du hast dir nicht ein einziges Mal angesehen, was er dir angetan hat?«

»Ich habe es ja gespürt, also musste ich mir das nicht auch noch ansehen.«

»Lebt der Kerl hier irgendwo in der Gegend?« Die Frage war Diana einfach so herausgerutscht, bevor sie überhaupt darüber nachdenken konnte, was sie damit eigentlich anrichtete. Denn mit ihrer Frage hatte sie nicht nur ihr Versprechen Amy gegenüber gebrochen, sie hatte ihr damit auch zu verstehen gegeben, dass sie ihr die Geschichte, dass sie sich an nichts mehr erinnern könnte, die sie allen, einschließlich der Polizei, aufgetischt hatte, nicht abnahm. »Es tut mir leid. Am besten du vergisst, dass ich es überhaupt erwähnt habe.«

»Nein.«

»Nein, was? Du willst es nicht vergessen?«

»Nein, er lebt nicht hier in der Stadt.«

»Ist er ... verdammt noch mal, jetzt habe ich es schon wieder getan.« Sie legte den Lockenstab zur Seite und wandte sich an Amy. »Amy, du musst mir klipp und klar sagen, woran ich bin. Ich muss einfach ganz genau wissen, wo wir beide stehen. Darf ich über das, was dir passiert ist, sprechen oder nicht?«

»Ich vermute mal, wenn ich daran denke, wie ich derzeit immer noch aussehe«, sie beugte sich abermals zum Spiegel nach vorne und berührte ihre Wange, »dürfte es dir wohl sehr schwerfallen, nichts dazu zu sagen.«

»Manchmal bin ich derartig wütend, dass ich an gar nichts anderes mehr denken kann.« Spontan rückte sie den Kragen von Amys Oberteil zurecht, weil ihr diese kleine Geste eine gewisse Sicherheit wiedergab. »Ich habe dich beinahe verloren, Amy. Weißt du eigentlich, wie sehr mir das zugesetzt hätte, falls das geschehen wäre?«

»Was würdest du davon halten, wenn ich von hier fortgehen würde?«

Diana wusste, dass sie nun ganz besonders vorsichtig sein musste, um nicht etwas zu verraten, was sie eigentlich gar nicht wissen durfte. »Was hat dich denn auf diese Idee gebracht?«

»Ich habe darüber schon eine ganze Weile nachgedacht.«

»Gibt es einen besonderen Grund dafür?«

»Ist dir eigentlich nie der Gedanke gekommen, dass es dort draußen noch andere Dinge gibt, die auf dich warten? Wir haben unser ganzes Leben nur in Minnesota verbracht, Diana.«

»Mir gefällt es in Minnesota. Wieso sollte ich mir wünschen, irgendwo anders zu leben?«

»Wie kannst du denn wissen, ob es dir nicht woanders möglicherweise sehr viel besser gefallen würde, wenn du dich nicht einmal umschaust?«

»Es geht dabei nicht um mich«, gab Diana ihr zu verstehen. »Du bist es doch, die der Schuh drückt.«

»Und was ist bitte schön mit deiner Lust auf Abenteuer?«

Bevor Diana gezwungen war, sich eine Antwort zu überlegen, klingelte es an der Tür. »Wie wäre es, wenn du mal nachsiehst, wer das ist?« Diana versuchte, Amy auf die Probe zu stellen.

Doch Amy machte keinerlei Anstalten, sich zu bewegen. »Erwartest du Besuch?«

Diana brachte es einfach nicht übers Herz, Amy zu etwas zu zwingen, für das sie noch nicht bereit war. »Wahrscheinlich ist es ein Bote aus dem Büro. Und dann muss ich sowieso meine Unterschrift druntersetzen. Es ist wohl besser, ich gehe selber.«

Amy fuhr sich mit den Fingern durch die Haare und griff nach dem Lockenstab. »Und ich werde mal sehen, ob ich damit eine ordentliche Frisur hinbekomme.«

Noch bevor Diana es bis zur Mitte der Treppe geschafft hatte, klingelte es abermals. »Ich bin schon unterwegs!«, rief sie laut.

Vor der Türe stand Stephanie, die flüsternd meinte: »Wo ist Amy?«

»Sie macht sich gerade die Haare zurecht. Was gibt es denn?«

»Ich habe Nachrichten von Margaret McCormick.«

»Schon? Ihr habt euch doch erst vor drei Tagen getroffen.«

Weil Diana Angst gehabt hatte, dass sie nach der Entlassung von Amy ihre Meinung darüber ändern könnte, Amys leibliche Mutter zu finden, hatte sie in Stephanies Vorschlag eingewilligt, für sie den Kontakt zu Margaret McCormick herzustellen. Doch die einzigen Informationen, die sie ihr zukommen lassen konnten, stammten von Helen, und die waren so lückenhaft, dass weder sie noch Stephanie sich große Hoffnungen gemacht hatten.

»Margaret meinte, es wäre von allen Fällen, die sie bisher bearbeitet hatte, einer der leichtesten gewesen.«

»Dann ist die Sache also geklärt?« Diana hatte angenommen, dass ihr sehr viel mehr Zeit bleiben würde, um sich über die weitreichenden Konsequenzen dieser Angelegenheit in vollem Unfang klar zu werden. Der Entschluss, nach einem Menschen zu suchen, war eine Sache, ihn dann tatsächlich ausfindig zu machen eine ganz andere. »Sie hat also tatsächlich Amys leibliche Mutter gefunden?«

Stephanie nickte. »Sie lebt in Wyoming.«

»Wyoming?« Diana hatte die Vorstellung gehabt, Amy würde aus einem exotischen Umfeld stammen, dass ihre Mutter vielleicht eine Künstlerin wäre, die ums Überleben hatte kämpfen müssen, oder eine Rhodes-Stipendiatin, die sich gezwungenermaßen zwischen ihrer Ausbildung oder der Mutterschaft entscheiden musste. Über Wyoming wusste sie noch weniger als über die Äußere Mongolei, und die Menschen, die dort lebten, waren für sie genauso rätselhaft wie etwa lila Lippenstift. Wie war es möglich, dass ihre Schwester aus dieser Gegend stammte?

»Sie hat einen Bruder und drei Schwestern. Zwei von ihnen, der Bruder und eine Schwester, sind älter, die beiden anderen Schwestern aber jünger.«

»Als Amys Mutter?«

»Nein, als Amy.«

Es dauerte einen Moment, bis Diana denn Sinn der Informationen begriffen hatte. Diana hatte nie die Möglichkeit in Betracht gezogen, dass Amy aus einer intakten Familie stammen könnte. »Meine Güte, wie oft ist diese Frau denn verheiratet gewesen?«

»Das ist die merkwürdige Sache daran. Laut ...« Stephanie blickte hoch und setzte sofort ein Lächeln auf. »He«, rief sie über Dianas Schultern hinweg, »wir reden gerade über dich.«

»Genau das habe ich vermutet«, antwortete Amy. »Soll ich mich wieder verkrümeln?«

»Sei nicht albern«, erklärte ihr Diana. »Wir haben gerade überlegt, wie wir dich dazu überreden könnten, dass du für uns noch einmal diese Maisfladen mit Schweinefleischfüllung machst, so wie die vom letzten Jahr.« Diese Lüge war ihr erstaunlich leicht von der Zunge gegangen. Was würde sie wohl als Nächstes tun? Amy mit Mogeleien betrügen?

Doch Amy schien diese Bitte zu gefallen. »Ich weiß nicht, ob ich mich noch erinnere, wie ich die gemacht habe.«

»Ich könnte ja schnell zu deiner Wohnung hinübergehen und das Rezept für dich holen«, bot Stephanie an.

»Nein, du bleibst hier, ich werde gehen«, schlug Diana vor. »Denn dann kann ich gleich beim Lebensmittelladen vorbeischauen, um das einzukaufen, was wir dafür brauchen.« Sie wollte weder in Amys Wohnung gehen noch zum Einkaufen, und schon gar nicht wollte sie Maisfladen mit Schweinefleischfüllung zum Abendessen. Aber sie konnte unmöglich Stephanie noch mehr aufbürden.

»Moment mal«, unterbrach sie Amy. »Seid ihr beide euch auch ganz sicher, dass ihr von meinen Maisfladen mit Schweinefleischfüllung schwärmt? Die habe ich letztes Jahr zum ersten Mal gemacht, und danach auch nie wieder. Soweit ich mich erinnern kann, hat damals keiner einen großen Wirbel um dieses Essen gemacht.«

Diana sah plötzlich eine Chance, die sie nutzen konnte. »Jetzt, wo du das sagst, denke ich, vielleicht ...«

»Ich bin mir da absolut sicher«, pflichtete ihr Stephanie bei.

»Es waren die besten, die ich jemals gegessen habe, und vergiss bitte nicht, dass ich zwei Jahre lang in Texas gelebt habe. Ich habe sogar dem Restaurantkritiker in unserer Zeitung davon vorgeschwärmt.«

»Na gut«, erwiderte Amy achselzuckend. »Wenn ihr euch so sicher darüber seid, was ihr da redet.«

»Wir helfen dir auch dabei.« Stephanie hakte sich bei Amy unter. »Sobald Diana mit den Einkäufen zurückkommt, wirst du uns einfach erklären, wobei wir dir helfen können, und dann machen wir das.«

Stephanie sah sich erst einmal genau um, als sie durch das Wohnzimmer gingen. »Wahnsinn, ich kann mich noch gar nicht daran gewöhnen, dass der ganze Kram nun hier drinsteht. Ich will mich ja nicht selber loben, aber ich habe dabei einen höllisch guten Job geleistet, meint ihr nicht?«

»Ja, das hast du wirklich«, pflichtete ihr Diana bei, als sie ihre neuen Möbel betrachtete. Anstelle der beigen, weißen und braunen Möbel herrschten nun die Farben Grün, Malve und Lavendel vor. Die Holzmöbel waren aus dunkel gebeizter Kirsche mit einer glänzenden Oberflächenpolitur. Der Originaldruck über dem Kamin stammte von Charles Wysocki und zeigte eine schlafende Katze in einem Gartenhäuschen, umgeben von reichlich viel Gerümpel und dem warmen Licht der Sommersonne. Stuart würde angesichts der Veränderungen einen Schock erleiden. Denn die endlosen Streifzüge mit ihr durch Designerstudios und Kunstgalerien waren offenbar völlig umsonst gewesen. Sie war wieder bei ihrem Durchschnittsgeschmack gelandet. »Ich würde nicht ein Ding hier drin verändern.«

»Womit ich also vermuten darf, dass dein Angebot, mir die Sachen zum halben Preis weiterzuverkaufen, vom Tisch ist, oder?«

Diana fing an zu lachen. »Bist du verrückt? Vor dir steht eine Frau, die sogar bereit war, weiterhin aus Packkisten zu leben.«

»Ich musste gerade daran denken, wie schön sich Großmutters Uhr hier machen würde«, meinte Amy.

Ein kalter Schauer fuhr Diana über den Rücken. Sie drehte sich herum, um Amy anzusehen. »Aber nur, wenn du gleich mit einziehen würdest.«

Amy brach als Erste von ihnen den Augenkontakt wieder ab. »Es war doch bloß so ein Gedanke.«

Doch für Diana starb damit jegliche Hoffnung, die sie bis dahin noch gehegt hatte, nämlich, dass sie sich noch einmal in Ruhe überlegen könnte, ob sie sich mit Amys Mutter tatsächlich in Verbindung setzen wollte. Falls sie nicht ganz schnell irgendetwas unternahm, musste sie damit rechnen, dass sie eines Morgens nach dem Aufstehen feststellen würde, dass Amy einfach verschwunden war.

10

»Herzlich willkommen in Jackson«, erklärte der Hotelangestellte. »Was kann ich für Sie tun?«

»Ich habe ein Zimmer reserviert.«

»Auf welchen Namen?«

»Diana Winchester.« Sie gab ihm ihre Visa-Karte.

Er sah auf seinen Computerbildschirm, während er ihre Karte durch eine Maschine zog und sie ihr dann wieder zurückgab.

Sie hatte Amy erklärt, dass sie ihr noch nicht sagen konnte, wann sie wieder heimkäme. Aber wenn alles so verlief, wie sie es sich erhoffte, dann könnte sie vielleicht bereits in weniger als drei Tagen nach Minneapolis zurückkehren. Falls das aber nicht der Fall sein sollte, dann war es schwer einzuschätzen, wie lange sie tatsächlich bleiben musste. »Würde es ein Problem werden, falls ich früher abreisen muss oder aber meinen Aufenthalt um ein oder zwei Tage verlängern möchte?«

»Aber nein. Was halten Sie davon, wenn ich den Tag Ihrer Abreise erst einmal offenlasse? Damit vermeiden wir, dass es später möglicherweise doch zu Problemen kommt.«

»Sobald ich Näheres weiß, werde ich Sie darüber informieren.«

»Ich wünsche Ihnen einen schönen Aufenthalt.« Er überreichte ihr den Zimmerschlüssel in einem Faltblatt, in dem sämtliche Servicemöglichkeiten des Hotels aufgelistet waren. »Wenn Sie bitte dort drüben bei dem Bison warten wollen, ich werde gleich jemanden rufen, der Ihnen mit dem Gepäck behilflich ist.«

Sie warf einen Blick nach hinten auf den riesigen ausgestopften Büffel, an dem sie bereits beim Betreten des Hotels vorbeigegangen war. Sie hatte schon den Anblick der diversen kleinen ausgestopften Tierkadaver, die verstreut in der riesigen Empfangshalle aufgestellt waren, als eklig empfunden, aber beim Anblick der Riesenviecher bekam sie eine echte Gänsehaut. »Vielen Dank, aber das schaffe ich alleine.«

Sie wollte sich gerade zum Aufzug aufmachen, als ihr einfiel, dass sie den Angestellten noch etwas fragen wollte. »Könnten Sie mir vielleicht erklären, wie ich zu Martell Outfitters komme?«

»Meinen Sie den Laden oder das Büro für Tourenführer?«

Im ersten Moment verwirrte sie die Frage. In dem Bericht, der ihr vorlag, wurde das Büro für Tourenführer nicht erwähnt. »Den Laden.«

»Wenn Sie durch den Haupteingang gehen, biegen Sie rechts ab und gehen dann zwei Blocks weiter. Er befindet sich an der Ecke genau gegenüber vom Barbecue Hole. Sie können ihn gar nicht verpassen.«

Sie bedankte sich mit einem Lächeln, schnappte sich ihre Taschen und machte sich zum Aufzug auf. Ihr Zimmer befand sich im zweiten Stock in der hintersten Ecke. Es war groß, gemütlich und im selben Westernstil gehalten wie die Empfangshalle, allerdings ohne die Sammlung von ausgestopften Wildtieren. Sie öffnete die Vorhänge, um das nachmittägliche Sonnenlicht hereinzulassen, und blieb beim Anblick des grandiosen Panoramas, das sich ihr bot, fasziniert stehen. Zum ersten Mal in ihrem Leben wurde ihr die wahre Bedeutung des Wortes »majestätisch« bewusst, und dass es Dinge gab, die einen einschüchtern und einem zugleich große Ehrfurcht einflößen konnten.

Noch nie hatte sie ein wirkliches Gebirge gesehen, zumindest nicht das, was man in Wyoming unter Bergen verstand. Schon bei der Fahrt vom Flughafen wäre sie beinahe von der Straße abgekommen, weil sie unablässig aus dem Fenster sehen musste. Dieser Ort hier war überhaupt nicht mit Minnesota zu vergleichen. Wenn man sich dort in die wilde Natur begab, dann fühlte man sich wohl und willkommen. Jeden Ausflug in die Wälder konnte man in selbstverständlicher Sicherheit unternehmen und mit dem Gefühl, dass er lediglich der Erholung diente.

Doch die Berge und Wälder, die Jackson umgaben, signalisierten geradezu die Warnung: Betreten auf eigene Gefahr! Die steilen Felswände, die über der Baumgrenze oder dem dichten grünen Niederholz der Hügellandschaft aufragten, hatten nichts Sanftes und Versöhnliches an sich. Noch nie hatte Diana eine Natur von solch wilder Schönheit gesehen, die für sie sowohl Angst einflößend als auch Ehrfurcht gebietend wirkte.

Was waren das wohl für Menschen, die sich freiwillig dazu entschlossen, in einer Gegend zu wohnen, in der sie täglich an ihre eigene Bedeutungslosigkeit erinnert wurden? Entwickelte man bei diesem Anblick ein Ego, das sich mit den Bergen messen konnte, oder wurde man dadurch auf eine sehr langweilige Art nur ganz demütig? Diana lag zwar eine Seite mit präzise zusammengestellten Informationen über Amys Familie vor, aber diese Angaben verrieten ihr noch lange nicht, um was für eine Familie es sich tatsächlich handelte. Zumindest hatte sie folgende Anhaltspunkte: Die Martells hatten zu den ersten Heimstättenbesitzern in Jackson gehört und hatten, im Gegensatz zu vielen anderen der frühen Siedler, nicht nur die unerträglich harten Winterzeiten und dann die späteren Touristenmassen überstanden, sondern waren dabei auch zu Wohlstand gelangt. Sie besaßen immer noch ihre Ranch aus früheren Zeiten sowie ein florierendes Geschäft in Jackson. In einer Stadt, in der weniger als sechstausend Einwohner lebten und die sowohl ein Wohnort als auch eine große Touristenattraktion war, genossen die Martells einen geradezu enormen Einfluss. Sie zählten zu den Stützen der kleinen, unglaublich reichen Gemeinde, und standen sich, falls Dianas Unterlagen diesbezüglich verlässlich waren, familiär sehr nahe.

Diana konnte zwar nicht nachvollziehen, wie Amy in dieses Bild passte, aber zweifelsohne gehörte sie dazu. Vielleicht war sie keine der Martells, aber mit absoluter Sicherheit war sie eine Tochter von Dorothy Martell. Für eine Frau, die sich den unendlichen Strapazen unterzogen hatte, ihr Kind in einem anderen Bundesstaat zur Welt zu bringen, um es danach zur Adoption freizugeben, hatte Dorothy erstaunlich viele Spuren hinterlassen. Sie hatte sich nicht nur unter ihrem richtigen Namen im Krankenhaus eintragen lassen, sondern sogar einer der Schwestern dort einen Dankesbrief geschickt. Als Absender hatte sie auf dem Umschlag sogar die Adresse ihrer Mutter angegeben. Die Krankenschwester war immer noch im Besitz des Briefes, den sie in ein Sammelalbum geklebt hatte und der immer noch lesbar war, trotz der etwas verblassten Tinte.

Entweder war Dorothy Martell davon ausgegangen, dass Adoptionspapiere strengster Geheimhaltung unterlagen, oder sie hatte insgeheim die Hoffnung gehegt, dass ihre Tochter eines Tages den Wunsch haben könnte, nach ihr zu suchen.

Das Telefon klingelte, und das, was zu Hause pure Routine war, verblüffte Diana in ihrem Hotelzimmer. Sie umrundete das Bett, um den Hörer abzunehmen. »Ja?«

»Hi«, meinte Amy fröhlich. »Ich habe mir gedacht, ich sollte dich mal kurz anrufen, bevor du dich zu einem deiner Treffen aufmachst.«

»Was gibt es denn?« Diana war natürlich klar, dass Amy es ihr niemals abnehmen würde, dass sie in Jackson Hole Urlaub machte. Deshalb hatte sie einfach die Geschichte erfunden, dass sie einer Konferenz der Nahrungsmittelindustrie beiwohnen wollte, die in der Stadt stattfand. Bill Summersby hatte sich bereit erklärt, ihr dafür unbezahlten Urlaub zu geben und sie auch in Schutz zu nehmen, falls irgendjemand auf die Idee kommen sollte, Fragen zu stellen. Aber er hatte ihr auch unmissverständlich klargemacht, dass ihm der Zeitpunkt ihrer Reise nicht sonderlich in seine Pläne passte. Sie näherten sich der Endphase, was das Marketingprojekt für die neuen Frühstücksflocken betraf, und jeder aus dem Team wurde benötigt, um in letzter Minute noch einzuspringen. Sie hatte es zwar so organisiert, dass ihre Assistentin sie bei den Sitzungen vertrat und ihr alle wichtigen Details sofort per E-Mail schickte, aber natürlich war das ein sehr einseitiger Informationsaustausch. Denn eigentlich wurde sie dafür bezahlt, dass sie eigene Ideen mit einbrachte.

»Ich wollte nur mal sehen, ob du auch gut dort angekommen bist.«

Sie war es nicht gewohnt, dass sich Amy Sorgen um sie machte, und fand das einerseits sehr lieb, andererseits aber auch etwas ärgerlich. »Ich habe meine Assistentin gebeten, schon vorher hier anzurufen, damit hier alle informiert werden, dass ich ohne meine Eltern anreisen werde. Und folglich haben sie mir diesen wirklich süßen Kerl geschickt, der schon auf mich gewartet hat, damit er alles für mich regeln kann.«

»Kluges Mädchen.«

Diana musste lachen. »Wie geht's dir denn?«

»Ach, wenn du dir Sorgen um mich machst, dann geht das in Ordnung, was?«, meinte Amy, wobei sie einen indignierten Tonfall anschlug. »Aber ich darf mir keine ...«

»Du kannst dir über mich so viele Sorgen machen, wie du willst«, räumte Diana ein. »Vor allem, falls ich so blöd sein sollte, mich von irgendjemandem dazu überreden zu lassen, ihn zum Rafting zu begleiten.«

»Hat du das vor?«

»Amy, hast du vergessen, mit wem du sprichst?«

»Es ist noch nicht mal eine Woche her, dass du gemeint hast, für dich gäbe es absolut keinen einzigen Grund, Minnesota zu verlassen. Und wo, bitte schön, befindest du dich jetzt?«

»Das ist doch etwas anderes. Hier geht's ums Geschäft.« Diana schreckte vor dem Gedanken zurück, dass sie noch einmal die gleiche Lüge wiederholen musste. Amy würde ganz bestimmt sehr lange brauchen, um ihr zu vergeben, dass sie sie getäuscht hatte, ganz egal, welche zwingenden Gründe es dafür auch gegeben haben mochte.

»Ich hätte dich begleiten sollen.«

»Das nächste Mal, ja?« Sie war mit voller Absicht so schnell nach Wyoming abgereist. Denn ihr war klar gewesen, dass Amy sie im Moment nicht darum bitten würde, mitkommen zu dürfen, solange man noch die Spuren ihrer Verletzungen sehen konnte.

»Wie ist es denn dort?«

»Wahnsinnig – zu schön, um es mit Worten zu beschreiben. Und einfach ganz anders. Die Stadt liegt direkt am Rande eines Tales, und es ist von Bergen umgeben, die wie riesige Eckzähne aussehen. Auf dem Weg zum Hotel sind wir an vier riesigen Torbögen vorbeigekommen, die aus ineinandergreifenden Elchgeweihen gefertigt sind.« Bei dem Gedanken, was ihnen möglicherweise noch alles bevorstand, verspürte sie urplötzlich ein Gefühl der Liebe und der Angst zugleich, und sie wünschte sich sehnsüchtig, dass Amy bei ihr wäre, um das alles hier mit ihr zu teilen. »Die Läden hier würden dir gefallen ... und die Galerien.«

»Bist du schon einem Cowboy begegnet?«

»Nein, eigentlich nicht. Ich habe zwar jede Menge frisch erworbener Cowboyhüte gesichtet, aber keiner der Träger wies die typischen O-Beine auf.«

»Na denn, versack mir bloß nicht in irgendeiner Bar, in der sich ein Kerl neben dich setzt und womöglich noch so weit geht, dich davon überzeugen zu wollen, dass du dort bleiben sollst. Ich vermisse dich bereits.«

»Ich bin doch erst heute Morgen abgereist.«

»Wahrscheinlich hat es einfach nur damit zu tun, dass du so weit weg bist.«

Diana konnte einfach das Gefühl nicht loswerden, dass die Dinge, über die sie gerade redeten, nur ein Vorgeschmack auf das waren, was in Zukunft auf sie zukommen würde. »Wirst du mit Stephanie zu Abend essen?«

»Sie hat eine Verabredung.«

»Wieso rufst du nicht einfach Lu-Ann oder Karol an? Ich bin mir sicher, dass eine der beiden ...«

»Diana, lass es. Es wird mir nicht schaden, wenn ich mal einen Abend allein verbringe. Wenn ich ganz ehrlich bin, dann freue ich mich sogar darauf.«

»Hast du nicht eben gesagt, dass du mich vermissen würdest?«

»Dann habe ich halt gelogen.«

Diana blickte zum Fenster hinüber und stellte fest, dass die Schatten über den Bergen schon sehr tief standen. Falls sie es an diesem Abend noch zum Laden der Martells schaffen wollte, musste sie langsam aber sicher los. »Wir müssen jetzt leider Schluss machen«, erklärte sie, »ich muss jetzt los, weil ich mich noch mit ein paar Leuten treffen will.« Zumindest stimmte das einigermaßen mit der Wahrheit überein, auch wenn sie damit nur von den Tatsachen ablenkte.

»Ich werde morgen in jedem Fall da sein, wenn du mich anrufen willst. Ganz egal, wann du wieder ins Hotel zurückkehrst.«

»Ich liebe dich, Amy.«

»Ich dich auch«, erwiderte ihre Schwester fröhlich. »Und jetzt raus mit dir aus dem Hotelzimmer, mach ein bisschen Sightseeing. Wenn du wieder nach Hause kommst, würde ich schon gerne von dir erfahren, wie es außerhalb deines Hotels aussieht.«

Mit einem Lächeln legte Diana den Telefonhörer auf, aber ihr Lächeln war so flüchtig wie ihre Zuversicht. Wenn sie doch bloß eine Garantie dafür hätte, dass sie mit ihrer unerwünschten Einmischung Amys Leben nicht noch komplizierter gestaltete, als es ohnehin schon war. In dem Moment, in dem sich der Vorhang schließlich öffnen würde und sich auf einen Schlag das Ensemble mit vollkommen neuen Charakteren präsentierte, wäre es mit ihrer Rolle als Regisseurin des Ganzen vorbei. Selbst wenn sie danach darauf bestand, dass sich alle dankbar verneigen oder gleich für immer die Bühne verlassen sollten, war es ziemlich unwahrscheinlich, dass einer ihre Anweisungen befolgte. Und genau deshalb gab es Gründe genug, dass sie über die Martells so viel wie nur möglich herausfinden musste, bevor sie den persönlichen Kontakt mit ihnen suchte.

Wie sich herausstellte, war Martell Outfitters ein weitaus größeres Unternehmen, als Diana erwartet hatte. Sie hatte sich vorgestellt, dass es sich um einen dieser kleinen Läden mit Ausrüstung für Fischer und Jäger handelte, an denen sie auf dem Weg zum Hotel vorbeigekommen war. Stattdessen war es ein Kaufhaus, das einen halben Gebäudeblock einnahm. Die Schaufenster waren wahre Kunstwerke, in denen bewegliche Puppen die große Auswahl an Produkten zur Schau stellten, die es im Laden zu kaufen gab. Jede davon verkörperte eine andere Sportart wie Fischen, Bergsteigen, Trekking oder Rafting und war mit allen nur erdenklichen Zubehörteilen ausgestattet. Dazu gehörte auch eine maßgefertigte Ausrüstung und sogar besonders vorgefertigter, vakuumverpackter Proviant sowie natürlich das nötige Informationsmaterial wie Karten und Reiseführer, mit dem man seinen Abenteuerurlaub planen konnte.

Falls der finanzielle Aufwand für die Schaufenstergestaltung im Verhältnis zu dem Profit des Ladens stand, dann waren die Martells noch sehr viel reicher, als es aus den Unterlagen hervorging. Diana wäre es weitaus lieber gewesen, wenn es sich um eine weniger wohlhabende Familie gehandelt hätte. Außerdem waren die Familienmitglieder so zahlreich, dass zwangsläufig eines davon garantiert den

Skeptiker abgeben würde, der Amys Gründe, wieder in den Kreis ihrer Familie zurückkehren zu wollen, infrage stellte.

Aber Diana fand nach wie vor eine Frage am interessantesten: Wie war es dazu gekommen, dass Amy als Außenseiterin ausgegrenzt worden war? Warum hatte die Familie das zugelassen?

Inzwischen war sie an der Straßenkreuzung und der Eingangstüre angekommen. Die massive Tür war mit kunstvollen Schnitzereien verziert, die Szenen aus den Bergen und aus dem Leben wilder Tiere darstellten. Außerdem bemerkte sie, dass der Eingang so geschickt angebracht war, dass er die Aufmerksamkeit der Laufkundschaft von beiden Seiten auf sich zog. Die Türe war zudem perfekt konstruiert, sodass man sie trotz des enormen Gewichts völlig mühelos öffnen konnte. Diana versuchte sich einzureden, dass es ein gutes Zeichen sei, den Laden so leicht betreten zu können, musste aber dann selbst über ihre Naivität lachen. Selbst wenn sich herausstellen sollte, dass Dorothy Martell sich nichts sehnlicher wünschte, als Amy wieder in ihrem Leben willkommen zu heißen, würde eine Begegnung für keine der beiden ein besonders leichtes Unterfangen werden.

So beeindruckend der Laden bereits von außen wirkte, so war auch sein Inneres. Die Gänge waren mit Dutzenden von Käufern gefüllt, die alle vollgepackte Einkaufswagen schoben, während die Regale und Stände so aussahen, als seien sie gerade frisch aufgefüllt worden. Die Beleuchtung war gedämpft, und im Hintergrund lief Gute-Laune-Musik. Als sie herumschlenderte, warf sie einen Blick auf die Preisschilder. Sie hatte keine Ahnung, was Angelruten und -westen üblicherweise kosteten, aber sie wäre jede Wette eingegangen, dass man in diesem Laden keine Schnäppchen zu erwarten hatte.

Diana blätterte gerade in einem Prachtband über Wildpflanzen, eines dieser Bücher, die man gerne auffällig auf den Couchtisch legte, als eine Frau auf sie zukam und meinte: »Finden Sie nicht auch, dass diese Fotografien einzigartig sind?«

»Ja, sie ...« Die restlichen Worte blieben ihr im Halse stecken. Es war, als wäre Amy plötzlich aufgetaucht, vielleicht ein bisschen schneller gealtert als erwartet, aber nichtsdestoweniger ihre Amy.

»Es tut mir leid, ich wollte Sie nicht erschrecken«, entschuldigte sich die Frau.

»Nein, das haben Sie nicht.« Diana legte das Buch ins Regal zurück, weil sie Zeit schinden wollte, um ihre Fassung wiederzugewinnen. Nun wurde ihr plötzlich bewusst, dass sie gar nicht damit gerechnet hatte, dass Amy irgendwelche Ähnlichkeiten zu einem der Familienmitglieder aufweisen könnte, und schon gar nicht so auffällige.

Ohne sich groß Gedanken darüber zu machen, war sie automatisch davon ausgegangen, dass Amy eine Halbschwester von Dorothy Martells weiteren Kindern sein würde und dass diese nach einer heimlichen Affäre oder vielleicht sogar einer Vergewaltigung schwanger geworden war. Diese Ähnlichkeit machte für sie die ganze Geschichte noch rätselhafter. Wieso hatte Dorothy Martell wohl eines ihrer Kinder weggegeben, die anderen vier aber behalten? »Es ist einfach nur so, dass Sie jemandem, den ich kenne, wahnsinnig ähnlich sehen.«

Die Frau lächelte. »Sie sind ganz bestimmt eine Freundin von Judy.«

Meine Güte, sogar ihr Lächeln war das Gleiche. Diana war bewusst, dass sie die Frau anstarrte. Aber sie war im Geiste dermaßen damit beschäftigt, irgendwelche Kleinigkeiten zu entdecken, die diese Frau von Amy unterschieden, dass es ihr einfach nicht gelang, den Blick von ihr abzuwenden. »Judy?«

»Meine Schwester.«

Natürlich, das war die Jüngste der Familie. Ihr Name stand neben den beiden anderen Schwestern Sharon und

Faith in ihren Unterlagen. Und der Bruder hieß Trent ... nein, Travis. In ihren Unterlagen war auch vermerkt, dass Faith und Judy den Sommer über außerhalb der Stadt weilen würden. Also musste die Frau vor ihr Sharon Martell Williams sein, die als einzige von den Geschwistern verheiratet war.

»Ehrlich gesagt lebt die Frau, die ich meine, in Minneapolis.«

»Dann kann sie keine von uns sein. Die Martells leben in Wyoming bereits so lange, dass man uns praktisch als eine einheimische Spezies betrachtet.« Sie klopfte sich auf den Bauch und grinste. »Aber ganz offensichtlich keine, die auf der Liste der aussterbenden Kreaturen steht.«

Diana warf einen Blick auf die kleine sanfte Rundung von Sharons Bauch. Sie war noch am Anfang ihrer Schwangerschaft, und wenn sie nicht selbst darauf hingewiesen hätte, dann hätte sie diese Tatsache bestimmt übersehen.

Amy würde also Tante werden. Ein Gedanke, der für sie nicht nur bizarr war, sondern einfach unbegreiflich erschien. Alles, was sich in ihrem und in Amys Leben bislang abgespielt hatte, hatte immer beide betroffen. Doch dieses einzigartige Erlebnis würde ausschließlich Amy angehen, und damit wäre sie zum ersten Mal aus ihrem Leben ausgeschlossen. »Es ist unglaublich, wie Sie sich ähneln«, murmelte sie, als sie endlich ihre Stimme wiedergefunden hatte.

»Ich habe einmal gelesen, dass wir alle auf dieser Welt irgendwo einen Zwilling haben. Ich vermute mal, meiner lebt in Minnesota. Wäre sicher komisch, wenn wir uns eines Tages treffen würden«, meinte Sharon lachend. »Obwohl mir irgendetwas da drinnen sagt, dass wir wahrscheinlich einfach aneinander vorbeigehen würden, ohne uns eines Blickes zu würdigen. Ich bin nicht einmal in der Lage, Ähnlichkeiten zu meinen Familienmitgliedern auszumachen.«

Was hatte Diana erwartet? Irgendeine Reaktion von ihr, einen Anhaltspunkt, der darauf hinwies, dass Sharon wusste, dass sie eine Schwester hatte, die sie noch nie gesehen hatte? »Sie heißt Amy.«

Abermals begann die Frau kurz zu lächeln, aber dieses Mal war es nicht aufmunternd, sondern völlig oberflächlich. »Wahrscheinlich würden Sie sich gerne wieder Ihren Einkäufen widmen. Falls ich Ihnen dabei behilflich sein kann, lassen Sie es mich wissen.«

»Ja ... das werde ich. Vielen Dank.«

Diana beobachtete Sharon, die auf einen anderen Kunden zuging und kurz mit ihm sprach, bevor sie hinter den Tresen trat, um etwas in die Kasse einzutippen. Sie legte sogar ihren Kopf auf die Art und Weise schief, wie es Amy machte, wenn sie mit jemandem sprach. Besaß auch Judy, ihre Schwester, diese spezielle Angewohnheit? Und wie war es mit Faith?

Zum ersten Mal hatte sie mit voller Wucht zu spüren bekommen, was ihre Reise nach Wyoming für eine Bedeutung hatte. Noch vor einer Viertelstunde waren die Mitglieder von Amys Familie namenlose Gesichter gewesen, irgendwelche Figuren ohne eigene Persönlichkeit. Doch nun war zumindest eine davon so real wie Amy selbst. Selbst ein völlig Fremder würde Amy und Sharon aus einer Menschenmenge herausfischen und erkennen, dass sie zusammengehörten.

Wieso auch nicht. Immerhin war Sharon Amys leibliche Schwester. Der Gedanke machte Diana krank. Sie war in der vollen Überzeugung hierhergekommen, dass die Position, die sie in Amys Leben einnahm, durch nichts gefährdet werden könnte. Dass es keinen Menschen gab, der ihnen die gemeinsamen Jahre und die Liebe, die sie verband, streitig machen konnte. Doch nun hatte Diana erleben müssen, dass ihre Überzeugung so schnell weggefegt worden war, wie der Nordwind eine Wolke vom Himmel blies.

Sie hatte Angst. Und zu ihrer Schande musste sie sich eingestehen, dass sie sich dieses Mal nicht um Amy Sorgen machte, sondern um sich selbst.

11

Obwohl draußen immer noch Dunkelheit herrschte, gab Diana schließlich den Versuch auf, noch einmal in den Schlaf zu finden. Sie blieb aber auf ihrem Zimmer und zappte sich durch gut ein Dutzend Informations- und Werbekanäle im Fernsehen, las dann praktisch alles, was als Lektüre auf den Tischen und in den Schubladen aufzustöbern war. Deshalb beschloss sie, dass der Besuch einer Buchhandlung auf ihrer Erledigungsliste an diesem Tag oberste Priorität hatte.

Nachdem sie bereits zum zweiten Mal die Rückseite eines Stadtplanes durchgelesen hatte, auf der alles aufgelistet war, was man in Jackson Hole ansehen oder unternehmen konnte, inklusive der Restaurants und Hotels, die es in der Stadt gab, stand sie endlich auf und öffnete die Vorhänge. In der trügerischen Morgendämmerung konnte man die Silhouette der Berge im Osten wahrnehmen. Bald würde es hell genug sein, um sich draußen sicher zu fühlen. Noch vor einem Monat hätte sie wahrscheinlich einfach einen Park aufgesucht, um in der frischen Morgenluft den Sonnenaufgang zu genießen, aber inzwischen war ihr für solche Unternehmungen der Mut und auch die Unschuld abhanden gekommen. Eigentlich hätte sie darüber sehr verärgert sein müssen, und sie hätte diesen Verlust an Lebensqualität nicht als Selbstverständlichkeit hinnehmen sollen, was ihr irgendwann einmal vielleicht auch wieder gelingen würde. Doch im Moment war sie mit ganz anderen Dinge beschäftigt.

Sobald es so hell war, dass Diana die gegenüberliegenden Gebäude klar erkennen konnte, zog sie sich an, verließ das Hotel und bummelte durch die Stadt auf der Suche nach einem offenen Lokal.

»Guten Morgen«, rief die Kellnerin, als sie hochblickte und Diana entdeckte, die in der Tür stand. »Setzen Sie sich doch irgendwohin, ich komme gleich zu Ihnen.«

Das Lokal war im Stil der Fünfzigerjahre gehalten, die Kunststofftische wiesen viel Chrom auf, und in den Sitzabteilen gab es Pfeifenpolster, doch alles sah viel zu neu aus, um original zu sein. Amy hätte sich hier sofort heimisch gefühlt. Diana ließ sich im hinteren Teil des Lokals bei einem Fenster nieder, durch das sie beobachten konnte, wie das Leben in der Stadt erwachte. Noch ehe sie Platz genommen hatte, erschien die Kellnerin bereits mit einer dampfenden Kanne Kaffee in der einen und der Speisekarte in der anderen Hand. Auf dem Plastikschildchen, das an die Brusttasche ihrer pink-weißen Uniform geheftet war, stand »Patty«.

»Kaffee?«

»Gerne – und ein englisches Muffin.«

»Sie sind ja noch früher dran als meine Stammgäste heute Morgen.« Patty unterdrückte ein Gähnen, während sie ihr eine Tasse Kaffee eingoss. »Sie haben heute wohl noch Großes vor?«

»Ja.«

»Unternehmen Sie eine Raftingtour?«

»Nein, ich habe heute eine Verabredung mit jemandem, den ich noch nie gesehen habe«, erwiderte Diana. Die Kellnerin lächelte automatisch. »Nun, wie es aussieht, haben Sie zumindest mit dem Wetter Glück. Im Radio haben sie gesagt, dass wir bis heute Nachmittag an die 27 Grad Celsius haben könnten.«

Auch Diana erwiderte ihr Lächeln ganz automatisch. Sie war für jede Ablenkung dankbar, selbst wenn es sich nur um eine oberflächliche Unterhaltung handelte. »Als ich gestern von zu Hause abgereist bin, hat es dort geregnet.«

»Wir könnten hier in der Gegend etwas Regen sehr gut gebrauchen. Nur ein Muffin, sonst nichts?«

Diana nickte.

»Ich habe in der Küche hinten noch ein paar fantastische Zimtbrötchen, erst heute Morgen frisch gebacken.«

Das klang sehr verführerisch. Und obwohl gewisse Schlemmereien nur ein vorübergehender Trostspender waren, reichten sie doch manchmal aus, um ihr über eine kleine Krise hinwegzuhelfen. Wenn es denn bloß auch eine Methode geben würde, die Kalorien genauso schnell wieder zu verlieren.

»Nein, lieber nicht.«

Die Kellnerin nickte verständnisvoll. »Ich bringe Ihnen gleich Ihr Muffin.«

Als Diana wieder alleine war, sah sie durchs Fenster nach draußen. Seit sie Sharon Martell Williams getroffen hatte, waren es nicht nur neue Bedenken, die an ihrem Selbstvertrauen nagten. Was ihr zusetzte, waren ganz ernsthafte Zweifel. Einerseits konnte sie sich zwar Amy immer noch im Kreis einer großen, liebevollen Familie vorstellen, aber andererseits mahnte etwas in ihr zu einem gewissen Pragmatismus, sich den Dingen viel realistischer zu nähern. Sie musste sich klar darüber sein, dass ein plötzliches Auftauchen von Amy nicht nur höchst brisant sein konnte, sondern dass es auch möglich war, dass sie damit allseits nur Unfrieden stiftete.

Diana versuchte, sich in Sharons Lage zu versetzen, um sich vorzustellen, wie sie sich wohl fühlen würde, wenn man sie plötzlich mit einer erwachsenen Schwester konfrontieren würde, die ihr äußerlich zwar wie ein Spiegelbild glich, innerlich jedoch nicht einmal die simpelsten Erfahrungen mit ihr teilen konnte.

Sharon und Amy hatten nicht mehr Gemeinsamkeiten als der Monat Juni im Vergleich zum Dezember.

Die Türglocke schlug an und lenkte Dianas Aufmerksamkeit auf den Eingang. Ein groß gewachsener Mann mit einem zerbeulten Cowboyhut betrat das Lokal. Er trug Jeans und ein kariertes Hemd und sah so aus, als würde er eigentlich ins Bett gehören und nicht in die Welt da draußen. Er nahm den Hut ab, hängte ihn an den Kleiderständer neben der Tür und fuhr sich mit beiden Händen durch das braune Haar. Die tiefen Furchen, die er dabei hinterließ, veränderten sein Aussehen keineswegs zum Besseren. Dazu gehörte auch ein mindestens eine Woche alter Bartwuchs, der seiner Erscheinung etwas noch Ungepflegteres gab. Diana war von seinem Anblick wie hypnotisiert, auch als ihr klar wurde, dass sie ihn ganz offen anstarrte. Falls dieser Kerl ein echter Cowboy war, dann hatten sämtliche Werbeagenturen dem ganzen Land einen schönen Bären aufgebunden.

Nach einem kurzen Blick zur Küche ging der Mann an etlichen Tischen vorbei und ließ sich genau in der Sitzecke ihr gegenüber nieder. Nachdem er Platz genommen hatte, sah er hoch und blickte ihr direkt in die Augen. Sie wandte sofort den Blick ab, hatte aber doch bemerkt, dass sich ein Lächeln auf seinem Gesicht breitmachte. Es gab seinen dunkelbraunen, blutunterlaufenen Augen etwas Freundliches – und machte ihn sogar unwiderstehlich. Es war, als hätte sie keinerlei Kontrolle mehr über ihre Reaktionen, denn sie musste ihn einfach immer wieder ansehen. Er starrte sie immer noch an, und er lächelte immer noch. Ihr Herzschlag kam für kurze Zeit ins Stolpern, und in ihrem Kopf gingen plötzlich die Alarmglocken los.

Sie kannte diesen Mann.

Irgendwo hatten sie sich bereits einmal getroffen. Auch wenn sie nicht wusste, wann oder wo und wie und unter welchen Umständen, war sie sich absolut sicher, dass sich ihre Wege schon einmal gekreuzt hatten. Um sich abzulenken, griff sie zu ihrer Tasse und nahm einen Schluck des starken schwarzen Kaffees, während sie fieberhaft alle möglichen Verabredungen mit Männern durchging, die einen nachhaltigeren Eindruck bei ihr hinterlassen hatten, egal, ob etwas daraus geworden war oder nicht. Obwohl sie den

Kaffee auf ihrer Zunge spürte und auch, wie er ihre Kehle hinabrann, bemerkte sie weder, dass er sehr bitter schmeckte, noch, dass er sehr heiß war.

Die Kellnerin kehrte wieder aus der Küche zurück, aber dieses Mal hielt sie in der einen Hand die Kaffeekanne und in der anderen einen Teller. »Hey, Travis ...« Das strahlende Lächeln, das sich auf ihrem Gesicht ausbreitete, war so intensiv, dass man es sogar ihrer Stimme anhören konnte. »Wo hast du denn die ganze Zeit gesteckt?«

Travis? Diana spürte, wie der Schluck Kaffee, den sie gerade zu sich genommen hatte, in ihrem Magen zu grummeln begann. Kein Wunder, dass sie sich eingebildet hatte, den Mann zu kennen. Was war das eigentlich für eine Geschichte mit ihr und den Martells? War es vom Schicksal bestimmt, dass sie, egal wo sie hinging, einem aus dieser Familie über den Weg lief?

»Ach, hier und dort«, antwortete er.

»So, wie du aussiehst, würde ich mal sagen, eher ›dort‹ als ›hier‹.« Ohne den Blick von ihrem neuen Kunden abzuwenden, stellte Patty den Teller vor Diana ab, goss ihr Kaffee nach und ging dann auf die andere Seite, um Travis eine Tasse Kaffee einzuschenken.

»Ich hab ein paar Pferde zu Miller Butte rübergebracht«, antwortete er einsilbig.

»Hast du dich auch nach diesem Wanderer umgesehen?«

»Ja, und mit mir noch ein paar Hundert andere auch.«

»Haben sie ihn endlich gefunden?«

»Ja, letzte Nacht.« Travis grinste und schüttelte mit einem ungläubigen Blick in den Augen den Kopf. »Nach dieser ganzen Sucherei nicht eine einzige Spur von ihm, und dann, als wir schon aufgeben wollten, hat er unser Lagerfeuer gesehen und marschierte einfach so in unser Camp.«

»Hat er erzählt, wieso er sich verirrt hat?«

»Vielleicht, aber nicht solange ich noch anwesend war.« Sie stellte die Kaffeekanne auf den Tisch und rückte mit beiden Händen ihre Schürze zurecht. »Und was willst du heute zum Frühstück haben?«

»Das kommt darauf an ...« Er wartete ab, was sie antworten würde.

»Ja, wir haben welche«, erklärte sie etwas missbilligend. »Möchtest du eines oder gleich zwei?«

»Bring mir erst einmal eines, aber mit einem großen, dicken Stück Butter dazu.«

Sie runzelte die Stirn. »Ich sag dir, Travis Martell, du wirst dich noch an meine Worte erinnern. Eines Tages werden sich dein wilder Lebensstil und deine unkontrollierte Futterei noch einmal rächen.«

»Falls das so sein sollte, dann sterbe ich als glücklicher Mann.«

»Und die Hälfte der weiblichen Bevölkerung in dieser Stadt wird Schwarz tragen.«

Er zwinkerte ihr ironisch zu. »Nur die Hälfte?«

Ihr Stirnrunzeln wich einem widerwilligen Lächeln. »Dir ist schon klar, dass der ganze Mist, den du in dich hineinstopfst, dich vielleicht nicht auf der Stelle umbringen wird, sondern sich einfach zu Bauchfett verwandelt? Hast du noch nie darüber nachgedacht?«

»Nicht ohne Grund nennt man diese Schwimmringe auch Liebesringe, Patty.«

»Mir ist egal, wie man sie bezeichnet. Ich weiß nur eines, falls du eines Morgens nach dem Aufstehen deine Füße nicht mehr sehen kannst, kannst du drauf wetten, dass auch keine Frau mehr auf dein Hinterteil starrt.«

Sie hatte es ihm gegeben. Travis hob die Hand und gab sich geschlagen. »Ich verspreche, dass ich mittags irgendwas von diesem knackigen Grünzeugs essen werde.«

»Wie wäre es, wenn du jetzt erst mal auf die Butter verzichten würdest?«

»Das nächste Mal.«

Sie seufzte resigniert und verschwand in der Küche.

Diana hatte die bei beiden bei ihrem Schlagabtausch ganz ungeniert beobachtet. Doch nun starrte sie aus dem Fenster, weil sie Angst hatte, dass Travis ihr starkes Interesse an ihm bemerken könnte.

Allerdings spürte sie sehr wohl, dass er sie ansah. Sie nahm einen Bissen von ihrem Muffin, aber ihr war der Appetit vergangen. Sie legte es auf den Teller zurück und griff nach ihrer Kaffeetasse.

Es wäre albern, noch länger zu bleiben. Was sollte es schon bringen, wenn sie Amys Bruder ausspionierte? Was würde sie über ihn herausfinden können, was ihr mit seiner Mutter weiterhelfen würde? Sie zog einen Fünfdollarschein aus der Tasche, legte ihn auf den Tisch und erhob sich, um zu gehen.

Als sie das Lokal verließ, warf sie ihm einen flüchtigen Blick zu, weil sie annahm, es wäre weniger auffällig, wenn sie ihn nicht einfach vollkommen ignorieren würde. Er saß dort, die Ellenbogen auf den Tisch gestützt, das Gesicht in seinen Händen vergraben. Er massierte sich mit den langen, schwieligen Fingern die Haut auf der Stirn und an den Schläfen. Doch merkwürdigerweise fühlte sich Diana nicht erleichtert, weil sie unbemerkt an ihm vorbeigekommen war, sondern spürte eine gewisse Enttäuschung.

Travis bekam es sehr wohl mit, dass sich die Frau in der Sitzecke neben ihm daranmachte, aufzubrechen, er konnte sogar flüchtig den blumigen Parfumgeruch wahrnehmen, als sie sich erhob, aber als er sich endlich die Müdigkeit aus den Augen gerieben hatte und über seine Schulter blickte, war sie bereits verschwunden. Sie war aufgebrochen, ohne ihr Frühstück zu beenden. Aber er konnte ihr das nicht verübeln. Er war schon mit Jägern zusammen gewesen, die nach einem dreiwöchigen Aufenthalt im Hinterland immer noch besser rochen und aussahen als er an diesem Morgen. Wenn er nicht so ein verdammt sturer Gewohnheitsmensch wäre, dann hätte er sich einfach an der Theke niedergelassen und sie an ihrem Platz in Ruhe gelassen, aber dieser Gedanke war ihm erst in den Sinn gekommen, als er bemerkte, wie sie ihn anstarrte, als er sich in die Ecke gesetzt hatte.

»Was hast du denn gemacht, sie verjagt?«, meinte Patty, als sie vor ihm einen Teller abstellte. Das Zimtbrötchen war immer noch warm, und die Eisfüllung lief seitlich in dekadenten Kaskaden herunter. Auch das Stück Butter lag auf dem Teller, es war ziemlich großzügig ausgefallen, wenn auch nicht ganz so groß, wie er es bestellt hatte.

»Ich nehme mal an, dass sie im Rückenwind von mir saß.«

»Ehrlich gesagt, habe ich dich auch schon mal erlebt, als du besser gerochen und ausgesehen hast.«

»Sobald ich das hier aufgegessen habe, geht es gleich nach Hause für eine ausgiebige heiße Dusche.« Gerne hätte er noch hinzugefügt: »Und dann ab ins Bett«, aber vor ihm lag noch das Treffen mit einem Mechaniker, der extra aus Ohio angeflogen kam, um ein technisches Problem zu lösen, das es auf der Ranch gab. Für die Traktorenfirma war es der allerletzte, verzweifelte Versuch, um eine seiner Maschinen zu reparieren, die mehr kaputt war, als dass sie tatsächlich funktionierte. Falls die Reparatur nicht gelingen sollte, dann müssten sie das Gerät im Wert von einer Viertelmillion Dollar entweder gegen ein nagelneues austauschen oder sie würden den Ranchbesitzer als Kunden verlieren.

»Sandy Pitcher kam letzte Woche her, hat sich nach dir umgesehen«, erzählte ihm Patty. »Sie wollte wissen, ob du irgendwas über sie erwähnt hast oder ob ich dich letzthin in der Stadt getroffen hätte. Sie hat zwar nicht direkt damit herausgerückt, sondern wollte nur wissen, ob ich dich kürzlich mit einer anderen gesehen hätte, aber es war klar, was sie eigentlich herausfinden wollte.«

Travis schnitt ein Stück von seinem Brötchen ab, tauchte es mit einer Ecke in die Butter und schob es sich in den Mund. Für Außenstehende wirkte Jackson wie eine geschäftige, prosperierende Stadt, aber tatsächlich war es eine

Kleinstadt, in der jeder jeden kannte und sich jeder in die Angelegenheiten der anderen einmischte. »Und was hast du ihr gesagt?«, wollte er wissen, bevor er sich wieder seinem Brötchen widmete.

»Dass du nur zum Essen herkommst und nicht, um dich zu unterhalten, und dass du immer alleine kommst.«

»Hat sie dir das geglaubt?«

»Nein.«

»Sie gehört zu denen, die man nur schwer von etwas überzeugen kann.«

Verdammt noch mal, er war heute aber auch langsam von Begriff. Nach diesem Auftakt würde Patty ihn so schnell am Wickel haben, wie man Sonnenbrand bekam.

»Dann stimmt es also?« Sie lehnte sich mit der Hüfte gegen den Tisch. »Es ist mit euch beiden vorbei?«

»Was hast du gerade gesagt, von wegen nur hier essen und sich nicht unterhalten?«

»Beantworte mir einfach nur diese eine Frage, dann lasse ich dich in Ruhe.«

Travis gluckste vor sich hin. »Und dann wird die Sonne morgen früh im Westen aufgehen, ja?« Er hasste Klatsch, selbst dann, wenn es nicht um seine Person ging. Er hatte nie dieses Bedürfnis gehabt, etwas über die Angelegenheiten anderer zu erfahren oder sich darin einzumischen. Alles, was er brauchte, waren ein gutes Pferd, die Berge und sein Bettzeug, und damit war er so zufrieden, dass ihn der Rest der Welt nicht interessierte.

»Du weißt genau, dass ich keine Geheimnisse ausplaudere. Habe ich nicht ...«

»Rede doch einfach mit Sandy, sie wird dir schon alles erzählen.«

Die Türglocke ertönte und kündigte damit die erste der Gruppen von Wildwasserfahrern an, die an diesem Morgen hereinströmen würden, um sich mit einem Frühstück zu stärken. Das Logo auf der Jacke des Tourenleiters verriet, dass es sich um eine Gruppe von Snake River Runners handelte, ein Unternehmen, bei dem Travis anfangs mitgemacht hatte, als er beschloss, selbst in dieses Geschäft einzusteigen. Doch seine Begeisterung dafür, tagtäglich die immer gleiche Flußstrecke abzufahren, legte sich bereits vor dem Ende der ersten Saison. Im Jahr darauf hatte er sich als Tourenleiter für großräumige Jagdausflüge verdingt. Er liebte das Hinterland – und hasste die Kunden, von denen die meisten nur angereist kamen, um sich exzessiv zu betrinken und um zu töten.

Danach hatte er beschlossen, seine eigene Firma zu gründen, die kleine, ganz persönliche Ausflüge in die Wildnis anbot. Die Ausflugsgruppen machten sich entweder zu Fuß oder zu Pferd auf, um zu fischen oder auf Sightseeingtour zu gehen oder sich ganz einfach nur zurückzulehnen, um die Sterne zu betrachten. Allein durch Mundpropaganda war das Einmannunternehmen TMO, Travis Martell Outfitter, ohne große Werbekampagne zu einem Geschäft mit fünfzehn Tourenführern und zwei festen Büroangestellten angewachsen. Inzwischen fand Travis nur noch ganz selten die Zeit, eine der Ausflugsgruppen selbst zu begleiten. Denn gerade, als sich seine Firma entsprechend entwickelt hatte, war es mit der Gesundheit seines Vaters bergab gegangen.

Im letzten Jahr hatte Travis mindestens genauso viel Zeit auf der Ranch wie bei TMO verbracht.

Patty verzog beim Anblick der hereinströmenden Gäste das Gesicht. Bevor sie sich aufmachte, um sie zu bedienen, legte sie Travis eine Hand auf die Schulter, beugte sich zu ihm und füllte seine Tasse nach. »Wage ja nicht einfach abzuhauen, mit dir bin ich noch nicht fertig.«

»Ich will dich zwar nicht enttäuschen«, antwortete er, obwohl er wusste, dass sie ihm das nicht abnehmen würde, »aber sobald dieses Zimtbrötchen hier weg ist, bin ich es auch.«

»Du ...« Sie versetzte ihm schelmisch einen Schlag auf die

Schultern. »Die Leute verlassen sich drauf, dass ich weiß, was hier in der Stadt so abläuft. Was werden sie wohl denken, wenn sie Fragen über dich stellen und ich nur sagen kann, dass ich null Ahnung habe?«

»Sag ihnen doch einfach, dass wir immer noch nach Leuten suchen, die uns bei der Heuernte ihm Herbst aushelfen können.«

Glücklicherweise war Patty damit beschäftigt, die Bestellungen der Gäste aufzunehmen, als Travis sein Frühstück beendet hatte. Er hinterließ auf dem Tisch genug Geld für seine Rechnung und das Trinkgeld und winkte ihr kurz zu, bevor er das Lokal verließ. Patty hatte sein Winken nur widerstrebend erwidert.

Wenn es ihm auch nur annähernd gelingen würde, seine gottverdammte Vorliebe für Süßes zu unterdrücken, dann hätte er zum Essen längst ein anderes Lokal aufgesucht. Zumindest so lange, bis die Leute in der Stadt sich das Maul über eine andere aufregende Geschichte zerrissen. Das, was sich zwischen ihm und Sally abgespielt hatte, war nur eine kurze Affäre gewesen, die den ganzen Klatsch überhaupt nicht rechtfertigte, der losgetreten wurde, nachdem sie sich getrennt hatten. Genau das hatte er auch Sharon erklärt, aber sie hatte nur dieses schwesterliche Grinsen aufgesetzt und gemeint, er könne dieser ganzen Tratscherei ganz einfach entkommen, indem er heiratete. Was in seinen Ohren so ähnlich wie dieser abgedroschene Arztwitz klang, dass die Operation zwar gut verlaufen, aber der Patient leider tot sei.

Travis stieg in seinen Pick-up, griff zum Telefon und rief bei sich zu Hause an, wobei er eine Reihe von Zahlen eingab, als sich der Anrufbeantworter meldete. Weil er wusste, dass er für mehrere Tage nicht heimkommen würde, hatte er das Haus dichtgemacht, inklusive der Warmwasserversorgung. Mit den verschlüsselten Zahlencodes konnte er alle Funktionen wieder in Gang setzen.

Sein Haus hatte er ganz allein gebaut, jeden einzelnen Holzbalken davon selbst abgemessen, jeden einzelnen Nagel selbst eingeschlagen, jedes der Fenster selbst eingesetzt. Das Grundstück hatte zum Besitz seines Urgroßvaters gehört, der es bei einem Pokerspiel zur Zeit der Jahrhundertwende gewonnen hatte. Von den ursprünglichen zweihundertzweiundvierzig Hektar waren nur noch knapp neun Hektar übrig geblieben, die restlichen hatte seine Familie während der Weltwirtschaftskrise verkauft, um die Steuern für die Hauptranch zu zahlen. Inzwischen lag Travis' Besitz direkt im Gebiet des Nationalparks und in einem Schutzgebiet für die Elche, also vollkommen isoliert von den Ferienhäusern, die sich immer weiter auf den Gebirgsketten ausbreiteten, die Jackson umgaben. Er konnte sich an der Schönheit der Landschaft, die ihn umgab und für die er immer aufs Neue dankbar war, nie sattsehen.

Das Bewusstsein, dass er immer wieder an einen Ort zurückkehren konnte, an dem er nach seinen eigenen Regeln leben durfte, gab ihm die Fähigkeit, mit der Welt dort draußen zurechtzukommen. Das einsame Leben dort gab ihm die Kraft, die er inzwischen mehr denn je zuvor nötig hatte – und die er, wie es aussah, in letzter Zeit immer weniger aufbringen konnte. Es waren einfach zu viele Menschen, die ihn brauchten, und er gehörte nicht zu denen, die Nein sagen konnten. Er hatte nie vorgehabt, in die Fußstapfen seines Vaters zu treten, hatte nie den Wunsch verspürt, die Ranch zu leiten. Doch mit einem Mal musste er erkennen, dass er ganz ungewollt allmählich genau in diese Rolle hineinrutschte. Mit fünfundfünfzig Jahren war sein Vater immer noch ziemlich jung, aber sein Körper versagte ihm einfach den Dienst, was er nicht akzeptieren konnte, falls er es überhaupt wahrnahm. Denn nach August Martells Vorstellung sprang Travis für ihn nur vorübergehend ein. Er war sogar so zuversichtlich, dass er davon ausging, dass es ihm schon tags darauf, oder in einer Woche oder spätestens in einem Monat viel besser gehen würde.

Travis hatte lange Zeit die Hoffnung gehegt, dass entweder Judy oder Faith einen Mann heiraten würde, der die Ranch gerne übernommen hätte. Er hatte sogar den Versuch gewagt, seine Schwestern mit einigen seiner ehemaligen Freunde aus der Studentenverbindung bekannt zu machen, die einen Abschluss in Agrarökonomie gemacht hatten, aber seine Schwestern trauten der Sache nicht und scheuten allein vor dem Gedanken zurück.

Travis verließ die Hauptstraße und bog auf einen Kiesweg ein, der zu seinem Haus führte. Wenn er sich nicht bald in den Straßenhobel setzen würde, um die wüstesten Furchen zu glätten, würde er demnächst mit dem Kopf jede Menge Dellen ins Dach seines Pick-ups schlagen und dabei womöglich noch ein paar Zähne einbüßen. Eigentlich war das eine ganz einfache Angelegenheit, die nicht länger als einen halben Tag dauern würde. Seit Monaten stand es bereits auf seiner Erledigungsliste, aber so, wie es derzeit bei ihm aussah, kam immer irgendetwas Unerwartetes dazwischen. Falls sich das noch ein paar Monate so hinzog, dann musste er in den sauren Apfel beißen und diese Arbeit in Auftrag geben.

Aus dem Gebüsch kam ein Kaninchen, das über die Straße rannte, dicht gefolgt von einem Kojoten. Beide Tiere sahen sehr wohlgenährt und geschmeidig aus, was darauf schließen ließ, dass dieses Wettrennen nur der gewinnen würde, der klüger war und mehr Glück hatte.

Er hatte sich selbst immer für einen Menschen gehalten, der von diesen beiden Dingen eine gesegnete Portion abbekommen hatte.

Dennoch raste er durch sein Leben, als sei der Teufel hinter ihm her, und sank nachts in sein Bett mit dem Gefühl, dass sein Hunger noch längst nicht gestillt und er immer noch auf der Jagd nach irgendetwas war.

12

Diana wanderte in ihrem Hotelzimmer auf und ab, während sie immer noch überlegte, ob sie Amys Mutter anrufen und mit ihr einen Termin vereinbaren sollte oder ob es besser wäre, unangemeldet dort aufzutauchen. Beide Vorgehensweisen hatten gewisse Vorteile, aber eben auch Nachteile. Falls sie Dorothy Martell vorher anrief, diese aber ein Treffen ablehnte, dann würde es ganz bestimmt zu einer sehr unangenehmen Konfrontation kommen, falls sie trotzdem dort auftauchen sollte. Andererseits musste sie sich auf alles Mögliche gefasst machen, falls sie ohne Anmeldung dort erschien.

Sie hatte mittlerweile den halben Vormittag damit verschwendet, abzuwägen, ob es besser wäre, den fairen oder den eher eigennützigen Weg einzuschlagen, und war folglich seit ihrer Abreise aus Minneapolis um keinen Millimeter weitergekommen, was diese Entscheidung anging.

Sie hatte schon die Hand am Telefonhörer, als ihr irgendetwas sagte, sie sollte besser nicht anrufen. Ganz bestimmt wäre es viel angenehmer für alle, wenn sie ihre Informationen erst einmal am Telefon herausrücken würde. Aber falls Dorothy Martell sie abwimmeln wollte, musste sie einfach nur auflegen. Außerdem fand es Diana sehr wichtig, dass sie die direkte Reaktion der Frau richtig einschätzen konnte, ob sich in ihren Augen Freude, Angst oder gar Wut abzeichnen würde, wenn sie erfuhr, dass ihre Tochter wieder in ihr Leben treten könnte.

Weil sie diese Debatte im Geiste auch nicht weitergebracht hatte, schnappte sich Diana ihre Tasche, verließ das Hotel und machte sich mit dem Wagen auf in Richtung

Norden. Sobald sie die Stadt hinter sich gelassen hatte, hatte sie als Orientierungshilfe nur noch ganz wenige Straßen und allenfalls die Meilenanzahl und zwischendurch das eine oder andere Hinweisschild. Als sie schon dachte, sie wäre bereits viel zu weit gefahren, kam sie schließlich zu einem Kiesweg, dessen Eingang von einem metallenen Torbogen markiert war. In der Mitte befand sich ein stilisiertes M in einem Kreis.

Es knirschte unter den Reifen ihres gemieteten Jeeps, als sie von der Hauptstraße auf den Kiesweg einbog. Während ihr das Herz in die Hosen rutschte, weil sie nicht wusste, was sie erwarten würde, warf sie einen Blick auf den Meilenzähler. Sie war vielleicht noch fünf oder allenfalls zehn Meilen und höchstens zehn Minuten von der Ranch entfernt. Himmel! Was hätte sie jetzt für eine Kristallkugel gegeben, für eine Vorahnung oder einen Schutzengel auf ihrer Schulter, der ihr zuflüsterte, dass sie mit dem, was sie vorhatte, nicht nur das absolut Richtige tat, sondern dass es ihr auch vorherbestimmt gewesen war. Stattdessen schweiften ihre Gedanken zum Geschichtsunterricht während ihrer Highschoolzeit ab und zur Geschichte über die Büchse der Pandora. Vor ihrem geistigen Auge sah sie das Bild, wie sie den Deckel der Büchse öffnete und das Unheil in die Welt entließ. Nur die Tatsache, dass Amy in weiter Ferne und folglich vor all dem geschützt war, was passieren könnte, hielt Diana davon ab, auf der Stelle wieder kehrtzumachen und nach Hause zu fahren, obwohl es ihr immer noch den Magen zuschnürte.

Diana hielt auf der Straße vor sich nach Lebenszeichen Ausschau. In ihren Unterlagen hieß es, dass die Ranch der Martells noch in vollem Betrieb war. Sie wusste zwar nicht, was damit genau gemeint war, aber in ihrer Welt war Betrieb gleichbedeutend mit Menschen. Auf der linken Seite von ihr lag ein Feld, auf dem irgendwelche Gräser oder Getreide wuchsen, zu ihrer Rechten grasten Rinder auf der

Weide, aber sie entdeckte keine Menschenseele weit und breit.

Bislang war der Weg so gerade verlaufen, wie ihre Haare ohne Dauerwelle waren, doch plötzlich machte er eine scharfe Linkskurve. Sobald sie die neue Richtung eingeschlagen hatte, erhaschte sie endlich auch einen Blick auf das Haus. Sie hatte ein Farmgebäude erwartet, wie sie es von zu Hause in Minnesota gewohnt war. Aber das hier glich eher einem Blockhaus in den Bergen, mit Holzwänden und einen grünen Metalldach, das den Schnee abhalten sollte.

Die Nebengebäude waren aus grob behauenen Stämmen gezimmert und die Weidezäune darum aus rohen Holzpfosten. Alles machte einen so grundsoliden, unverwüstlichen und zeitlosen Eindruck, als würden die Besitzer schon seit ewigen Zeiten hier leben und es auch für alle Ewigkeiten vorhaben.

Warum war ausgerechnet die Wahl auf Amy gefallen, um sie von diesem Erbe auszuschließen?

Als Diana näher kam, entdeckte sie endlich die Anzeichen menschlichen Lebens, die sie bislang vermisst hatte. Auf dem Hof waren mehrere Pick-ups und Nutzfahrzeuge geparkt, und unter einem Baum saßen zwei schwarz-weiße Hunde, die bei ihrer Ankunft anschlugen. Um einen Traktor hatten sich mehrere Männer versammelt, die auf den Motor starrten.

Diana fuhr mit ihren Jeep in den Hof. Die Hunde bellten pflichtbewusst, einige der Männer sahen kurz hoch, aber niemand kam aus dem Haus. Da sie sich nicht telefonisch angemeldet hatte, war Diana auch das Risiko eingegangen, dass Dorothy Martell möglicherweise gar nicht anwesend war. Entweder war es tatsächlich so, oder sie wollte damit nur demonstrieren, dass sie keine Lust hatte, sich mit jemandem abzugeben, der sich nicht einmal angekündigt hatte.

Bevor Diana den Jeep verließ, atmete sie erst einmal tief

durch, und dann ein zweites Mal. Als sie die Vordertür schließlich erreicht hatte, war sie bereits am Hyperventilieren. Sie klingelte, und daraufhin öffnete eine junge Frau in Jeans und einem T-Shirt, die sich einen Putzlappen über die Schulter geworfen hatte.

»Was wünschen Sie?«, wollte die Frau wissen, die gar nicht erst versuchte, ihre Überraschung zu verbergen, als sie eine Fremde vor der Tür stehen sah.

»Ich möchte gerne zu Dorothy Martell.«

»Werden Sie erwartet?«

»Nicht wirklich. Ich hatte nur gehofft …«

Sie wurde von einer weiblichen Stimme unterbrochen, die aus einem Zimmer neben dem Flur ertönte. »Wer ist es, Felicia?«

»Jemand, der Sie sehen möchte.«

Nach kurzer Zeit tauchte im Türrahmen eine kleine, gepflegte Frau auf. Sie warf einen fragenden Blick in Richtung Diana. »Ja?«

Diana war so verblüfft, das sie nicht sofort antworten konnte. Der Anblick von Amys Mutter war, als würde sie Amy im Alter von fünfzig Jahren sehen, zumindest so, wie sie sich vorstellen konnte, dass Amy einmal aussehen könnte. Alles an dieser Frau verriet auf Anhieb, dass die beiden zweifellos verwandt waren, die Bubikopffrisur, die gerade geschnittenen Fingernägel, der breite, eigensinnige Unterkiefer und die braunen Augen mit dem fragenden Blick. Diana wusste nicht, wie sie darauf reagieren oder was sie sagen sollte. Sie stand vor einer älteren Ausgabe ihrer Schwester, die ihre beste Freundin war, obwohl diese Frau vor ihr eine völlig Fremde für sie war.

Dorothy wandte sich an Felicia. »Hat sie gesagt, was sie will?«

»Ich habe sie nicht danach gefragt.«

»Wir haben eine gemeinsame Freundin«, erklärte Diana, als sie schließlich wieder ihre Sprache gefunden hatte.

»Ach?« Dorothy zog neugierig die Augenbrauen hoch. »Um wen handelt es sich denn?«

»Können wir vielleicht unter vier Augen reden?«

Sie musterte Diana so, als wollte sie ihre Maße einholen. »Ich mache das schon, Felicia. Du kannst wieder zu deiner Arbeit zurückgehen.«

»Falls Sie mich brauchen, ich bin in der Küche.«

Als Felicia verschwunden war, forderte Dorothy sie auf. »Wenn Sie bitte hereinkommen würden.«

»Vielen Dank.«

»Am besten, wir bereden das in meinem Büro.« Dorothy wies ihr mit der Hand den Weg dorthin.

Diana warf einen kurzen Blick auf den Eingang und das Wohnzimmer. Es war sehr groß und geräumig mit einer weiten Fensterseite, die einen sensationellen Blick auf die Berge bot. Das Mobiliar wirkte sehr lässig, zurückhaltend und enorm teuer. Stuart hätte sich hier auf Anhieb wohlgefühlt. Diana war verwirrt. Nicht, dass sie sich darüber Gedanken machte, weshalb die Frau eines Ranchers derlei Dinge besaß. Sie wunderte sich eher darüber, wieso sie solch ein Mobiliar bevorzugte. Diese Art von Einrichtung gehörte zu den Statussymbolen, mit denen man Menschen beeindrucken wollte, die sich mit einem kleinen Swimmingpool zufriedengaben. Warum hatte Dorothy Martell das dringende Bedürfnis sich in einer solchen Welt zu bewegen, obwohl sie in der Wildnis von Wyoming lebte?

»Tut mir leid, ich glaube, ich habe Ihren Namen nicht mitbekommen«, erklärte Dorothy, als sie in ihrem Büro waren.

»Diana«, meinte sie, wobei sie ihr die Hand reichte, »Diana Winchester.«

»Und diese gemeinsame Freundin?« Sie wartete ab, bis Diana Platz genommen hatte, und ließ sich dann hinter ihrem Schreibtisch nieder.

Diana musste schlucken. Es gab weder einen leichten

noch einen sanften Weg, um Dorothy auf das Anliegen vorzubereiten, das sie hierhergeführt hatte. »Sie heißt Amy. Wahrscheinlich hätten Sie ihr einen anderen Namen gegeben, aber meine Eltern haben nun mal diesen für Ihre Tochter gewählt.«

Dorothy zeigte keine Regung, sie zuckte nicht einmal mit den Wimpern. »Es tut mir leid, aber hier muss ein Irrtum vorliegen.« Ihr Gesicht war leer, völlig frei von jedem Gefühl, nicht einmal Interesse zeigte es.

»Ich weiß sehr wohl, was für ein Schock das für Sie nach so vielen Jahren sein muss, aber lassen Sie mich bitte ausreden.« Diana beugte sich in ihrem Stuhl nach vorne. »Amy braucht sie. Sie ist ...«

»Und wer sind Sie, bitte schön?«, erwiderte Dorothy kühl.

»Ich bin Amys Schwester, meine Eltern haben sie adoptiert.«

Dorothy stand auf, schloss die Tür und setzte sich dann wieder hinter ihren Schreibtisch. »Und warum sind Sie hier und nicht diese Person namens Amy?«

»Sie weiß nicht, dass ich Sie gefunden habe. Ich dachte, es wäre ...«

»Was wollen Sie wirklich? Geld?«

Die Frage verblüffte Diana vollends. Sie war bislang nicht davon ausgegangen, dass man ihr niedrige Beweggründe unterstellen könnte. »Ich möchte einfach nur, dass Amy die Chance bekommt, ihre eigene Familie kennenzulernen.«

»Und wieso sollte ich Ihnen das glauben?« Sie fiel Diana mit erhobener Hand ins Wort. »Vergessen Sie es. Es spielt sowieso keine Rolle, denn ich bin nicht die Mutter dieses Mädchens.« Dorothy warf Diana einen durchdringenden Blick zu. »Und ich möchte auch nichts mit ihr zu tun haben. Haben Sie das verstanden?«

»Nein, das habe ich nicht. Was auch immer Sie dazu gebracht hat, dass Sie vor sechsundzwanzig Jahren beschlossen haben, Amy zur Adoption freizugeben, ist Ihre Angelegenheit. Das möchte ich gar nicht wissen, es ist mir auch egal. Aber es ist mir nicht egal, was jetzt mit Amy passiert. Sie haben schließlich in gewisser Weise eine Verantwortung auf sich genommen, als Sie sie zur Welt brachten. Entweder haben Sie sie wirklich geliebt, oder Sie haben sich nach jemandem umgesehen, der es an Ihrer Stelle tun würde.«

»Ich habe Ihnen erklärt, dass ich nicht die Mutter Ihrer Schwester bin. Sie verschwenden nur Ihre Zeit hier und meine dazu.« Sie war im Begriff, aufzustehen. »Das war es dann also, ich muss zu meiner Arbeit zurück.«

Aber Diana konnte nicht einfach kampflos gehen. Instinktiv hatte sie gemerkt, dass sie nie mehr eine Chance bekommen würde, ein weiteres Mal mit dieser Frau zu reden. »Es gibt wohl keinen in dieser Stadt, der es nicht schaffen würde, sie beide in einer Menschenmenge herauszufinden. Und jeder, der Amy und Sharon zusammen sehen würde, wüsste auf Anhieb, dass die beiden Schwestern sind. Und soweit ich weiß, sieht auch Judy den beiden sehr ähnlich. Damit haben also mindestens drei ihrer fünf Kinder denselben Vater. Wieso haben Sie eines davon weggegeben?«

»Sie haben sich mit Sharon getroffen?«

»Das war reiner Zufall. Ich habe Ihren Laden besucht und bin ihr über den Weg gelaufen.«

Nun fuhr sie Dorothy wie eine Löwenmutter an, die ihre Jungen beschützen wollte. »Bleiben Sie ja meiner Tochter vom Leibe.«

Diana wünschte sich, sie könnte einen Weg finden, um auch Amy in den Schutzkreis ihrer Mutter Dorothy zurückzuführen. »Weiß Sharon eigentlich, dass sie noch eine weitere Schwester hat?«

»Woher denn? Das Ganze ist doch eine Lüge.«

Diana zog den Umschlag aus ihrer Tasche. Eigentlich hatte sie sich vorgestellt, dass sie Amys Mutter diese Fotografien unter ganz anderen Umständen zeigen würde, aber sie musste unbedingt etwas unternehmen, damit sich das Gespräch nicht weiterhin im Kreise drehte. Sie legte die drei obersten Fotos in einer Reihe auf den Schreibtisch. Alle zeigten Amy als erwachsene Frau von heute. Die anderen, aus ihrer Kindheit, würde sie erst später einsetzen.

Zuerst weigerte sich Dorothy, auch nur einen Blick darauf zu werfen. Stattdessen starrte sie Diana an. Dieser Blick war ganz offensichtlich dazu gedacht, Diana einzuschüchtern, ließ sie aber vollkommen kalt, denn sie hatte damit eine Menge Erfahrungen gesammelt, hatte ihr ganzes Leben mit einer Expertin verbracht, wenn es darum ging, andere einzuschüchtern. Auf diesem Gebiet waren Dorothy und Eileen ein absolut ebenbürtiges Paar.

Schließlich gelang es Dorothy nicht länger, sich aus der Affäre zu ziehen. Also warf sie einen flüchtigen Blick auf die Fotos. Sie war bereits dabei, ihn wieder abzuwenden, aber bevor sie Diana erneut ansah, merkte man, dass ein Wiedererkennen in ihr aufflackerte und sie kurz gefangen nahm.

»Sie ist wirklich sehr schön, finden Sie nicht auch?«, meinte Diana ganz sanft.

»Sie verschwenden hier nur Ihre Zeit.« Dorothy schob die Fotos zusammen und überreichte sie Diana. »Dieses Mädchen hat weder etwas mit mir noch mit meiner Familie zu tun.«

Obwohl es weder logisch noch einleuchtend war, wurde Diana das Gefühl nicht los, sie würde mit Amy sprechen. Die beiden glichen sich so sehr, sogar, wenn sie wütend waren. In Dianas Innerem pochte eine völlig irrationale Stimme darauf, dass sie nur eine Möglichkeit finden müsste, die harte Schale von Dorothy zu durchdringen, um dahinter die gleiche zärtliche und verständnisvolle Seele zu finden, die auch in Amy steckte. Falls ihr das gelingen sollte, dann würden sich alle anderen Dinge von allein regeln.

»Ich wollte, ich könnte Ihre Privatsphäre respektieren«, erklärte Diana. »Wenn es nicht so wahnsinnig wichtig für

Amy wäre, dann würde ich jetzt einfach ohne ein weiteres Wort gehen.«

Dorothy hievte sich aus ihrem Stuhl. »Wollen Sie mir vielleicht drohen?«

»Wie bitte?« Diana machte diese Frage völlig fassungslos.

»Sie haben wohl keine Ahnung, welche Schwierigkeiten ich Ihnen machen kann. Die Martells sind in der Gegend hier sehr einflussreich, das weiß jeder in der Stadt, der es mit uns zu tun bekommt. Vielleicht glauben Sie tatsächlich, dass Sie uns dieses Mädchen einfach unterjubeln können, aber wenn Sie das versuchen sollten, dann machen Sie damit den größten Fehler Ihres Lebens. Falls diese junge Frau auch nur in die Nähe von mir oder meiner Familie kommen sollte, dann verspreche ich Ihnen, dass ich ihr das Leben zur Hölle machen werde.«

Diana lehnte sich in ihrem Stuhl zurück. »Ich wette mal darauf, dass Sie hier die Bullen in der Gegend kastriert haben.«

»Sie kleine Schlampe, hören Sie mir genau zu. Ich habe mein ganzes Leben lang das beschützt, was mir gehört. Wagen Sie es bloß nicht, einfach hier hereinzuspazieren und alles zu ruinieren, was ich mir aufgebaut habe.«

»Ich hatte ja keine Ahnung, dass ich so viel Macht besitze«, erwiderte Diana vorsichtig und wartete ab, bis ihre Bemerkung im vollen Umfang verstanden wurde. »Wollen Sie mir erklären, wie ich Ihr Leben ruinieren könnte, oder soll ich einfach nur raten?«

»Ich warne Sie. Ich bin absolut nicht die Person, mit der Sie sich anlegen sollten.«

»Ich vermute mal, dass ich nun Angst bekommen sollte, das wollen Sie doch, oder?«

Genauso gut hätte sie einem ausgehungerten Hund ein Stück Fleisch zuwerfen können. Dorothy sprang auf und beugte sich über ihren Schreibtisch.

»Verlassen Sie sofort mein Haus!« Diana verspürte weniger Angst, sondern vielmehr eine große Enttäuschung. Ihr Besuch hätte wohl kaum schlimmer enden können, und trotzdem wusste sie nicht, was sie eigentlich falsch gemacht hatte. Die einzige Absicht, die sie eigentlich verfolgt hatte, war, alte Wunden zu heilen, aber das war sicherlich nicht möglich, wenn man sich von seinen Gefühlen überwältigen ließ und zurückschlug. Auch wenn sie nicht die Rolle einer Mutter einnehmen konnte, die lediglich ihre Kinder beschützen wollte, würde sie es mit allem und jedem aufnehmen, der ihre Schwester bedrohte.

»Ich werde jetzt gehen. Ich bin mir sicher, dass Sie gerne ein paar Tage in Ruhe über diese Sache nachdenken wollen. Sie können mich gerne anrufen, wenn Sie das getan haben. Ich wohne im *Manderly Inn.*«

»Nicht um alles in der Welt werde ich Sie dort anrufen. Am besten, Sie fahren gleich wieder dahin, wo Sie hergekommen sind.«

»Minneapolis«, half ihr Diana auf die Sprünge.

Dorothy ging um ihren Schreibtisch herum, öffnete die Tür und machte einen Schritt zur Seite. Sie wollte gerade etwas sagen, als eine Männerstimme, die aus der Eingangshalle ertönte, sie davon abhielt.

Mit einem Mal machte ihre Wut einer neuen Reaktion Platz. Offenbar war sie hin und her gerissen zwischen den Impulsen, die Tür wieder zu schließen oder Diana ganz eilig hinauszuscheuchen.

»Mom«, rief Travis. »Bist du da drin?«

Dorothy wandte sich an Diana. »Ich möchte, dass Sie gehen ... sofort!«

»Werden Sie mich anrufen?«

Wenn man mit Blicken verletzen könnte, dann wäre Diana auf allen vieren davongekrochen.

»Das würde auch nichts ändern.«

»Werden Sie es tun?«

»Ja, verdammt noch mal. Und jetzt verschwinden Sie endlich!«

Diana folgte Dorothy in die Eingangshalle und war schon beim Ausgang, als Travis aus dem Wohnzimmer auftauchte. Ohne seinen Bart und in der sauberen Kleidung hätte sie ihn fast nicht mehr erkannt. Erst sah er sie fragend an, doch nach einem kurzen Moment erkannte auch er sie, lächelte und meinte: »So trifft man sich also wieder.«

Diana warf Dorothy einen Blick zu. Sie hatte nun ein Lächeln aufgesetzt, als wäre sie entzückt darüber, dass Travis noch rechtzeitig eingetroffen war, um ihren Gast kennenzulernen. Dieser bemerkenswerte Theaterauftritt übertraf bei Weitem alles, was Diana bislang erlebt hatte.

Travis reichte ihr die Hand. »Travis Martell.«

Diana, die nicht wusste, was sie machen sollte, tat es ihm gleich und stellte sich ebenfalls vor. »Diana Winchester.«

»Ms Winchester war gerade am Gehen«, erklärte Dorothy. »Sie ist bereits für ihren nächsten Termin zu spät dran.«

»Ich möchte Sie nicht aufhalten«, erwiderte Travis.

Diana wandte sich nochmals an Dorothy. »Nicht vergessen, ich wohne im *Manderly Inn*. Ich würde mich freuen, von Ihnen zu hören.« Und dann meinte sie zu Travis: »Vielleicht laufen wir uns in der Stadt wieder einmal über den Weg.« Sie hatte es noch mal versucht, wusste aber auch, dass Dorothy sich nur dann melden würde, wenn irgendetwas oder irgendjemand sie dazu zwang.

Travis musterte Diana für eine Weile. »Ich werde nach Ihnen Ausschau halten.« Er brachte sie bis zur Tür und blieb auf der Veranda stehen, bis sie weggefahren war.

Dorothy gesellte sich zu ihm. »Du hast mich gesucht?«

»Wer ist sie?«

»Hast du nicht soeben gesagt, dass ihr euch bereits begegnet seid?«, meinte sie ausweichend.

»Kennenlernen kann man nicht gerade dazu sagen. Wir sind uns heute morgen bei Rosy's gegenübergesessen.«

»Sie ist eine schöne, junge Frau. Kein Wunder, dass du dich an sie erinnerst.«

»Also, wer ist sie?«, wiederholte Travis seine Frage.

»Ach, nur jemand von denen, die dir was verkaufen wollen.«

»Seit wann lässt du irgendwelche Vertreter hierherkommen? Ich habe eigentlich gedacht, es gehört zu deinen strikten, unumstößlichen Regeln, sich mit ihnen in der Stadt zu treffen.« Travis kannte seine Mutter viel zu gut, um den angestrengten Tonfall in ihrer Stimme zu überhören.

»Sie wird nur ein paar Tage hier sein, deshalb habe ich eine Ausnahme gemacht. Aber ich bezweifle entschieden, ob ich mich darauf noch einmal einlassen werde.«

Sie hakte sich bei ihm unter. »Nun komm schon endlich rein, damit ich dir einen Drink anbieten kann.«

»Was wollte sie dir verkaufen?«

Sie klammerte sich an seinen Arm und führte ihn ins Haus zurück. »Das ist doch nicht wichtig.«

»Komm schon.« Er merkte, dass sie irgendetwas bedrückte, was sie ihm nicht sagen wollte.

»Nur irgendein neues Fabrikat für Angelzubehör.«

Inzwischen hatte ihre Stimme eine gewisse Schärfe angenommen, die eine eindeutige Warnung an ihn war, nicht noch länger darauf herumzureiten. Doch Travis ignorierte es, wie er es sein Leben lang getan hatte. »Findest du es nicht merkwürdig, dass sie nicht ein paar Muster zur Ansicht oder wenigstens einen Katalog bei sich hatte?«

»Warum machst du denn so einen Wind um die ganze Sache?«

»Keine Ahnung«, erwiderte Travis. »Und wieso machst du es?«

»Möchtest du jetzt etwas trinken oder nicht?«, fauchte sie ihn irritiert an.

»Zuerst einmal möchte ich, dass du mir erzählst, was dich bedrückt.«

»Nichts.« Dann fuhr sie mit wesentlich ruhigerer Stimme fort: »Entschuldige, ich habe das nicht so gemeint. Aber schließlich hast du damals eine derartig große Sache daraus gemacht, als du hier ausgezogen bist, weil du unbedingt deine Privatsphäre brauchtest. Und trotzdem gestehst du es mir nicht zu, dass auch ich eine habe.«

Danach war Travis noch mehr als zuvor davon überzeugt, dass irgendetwas vor sich ging. Seine Mutter verlor nur sehr selten ihre Selbstbeherrschung. »Und dieses ganze Theater nur wegen einer Frau, die hierhergekommen ist, um dir irgendeine Ausrüstung zum Angeln zu verkaufen?«

Dorothy stand vollkommen regungslos da, schloss die Augen, atmete tief und ruhig durch. Kurz darauf begann sie zu lächeln.

»Diana Winchester ist eine sehr impertinente junge Person, und ich möchte am liebsten sofort vergessen, dass ich sie je kennengelernt habe. Ihrer Meinung nach kann man in einer Männerwelt wohl nur bestehen, wenn man die Konkurrenz in Grund und Boden redet, über sie herzieht und Schläge austeilt.« Dabei schüttelte sie sich, als müsste sie die Erinnerung an diese Begegnung ganz schnell loswerden. »Siehst du denn nicht, wie sehr ich mich bereits aufrege, wenn ich nur über sie spreche?«

»Wirst du dich bei ihrer Firma über sie beschweren?«

»Selbstverständlich. Schließlich ist es doch wichtig, dass sie wissen, wer sie da draußen repräsentiert.«

»Vielleicht solltest du mit Sharon über sie reden.« Er versuchte nur herauszufinden, wie weit sie tatsächlich gehen würde.

»Ja ... das ist eine gute Idee.«

Er hörte, wie der Traktor ansprang, und dabei fiel ihm ein, wieso er eigentlich hierhergekommen war. »Dad meinte, du solltest mit diesem Mann sprechen, bevor er wieder abfliegt.«

»Wieso? Soweit ich verstanden habe, ist er nur ein Mechaniker.«

»Er hat etwas von einer Versicherungspolice mit einer Reparaturgarantie mit langem Zeitlauf erwähnt, an der du vielleicht interessiert sein könntest.«

»Du kannst deinem Vater sagen, dass das Einzige, was mich interessiert, ein Traktor ist, der nicht nur zwei Wochen im Monat funktioniert.«

Dorothy kümmerte sich um alle finanziellen Angelegenheiten, die die Ranch betrafen, und Gus kümmerte sich um den Rest. Aber sie lagen sich dabei ständig über irgendetwas in den Haaren. Jahrelang hatte Dorothy, wenn sie dachte, sie könnte damit ihr Ziel erreichen, bei jeder Gelegenheit versucht, Travis mit hineinzuziehen. Sobald er erkannt hatte, was sie damit bezweckte, hatte er sich geweigert, sich weiterhin von ihr in diese Position hineinmanövrieren zu lassen. »Das musst du ihm schon selber sagen. Ich muss jetzt wieder in die Stadt zurück.«

»Du weißt, wie verärgert dein Vater sein kann, wenn er denkt, dass ich mit einem seiner Geschäftspartner unfair umgehe. Wenn es nach ihm ginge, dann würden die uns alle glatt in Grund und Boden stampfen.« Sie war nun richtig in Fahrt gekommen und hatte offenbar die Begegnung mit Diana Winchester schon wieder vollkommen vergessen. »Was glaubst du wohl, wer es geschafft hat, dass diese Firma überhaupt zustimmte, dass ein Mechaniker hierherfliegt? Aber du wirst doch wohl nicht im Ernst glauben, dass ich dafür auch nur ein Wort des Dankes bekommen werde, wenn dein Vater damit prahlt, was er für eine Sonderbehandlung bekommen hat? Ich wette, dass er schon morgen selbst davon überzeugt ist, dass die ganze Sache seine eigene Idee war.«

Travis konnte das nicht bestreiten. Er hatte einer Menge dieser geselligen Männerrunden seines Vaters mit seinen Kumpanen beigewohnt. Wenn es darum ging, die Leistungen anderer anzuerkennen, dann waren sie alle die gleichen Versager. »Ist es denn wirklich so wichtig, wer die Idee dazu hatte?«

»Warum hältst du eigentlich immer nur zu ihm?«

Travis stöhnte auf. Es war immer wieder die alte Leier.

»Ich muss jetzt wirklich los. Sei doch bitte so nett und sag Dad, dass er in meinem Büro kurz vorbeischauen soll, nachdem er den Mechaniker zum Flughafen gebracht hat. Er meinte, er würde sich mal die neuen Sättel ansehen wollen, die letzte Woche geliefert wurden. Ich möchte nicht noch mehr von denen bunkern, falls ich sie dann wieder zurückschicken muss.«

»Ich habe gedacht, dass du im nächsten Jahr keine Wanderreittouren mehr machen willst.« Sie folgte ihm auf die Veranda hinaus.

»Wollte ich auch nicht, aber dann haben wir plötzlich so viele Vorbestellungen bekommen, dass ich beschlossen habe, sie für eine weitere Saison ins Programm aufzunehmen.«

»Wäre es denn nicht eine bessere Idee, erst dann neue Sättel zu kaufen, wenn du dir darüber absolut sicher bist?«

»Wahrscheinlich, aber genau das werde ich eben nicht tun.«

Trotz vieler Versuche war es Travis bis heute nicht gelungen, seiner Mutter klarzumachen, dass er keine unerwünschte Hilfe oder Ratschläge haben wollte, wenn es um seine Firma ging. Falls irgendwelche Fehlentscheidungen getroffen wurden, dann wollte er zumindest sicher sein, dass er sie getroffen hatte. Und falls er Erfolg hatte, dann wollte er sicher sein, dass er ihn nur seinen Anstrengungen zu verdanken hatte. Glücklicherweise gehörte er zu den Menschen, die bereit waren, beides zu akzeptieren.

»Wenn du wirklich glaubst, dass es nötig ist, dir eine neue Ausrüstung anzuschaffen, dann könntest du sie doch sehr viel billiger ausleihen, statt ...«

»Lass es gut sein, Mom.« Travis beugte sich nach vorne

und gab ihr einen flüchtigen Kuss auf die Wange. Er hatte bereits die Hälfte der Treppe hinter sich, als ihm wieder einfiel, dass er noch aus einem ganz anderen Grund hergekommen war. »Lass bloß nicht zu, dass Dad die ganze Heuernte alleine macht. Ich werde jemand herschicken, der ihm dabei hilft.«

»Du weißt, dass er in diesen Dingen überhaupt nicht auf mich hört.«

»Bitte, versuch es wenigstens, ja? Aber vor Mittwoch schaffe ich es einfach nicht, einen Helfer herzuschicken.«

Mit einer hilflosen Geste breitete sie ihre Arme weit aus. »Ich versuche mein Bestes.«

Travis hatte es so eilig, wegzukommen, dass er die beiden letzten Stufen einfach übersprang. Erst als er bei der Hauptstraße angekommen war, wanderten seine Gedanken zu Diana Winchester zurück. Er war schon geneigt gewesen, ihre zweite Begegnung als einen reinen Zufall abzutun, aber er hatte noch nie an Zufälle geglaubt. Schon gar nicht, wenn es um Dinge ging, die etwas mit seiner Mutter zu tun hatten.

Und ganz bestimmt ging da irgendetwas vor sich. Wenn er nicht so verdammt viel zu tun hätte, dann würde er glatt in die Versuchung kommen, gewisse Nachforschungen anzustellen.

Bei diesem Gedanken hielt er plötzlich inne. Welches Recht hatte er eigentlich, in den Angelegenheiten seiner Mutter herumzuschnüffeln? Vielleicht war er ihr doch sehr viel ähnlicher, als er angenommen hatte. Und dieser Gedanke stimmte ihn nicht gerade froh.

13

Sechsundzwanzig Jahre waren vergangen, ohne dass sie jemals eine einzige Nachricht bekommen hatte. Und nun, auf einmal, war ganz ohne jegliche Vorwarnung das Unvorstellbare eingetreten. Dorothy ließ sich schwer in ihren Stuhl zurückfallen, stützte die Ellbogen auf den Schreibtisch und verbarg das Gesicht in ihren Händen.

Sie konnte sich nicht daran erinnern, jemals so wütend gewesen zu sein – und so voller Angst dazu. Verdammt noch mal, wenn sie es wirklich gewollt hätte, dass dieses Mädchen zu einem Teil ihres Lebens werden sollte, dann hätte sie es doch niemals zur Adoption freigegeben. Mit welchem Recht erlaubte sich diese Diana Winchester eigentlich, nach so vielen Jahren hier einfach hereinzuspazieren, um sich für Amy einzusetzen?

Ständig konnte man irgendwelche Artikel lesen, in denen es um die Rechte von Adoptivkindern ging. Aber was war denn mit den Rechten der leiblichen Mütter? In den Adoptionspapieren, die sie unterschrieben hatte, war nichts darüber vermerkt gewesen, dass es für das Kind die Möglichkeit geben würde, eines Tages nach ihr zu suchen und damit ihr Leben zu ruinieren. Das war sehr ungerecht, und sie hatte nicht vor, sich das gefallen zu lassen.

Doch was konnte sie dagegen tun? Eines war klar, sie hatte es bis jetzt vollkommen verkehrt angepackt. Sie hätte auf gar keinen Fall die Beherrschung verlieren dürfen, das war einfach nur dumm und zudem gefährlich. Denn wenn man einen Menschen, der mit aller Entschlossenheit ein Ziel verfolgte, mit Drohungen einschüchterte, würde dieser zurückschlagen. Diana Winchester gehörte wahrscheinlich nicht zu den klügsten und gerissensten Menschen, die Dorothy bislang kennengelernt hatte, aber ihre Entschlossenheit war unbestreitbar.

Dorothy war durchaus auf die Möglichkeit gefasst gewesen, dass das Mädchen, wenn es einmal achtzehn oder einundzwanzig Jahre alt war, herauszufinden wünschte, wer seine leibliche Mutter war. Aber diese kritischen Jahre waren ohne irgendeinen Kontaktversuch verstrichen. Und danach war es Dorothy endlich gelungen, mit diesem quälenden Problem für immer abzuschließen. Bis urplötzlich diese Person bei ihr aufgetaucht war.

Dorothy fragte sich, ob sie denn mit dieser Amy überhaupt umgehen könnte, denn auf das normale Verhältnis, das zwischen Mutter und Kind bestand, konnte sie sich ja kaum berufen. Wenn sie sich in Gedanken irgendeine Erklärung zurechtlegte, dann hatte sie dabei stets auf die Blutsbande gesehen. Sie hatte Überlegungen angestellt, mit denen sie ihre Tochter überzeugen könnte, dass es aus reiner Liebe geschehen war, als sie sie weggegeben hatte. Und dass es folglich auch für Amy ein Akt der Liebe wäre, wenn sie nicht versuchen würde, sich in das Leben ihrer Mutter einzumischen. Doch diese Argumentation würde ihr Diana Winchester nicht einmal eine Minute lang abnehmen.

Dorothy war klar, dass sie sich einen anderen Plan zurechtlegen musste. Und sie musste zudem sehr schnell handeln, weil sie sonst womöglich alles, was sie erreicht und wofür sie so hart gearbeitet hatte, verlieren würde.

Und an allererster Stelle stand, dass sie unbedingt verhindern musste, dass sich Travis und diese Frau noch einmal über den Weg liefen. Als seine Schwester geboren wurde, war er fünf Jahre alt gewesen, und somit alt genug, um sich an gewisse Kleinigkeiten zu erinnern, die nicht mit der Geschichte übereinstimmten, die sie später allen aufgetischt hatte. Sie durfte auf gar keinen Fall das Risiko eingehen, dass diese Erinnerungen in ihm wieder hochkamen und ihn dazu veranlassen würden, Fragen zu stellen, die Dorothy ihm nicht beantworten konnte.

Doch erst einmal musste sie so tun, als wäre überhaupt nichts geschehen, und sich weiterhin ganz normal verhalten. Und das hieß, dass sie nach draußen gehen musste, um mit Gus zu reden.

Sie fand ihn bei dem Mechaniker in der Scheune vor. »Travis meinte, dass du mit mir reden willst.«

August Martell war gerade dabei, seinem Besucher den antiken John-Deere-Traktor vorzuführen, der inzwischen sehr wertvoll war. Obwohl Gus um Zentimeter geschrumpft war, weil er sich nach seiner Rückkehr aus dem Vietnamkrieg mehreren Wirbelkörperfusionen hatte unterziehen müssen, war er immer noch in der Lage, über den Traktor hinwegzublicken, sodass er mit Dorothy reden konnte.

»Alles ist inzwischen geregelt. Ich habe Walter hier gesagt, er soll den Leuten von der Versicherung mitteilen, dass sie uns die Papiere zuschicken, sobald er wieder in seinem Büro zurück ist.«

Dorothy wurde böse. Schließlich war es ihre Aufgabe, sich um solche Dinge zu kümmern. Sie zog Gus nur dann zurate, wenn es nötig war. Ansonsten fällte sie alle notwendigen Entscheidungen alleine, wenn es um die Belange der Ranch und um ihre privaten Wirtschaftsgüter ging. Da Judy und Faith immer noch das College besuchten und Martell Outfitters inzwischen ein unabhängiges Unternehmen war, hatte es so manchen Monat gegeben, in dem sie ihre Ersparnisse beleihen musste, um die Kosten für die Ranch und für die Lohnliste aufzubringen. Gus hatte keine Ahnung, wie viel sie jährlich allein für den Dieselkraftstoff bezahlen mussten, und schon gleich gar nicht, was es für sie bedeutete, eine weitere Versicherungspolice im Budget unterzubringen.

»Das ist ja prima, mein Lieber«, meinte sie, »sobald sie da sind, werde ich sie überprüfen.« Sie würde sie nicht nur überprüfen, sondern danach auch entsprechend zurechtstutzen.

Gus gab ihr zu verstehen, dass sie etwas näher kommen sollte. »Ich habe Walt gerade unsere Sammlung gezeigt. Offenbar ist er der Meinung, dass wir hier ein paar ziemlich wertvolle Teile herumstehen haben.«

»Ich habe etliche dieser Farmauktionen besucht«, erklärte Walt. »Es ist unglaublich, was Sammler für manche dieser Sachen hinblättern.«

Dorothy überspielte ihre Wut mit einem Lächeln. »Das meiste, was hier herumsteht, hat unsere Familie früher völlig neu erstanden, und seitdem ist es auch in ihrem Besitz. Ich bin mir sicher, dass Gus Ihnen erzählt hat, dass diese Ranch seit vier Generationen der Martell-Familie gehört.« Falls ihm Gus das nicht erzählt haben sollte, wäre er wohl der Erste, der diese Geschichte nicht zu hören bekommen hatte. Gus prahlte mit seiner Familie jedem gegenüber, der es hören wollte. Offenbar dachte er tatsächlich, dass das alle Welt interessierte.

»Ja, genau das hat Gus mir bereits erzählt.«

»Bedauerlicherweise werde ich wohl der Letzte in der Reihe sein«, erklärte Gus. Er legte seinen Arm um Dorothy und drückte ihre Schultern. »Es sei denn, wir schaffen es, eine unserer Töchter davon zu überzeugen, dass sie nach uns die Ranch übernimmt oder einen Mann heiratet, der Interesse daran hat, sich um eine Ranch zu kümmern.«

»Ich habe den Gedanken immer noch nicht aufgegeben, dass Travis sie übernimmt«, erklärte Dorothy. »Hin und wieder hat es den Anschein, als könnte er sich mit diesem Gedanken anfreunden.«

»Ich glaube, da bildest du dir etwas ein«, antwortete Gus. »Aber ich will dir diese Illusion nicht rauben. Wenn es mit mir mal zu Ende geht, wäre ich bestimmt der glücklichste Mann auf Erden, wenn ich wüsste, dass Travis meinen Platz einnehmen will.«

»Manchmal müssen die Kinder einfach mal eine Weile fern der Heimat leben, um zu erkennen, wie gut sie es eigentlich zu Hause haben«, gab Walt von sich. »Ich habe das sehr oft erlebt. Es gibt nichts, was die Familie ersetzen könnte. Ganz egal, wie verlockend es auf der anderen Seite des Zaunes zu sein scheint, sobald sie einmal auf der anderen Seite eine Weile gegrast haben, merken sie, dass dort auch nichts anderes als Gras wächst, nur eben hinter so einem neumodischen Stacheldraht.«

In Gedanken spann Dorothy Walts simple Wald-und-Wiesen-Philosphie noch ein bisschen weiter. Bei dem Gedanken, wie schnell es passieren könnte, dass man ihr alles wegnehmen würde, was sie so sehr liebte, überkam sie eine Welle der Furcht, bei der ihr ganz übel wurde. Sie musste Diana Winchester unbedingt loswerden, und sie durfte damit keine Minute länger warten.

»Ich muss ein paar Dinge in der Stadt erledigen«, erklärte sie Gus. »Möchtest du noch immer bei Sidney's vorbeischauen?«

»Ich werde erst später in die Stadt fahren, um Walt am Flughafen abzusetzen. Was hältst du davon, wenn wir uns in der Stadt treffen? Wir könnten irgendwo etwas essen gehen und uns danach einen Film ansehen.«

Sie wollte auf gar keinen Fall, dass er auch nur in die Nähe der Stadt kam, solange Diana Winchester noch dort weilte. Aber ganz bestimmt würde er ihr irgendwelche Fragen stellen, wenn sie seinen Vorschlag ablehnte. »Wir treffen uns im Laden. Vielleicht können wir Sharon und David dazu überreden, sich uns anzuschließen.« Dorothy setzte darauf, dass sie im Kreis mehrerer Menschen sicher war und dass Diana Winchester nicht zu denen gehörte, die in aller Öffentlichkeit eine Szene machen.

»Klingt meiner Meinung nach gut.« Er entließ sie wieder aus seinem Arm. »Wie wäre es, wenn du auch Travis überreden könntest, mit uns zu kommen? Für einen Familienabend, an dem wir alle gemeinsam ausgehen? Seit die Mädchen zu ihrer Reise aufgebrochen sind, haben wir so etwas nicht mehr gemacht.«

Dorothy wandte sich an Walt. »Sie können gerne mitkommen, wenn Sie ...«

»Ich weiß die Einladung zu schätzen, aber mein Flieger geht um sechzehn Uhr.«

Dorothy musterte verstohlen seine Hände, bevor sie ihm ihre entgegenstreckte. Für einen Mechaniker waren sie überraschend sauber. »War nett, Sie kennenzulernen, Walt.«

»Danke schön, für mich auch.«

Eine Dreiviertelstunde später führte Dorothy eine Diskussion mit dem Angestellten, der an der Rezeption des *Manderly Inn* stand.

»Es tut mir wirklich leid, Ms Martell, aber ich darf Ihnen unter gar keinen Umständen die Zimmernummer von Miss Winchester geben. Ich stelle Sie sehr gerne über das Haustelefon zu ihr durch, doch zu mehr bin ich nicht befugt.«

»Wo ist das Telefon?«

»Dort drüben.« Er deutete auf einen Tisch unter einem präparierten Elchkopf.

Der Telefonist wählte Dianas Zimmernummer an, aber keiner antwortete. Als sie bereits das Hotel verlassen wollte, rief ihr der Angestellte nach. »Möchten Sie vielleicht, dass ich ihr eine Nachricht hinterlasse?«

Auf wundersame Weise gelang es ihr, ein freundliches Lächeln hervorzuzaubern. Sie wollte nicht, dass er den Eindruck gewann, ihr Besuch dort sei von besonderer Wichtigkeit gewesen. »Das ist nicht nötig. Ich werde mich später wieder melden.«

Travis fuhr genau in dem Moment am Hotel vorbei, als seine Mutter es verließ. Er winkte ihr zu, doch sie war so in Gedanken versunken, dass sie ihn nicht bemerkte. Als er an der Ampel warten musste, warf er einen Blick in den Rückspiegel und sah, wie sie rasch den Parkplatz überquerte und in ihr Auto stieg. Sie hatte es offenbar eilig, wegzukommen, denn sie fuhr so hart über die Bordsteinkante, dass sich die Vorderfront ihres Wagens kurz in der Luft aufbäumte.

Was um alles in der Welt hatte seine Mutter im *Manderly* zu suchen?

Doch kaum, dass er sich diese Frage gestellt hatte, wusste er auch schon die Antwort darauf. Die Frau, die er heute Morgen im Haus angetroffen hatte, hatte erwähnt, dass sie dort wohnen würde. Ihm war nicht wohl bei dem Gedanken, dass hier ein Zusammenhang bestehen sollte. Soweit er sich entsinnen konnte, war es bislang noch keinem Menschen gelungen, dass sich Dorothy Martell in ihrem eigenen Zuhause nicht mehr wohlgefühlt hatte. Zumindest nicht, bis Diana Winchester aufgetaucht war. Irgendetwas spielte sich da ab, und seine Mutter wollte nicht, dass er davon erfuhr. Geheimnisse waren innerhalb seiner Familie praktisch so gut wie unbekannt, weil es ohnehin keinem gelang, sie zu vertuschen, und folglich auch selten einer auf die Idee kam, das zu versuchen.

Er warf einen Blick auf die Uhr auf seinem Armaturenbrett. In einer Stunde sollte er sich mit einer Gruppe von Trekkingtouristen treffen, die von ihrer Wanderung zurückkamen, um mit ihnen im Bus zum Hauptbüro zurückzufahren. Dieser Service war für ihn eine reine Gefälligkeit, aber auch eine Möglichkeit, herauszufinden, was seinen Kunden bei ihrer Tour am besten gefallen hatte und welche Verbesserungsvorschläge sie für das nächste Mal machen würden. Travis war absolut davon überzeugt, dass neben allem anderen, was er sonst für seine Kundschaft tun konnte, seine Gewohnheit, ihnen einfach zuzuhören, ihm Empfehlungen und neue Kunden einbrachte. Denn immerhin war es TMO in sieben Jahren mit den organisierten Führungen gelungen, zum Marktführer in Jackson zu werden.

Hinter sich hörte er lautes Hupen. Er blickte hoch und bemerkte, dass die Ampel auf Grün geschaltet hatte. Er gab den anderen Fahrern mit einem kurzen Winken zu verstehen, dass er vorhatte, die Kreuzung zu überqueren. Doch auf halber Strecke überlegte er es sich anders und bog nach links ab. Dieses Manöver brachte ihm ein weiteres Hupkonzert ein.

Er griff zum Autotelefon, rief im Büro an und arrangierte, dass diesmal an seiner Stelle jemand anders die Trekker in Empfang nehmen würde. Nachdem er drei weitere Male nach links abgebogen war, stand er wieder vor dem *Manderly*.

Diana beugte sich nach vorn, legte ihre Hände auf die Knie und sog die Luft so tief ein, als wäre sie der Schlüssel zum Königreich und sie kurz davor, ihre persönliche Niederlage einzugestehen. Obwohl sie sich eigentlich inständig wünschte, es würde eine freundliche Seele vorbeikommen, um sie zu erlösen, wäre es ganz bestimmt sehr demütigend gewesen, wenn jemand sie in dieser Verfassung gesehen hätte.

Sie wusste selbst nicht mehr so genau, was sie auf den Gedanken gebracht hatte, dass es eine gute Idee sein könnte, auf 1829 Meter Höhe zum Joggen zu gehen, um sich den Frust aus dem Leibe zu laufen. Während der ersten Kilometer war sie in Gedanken so sehr mit Dorothy Martell beschäftigt, dass sie gar nicht gemerkt hatte, was in ihrem Körper vorging. Erst als kleine schwarze Punkte vor ihren Augen zu tanzen begannen und sich ihr Kopf anfühlte, als dröhne darin eine Marschkapelle, war ihr plötzlich zu Bewusstsein gekommen, dass sie ihr Tempo drosseln musste.

Vielleicht hatte es ja auch etwas Gutes, wenn sie sich auf diese Weise körperlich völlig schachmatt setzte. Denn einfach nur abzuwarten, hatte noch nie zu ihren Stärken gehört. Doch in diesem Zustand würde sie ganz bestimmt nicht auf die Idee kommen, abermals zur Martell-Ranch hinauszufahren, um sich eine weitere sinnlose Begegnung mit Amys Mutter anzutun.

Dianas gesundem Menschenverstand nach war es sowieso jetzt Dorothy, die ihr entgegenkommen musste, falls sie tatsächlich ein weiteres Treffen wünschte. Und sie zu einer Entscheidung zu drängen, wäre sicher ein großer Fehler. Denn Amys Mutter hatte wohl eine Menge Dinge, über die sie erst einmal nachdenken musste, und dazu gehörte auch die Frage, wie sie diese Neuigkeit ihrer Familie beibringen sollte.

Mittlerweile war eine gewisse Zeit vergangen, und Diana gelang es, die Begegnung mit Dorothy viel distanzierter zu betrachten. Und damit war sie auch längst nicht mehr so verärgert über Dorothys Reaktion wie anfangs.

Beurteilte man Dorothy zum Beispiel nur nach ihren Reaktionen und nicht nach ihren Worten, dann war sie wahrscheinlich gar nicht diese alte Vettel, für die man sie halten konnte. Es war nicht zu übersehen, dass ihr Mutterinstinkt stark ausgeprägt war. Sie hatte neben Amy vier weitere Kinder geboren, zwei davon, nachdem sie Amy zur Adoption freigegeben hatte.

Endlich kam das Hotel in Sicht. Allein die Vorstellung, dass sie gleich in eine Badewanne mit heißem Wasser sinken würde, stachelte sie an, auch noch die letzten hundert Meter durchzuhalten. Sie hatte es bereits bis zum Parkplatz geschafft, als sie aus ihren Augenwinkeln heraus wahrnahm, dass sich ihr jemand aus der entgegengesetzten Richtung näherte. Es handelte sich um einen Mann ... um einen hochgewachsenen Mann ... der ein grünes Baumwollhemd und Jeans trug. Sie stöhnte gequält auf.

Was war das bloß für eine Geschichte mit ihr und diesem Travis Martell? War es möglich, dass ein Geheimplan existierte, der vorschrieb, dass sie sich aufgrund irgendeiner Vorbestimmung täglich mehrmals über den Weg laufen mussten?

Travis erreichte als Erster die Tür. Er hielt sie lächelnd für sie auf. »Genau nach Ihnen habe ich gesucht.«

Sie warf einen Blick über die Schulter. »Meinen Sie mich damit?« Es war ihr überhaupt nicht in den Sinn gekommen, dass er absichtlich ein Treffen mit ihr geplant hatte. Sie schob eine Haarsträhne zurück, die sich aus ihrem Pferdeschwanz gelöst hatte.

»Ich hatte gehofft, dass Sie vielleicht ein paar Minuten Zeit haben würden, mir diese neue Kollektion für Angelzubehör zu zeigen, die Ihre Firma anbietet.«

Die Sache mit dem Angelzubehör musste von seiner Mutter stammen, mit der sie offenbar Dianas Anwesenheit an diesem Morgen auf der Ranch erklärt hatte. Doch ohne weitere Informationen traute sie sich nicht, seine Frage zu beantworten. »Gott, würde es Ihnen etwas ausmachen, wenn wir das in einer Stunde machen könnten?« Sie zog am Saum ihres durchgeschwitzten T-Shirts. »Wie Sie sehen, bin ich darauf absolut nicht eingestellt.«

»Kein Problem.«

Sie lächelte und machte sich daran, an ihm vorbeizugehen.

»Ich meinte damit, dass Sie sich nicht meinetwegen in Schale werfen müssen. Für mich geht das in Ordnung, so wie Sie sind.«

Er wusste ganz genau, dass ihr Aufenthalt in Jackson absolut nichts mit irgendeiner neuen Kollektion für Fischereizubehör zu tun hatte.

»Was wollen Sie wirklich, Mr Martell?«

»Travis – bitte.«

»Nun?«

»Können wir vielleicht irgendwo anders darüber reden?«

»Ich möchte nicht ...« Doch was würde sie damit schon groß gewinnen, wenn sie ihn abwimmelte? Früher oder später würde er ohnehin herausfinden, was der eigentliche Anlass ihres Aufenthaltes war. »Also gut. Aber ich hätte trotzdem gern die Möglichkeit, mich erst einmal frisch zu machen.«

»Wie lange brauchen Sie dafür?«

Aus irgendeinem Grund bekam sie sowohl seine Frage als auch die herablassende Art, mit der er sie gestellt hatte, in den falschen Hals. »Sie haben doch vier Schwestern. Dann raten Sie mal.«

»Ich habe drei Schwestern.«

Der Lapsus war ihr vollkommen selbstverständlich unterlaufen. Sie merkte, wie sie ein kleiner böser Kobold auf ihrer Zunge kitzelte und in Versuchung brachte, seinen Fehler zu korrigieren. »Geben Sie mir eine halbe Stunde.«

»Ich werde hier in der Lobby auf Sie warten.«

Was glaubte er denn, was sie vorhatte? Durch die Hintertür zu verschwinden? »Sie haben doch bestimmt etwas Besseres mit Ihrer Zeit zu tun.«

»Aber nichts, was ich in einer halben Stunde erledigen könnte.«

»Dann machen Sie es sich mal bequem.« Sie verließ ihn zwar mit dem Vorsatz, sich nicht besonders zu beeilen, kehrte aber dennoch nach zwanzig Minuten wieder zurück.

Er erhob sich, als er sah, dass sie den Aufzug verließ.

»Sie haben sich ja richtig fein gemacht«, meinte er in einem gedehnten Singsang.

Sie hatte ihre marineblauen Hosen aus Seidengemisch und das Jackett angezogen, die ihr Amy zu Weihnachten geschenkt hatte. »Vielen Dank, aber Sie auch.«

»Dann lag es also an mir, dass Sie heute Morgen das Lokal so eilig verlassen haben?«

»Ich weiß nicht, was Sie meinen.« Der Träger ihrer Tasche rutschte ihr von der Schulter, und sie rückte ihn wieder zurecht.

»Sie sind dermaßen überstürzt aufgebrochen, dass ich davon ausgehen musste, dass ich Sie entweder mit meinem Aussehen vertrieben habe oder mit meinem Geruch.« Mit einem ungezwungenen Lächeln nahm er seinen Worten die Schärfe. »Wahrscheinlich kam da das eine zum anderen, und das war wohl zu viel.«

Ihr wurde plötzlich bewusst, dass sie diesen Mann mögen könnte und dass auch Amy ihn mögen könnte. »Helden genießen in dieser Hinsicht jede Menge Freiheiten«, meinte sie neckisch.

Er runzelte die Stirn. »Ich bin kein Held.«

»Und wie würden Sie jemanden bezeichnen, der eine ganze Woche investiert, um nach einem vermissten Wanderer zu suchen?«

»So was passiert hier doch ständig. Und so was zu machen, ist das Normalste der Welt.«

Stuart hätte an seiner Stelle ganz bestimmt sofort eine Anzeige in den Zeitungen geschaltet, um sich damit zu brüsten. »Sie meinten, dass Sie mit mir etwas besprechen wollten.«

»Haben Sie schon zu Mittag gegessen?«

»Ja, aber ich würde mich zu etwas Süßem mit vielen Kalorien verführen lassen.«

»Dann gehören Sie also zu denen, die nur laufen, um dann wieder zu essen?«

Sie musste lachen. »Aus welchem Grund denn sonst?«

Sie gingen zu Fuß zu einem Restaurant, das unweit des Hotels lag. Der Kellner begrüßte Travis mit Namen und schien ehrlich erfreut, ihn wiederzusehen.

»Auf Schokolade stehe ich nicht so«, meinte Travis, als er sich setzte. »Aber ich habe schon erlebt, dass jahrelange Fehden plötzlich ein Ende fanden, nachdem die Leute den Apfelkuchen gegessen haben, den man hier bekommt.«

Diana musterte ihn über ihre Speisekarte hinweg. Er war alles andere als dieser nette, gutmütige Provinzler, der kein Wässerchen trüben konnte. Auch wenn er sich doch sehr um diesen Anschein bemühte, nahm sie ihm das keine Sekunde lang ab. »Haben Sie eigentlich eine gewisse Zeitspanne eingeplant, in der wir uns dieser nichtssagenden

Konversation hingeben, bevor Sie damit rausrücken, was Sie mit mir besprechen wollen?«

Er griff zu seinem Wasserglas, nahm einen Schluck und stellte es dann mit bewusst langsamen Bewegungen wieder auf den Tisch zurück. »Halte ich Sie von irgendetwas ab?«

»Beantworten Sie bitte zuerst meine Frage.«

»Nein ... es gibt keinerlei Zeitbegrenzung. Ich möchte nur gerne so viel wie möglich über Sie erfahren.«

»Wieso?«

»Ich werde immer misstrauisch, wenn Menschen mich belügen.«

Sie legte die Speisekarte auf den Tisch zurück. »Ich habe Sie nicht belogen.«

»Dann eben meine Mutter.«

»Ich habe auch sie nicht belogen«, erwiderte sie vorsichtig. Wie viel wusste er wirklich?

»Falls Sie hier sind, um Angelzubehör zu verkaufen, dann mache ich mich auf der Stelle zum New York City Ballet auf.«

Sie hatte versucht, Dorothy nochmals zu Hause zu erreichen, um herauszufinden, was sie Travis erzählt hatte. Aber Felicia erklärte ihr, dass sie den ganzen Tag über ausgeflogen sei. Folglich musste sich Diana ganz auf sich selbst verlassen. »Ich weiß nicht, wer Ihnen das erzählt hat, aber ...« Nun hatte sie wirklich gelogen. »Doch, ich weiß es sehr wohl. Es kann nur Ihre Mutter gewesen sein.«

»Wollen Sie damit sagen, dass sie da etwas falsch verstanden hat?«

»Ich habe niemals behauptet, dass ich ihr etwas verkaufen wollte.«

»Und was haben Sie ihr dann erzählt?«

»Wieso stellen Sie nicht ihr diese Frage?«

»Weil sie mir niemals erzählen würde, wenn ihr jemand droht. Solche Dinge muss ich schon ganz allein für mich herausfinden.«

»Ihr drohen?« Diana wiederholte seine Worte viel zu laut. Sie sah sich um, ob sie damit die Aufmerksamkeit der Leute auf sich gezogen hatte, bevor sie mit wesentlich leiserer Stimme hinzufügte: »Was hat Sie Ihnen denn bloß über mich erzählt?«

Er zögerte. »Es geht nicht so sehr darum, was sie mir erzählt hat, sondern wie sie es mir erzählt hat. Irgendetwas spielt sich zwischen ihr und Ihnen ab, und ich wüsste gerne, um was es geht.«

Diana schob ihren Stuhl nach hinten und erhob sich. »Ist Ihnen eigentlich niemals in den Sinn gekommen, dass Sie das überhaupt nichts angeht?« Kaum dass sie ihm diese Frage gestellt hatte, wurde ihr klar, dass das nicht stimmte. Amy war Travis' Schwester. Und er hatte sehr wohl das Recht, das auch zu erfahren.

»Setzen Sie sich«, meinte Travis.

»Sagen Sie mir bloß nicht, was ich zu tun habe.«

»Bitte.«

Nachdem sie ihm nun ihre Ansichten unterbreitet hatte, war es nicht sinnvoll, die Sache auf die Spitze zu treiben. Der Kellner kam genau in dem Moment, als sie sich wieder setzte.

»Nun, was hätten Sie denn gern?«, wollte er freundlich wissen.

»Ich nehme den Apfelkuchen und einen Kaffee«, erwiderte Diana.

»Das Ganze zwei Mal«, meinte Travis. Als der Kellner verschwunden war, wollte Travis wissen: »Also, wenn Sie keine Vertreterin sind, was machen Sie denn dann?«

»Ich bin Werbechefin bei Sander's Food.«

»Die Firma für Frühstücksflocken?«

»Unser Angebot ist wesentlich breiter als das, aber die meisten Leute identifizieren uns damit.«

»Und was hat Sander's Food nun mit meiner Mutter zu schaffen?«

»Gar nichts.« Wieso nahm sie Dorothy Martell eigentlich in Schutz? Travis war ein erwachsener Mann. Hatte er denn kein Recht zu erfahren, dass er noch eine weitere Schwester hatte, auch wenn seine Mutter sie nicht anerkennen wollte? »Ich bin aus ganz privaten Gründen hierhergekommen.«

Er antwortete nicht, sondern wartete erst einmal ab, ob sie noch etwas zu sagen hätte.

Sie hatte keine Ahnung, wo sie anfangen sollte. Nachdem sie das Treffen mit Dorothy so gründlich vermasselt hatte, war ihr bewusst, dass es noch andere Wege geben musste, um ihre Informationen, mit denen sie das Leben anderer von Grund auf verändern konnte, zu vermitteln. Sie musste nur herausfinden, wie. »Haben Sie sich eigentlich jemals gefragt, weshalb zwischen der Geburt Ihrer Schwestern Sharon und Faith so viele Jahre liegen?«

Er starrte sie an, als hätte sie ihn soeben gefragt, ob er nicht wüsste, dass der Mond eine optische Täuschung sei. »Hören Sie, ich gehöre nicht zu den Menschen, die sich irgendeiner Sache mit irgendwelchen obskuren Fragen nähern. Warum sagen Sie nicht einfach, was Sie sagen wollen, egal um was es geht?«

Sie nahm ihm das zwar ab, hatte aber dennoch ihre Zweifel, ob er in fünf Minuten noch genauso denken würde. »Sie haben noch eine Schwester.«

»Ich hatte noch eine Schwester, ja. Aber sie ist bei der Geburt gestorben.«

Nun war es wiederum Diana, die verwirrt war. Meinte er damit Amy, oder hatte es noch eine weitere Schwester gegeben? »Wann?«

»Vor sechsundzwanzig Jahren.«

Er meinte also doch Amy. »Sie ist nicht gestorben. Ihre Mutter hat sie zur Adoption freigegeben.«

Travis lehnte sich zurück und stützte seine Hände auf die Stuhllehnen. »Sie reden von Dingen, von denen Sie überhaupt keine Ahnung haben.«

»Ich verstehe ja, wie schwer es für Sie sein muss ...« – »Was ist das eigentlich für eine kriminelle Masche, die Sie da abziehen?«

Sie konnte damit umgehen, dass er davon ausging, es müsse sich bei alldem nur um ein Missverständnis handeln, nicht aber damit, dass er ihr auf Anhieb kriminelle Machenschaften unterstellte. »Wissen Sie, ich bin es allmählich ein bisschen leid. Welchen Grund sollte ich denn haben, hierherzukommen, wenn die Geschichte nicht stimmt? Nehmen Sie allen Ernstes an, dass Ihre Familie ein solcher Gewinn ist, dass jemand auf die Idee kommen könnte, sich eine solche Geschichte aus den Fingern zu saugen, nur um als Mitglied dazuzugehören?«

»Wenn Sie allen Ernstes davon überzeugt sind, wieso der ganze Ärger? Warum fahren Sie dann nicht einfach wieder dahin, wo Sie hergekommen sind, und vergessen das Ganze?«

»Weil das, weshalb ich hierhergekommen bin, viel zu wichtig ist.«

»Also gut, ich hab's kapiert. Wieso ist es denn so wichtig?«

Bevor sie darauf antworten konnte, kam der Kellner mit den Apfelkuchen und ihrem Kaffee zurück. Sie wartete, bis er sich wieder entfernt hatte, und sagte dann: »Amy braucht unbedingt das Gefühl, dass sie zu jemandem gehört.«

Er warf die Arme in die Luft. »Wovon reden Sie überhaupt? Wer ist denn in Gottes Namen diese Amy?«

Wie war sie nur zu der Überzeugung gekommen, dass es eine gute Idee wäre ...

»Amy ist Ihre Schwester.«

»Moment mal, ich dachte ...« Er senkte die Augen, als er seinen Blick auf sie richtete. »Wenn Sie nicht die ... wer sind Sie denn dann?«

»Amy ist meine Adoptivschwester.«

»Und wo soll diese Amy bitte schön geboren worden sein?« – »In Ohio.« – »Wann?«

»Im Juni, und sie wird demnächst sechsundzwanzig.« Bis zu diesem Datum war es nur noch eine Woche, und Diana hatte immer noch nicht überlegt, was sie Amy zum Geburtstag schenken sollte.

»Gott«, stieß er mit einem rauen Flüstern aus, während sich auf seinem Gesicht Betroffenheit zeigte. »Haben Sie ein Foto von ihr?«

»Wie bitte? Mit einem Mal glauben Sie mir? Wieso?«

Travis schluckte sehr fest. »Das kann ich Ihnen nicht sagen, nicht jetzt.«

Diana zögerte. Travis sah so aus, als hätte sie ihm erzählt, dass eine Schwester, von der er annahm, dass sie noch leben würde, gestorben war. Dabei handelte es sich doch um das genaue Gegenteil. Er zeigte nicht den geringsten Anflug von Freude oder gar Hoffnung, dass es tatsächlich stimmen könnte, was Sie ihm erzählt hatte. Stattdessen strahlte er eine Art grimmiger Resignation aus.

Sie griff in ihre Tasche, zog die drei Fotos hervor, die sie bereits am Vormittag Dorothy gezeigt hatte, und reichte sie Travis.

»Das sind die aktuellsten, die ich derzeit besitze. Ich habe auch noch andere bei mir, aber ich denke mal, diese hier reichen aus, damit Sie das herausfinden können, was Ihnen wichtig ist.«

Travis behandelte die Fotos, als würde er hochexplosiven Sprengstoff in der Hand halten. Es vergingen endlose Minuten, in denen er jedes einzelne Foto eingehend studierte. Schließlich meinte er: »Sie sieht traurig aus.«

Diana hatte für ihre Mission ganz bewusst Fotos ausgesucht, auf denen Amy lächelte. »Wieso meinen Sie das?«

»Ich weiß es nicht.« Er dachte noch einmal darüber nach. »Ich vermute mal, weil auch Sharon so lächelt, wenn sie etwas bedrückt.«

»Sie glauben mir also?«, meinte sie vorsichtig.

Mit einem Mal drückte seine ganze körperliche Haltung

aus, dass er der ganzen Sache überdrüssig war. »Ich wünschte mir zum Teufel noch mal, es wäre nicht so.«

Diana hatte das Gefühl, als hätte sie endlich den Gipfel des Berges erklommen. Auch wenn sich der Abstieg danach holprig gestalten könnte, wusste sie zumindest, dass sie nicht noch weitere Gipfel bezwingen musste. »Heißt das, dass Sie mir jetzt auch Ihrer Mutter gegenüber beistehen werden?«

Er gab ihr die Fotos zurück. »Das Einzige, bei dem ich Ihnen beistehen werde, ist, wenn Sie diese Stadt verlassen.«

14

Travis zuckte unter dem enttäuschten Blick zusammen, den ihm Diana zuwarf. Sehr viel leichter konnte er da schon mit der Wut umgehen, die sich kurz danach auf ihrem Gesicht abzeichnete. »Es tut mir leid«, meinte er.

»Was habt ihr denn alle? Sie und Ihre Mutter?« Diana warf ihre Serviette auf den Tisch. »Amy ist Dorothys Tochter. Sie ist Ihre Schwester – genauso, wie es auch Sharon, Judy oder Faith sind. Warum lehnt ihr sie einfach kategorisch ab?«

»Sie machen eine Szene.«

»Sie glauben, ich mache eine Szene? Dann warten Sie einmal ab.«

Travis starrte sie an. »Sie sind ein bisschen zu alt, um gleich einen Koller zu kriegen, nur weil Sie nicht durchsetzen konnten, was Sie wollten.«

»Kommen Sie mir bloß nicht so, Sie gottverdammter ...«

»Hurensohn?«, beendete er ihren Satz. »Unter anderen Umständen wäre ich vermutlich beleidigt.«

Es war, als hätte er mit seinen Worten Wasser in das Feuer gegossen, das in ihr loderte. Sie lehnte sich abermals in ihrem Stuhl zurück. »Wieso?«

Travis fuhr sich mit der Hand übers Gesicht. Er konnte sich nicht erinnern, wann er sich das letzte Mal so müde gefühlt hatte. »Aus unendlich vielen Gründen.«

»Nennen Sie mir einen.«

Sie führten sich auf wie zwei Manager, die versuchten, die besten Bedingungen für ihre Sportler auszuhandeln. Travis würde alles nur Erdenkliche versuchen, um seinen Vater zu schützen, während es Diana ausschließlich um Amy ging.

»Jeder in meiner Familie ... außer meiner Mutter natürlich ... denkt, dass Amy damals gestorben ist. Und das trifft auch auf meinen Vater zu.«

»Das ist lediglich eine Tatsache, aber noch lange kein Grund.«

»Denken Sie doch einmal darüber nach, Diana«, erwiderte er ungeduldig. »Lügen werden doch nur dann verbreitet, weil man entweder jemanden schützen möchte oder etwas zu vertuschen hat. Wenn die Sache herauskommt, wird es meinen Vater am Boden zerstören. Und das darf ich nicht zulassen.«

»Wo war er denn, als Amy geboren wurde?«

»In Vietnam. Es hieß damals, er sei tot.«

Diana riss erstaunt den Mund auf. »Und trotzdem hat ihre Mutter das Baby weggegeben?«

»Ich verstehe das ja selbst nicht.« Die einzige Antwort, die er darauf hatte, war viel zu schrecklich, um sie überhaupt in Betracht zu ziehen. »Vielleicht stand sie unter einem solch immensen Schock, dass sie gar nicht mehr wusste, was sie tat.« Warum versuchte er, eine Ausrede für seine Mutter zu finden, obwohl er sehr genau wusste, dass ihre Entscheidung nicht auf einen Schockzustand zurückzuführen war? Er war erst fünf Jahre alt gewesen, als sie die Nachricht vom Tod seines Vaters erhalten hatten, aber er konnte sich an diesen Tag und die darauffolgenden Monate genauso klar erinnern wie auch an den Tag, an dem sein Vater schließlich doch heimgekehrt war.

Eines Tages stand ein Soldat vor ihrer Tür und teilte seiner Mutter mit, dass man August Martell für tot erklärt hatte, nachdem sein Hubschrauber bei einer Rettungsmission abgeschossen worden war. Noch im darauffolgenden Monat war seine Mutter mit ihm und Sharon zu ihren Eltern nach Ohio gezogen. Seine Großeltern hatten sie aber angefleht, unbedingt auf der Ranch zu bleiben, weil sie den Gedanken nicht ertragen konnten, dass sie nach dem schmerzlichen Verlust ihres eigenen Sohnes auch noch ihre Enkelkinder verlieren sollten.

An dem Tag, an dem seine Mutter mit Wehen in die Klinik eingeliefert worden war, hatte Travis auf der vorderen Veranda gesessen und darauf gewartet, dass sie mit seinem neugeborenen Brüderchen heimkommen würde. Bevor sein Vater gestorben war, hatte sie ihm ein Brüderchen versprochen, und er hatte sich an dieses Versprechen geklammert. Doch dann war sie ganz allein nach Hause zurückgekehrt. Erst Tage später hatte sie ihm gesagt, dass sie ein weiteres Mädchen zur Welt gebracht hätte, das Baby aber gestorben sei, weil es keinen Vater hatte.

Und danach hatte er monatelang schreckliche Angst gehabt, dass auch er bald sterben müsse. Monatelang, bis zu dem Tag, als die Nachricht eintraf, dass sein Vater August Martell doch noch lebte. Der Nachricht nach sollte Gus eine Woche vor Weihnachten wieder nach Hause kommen. Dorothy hatte sie alle in ihr Auto gepackt und war nach Wyoming zurückgefahren. Sie trotzte dabei unterwegs allen Schneestürmen und kämpfte sich durch den Feiertagsverkehr, nur um rechtzeitig auf die Ranch zurückzukommen, damit sie ihren Ehemann willkommen heißen konnte, und um ihm gleichzeitig mitzuteilen, dass sie ihr Baby verloren hatte. Gus hatte sich deswegen große Vorwürfe gemacht und die ganzen Jahre über die Bürde mit sich herumgeschleppt, das sei die Strafe dafür gewesen, weil er nicht früher heimgekehrt war.

»Travis?« Diana griff vorsichtig mit der Hand über den Tisch und berührte ihn sanft.

Er blickte nach unten auf ihre Hand, die auf seiner ruhte. Ihre Finger fühlten sich warm an und überraschenderweise besorgt. Ganz unbewusst registrierte er, dass sie keinen Ring trug.

»Was ist los?«, murmelte er.

»Sie waren auf einmal ganz weit weg.«

»Ich habe mich nur daran erinnert, wie es war, als mein Vater nach Hause kam.«

»War er in Gefangenschaft?«

Wie viel sollte er ihr erzählen? Und was würde das überhaupt ändern? »Er wurde zwar gefangen genommen, aber er konnte entkommen, bevor sie ihn in eines dieser großen Lager stecken konnten.«

»Hat er es geschafft, gleich danach nach Hause zu kommen?«

»Erst nach ein paar Wochen, die er im Lazarett verbracht hatte. Als man ihn gefunden hat, war er in einer ziemlich üblen Verfassung.«

»Meinen Sie nicht, dass auch er sehr gerne erfahren würde, dass Amy lebt?«

»Das würde ihn am Boden zerstören«, erwiderte Travis. »Er würde damit alles verlieren, an was er geglaubt hat.«

»Damit ist also wieder einmal Amy an der Reihe, um für die Fehler der anderen zu büßen. Bei der ganzen Geschichte ist sie die Verliererin ... und dazu noch die einzig Unschuldige. Das ist einfach nicht gerecht.«

»Hat sie denn ein so schlechtes Leben gehabt?«

»Haben Sie zufällig einen dieser Berichte über Kleinkinder gelesen, die sich niemals wirklich entwickeln, weil keiner sie je gestreichelt oder geliebt hat? Stellen Sie sich doch einmal vor, Sie würden ein Leben lang ...« Sie hielt inne, um Atem zu holen, blinzelte mehrmals, versuchte dann weiterzureden und gab es schließlich auf.

Travis wusste nicht, was er dazu sagen sollte. Dorothy war eine sehr fürsorgliche, wenn auch sehr dominante Mutter für alle ihre Kinder gewesen, die sie behalten hatte. Dass er heute ein so zuversichtlicher Mann war, hatte er allein dieser aufrichtigen Liebe zu verdanken, die ihm als Kind zuteil geworden war. »Wurden Sie denn auch so behandelt?«

»Nein, ich war ja das leibliche Kind. Sie haben Amy nur adoptiert, damit ich nicht allein aufwachsen musste.«

Wenn er nicht so verdammt erpicht darauf gewesen wäre, sich einzumischen, statt sich aus der ganzen Sache herauszuhalten, dann befände er sich jetzt nicht in diesem Schlamassel, dachte Travis.

»Ich kann Ihnen nicht helfen, Diana.«

»Können Sie es nicht, oder wollen Sie es nicht?«

»Beides. Damit würde ich meinem Vater etwas antun, was er einfach nicht verdient hat.«

»Aber Amy hat es verdient.«

»Denken Sie doch einmal darüber nach, was Sie da von mir verlangen. Ich kenne Amy doch nicht einmal. Ich liebe meinen Vater. Wieso sollte ich ihn für sie opfern?«

»Und was könnte mich davon abhalten, es ihm selber zu erzählen?«

Er hatte gewusst, dass es darauf hinauslaufen würde, dass sie bis zum Äußersten gehen würde, denn sie war diejenige, die nun die Kontrolle über alles hatte. »Und wie sollte es Amy helfen, wenn sie weiß, dass sie eine ganze Familie zerstören würde, wenn sie plötzlich wieder auftaucht?«

Diana starrte ihn lange und fest an. »Travis, sie stirbt ganz langsam, immer ein Stückchen mehr. Jeden Tag verliert sie ein Stückchen von sich selbst. Und es wird nicht sehr lange dauern, bis gar nichts mehr von ihr übrig ist.«

Ohne ein weiteres Wort zu sagen, erhob sie sich und verließ das Lokal.

Travis fühlte sich, als hätte sie ihm einen Schlag in die Magengrube verpasst. Und dennoch lief er ihr nicht nach, weil er es einfach nicht konnte.

Aber es gab da eine Sache, die er für seine Schwester tun konnte, die er niemals kennenlernen würde. Sie hatte ein Recht zu erfahren, weshalb man sie zur Adoption freigegeben hatte.

Er bezahlte die Rechnung für die beiden Kuchen, die weder er noch Diana angerührt hatte, stieg in seinen Pick-up und machte sich zum Laden auf. Unterwegs versuchte er, seine Mutter über das Autotelefon auf der Ranch zu erreichen, aber sie war nicht daheim. Und im Laden war sie auch nicht. Sharon erzählte ihm, dass sie kurz zuvor auf einen Sprung vorbeigekommen sei, um sie und Davis zum Abendessen einzuladen, aber sie hätten bereits eine andere Verabredung für den Abend.

Travis fuhr eine weitere Stunde durch die Stadt und versuchte zum allerletzten Mal per Telefon, jemanden auf der Ranch zu erreichen, bis er es schließlich aufgab. Seine Befürchtung war, dass Diana womöglich bereits abgereist sein könnte, wenn er noch länger abwarten würde, und er wollte ihr wenigstens auf Wiedersehen sagen.

Im *Manderly* versuchte er, sie über das Haustelefon zu erreichen. Beim zweiten Klingeln hob sie ab, aber ihre Stimme klang so gedämpft, als hätte sie geschlafen. »Hier ist Travis. Ist alles in Ordnung?«

»Was wollen Sie denn?«

»Nur eine Minute, wirklich, mehr nicht.«

»Ich habe keine Minute Zeit. Würden Sie bitte meine Leitung freimachen, damit ich den Flughafen anrufen kann?«

Irgendetwas musste in der Zeit, seit sie sich vor zwei Stunden getrennt hatten, vorgefallen sein. Denn ihre Stimme klang nicht mehr wütend, sondern voller Angst. »Was ist denn los, Diana?«

»Das geht Sie gar nichts ...« Sie ließ einen Schluchzer los. »Amy ist im Krankenhaus.«

»Weshalb denn?«

»Was ändert das schon für Sie?« Sie legte einfach auf.

Travis warf einen Blick auf den Angestellten an der Rezeption. Er war der jüngere Bruder eines seiner Tourenführer. »He, Roger, wie geht's denn so?«

Roger blickte hoch und lächelte. »Gut. Und Ihnen?«

Er lächelte geflissentlich, denn Roger hatte vor, in die Fußstapfen seines Bruders zu treten. »Ich habe gerade mit einem Gast von euch telefoniert, Diana Winchester«, erklärte er, »und wurde plötzlich unterbrochen. Und jetzt kann ich sie nicht mehr erreichen. Könntest du es mal auf ihrer Nummer versuchen?«

»Klar doch.« Roger sah in seiner Liste nach, griff zum Hörer und gab etliche Zahlen ein. »Besetzt.«

»Wahrscheinlich, weil sie versucht, mich zu erreichen. Vielleicht sollte ich besser auf ihr Zimmer hochgehen.« Er runzelte die Stirn. »Allerdings weiß ich nicht mehr genau, ob es Zimmer 207 oder 208 war.« Er hatte die letzte Zahl, die Roger eingegeben hatte, nicht genau mitbekommen.

»Es ist Zimmer 207«, erklärte Roger.

»Danke. Ich werde mich revanchieren.«

Travis beschloss, erst gar nicht auf den Aufzug zu warten, und stürmte die Treppen hinauf. Dianas Zimmer befand sich fast an Ende des Flures. Er konnte hören, dass sie mit jemandem sprach, aber um was es ging, konnte er nicht verstehen.

Er klopfte an die Tür und wartete dann ab. Kurz darauf öffnete sie. »Ich hatte schon befürchtet, dass Sie nicht aufmachen würden.«

»Hätte ich auch nicht, wenn ich gewusst hätte, dass Sie es sind.«

Er konnte sofort sehen, dass sie geweint hatte. »Darf ich reinkommen?«

»Nein, ich bin beschäftigt.« Sie wollte bereits die Tür schließen.

Er streckte seine Hand aus, um sie daran zu hindern. »Bitte.«

»Ich bin am Telefon.«

»Ich kann warten.«

Sie zögerte und gab dann nach, kehrte wieder ins Zimmer zurück und überließ ihn einfach sich selbst.

Auf dem Bett lag ihr geöffneter Koffer; er war leer. Er zog den Stuhl unter dem Schreibtisch hervor und setzte sich. Sie stand mit dem Rücken zu ihm, während sie mit ungeduldiger Gebärde mit einer Hand ihr Haar aus dem Gesicht strich.

»Wann geht Ihr nächster Flug?«, wollte sie wissen. »Ich nehme jeden, Hauptsache, ich bin heute Abend in Minneapolis.« Sie setzte sich aufs Bett. »Sie können mir nur die Warteliste anbieten? Bis wann?« Sie wartete ab. »Nein, das ist zu spät.« Sie legte den Hörer auf und griff zum Telefonbuch.

»Warum überlassen Sie das nicht mir, während Sie Ihren Koffer packen?«, schlug Travis vor.

Anscheinend war sie sich nicht sicher, ob sie ihm diese Aufgabe überlassen sollte, übergab ihm aber dann doch das Telefon. »Es ist mir egal, was für ein Flug und mit wem. Besorgen Sie mir nur einen, mit dem ich so schnell wie möglich von hier wegkomme.«

Ohne in das Telefonbuch zu sehen, wählte er eine Nummer. Kurz darauf wurde er zu einem alten Freund durchgestellt, der ihm noch einen Gefallen schuldete. Als er den Hörer aufgelegt hatte, wandte er sich an Diana. »Sie fliegen in einer Stunde ab.«

Sie räumte eine volle Schublade aus und warf die Kleider in den Koffer. »Wann komme ich an?«

»Das habe ich nicht gefragt, es ist aber ein Direktflug.«

Sie sah ihn über den Koffer hinweg an. »Ich vermute mal, dass ich Ihnen danken sollte. Vielleicht sollten Sie aber auch mir danken. Sie wollten, dass ich abreise, und nun ist es so weit.«

Er überhörte ihre Stichelei. »Was ist mit Amy passiert?«

»Bitte, geben Sie sich keine Mühe, so zu tun, als würde Sie das wirklich interessieren.«

»Verdammt noch mal, würden Sie endlich aufhören, mich wie einen Feind zu behandeln, und mir endlich sagen, was passiert ist?«

»Ein Blutgefäß in ihrem Gehirn ist geplatzt. Sie musste operiert werden, damit der Druck nachlässt.«

»Ist alles gut verlaufen?« Er griff nach einem rosa Seidenteil, das aus dem Koffer gefallen war.

Diana versuchte ihm zu antworten, aber sie bekam kein einziges Wort heraus. Sie verbarg das Gesicht in ihren Händen und drehte Travis den Rücken zu.

Er beobachtete sie, während sie vergeblich darum kämpfte, ihre Fassung zu bewahren. Ihr verspannter Rücken lockerte sich, als ihre Atemzüge in ein abgehacktes Schluchzen übergingen. Sie hatte ihn mit ihrer Angst angesteckt, hatte ihn mit hineingezogen. Auf einmal überkam ihn eine unerwartete Gefühlsanwandlung, obwohl er hätte schwören können, dass so etwas gar nicht möglich war. Sein ausgeprägter Beschützerinstinkt für die Familie, die er ein Leben lang gekannt hatte, galt mit einem Mal auch seiner Schwester, obwohl er sie gar nicht kannte. »Was kann ich tun?«

Diana ließ sich wieder auf dem Bett nieder. »Nichts.«

Wenn er sie länger oder besser gekannt hätte, dann hätte er sie jetzt einfach in die Arme genommen und sie so lange festgehalten, bis sie sich ausgeweint hatte. Stattdessen holte er ihre Kleider aus dem Schrank, faltete sie zusammen und legte sie in den Koffer. Als er den Kleiderschrank ausgeräumt hatte, ging er ins Badezimmer und sammelte dort den Föhn, ihr Make-up und alle übrigen Dinge ein, die aussahen, als würden sie ihr und nicht dem Hotel gehören. Er stopfte alles in eine Ecke des Koffers und machte sich daran, den Deckel zu schließen.

»Meine Schuhe.« Sie erhob sich und ging zum Schrank.

Travis nahm ihr die Schuhe ab und stopfte sie in die andere Ecke des Koffers. »Haben wir alles?«

»Ich denke schon.«

»Bleiben Sie hier. Ich mache Ihren Check-out und bin gleich wieder zurück.«

»Das kann ich selber machen.«

»Wollen Sie wirklich da runtergehen, so wie Sie sich fühlen und wie Sie aussehen, oder sind Sie einfach nur stur?«

Sie griff zum Nachttisch, um sich ein weiteres Taschentuch zu angeln. »Ich werde reisefertig sein, wenn Sie zurück sind.« Sie griff in eine Seitentasche ihrer Tasche. »Hier, nehmen Sie die.«

Sie gab ihm ihre Kreditkarte.

Statt lange mit ihr darüber zu diskutieren, dass sie mit ihrer Kreditkarte etwas vorsichtiger umgehen sollte, wenn sie mit fremden Leuten zu tun hatte, steckte er sie in seine Tasche und ging in die Lobby hinunter. Zehn Minuten später war er wieder zurück.

Während seiner Abwesenheit hatte sie sich frisiert und ihr Make-up erneuert. Wären da nicht ihre rot geweinten Augen gewesen, wäre es den meisten vermutlich gar nicht aufgefallen, was sie hinter sich hatte.

»Fertig?«, wollte er wissen.

Sie nickte. Als sich daranmachte, ihren Koffer hochzuheben, meinte sie: »Ich kann alleine zum Flughafen fahren. Sie müssen mich nicht begleiten.«

»Haben Sie sich auch überlegt, wie Sie Ihren Leihwagen zurückgeben wollen und wie Sie dann zum Flugzeug kommen?«

»Ich kann den Shuttlebus nehmen oder jemandem vom Autoverleih bitten, mich dort abzusetzen.«

»Es ist reine Zeitverschwendung, wenn Sie mit mir hier herumstehen und darüber diskutieren. Sie haben zwei Möglichkeiten – entweder erlauben Sie mir, Ihren Wagen zu fahren, oder Sie kommen mit mir in meinem Pick-up mit.«

Sie gab ihm die Autoschlüssel. »Jetzt weiß ich, woher Amy ihre Sturheit hat.«

»Das ist eine Familieneigenschaft der Martells.«

Sie starrte ihn an. Langsam füllten sich ihre Augen erneut mit Tränen. »Sie hat ein Recht, ihre Familie kennenzulernen, Travis, besonders Sie. Sie hat sich immer einen Bruder gewünscht.«

»Es tut mir leid, Diana.«

»Ja, mir auch.«

Der Gedanke, dass er seinem Vater auf dem Flughafen in die Arme laufen könnte, kam Travis erst, als er vor dem Terminal für Privatflüge vor einem Stopplicht anhielt. Als er seinen Wagen wieder starten wollte, sah er Gus, der ihm zuwinkte, und er merkte, dass es bereits zu spät war.

»Da ist jemand, der Ihnen offenbar zuwinkt«, erklärte Diana.

Er wandte sich zu ihr. »Das ist mein Vater. Ich weiß, Sie denken, dass Sie weder mir noch meiner Familie etwas schuldig sind. Aber ich bitte Sie inständig darum, sagen Sie ihm nichts.«

Auf ihrem Gesicht zeichneten sich die unterschiedlichsten Gefühle ab. »Im Moment gibt es wirklich nur eine einzige Sache, die wichtig für mich ist, und zwar schnell zu Amy zu kommen.«

»Vielen Dank.« Travis stieg aus dem Wagen und begrüßte seinen Vater.

»Also, mit dir hätte ich hier draußen am allerwenigsten gerechnet«, staunte Gus und bedachte Travis mit einem breiten Grinsen. »Hat deine Mutter dich losgeschickt, um mich zu suchen?«

»Ich erledige nur eine Gefälligkeit für einen Freund«, erklärte Travis. »Mom habe ich seit heute Vormittag nicht mehr gesehen.«

Gus blickte hoch, als Diana den Wagen verließ. »Entschuldigen Sie«, meinte er. Er setzte den Hut ab und reichte ihr die Hand. »Ich habe gar nicht gesehen, dass Sie im Auto sitzen.«

»Dad, darf ich dir Diana Winchester vorstellen? Diana, das ist mein Vater, August Martell.«

»Gus«, korrigierte dieser seinen Sohn.

Sie starrte ihn an, als wollte sie sich jede Falte seines wettergegerbten Gesichtes genau einprägen. »Ich freue mich, Sie kennenzulernen, Gus.«

»Sind Sie angekommen oder fliegen Sie ab?«, wollte er wissen.

Travis nahm den Koffer vom Rücksitz. »Sie ist auf dem Weg nach Minneapolis.«

»Sehr schade. Wenn es andersherum gewesen wäre, dann hätte ich Sie nämlich gebeten, mit uns zum Abendessen zu kommen. Dann hätten Sie den Rest der Familie auch noch kennengelernt.« Er lächelte. »Zumindest alle, die derzeit in der Stadt sind.«

Travis' Kehle war wie zugeschnürt, während er abwartete, was Diana antworten würde.

»Das hätte mir bestimmt gefallen«, meinte sie. »Vielleicht ein andermal.«

»Es sieht so aus, als ob Brendan startklar wäre«, bemerkte Travis.

»Sie fliegt also mit ihm, ja?« Und an Diana gerichtet, meinte er: »Brendan ist ein fantastischer Pilot, aber er kennt nur zwei Dinge, volle Kraft voraus oder Stopp. An Ihrer Stelle würde ich den Sicherheitsgurt erst dann wieder öffnen, wenn Sie gelandet sind.«

Diana warf Travis einen fragenden Blick zu. »Erkläre ich Ihnen später«, versprach er.

»Sehr nett, Sie kennengelernt zu haben«, meinte Gus.

»Wenn es dir nichts ausmacht zu warten, ich kann nämlich eine Mitfahrgelegenheit in die Stadt zurück gebrauchen«, erklärte ihm Travis. »Wir könnten uns doch beim Schalter vom Autoverleih treffen.«

»Ich werde dort warten.« Gus ging wieder zu seinem Pick-up zurück.

Travis hob mit einer Hand Dianas Koffer hoch, griff mit der anderen um ihren Ellenbogen und führte sie zu einem offenen Gate.

»Was geht hier vor sich?«, wollte sie von ihm wissen. »Ich dachte, Sie ...«

»Es gab nicht die geringste Möglichkeit, dass Sie mit einem regulären Flug noch heute Abend hier weggekommen wären, also habe ich einen Freund darum gebeten, Sie auszufliegen.« Er ließ ihren Arm los und deutete auf einen Privatjet, der auf dem Rollfeld stand. »Es ist seine Maschine.«

»Ich ... ich weiß einfach nicht, was ich sagen soll.«

»Dann sagen Sie halt nichts.«

Brendan hatte offenbar bereits auf ihre Ankunft gewartet, denn er verließ das Cockpit und begrüßte sie, als sie seine Maschine erreicht hatten. Er lehnte sich aus der Tür und grinste. »Nächster Stopp Minneapolis.«

»Ich bin dir was schuldig«, antwortete Travis.

»So, wie ich das sehe, kommen da noch ein Dutzend weitere Flüge zusammen, bis ich nur annähernd aus deiner Schuld bin.«

Travis reichte ihm Dianas Koffer. Als er wieder mit ihr alleine war, sagte er: »Ich hoffe, dass alles wieder in Ordnung ist, wenn Sie dort ankommen.«

»Möchten Sie, dass ich Sie anrufe?«

Es war eine Versuchung, aber dann siegte doch die Vernunft. »Es ist wohl besser, wenn Sie das lassen.«

Sie nickte. »Ihr Vater gefällt mir.«

»Ja, er ist schon eine Marke.« Und dann durchfuhr ihn ein Gedanke, bei dem er lächeln musste. »Können Sie sich den Gesichtsausdruck meiner Mutter vorstellen, wenn wir drei zusammen in das Restaurant gekommen wären?«

Sie erwiderte sein Lächeln, aber weniger aus Sinn für seinen Humor, sondern aus Dankbarkeit. »Falls irgendetwas passieren sollte und Sie daraufhin doch noch Ihre Meinung ändern, dann geben Sie mir doch Bescheid?«

Sie wusste genauso gut wie er, dass sich rein gar nichts ändern würde. Wie könnte es auch? Trotzdem wollte er von ihr wissen: »Und wie kann ich Sie dann erreichen?«

Sie dachte kurz darüber nach. »Vergessen Sie, was ich gesagt habe. Ich weiß, dass sich nichts ändern wird. Und ich möchte nicht vergeblich auf einen Anruf von Ihnen warten.«

Brendan erschien wieder in der Tür. »Ich bin so weit, ihr auch?«

Diana kletterte die Hälfte der Treppe hoch, drehte sich um und sah Travis in die Augen. »Eigentlich dürfte ich Sie gar nicht mögen ... aber ich tue es.«

Sie verschwand, noch ehe Travis die Möglichkeit hatte, etwas darauf zu erwidern.

Er wartete, bis die Maschine in der Luft war, und kehrte dann zu dem Wagen zurück.

Als Travis mit seinem Vater in die Stadt zurückfuhr, öffnete er das Fenster, lehnte den Kopf zurück und ließ sich die warme Sommerluft um die Ohren streichen, während er den Blick auf seine geliebten Berge genoss. Sein Wunsch, dort nun ganz alleine zu sein, nur in Begleitung des Windes und der Bäume, versetzte ihm einen Schmerz, der ihm schier den Atem raubte.

»Sie scheint ein nettes Mädchen zu sein«, erklärte Gus. »Wieso hast du denn nicht versucht, sie zu überreden, dass sie noch ein bisschen länger bleibt?«

Travis legte die Hand vor die Stirn, um seine Augen vor der Sonne abzuschirmen. Er wollte Diana vergessen ... ihre dunkelbraunen Augen, ihre unglaublichen Beine, ihre Art zu lächeln, ihre Willensstärke, mit der sie um etwas kämpfte, von dem sie überzeugt war ... weil sie aus diesem Grund nach Jackson gekommen war.

»Sie ist einfach nicht mein Typ, Dad«, erklärte er, wobei ihm genau in diesem Moment klar wurde, dass das mehr als gelogen war.

15

Anders als viele ihrer Freunde fand Diana Krankenhäuser weder geheimnisvoll noch furchteinflößend. Auch wenn sie selbst niemals zu den Patienten gehört hatte, hatte sie sich ihr ganzes Leben lang in dieser Umgebung aufgehalten. Als sie jedoch vor zwei Wochen Amy nach ihrer Entlassung bei sich zu Hause aufgenommen hatte, hatte sie das Gefühl, dass sie für immer und ewig die Nase voll hatte von grün getünchten Wänden, Linoleumböden und dem Geruch der Desinfektionsmittel. Als freiwillige Helferin hatte sie Patienten besucht, deren Schmerzen sie zutiefst berührten und bisweilen sogar zum Weinen brachten. Doch erst, als sie Amy bewusstlos auffand, war ihr klar geworden, was es hieß, wenn man Angst um einen Menschen hatte. Am allerschlimmsten dabei war aber dieses vollkommene Ohnmachtsgefühl, weil man wusste, dass man nicht in der Lage war, zu helfen.

Es gab nur eine Sache, die Diana in Angst und Schrecken versetzen konnte, und das war das Unbekannte. Solange sie wusste, um was es ging, konnte Diana mit allem umgehen. In ihrem Berufsleben warfen Diana schlechte Nachrichten nicht aus der Bahn. Sie überprüfte nur, was schiefgelaufen war, und fing dann einfach noch einmal ganz von vorne an oder versuchte herauszufinden, wie man das Problem anders lösen konnte. Doch es machte sie verrückt, wenn sie nichts anderes tun konnte, als einfach abzuwarten, denn damit schwand sowohl ihre Stärke als auch ihre Zuversicht.

Sie rief bereits vom Flugzeug aus im Krankenhaus an. Doch dort wollte ihr keiner eine befriedigende Auskunft geben, an die sich hätte klammern können. Die Krankenschwestern ebenso wie der Arzt und schließlich sogar Stephanie hatten ihr lediglich erklärt, dass es Amy den Umständen entsprechend gut gehe. Sie hatte nicht die geringste Ahnung, was das bedeuten sollte, ebenso wenig verstand sie, wieso ein Patient wie Amy bereits in der nächsten Minute wieder zu sich kommen könnte oder aber womöglich nie mehr die Augen aufmachen würde.

Die Taxifahrt vom Flughafen bis zum Krankenhaus kam ihr genauso lang vor wie ihr Rückflug von Jackson. Sie bat den Fahrer, sie beim Eingang zur Notaufnahme abzusetzen, weil sie wusste, dass der Empfang dort auch nach Dienstschluss besetzt war. Ein Pfleger brachte sie zur Intensivstation der Chirurgie.

»Mein Gott ...« Diana blieb wie angewurzelt im Türrahmen stehen und starrte betäubt in den Raum. In Wahrheit war alles noch viel schlimmer, als sie es sich bereits ausgemalt hatte.

Dieses Mal war Amy in einem Raum untergebracht, der in keinster Weise dem Zimmer glich, in dem sie beim ersten Mal gelegen hatte. Es gab dort kein Fenster mit einem Blick nach draußen, keine Bilder an den Wänden, nicht einmal einen Beistelltisch für private Habseligkeiten. Dafür war Amys Bett von einem halben Dutzend Apparaten flankiert, die ihre Atmung, ihren Blutdruck und ihren Herzschlag überwachten. Ein weiterer Apparat zeigte den Druck in ihrem Schädelinneren an, die anderen Geräte konnte Diana nicht identifizieren. Dazu kamen noch die Infusionen für ihre Nahrungsaufnahme und Medikamente sowie die Metallschienen, mit denen Amys schlaffer Körper am Bett fixiert war. Die Stille wurde weder durch den Klang eines Fernsehers noch eines Radios unterbrochen, das einzige Geräusch, das man hören konnte, war das unablässige Zischen und Rasseln des Apparates, der Amys Lungen mit Sauerstoff versorgte.

Amys Gesicht war hinter dem Schlauch, der zu ihrem

Mund führte, und dem riesigen weißen Verband, der ihren Kopf einhüllte, kaum auszumachen. Sie wirkte erschreckend dünn und bleich, nur die wenigen noch abklingenden Blutergüsse gaben ihren Wangen etwas Farbe.

Erst nach einer Weile nahm Diana die Bewegungen von jemandem wahr, der in der Ecke des Raumes saß. Stephanie erhob sich aus ihrem Stuhl, auf dem sie Wache gehalten hatte, und kam auf sie zu, um sie zu umarmen.

»Was für ein Glück! Bevor ich überhaupt dazu kam, auszuplaudern, wer ich eigentlich bin, hatte mir bereits eine der Krankenschwestern erklärt, dass es nur den engsten Familienangehörigen erlaubt ist, sich bei einem Patienten auf der Intensivstation aufzuhalten. Ich habe einfach behauptet, ich sei Amys Schwester.« Sie nahm Diana den Koffer und die Handtasche ab und stellte beides neben den Stuhl. »Ich glaube zwar nicht, dass sie mir das abgenommen haben, aber weil ich die Einzige war, die da war, haben sie mir erlaubt, zu bleiben.«

»Wie geht es ihr?« Diana war unfähig, sich zu bewegen, nicht einmal in der Lage, das Zimmer bis zu Amys Bett zu durchqueren.

»Unverändert. Zumindest, soweit ich das beurteilen kann. Hin und wieder verändern sich zwar die Anzeigen auf den Monitoren, aber kaum, dass ich darüber in Aufregung gerate, gehen sie wieder auf die alten Anzeigen zurück.«

»Weiß man denn, wieso das überhaupt passiert ist?«

»Der Arzt meint, es sei eine Spätfolge der heftigen Schläge, die sie hat einstecken müssen.«

»Gott, was bin ich froh, dass du bei ihr warst.« Stephanie hatte ihr am Telefon berichtet, dass Amy bereits am Abend davor über Kopfschmerzen geklagt hatte. Sie war zu ihr in die Wohnung gekommen, und Stephanie hatte angenommen, dass sie sich Aspirin ausleihen wollte, und dann war sie ohne ein weiteres Wort dort zusammengebrochen.

»Und ich auch.«

»Hast du meine Eltern verständigt?« – »Nein, habe ich nicht, aber sie müssen es von anderer Seite erfahren haben. Ich weiß, dass dein Dad auf einen Sprung vorbeigekommen ist.«

»Hierher, in dieses Zimmer?«

Stephanie wippte nervös von einem Fuß auf den anderen und wandte den Blick ab.

»Nein, einer der Ärzte hat mir gesagt, dass sie mit ihm vor der Operation gesprochen hätten.«

Diana griff sich an den Hals, weil sie das Gefühl hatte, sie müsste sich gleich übergeben. »Was glauben sie, wann sie wieder zu sich kommen wird?«

Stephanie antwortete nicht sofort. Aber als ihr klar wurde, wie seltsam ihr Schweigen wirken musste, antwortete sie schließlich: »Jederzeit.«

Diana schlang die Arme um sich, weil ihr auf einmal sehr kalt wurde.

»Damit willst du also sagen, dass sie inzwischen längst wieder bei Bewusstsein sein müsste.«

»Ich wiederhole damit lediglich, was die Ärzte mir gesagt haben«, erwiderte Stephanie vorsichtig.

»Bitte, komm mir nicht so. Ich kenne keinen Menschen, der so gut zwischen den Zeilen lesen kann wie du. Sag mir also, was deiner Meinung nach los ist.«

»Also gut. Nach allem, was ich mitbekommen und aufgeschnappt habe, wäre es für Amy der größte Glücksfall gewesen, wenn sie direkt nach der Narkose wieder zu sich gekommen wäre, obwohl andererseits wiederum keiner besonders erstaunt schien oder sogar aufgeregt war, als das nicht passiert ist. Was meiner Meinung nach heißt, dass das, was jetzt eingetreten ist, gar nicht so ungewöhnlich ist. Ganz wichtig für dich ist: Du darfst keinesfalls vergessen, dass alles, was sie im Moment für Amy tun, keine Pflegemaßnahmen sind, sondern eine wirkliche Weiterbehandlung.«

»Ich werde mich mal umsehen, ob ich ihre Ärztin auftreiben kann.«

Stephanie warf einen Blick auf ihre Uhr. »Sie hat gemeint, dass sie in ungefähr einer halben Stunde wieder da sein würde.«

»So lange kann ich nicht warten.«

Stephanie packte Diana beim Arm, bevor sie gehen konnte. »Sag Amy, dass du hier bist.«

Diana runzelte verwirrt die Stirn. »Hast du nicht gerade gesagt, dass sie ...«

»Das ist egal.« Als Diana sich immer noch sträubte, erklärte ihr Stephanie: »Vor ein paar Jahren habe ich eine Weihnachtsgeschichte geschrieben, und zwar über einige Kinder, die ihre Mutter bei einem Autounfall fast verloren hätten. Sie hielten abwechselnd bei ihr Wache, haben mit ihr geredet, ihr vorgelesen und ihr etwas vorgesungen, bis sie wieder aus dem Koma erwachte. Als ich mich aufmachte, um sie zu interviewen, habe ich gedacht, dass ist wieder eine von diesen Geschichten über irgendein Wunder, die wir an den Feiertagen gerne drucken. Aber als ich mich dann mit dem Arzt unterhielt, habe ich meine Meinung geändert. Er meinte, keiner hätte mehr daran geglaubt, dass diese Frau jemals wieder aufwachen würde, aber den Kindern sei das egal gewesen. Sie haben sich einfach geweigert, ihre Hoffnung aufzugeben. Es liegt also ganz bei uns, Amy davon zu überzeugen, dass es sich lohnt, wieder ins Leben zurückzukehren.«

Erst in diesem Moment wurde es Diana klar, dass es ihr nicht allein darum ging, die nötigen Informationen zu bekommen, sondern dass sie auch das Bedürfnis hatte, sich vor dem, was mit Amy geschah, zu schützen. In ihrem ganzen Leben hatte sie noch nie so viel Angst gehabt wie jetzt. Sie hatte keine Ahnung, wie sie diese Furcht in Schach halten sollte, es sei denn, sie konnte etwas unternehmen, etwas, das sie auf Trab hielt. Verzweifelt suchte sie nach einer

Möglichkeit, um endlich ihre Gedanken abschalten zu können – und auch, um ihre Gefühle auszuschalten.

Im Vergleich dazu war es bei Weitem nicht so schlimm gewesen, als sie Amy, die kaum noch atmen konnte, bewusstlos vorgefunden hatte. Weil es sich um eine Situation gehandelt hatte, die sie unter Kontrolle bekommen konnte, war ihr damals ihr Leben immer noch beschützt vorgekommen. Natürlich wusste sie, dass sich Tragödien ereigneten, sie hatte sie täglich im Fernsehen gesehen oder in der Tageszeitung darüber gelesen. Aber Tragödien waren etwas, was anderen Menschen zustieß. Doch jetzt war sie gezwungen, sich der Tatsache zu stellen, dass das ein Irrtum war.

Diana atmete tief durch, um sich zu beruhigen, bevor sie an Amys Bett trat. Obwohl sie Amy sehr lange und sehr genau betrachtete, sah sie dort nicht die Amy liegen, die ihr vertraut war. Dort lag nicht ihre Schwester im Geiste, die sämtliche Schuhe ihrer Eltern auf dem Schrankboden anklebte, nachdem diese ihre Katze ins Tierheim gebracht hatten, weil sie einen Sessel zerfetzt hatte. Die äußere Schale war zwar vorhanden – das kleine Muttermal in ihrem Mundwinkel, die Augenbraue, die ein bisschen höher war als die andere –, aber das Wesentliche fehlte. Einen entsetzlichen Moment lang war Diana davon überzeugt, dass Amy gar nicht mehr lebte und dass die Apparate ihr nur etwas vorgaukelten.

Stephanie stellte sich neben Diana. Sie legte eine Hand auf Amys Knie. »He, Süße, wenn du sehen könntest, wie schrecklich du aussiehst, dann würdest du wie der Blitz aus dem Bett springen und davonlaufen. Also, bitte, versteh mich nicht falsch. Aber ich habe schon Fische gesehen, die bereits zwei Tage aus dem Wasser waren, und die haben besser ausgesehen als du im Moment. Es wird Zeit, dass du aufwachst und wieder nach Hause kommst.«

Etwas fiel auf das frische weiße Betttuch neben Amys Arm. Als Diana die Augen senkte, entdeckte sie kleine, feuchte Flecken. Und es wurden immer mehr davon. Erst daran merkte Diana, dass sie weinte. Sie wollte ihre Angst und ihren Kummer loswerden. Morgen konnte sie wieder die Tapfere sein, aber heute Abend brach ihr schier das Herz. Sie beugte sich über Amy, um ihr einen Kuss auf die bleichen Wangen zu hauchen. »Es tut mir leid, dass ich nicht bei dir war.«

Stephanie versetzte Diana mit dem Ellenbogen einen Stoß. »Solche Worte kannst du dir sparen.« Sie wischte mit einer kurzen Bewegung die Tränen von Dianas Wangen. »Mach ihr die Hölle heiß, wenn sie sich weiterhin weigern sollte, aufzuwachen, oder versprich ihr, dass du Helen dazu überreden könntest, dass sie ihr noch einen Berg von diesen Keksen mit Schokoladenstreusel backen wird. Erzähl ihr, was du willst, aber mach ihr klar, dass sie sich auf gar keinen Fall aufgeben darf.«

»Hast du das gerade gehört?« Diana sah Amy direkt ins Gesicht, als würde sie eine Antwort darauf erwarten. »Kekse mit Schokoladenstreusel. Ich wette, dass ich Helen dazu überreden kann, sogar eine doppele Portion für dich zu backen. Und ich werde sie auch dazu bringen, dass sie doppelt so viele Pecannüsse wie das letzte Mal dafür verwendet.«

»Mir schmecken sie ohne die Nüsse besser«, warf Stephanie ein.

Diana griff nach Amys Hand. Zwar reagierte sie darauf nicht, aber sie fühlte sich weich und vertraut an. »Wage ja nicht, mich alleine hier zurückzulassen, Amy. Falls du das tust, dann ... schwöre ich, dass ich Mutter deine Uhr gebe!«

Stephanie lächelte. »Ja, gut so. Ich weiß, dass ich auf Drohungen immer besonders stark reagiert habe.«

Diana drehte sich spontan um und legte die Arme um Stephanie. »Du bist echt die Größte!«

»Du auch.« Sie umarmten sich.

Eine Stunde später ging Stephanie. Vorher überzeugte sie

sich davon, dass Diana etwas gegessen hatte, und entlockte ihr auch das Versprechen, dass sie sofort anrufen würde, falls sich an Amys Zustand etwas änderte. »Ich komme kurz auf einen Sprung vorbei, wenn ich zur Arbeit fahre«, versprach sie, als Diana sie zum Aufzug begleitete. »Ich schreibe da gerade diese Geschichte, wie sie in der Feuerwache für sich kochen, die ich morgen abgeben muss, und dann habe ich noch um elf Uhr ein Interview mit einem Lockentenschnitzer. Ich sollte also spätestens um 13 Uhr wieder hier sein.«

»Das musst du aber nicht ...«

Stephanie bedachte Diana mit einem strengen Blick. »So was will ich erst gar nicht mehr hören, verstanden?«

Diana nickte. »Wir sehen uns dann morgen Vormittag.«

»Das klingt schon sehr viel besser.« Der Aufzug kam an, und Stephanie stieg ein. »Du rufst also an, sobald sich was ändern sollte, ja?«, meinte sie noch, bevor sich die Türen schlossen.

»Ja, versprochen«, erwiderte Diana. Sie drehte sich um und sah, dass ihr Vater auf sie zukam. Es war die erste Begegnung mit ihm seit ihrem Streit.

»Findest du nicht auch, dass es allmählich Zeit wird, heimzugehen?«, meinte er. Er trug noch die grüne Kleidung der Chirurgen und wirkte erschöpft.

»Ich bin erst vor einer Stunde hier angekommen.«

Er runzelte die Stirn. »Die Krankenschwester hat mir erzählt, dass du sie hier eingeliefert hast.«

Es war ihm offenbar nicht wichtig gewesen, das selbst zu überprüfen.

»Wieso begleitest du mich nicht zu ihr?«

»Es ist doch Blödsinn, dass du weiterhin hierbleibst, Diana. Es kann noch Tage dauern, bis Amy wieder zu sich kommt. Es wird dich schon irgendjemand anrufen, sobald sich ihr Zustand ändert.«

Carl Winchester war zwar für seine chirurgischen Fähigkeiten bekannt, aber nicht unbedingt für den feinfühligen Umgang mit seinen Patienten. Diana versuchte sich einzureden, dass er nur praktisch dachte und die Dinge aus der Perspektive des Arztes und nicht der des Vaters beurteilte. »Möchtest du sie denn nicht sehen?«

»Ich habe mir ihre Akte angesehen.«

Wenn sie ihm jetzt gesagt hätte, was für Gefühle das bei ihr auslöste, dann hätte ihn das lediglich befremdet, aber sie brauchte ihn unbedingt an ihrer Seite, falls das überhaupt möglich war. Er konnte mit einem einzigen Telefonat einen ganzen Berg von Papierkrieg beenden. Und genau aus diesem Grund hatte ihn Amy jetzt womöglich nötig. »Und was hast du daraus geschlossen?«

»Es geht ihr den Umständen entsprechend gut.«

Diana drehte sich um und lehnte sich gegen die Wand. Allmählich merkte sie die Auswirkungen, die zwei schaflose Nächte mit sich brachten. »Diesen Satz hätte mir auch jeder andere sagen können.«

»Und was willst du von mir hören?«

»Dass sie wieder in Ordnung kommen wird.«

»Ob das passieren wird, kann ich nicht sagen. Zu diesem Zeitpunkt kann dir das keiner sagen. Zumindest sollte das keiner tun. Es können noch unendlich viele Dinge dazwischenkommen.«

»Wem würde es schaden, wenn du mir wenigstens ein bisschen Hoffnung machen würdest?«

»Wäre dir eine falsche Hoffnung lieber als die Wahrheit?«

»Ja.«

»Na gut, dann musst du dir die von jemand anderem holen.« Er ging zum Aufzug und drückte auf den Knopf fürs Untergeschoss.

»Grüße bitte Mom von mir.«

»Ich werde nicht zwischen dir und deiner Mom vermitteln. Wenn du ihr etwas zu sagen hast, greif zum Telefon und ruf sie an.« Ungeduldig drückte er mehrmals auf den Aufzugknopf.

»Ich gehe davon aus, dass sie immer noch wütend auf mich ist.«

»Meiner Meinung nach ist sie nicht so sehr wütend als eher verletzt.« Der Aufzug hielt. »Warte nicht zu lange ab, wenn du sie besuchen willst, Diana. Du weißt, wie sie sein kann.«

Kurz bevor sich die Aufzugtüren schlossen, rief ihm Diana zu: »Sag ihr, dass ich morgen gerne mit ihr frühstücken würde. Sie wird mich in Amys Zimmer antreffen.«

Carl antwortete ihr zwar, wie Diana es erwartet hatte, aber sie hatte den Zeitpunkt so glücklich gewählt, dass sie seine Worte nicht mehr verstehen konnte.

Als sie in Amys Zimmer zurückkam, überprüfte die Krankenschwester gerade Amys Infusionsschläuche. »Ich habe angenommen, dass Sie heimgegangen sind«, erklärte sie.

»Wie geht es ihr?«

»Den Umständen ...«

»... entsprechend gut«, vervollständigte Diana den Satz für sie.

»Es tut mir leid. Ich weiß, dass das vollkommen belanglos klingt, aber es ist die Wahrheit.« Sie berührte Dianas Arm und sah ihr direkt in die Augen. »Ihre Schwester hat sehr Schweres durchgemacht. Wir haben unser Möglichstes getan. Nun liegt es allein bei ihr.«

Obwohl die Schwester ihr völlig fremd war, hatte sie ihr mehr Mitgefühl und Verständnis entgegengebracht als ihr eigener Vater. »Ich werde die Nacht über bei ihr bleiben. Gibt es jemand auf diesem Stockwerk, der mir einen Kaffee besorgen könnte?«

»Ich werde Ihnen einen aus dem Frühstücksraum bringen. Denn die Brühe aus dem Kaffeeautomaten hier wird Ihnen bestimmt nicht schmecken.«

Endlich war sie mit Amy alleine. Diana zog den Stuhl ans

Bett, griff durch die Gitter und nahm Amys Hand in ihre. »Kannst du dich noch an den Sommer erinnern, als uns Mom in dieses Feriencamp geschickt hat, wo man uns damenhaftes Benehmen beibringen sollte? Und wo wir diese alte Hexe ausgetrickst haben, die nicht zugelassen hat, dass wir uns ein Zimmer teilten? Ich bin heute einer Frau begegnet, die mich an sie erinnert hat. Sie war ...«

Die kommende Stunde redete Diana wie ein Wasserfall. Es fiel ihr bei Weitem nicht so schwer, wie sie sich das vorgestellt hatte, vor allem, weil sie feststellte, wie eine Erinnerung zur nächsten führte, und ihr dabei wieder Dinge einfielen, an die sie seit Jahren nicht mehr gedacht hatte. Während sie in ihren Erinnerungen schwelgte, musste sie immer wieder lächeln und kämpfte dabei gegen diese innere Stimme an, die ihr einreden wollte, dass es womöglich die einzigen Erinnerungen waren, die ihr an die gemeinsamen Zeiten mit Amy bleiben würden.

Erst als sie wach wurde und das Gefühl hatte, dass jemand in das Zimmer gekommen war, merkte sie, dass sie offenbar irgendwann einmal eingeschlafen sein musste. Sie richtete sich auf und blickte zur Tür, während sie gegen die Helligkeit anblinzelte. »Wer ist da?«

»Travis.«

Sie blinzelte erneut, bis sich ihre Augen an das Licht gewöhnt hatten. Es war tatsächlich Travis. »Was machen Sie denn hier?«

»Ich bin hier, weil ich meine Schwester sehen möchte.«

16

»Wie haben Sie denn herausgefunden, wo wir sind?«, wollte Diana wissen.

Er kam ins Zimmer und ließ seinen Rucksack neben der Tür auf den Boden fallen. »Ich habe einfach alle Krankenhäuser angerufen, bis ich das gefunden habe, in dem eine Amy Winchester registriert war.«

Sie baute sich mit einer unmissverständlich beschützenden Geste regungslos zwischen ihm und Amy auf. »Aus welchem Grund sind Sie wirklich hierhergekommen?«

»Das habe ich doch bereits gesagt«, erklärte er geduldig. »Ich wollte meine Schwester sehen.«

Sie sah in seine Augen, weil sie herausfinden wollte, ob er irgendetwas vor ihr verheimlichte. Aber alles, was sie darin sehen konnte, war seine offensichtliche Müdigkeit und Verwirrung. »Haben Sie Ihrer Mutter gesagt, dass Sie hierherfahren?«

»Sie weiß, dass ich abgereist bin, aber nicht, wohin.« Er fuhr sich mit der Hand durch die Haare, doch als er seinen Kopf nach vorne beugte und sich mit derselben Hand übers Gesicht fuhr, waren sie wieder genauso unordentlich wie zuvor. »Nach Ihrer Abreise habe ich über das nachgedacht, was Sie gesagt haben. Und so führte das eine zum anderen, und deswegen bin ich jetzt hier.«

Offenbar war er keinesfalls deswegen hergekommen, um sie zu beeindrucken. Denn sie hatte schon überzeugendere Erklärungen von Freunden gehört, die man wegen Geschwindigkeitsübertretung auf der Straße gestoppt hatte. »Wahrscheinlich sollte ich Sie vorwarnen, denn so, wie sie im Moment aussieht …« Sie trat vom Bett zurück. »Ich weiß auch nicht, wieso ich mir deswegen Gedanken mache. Sie werden es ja gleich selber sehen.«

Travis stand am Bettende und starrte auf die Fremde, die seine Schwester war. Diana hatte recht, Amy hatte keinerlei Ähnlichkeit mit der Frau auf den Fotos, die sie ihm im Restaurant gezeigt hatte. Aber trotz des ganzen Drum und Dran, das ihr Krankenbett umgab, und ihrem verschwollenen Gesicht, konnte er sehen, dass Amy eine Martell war. Nach dieser Erkenntnis überkam ihn völlig unerwartet ein tiefes Verlustgefühl.

Er kam noch etwas näher. Er hatte eine Menge verletzter Menschen gesehen, Männer und Frauen, die beim Klettern in den Bergen abgestürzt waren, Skifahrer, die gegen Bäume geprallt waren, als sie die Kontrolle verloren hatten, und auch auf der Farm hatte er sein ganzes Leben lang die diversesten Unfallopfer gesehen, aber keines hatte ihn so sehr berührt wie der Anblick von Amy. Es spielte keine Rolle, dass er vor zwei Tagen noch nicht einmal etwas von ihrer Existenz gewusst hatte. Sie gehörte zu seiner Familie.

»Was ist das für ein Draht, der aus ihrem Kopfverband ragt?«

»Damit wird der Druck im Inneren ihres Schädels überwacht.«

»Wie geht es ihr?«

»So gut wie …« Diana versagte die Stimme. »Sie lebt. Mehr weiß ich auch nicht.«

»Wieso sind Sie denn ganz alleine hier?«

Diana ging sofort in Verteidigungsstellung. »Was haben Sie denn erwartet, eine Party?«

Er war verwirrt über ihre Reaktion. Als er seine Frage stellte, hatte er an ihre Eltern gedacht und daran, wann sie wieder ins Krankenhaus zurückkämen. Denn er wollte unbedingt erfahren, was sie über seine Anwesenheit dachten.

»Ich bin nicht Ihr Feind, Diana. Ich bin hergekommen, um zu helfen.«

Diana hätte schwören können, dass sie einen gewissen Respekt in Stephanies Augen wahrnehmen konnte, als diese Travis gegenüber erklärte: »Dann vermute ich mal, dass Sie es gar nicht mehr erwarten können, ins Hotel zu kommen.«

Er warf Diana einen Blick zu, mit dem er ihr zu verstehen gab, dass sie ihre Einladung selbst erwähnen solle, und sagte: »Ja, in der Tat.«

»Sie könnten auch meinen Wagen benutzen«, bot Diana an. »Es ist der hellbraune Volvo, er steht ein paar Parklücken vom Aufzug auf dem zweiten oberen Parkdeck.«

Travis nickte Stephanie zu und meinte dann zu Diana: »Wir sehen uns dann später.«

»Hast du denn völlig den Verstand verloren, ihm einfach so ohne Weiteres dein Auto zu überlassen?«, erklärte Stephanie, nachdem Travis verschwunden war.

»Das hast du wohl von mir nicht erwartet, was?«, erwiderte Diana nachdenklich.

»Nie im Leben.«

Sie bedachte Stephanie mit einem kurzen Lächeln. »Ich denke mal, ich erzähle dir erst später, was ich darüber hinaus noch getan habe.«

Diana, Travis und Stephanie fielen in den drei darauffolgenden Tagen in eine flexible Routine, wobei der bestimmende Punkt Stephanies Arbeitszeiten waren. Diana hatte ihre Firma noch immer nicht angerufen, um mitzuteilen, dass sie bereits wieder in der Stadt weilte. Falls sich dort tatsächlich eine Krise anbahnen sollte, wollte sie es erst gar nicht wissen. Aber viel wichtiger war die Tatsache, dass sie mit keinem über Amy reden wollte, bevor sie nicht positive Nachrichten vorweisen konnte.

Am Mittwoch beschlossen die Ärzte, dass sie den Versuch wagen sollten, Amy allmählich von ihrem Beatmungsgerät zu entwöhnen. Travis ging daraufhin los, um einige Flaschen leichten Cidre und Pappbecher zu besorgen. Die ganze Abteilung fand sich ein, um mit ihnen zu feiern.

Am Donnerstagmorgen fuhren Diana und Stephanie in euphorischer Stimmung gemeinsam in die Stadt; Diana, um Travis im Krankenhaus abzulösen, und Stephanie, um ihrer Arbeit nachzugehen. Sie hatten schon fast das Krankenhaus erreicht, als Stephanie ganz nebenbei bemerkte, dass sie am Freitag ein Rendezvous mit ihrem geheimnisvollen neuen Freund absagen wollte, um bei Amy Wache halten zu können.

»Ich kann es gar nicht erwarten, bis ihr ihn kennenlernt, du und Amy«, erklärte Stephanie.

Diana wäre ihr am liebsten um den Hals gefallen, weil sie auf ganz selbstverständliche Weise Amy mit einbezogen hatte. »Und wie oft hast du dich mit ihm bislang getroffen?«

»Ehrlich gesagt, weiß ich das gar nicht. Vor ein paar Monaten habe ich irgendwann einmal aufgehört, unsere Treffen zu zählen.«

Seit sie sich kannten, hatte Diana noch nie erlebt, dass Stephanie so angeregt und lebhaft wirkte, wenn sie über einen Mann sprach. »Das klingt nach etwas Ernstem.«

»Allerdings gibt es da ein Problem – er ist verheiratet. Na ja, in gewisser Weise«, fügte sie schnell hinzu. »Sie leben seit über einem Jahr getrennt. Aus irgendeinem Grund zögert sie die Scheidung hinaus.«

»Ich wusste gar nicht, dass das heute noch möglich ist.«

»Stan meinte, dass es ihm völlig egal war, wie lange sie sich damit Zeit lassen würde, bis er mich kennengelernt hat.«

Diana hatte kein gutes Gefühl, wenn sie an Stan und seine Scheidung dachte, aber das behielt sie für sich. Stephanie war eine der klügsten Frauen, die sie kannte, und besaß zudem ein Reservoir an Sarkasmus, das größer war als das riesige Einkaufszentrum in ihrer Stadt. Selbst wenn sie vor Liebe blind sein sollte, konnte man sich kaum vorstellen, dass sie auf einen Mann hereinfallen würde. »Wie ich bereits gesagt habe, es klingt nach einer ernsten Sache.« Aber dann konnte sie es sich doch nicht verkneifen, noch hinzuzufügen: »Aber pass auf.«

»Werde ich.« Stephanie hupte, weil der Fahrer vor ihr nicht mitbekommen hatte, dass die Ampel bereits auf Grün geschaltet hatte. »Du kennst mich doch, ich stelle praktisch alles infrage.«

»Sag deine Verabredung nicht ab. Travis und ich können bei Amy Wache halten.«

»Mir macht das nichts aus, ehrlich. Und Stan wird das verstehen.«

Stephanie würde niemals ein Versprechen brechen, folglich gab es nur die Möglichkeit, einen Kompromiss vorzuschlagen. »Wieso kommst du nicht einfach erst nach deinem Treffen mit ihm? Travis und ich könnten beide dort die Nacht verbringen. Und danach kann dann einer von uns beiden dich wieder ablösen, sodass du den ganzen Sonntag ausschlafen kannst, falls du möchtest.« Erst als sie den Vorschlag ausgesprochen hatte, wurde ihr plötzlich bewusst, dass »nach dem Treffen« durchaus auch acht Uhr morgens am Tag darauf bedeuten konnte.

»Ist dir eigentlich klar, wie merkwürdig das klingt, wenn du sagst, dass du dort gemeinsam mit Travis die Nacht verbringen könntest?«

»Ja, ist mir selber aufgefallen. Aber ich wollte damit nur sagen, dass du nicht das Gefühl haben solltest, du müsstest dein Rendezvous zu einer bestimmten Uhrzeit abbrechen.«

Stephanie musste lachen. »Willst du mir damit auf indirektem Wege entlocken, wie weit unsere Beziehung inzwischen gediehen ist?«

»Nein, das hatte ich eigentlich nicht vor. Aber wenn du es mir sagen willst, dann werde ich dich nicht davon abhalten.« Ihr Gespräch war dermaßen alltäglich und normal, dass es schon fast surreal erschien. Diana hatte das Gefühl, als ob sie in zwei verschiedenen Welten lebte, auf der einen Seite mit der stets präsenten Angst und der fast überwältigenden Intensität, die Amys Komazustand bei ihr auslöste, und auf der anderen Seite das ganz normale Alltagsgeschehen, das ihr Leben außerhalb der Klinik bestimmte.

»Ich bin noch niemals mit einem Mann beim ersten Treffen ins Bett gegangen«, Stephanie warf Diana einen Blick zu, »mit Ausnahme von Stan.«

»Donnerwetter.« Diana ließ einen leisen Pfiff los. »Zerbrich dir nicht den Kopf darüber, wann du am Freitag im Krankenhaus auftauchen kannst, Travis und ich regeln das.«

»Ich werde um Mitternacht da sein. Denn um diese Uhrzeit würdest du nämlich mit Travis auf dem Heimweg noch irgendwo ein offenes Lokal finden, um einen Happen zu essen, falls ihr das wollt.«

Stephanie kam Freitagnacht zur vereinbarten Uhrzeit pünktlich um Mitternacht. Auf dem Heimweg überlegten Travis und Diana zwar, ob sie noch irgendwo zum Essen einkehren sollten, beschlossen aber dann beide, dass sie viel zu müde dafür waren.

Als Travis am Morgen darauf die Dusche verließ, klingelte es an der Tür. Da er davon ausging, dass Diana sich darum kümmern würde, war er überrascht, als es kurz danach erneut klingelte.

Er öffnete die Badezimmertür, steckte den Kopf nach draußen und rief: »Diana?« Doch weil sie nicht antwortete und es nun zum dritten Mal klingelte, schlüpfte er in seine Jeans, die er zuknöpfte, während er den Flur entlangrannte. Als er die Tür öffnete, versuchte er seinen halb nackten Körper dahinter zu verstecken, während er sich mit einer Hand durchs nasse Haar fuhr und die andere auf die Türklinke legte.

Draußen stand eine Frau, und als sie Travis sah, wich sie einen Schritt zurück. Sie warf einen Blick auf die Nummer an der Wohnungstür. »Ich muss wohl im falschen Stockwerk ausgestiegen sein«, erklärte sie.

»Nach wem suchen Sie denn?«, wollte Travis wissen.

Sie schob ihre Handtasche von der einen zur anderen Hand. »Ich habe angenommen, das wäre die Wohnung von Kennedy-Winchester.«

»Von den Kennedys weiß ich nichts, aber Diana Winchester wohnt hier in jedem Fall.« Er schob seine nasse Hand in die Hosentasche, woraufhin der oberste Knopf seiner Jeans aufsprang. Doch er machte sich nicht die Mühe, ihn zu schließen, weil er davon ausging, dass er sich in Sicherheit wiegen konnte, solange er hinter der Tür stehen blieb. »Möchten Sie zu ihr?«

»Ist sie denn da?«

»Vor zehn Minuten war sie es noch. Wenn Sie sich eine Minute gedulden würden, dann schaue ich mal nach, ob ich sie finden kann.«

»Wer sind Sie?« Die Frau stellte ihre Frage im Befehlston. »Und was tun Sie hier?«

Die Fragen und der Tonfall, in dem sie diese Fragen gestellt hatte, kamen für Travis vollkommen unerwartet. Er musterte die Frau abermals, aber dieses Mal sehr viel genauer. Sie hatte in etwa das richtige Alter, ihre Kleidung übertraf bei Weitem das, was man als teuer bezeichnen konnte, und sie trug eine Handtasche bei sich, für die bestimmt vor Kurzem eine bedrohte Eidechsenart endgültig ausgerottet worden war. Das war also die Furcht einflößende Eileen Winchester. Er war alles andere als beeindruckt.

»Ich bin ein Freund von Diana«, meinte Travis, der es sich nicht verkneifen konnte, zurückzufragen: »Und wer sind Sie?«

Zuerst wich sie ganz bewusst seinem Blick aus, und dann warf sie ihm einen zu, der Bände sprach. Sie war offenbar genauso wenig von ihm beeindruckt wie er von ihr. »Ich bin Dianas Mutter.«

»Na, das ist aber eine Überraschung. Seit wann sind Sie denn wieder in der Stadt?«

Sie runzelte die Stirn. »Was reden Sie denn da? Ich bin überhaupt nie weg gewesen.«

Travis wusste, dass er sich damit auf verbotenes Terrain begab. Er hatte nicht das geringste Recht, sich in die Angelegenheiten von Diana, Amy und deren Mutter einzumischen. Während der fünf Tage und Nächte im Krankenhaus hatte Travis immer wieder darüber nachgegrübelt, was für Eltern das wohl sein konnten, die nicht nur das Kind, das sie adoptiert hatten, im Stich ließen, sondern auch ihr eigenes, das sie angeblich immer noch liebten. Nicht nur Amy hatte den Beschützerinstinkt in Travis geweckt, sondern auch Diana, nachdem er mitbekommen hatte, wie sie tagtäglich darum kämpfte, die Fassung zu bewahren. Es gab Zeiten, in denen sie sich nur noch an einen Strohhalm klammerte und dringend jemanden gebraucht hätte, an den sie sich anlehnen konnte, und in denen sie verzweifelt auf das Verständnis und die Unterstützung ihrer Familie hoffte.

»Wollen Sie damit sagen, dass Sie die ganze Zeit über hier in der Stadt gewesen sind, während Amy im Krankenhaus lag, ohne sie ein einziges Mal dort zu besuchen?« Dabei bemühte er sich, eher ungläubig als verärgert zu klingen.

»Woher wollen Sie denn wissen, ob ...« Eileen Winchester fing sich wieder. »Ach, dann sind Sie also dieser Mensch, der den Leuten dort so gewaltig auf die Nerven gefallen ist. Damit Sie es wissen, damit tun Sie Amy wahrlich keinen Gefallen. Die Krankenschwestern haben sich sogar schon überlegt, ob sie die Krankenhausverwaltung nicht bitten sollten, dass man Ihnen weitere Besuche dort untersagt.«

»Ach, ich muss mal überlegen, wer von den Pflegern könnte das bloß sein? Mal sehen, da ist Denise ... Kathy ... Katelyn ... Connor ... Rick ... Aber von denen ist es niemand, da bin ich mir sicher. Dann wären da noch Paul und John und Shawn von der Tagschicht, aber die haben wiederum am lautesten bestätigt, wie wahnsinnig wichtig es sei, dass Amy so viel Gesellschaft wie nur möglich hat, um ihr zu vermitteln, wie sehr man sie liebt und vermisst.« Er rieb sich das Kinn und tat so, als würde ihn der Gedanke schwer beschäftigen. »Wissen Sie, ich kann mir im Leben nicht vorstellen, dass einer von ihnen zur manipulativen Sorte gehört. Falls ihnen irgendetwas nicht gefallen sollte, dann würden sie direkt damit herausrücken.« Er starrte sie durchdringend an. »Sind Sie sicher, dass wir vom selben Krankenhaus reden?«

Als sie seinen Blick erwiderte, stand darin purer Hass. Eileen Winchester gehörte nicht zu den Menschen, die eine Niederlage mit Würde einstecken konnten. Falls es überhaupt jemals einen Augenblick gegeben hatte, in dem sie hätten Frieden schließen können, hatten sie ihn verpasst.

Bevor sie darauf antworten konnte, wurde ihre Aufmerksamkeit abgelenkt. Sie blickte über Travis hinweg. »Wo warst du denn?«, fauchte sie Diana an. »Wieso hast du denn nicht selbst die Tür geöffnet? Ich habe mich bereits gefragt, ob ...« Sie streifte Travis mit einem Blick. »Ach, ist ja egal, was ich gedacht habe.«

»Mutter, wie schön, dich zu sehen«, sagte Diana kühl. Sie trug ihren Bademantel, den sie enger um sich zog, während sie sich näherte. »Du treibst dich in unserem Elendsviertel herum?«

»Da du ja offenbar beschlossen hast, keinen meiner Anrufe in dieser Woche zu beantworten, hast du mich ja praktisch dazu gezwungen, selbst hierherzukommen. Es gibt da ein paar Dinge, über die wir reden müssen.«

Diana legte ihre Hand mit einer besitzergreifenden und vertrauten Geste auf Travis' Arm. Diese unerwartete Berührung versetzte seinem Körper einen fast rauschhaften Stoß. Er brauchte eine Weile, um sich darüber klar zu werden, was sich hier abspielte, denn Diana machte es offenbar überhaupt nichts aus, dass ihre Mutter auf falsche Gedanken kommen könnte, sie wollte es sogar. Und er war mehr als gewillt, das Spiel mitzuspielen, weil ihm der Gedanke gefiel. Während er Diana mit einem zärtlichen und liebevollen Blick bedachte, legte er einen Arm um sie und zog sie eng an seine nackte Brust. Sie hob das Kinn und blickte zu ihm hoch. Und dann beugte er sich zu ihr und küsste sie, als wäre es die natürlichste Sache der Welt, die sie schon hunderte Male zuvor praktiziert hätten.

Erneut durchfuhr ihn völlig unerwartet ein aufregendes Gefühl, das sich peinlicherweise in seiner Lendengegend ausbreitete, was ihm sehr unangenehm war. Es gefiel ihm, sie in seinen Armen zu halten, und es gefiel ihm, sie zu küssen. Und zwar weitaus besser, als er gedacht hatte. »Bist du mit deiner vulgären Zurschaustellung endlich fertig, Diana?«, wollte ihre Mutter wissen.

Diana fuhr sich mit der Zunge über die Lippen, und es schien, als sei ihre Gelassenheit erschüttert. Trotzdem starrte sie weiterhin in Travis' Augen und schaffte es, glaubwürdig zu erwidern: »Keine Ahnung, was meinst du, Travis?«

Es war ihm zwar nicht klar, was in diesem Augenblick in ihr vorging, aber er konnte sehen, dass sie nicht weniger verwirrt war als er selbst. »Möchtest du, dass ich dich mit deiner Mutter alleine lasse?«

»Das wäre vielleicht besser«, erwiderte sie.

»Ruf mich, wenn du mich brauchst.« Es waren keine leeren Floskeln, Travis meinte jedes Wort davon ehrlich. Falls er die Chance bekäme, würde er sich für Diana mit Begeisterung auf einen Drachen stürzen, um ihn zu töten, besonders auf diesen Drachen.

»Ich schaffe das schon«, erklärte Diana.

Als Travis verschwunden war, ging Eileen zum Angriff über. »Für den hast du also Stuart aufgegeben?«

»Ich habe Stuart nicht aufgegeben, Mutter, er hat sich aus dem Staub gemacht.«

»Du hättest ihn zurückgewinnen können, wenn du es versucht hättest. Das könntest du noch immer. Er hat verzweifelt versucht, zu dir durchzudringen. Der einzige Weg, der ihm dafür eingefallen ist, war, dich zu verlassen.«

Ihre Mutter hatte sich also mit Stuart unterhalten. Diana hätte sonst was dafür gegeben, wenn sie bei diesem Gespräch das Mäuslein hätte spielen dürfen. »Bist du hergekommen, um mir das zu sagen?«

»Wenn du den Kerl nicht loswirst, dann wirst du dir damit alle Chancen verderben, vielleicht doch noch einen anständigen Ehemann zu finden. Dass der keiner von uns ist, sieht man ja sofort.«

»Keiner von uns? Was willst du denn damit sagen?«

»Möchtest du wirklich, dass ich dir das ins Gesicht sage?« Ganz eindeutig war sie nicht mehr länger in der Lage, ihr Temperament zu zügeln, was Diana einen Vorteil verschaffte. »Er ist gewöhnlich.«

Eine der größten Beleidigungen, die Dianas Mutter kannte, war, jemanden als »gewöhnlich« zu bezeichnen. Das war Menschen vorbehalten, die sie auf den Tod nicht ausstehen konnte. »Du kennst ihn doch gar nicht.«

»Das muss ich auch nicht.«

»Würde es vielleicht etwas ändern, wenn ich dir sagen würde, wer er ist?«

Eileen zögerte, weil sie eine Falle witterte. »Ich nehme einmal an, dass du mir jetzt erzählen wirst, dass er aus einer dieser Bostoner ...«

»Er ist Amys Bruder.«

Zum ersten Mal in ihrem Leben war es Diana gelungen, ihre Mutter sprachlos zu machen.

Nach einem kurzen Moment stotterte sie: »Was hast du dir denn dabei nur gedacht? Wie kannst du es bloß wagen, diesen Mann hierherzubringen?«

»Ich habe ihn nicht hierhergebracht. Er ist von ganz alleine gekommen.«

»Ich darf also annehmen, dass die restliche Familie in den kommenden Wochen ihre Wohnwagen vor dem Krankenhaus parken wird.«

»Mein Gott, was für ein Biest du doch manchmal sein kannst«, stieß Diana hervor, die weniger wütend, sondern der Sache einfach nur überdrüssig war.

»Denk mal darüber nach, was du da eigentlich treibst«, warnte Eileen. »Du brauchst dir doch nur Amy anzusehen, um zu wissen, wie ihr Bruder ist.«

»Dann hätte ich aber wirklich Glück gehabt.« Diana legte eine Hand auf die Türklinke. »War es das? Ich muss mich für das Krankenhaus fertig machen.«

Eileen plusterte sich mit ihren gerade mal 1,60 Meter vor ihrer Tochter auf. »Dein Vater wird sich wohl mit dir unterhalten müssen.«

»Er weiß, wo er mich finden kann.«

Eileen wandte sich zum Gehen, sah Diana nochmals an und fragte: »Wie kannst du mir nur so etwas antun?«

Wenigstens ließ sie ihre übliche Floskel »nach allem, was ich für dich getan habe« weg. Diana hatte diesen Satz viel zu oft ernst genommen, um jetzt noch darauf hereinzufallen. Aber noch wichtiger war, dass ihre emotionalen Energien allmählich gefährlich im Schwinden waren und sie ganz bestimmt keine davon an ihre Mutter verschwenden wollte. »Ich vermute einmal, dass auch ich ganz tief drinnen nur ein herzloses Biest bin, Mutter. Was nichts anderes heißt, als dass ich dir doch sehr viel ähnlicher bin, als wir beide angenommen haben.«

Eileen ging, ohne noch einmal einen Blick zurückzuwerfen.

Diana schloss die Tür, wandte sich um und sah Travis, der bereits auf sie wartete.

18

»Möchtest du vielleicht über das reden, was hier gerade vorgefallen ist?«, fragte Travis.

Diana schüttelte den Kopf. »Ich muss mich fertig machen.«

»Nun mal ganz langsam.« Travis erwischte sie beim Ärmel. Langsam und bedächtig zog er sie in seine Arme. Er blickte eine ganze Weile in ihre Augen, bevor er sie küsste. Zuerst war sie überrascht, doch dann gaben ihre Lippen nach, und sie vertieften ihren Kuss. Sie schmiegte sich enger an ihn und kuschelte sich an seinen festen, schlanken Körper. Als er den Kopf hob, um sie anzusehen, entwich ihr ein hingebungsvoller Seufzer. Ohne etwas zu sagen, berührte sie seine Wange, als wollte sie sich ganz genau einprägen, wie es sich anfühlte, ihn anzufassen. Er gab ihr einen weiteren Kuss.

Sie spürte die Magie des Augenblicks, der ihr aber zugleich Angst einflößte. Diana hatte sich noch nie in ihrem Leben gehen lassen. Sie war immer auf ihre Kontrolle stolz gewesen. Und das, was sie hier anstellten, war einfach verrückt und ganz sicherlich nur damit zu erklären, dass ihre Gefühle in den letzten Wochen auf und ab gehüpft waren wie ein Tennisball in der Sportklasse einer Highschool.

Diana legte ihre Hände auf Travis' Brust, um auf Distanz zu gehen. »Es tut mir leid. Was ich damit angefangen habe, hätte ich niemals tun dürfen. Du kannst jetzt zu Recht denken, dass ich dich nur benutzt habe. Aber das stimmt nicht. Manchmal stelle ich einfach die unmöglichsten Dinge an, wenn ich meine Mutter gesehen habe.«

»Bist du jetzt damit fertig?«, fragte Travis geduldig.

»Ja, ich denke schon.« Bestimmt hatte sie damit ihre Freundschaft, die gerade erst begonnen hatte, ruiniert. Es überkam sie ein Verlustgefühl ähnlich dem, das man hat, wenn die Schnur an einem neuen bunten Luftballon einfach abreißt. Alles, was sie jetzt noch tun konnte, war zusehen, wie das gegenseitige Vertrauen und der Respekt, den sie sich so hart erarbeitet hatten, mit einem Mal wie nichts davonflog.

»Der Grund, aus dem ich dich soeben geküsst habe, hat nichts mit dem zu tun, was vorgefallen ist, als deine Mutter da war.« Er dachte über seine Worte nach. »Nein, das stimmt nicht wirklich. Es hat etwas damit zu tun, aber es ist nicht so, wie du denkst. Ich habe dich deshalb geküsst, weil ich herausfinden wollte, ob das Gefühl, das ich beim ersten Mal gespürt habe, auch echt ist.«

Wenn sie nur auch noch einen Funken Verstand im Kopf hatte, musste sie dieses Gespräch sofort beenden. »Und?«

»Ich habe mich nicht getäuscht.«

»Ist dir eigentlich klar, dass wir völlig verrückt sind?«

»Ja, Teufel noch mal, ich wünschte, ich wüsste es nicht.« Mit einer frustrierten, fast schon wütenden Bewegung verschränkte er seine Hände im Nacken. »Ich verstehe auch nicht, wie so etwas überhaupt passieren konnte.«

»Ich schon.« Zumindest redete sie sich das ununterbrochen ein. »Wir haben tagelang unter großem Stress gestanden. Wenn man Menschen unter solchen Umständen zusammenbringt, dann reagieren sie oft merkwürdig, besonders wenn es auch noch unter solch dramatischen Umständen wie bei uns passiert. Das hat gar nichts zu bedeuten. Kann es ja auch gar nicht, denn schließlich kennen wir uns gerade mal seit einer Woche.«

Sie dachte über ihre Worte nach. »Tatsächlich sind es eigentlich nur fünf Tage, oder sechs, wenn wir den Tag in Jackson mit dazurechnen, aber dort haben wir uns nur eine

Stunde gesehen.« Sie wusste, dass sie einfach nur dummes Zeug plapperte. »Verdammt noch mal, Travis. Ich kann es mir nicht leisten, dich als Freund zu verlieren.«

»Das wirst du nicht«, erklärte er. »So etwas wird nicht noch einmal vorkommen, das werde ich nicht zulassen.«

Doch seine Worte wirkten überhaupt nicht beruhigend auf sie, sie war deswegen merkwürdigerweise sogar enttäuscht. Sie wollte, dass er sie wieder küsste, obwohl sie wusste, dass sie dadurch eine Menge verlieren konnte. »Vielleicht wäre es möglich gewesen, wenn wir uns zu einem anderen Zeitpunkt kennengelernt hätten.«

»Auch dann wären die eigentlichen Umstände nicht anders. Amy wäre nach wie vor da. Und inzwischen gehört sie sowohl zu deinem als auch zu meinem Leben.«

»Ich muss mich endlich anziehen.«

Er hielt sie mit einer Hand auf. »Erzähl mir zuerst etwas über diesen Kennedy-Typen.«

Seine Bitte verwirrte sie. »Wieso willst du etwas über ihn wissen?«

»Tu mir den Gefallen!«

»Da gibt es nicht viel zu erzählen. Er ist vor ungefähr einem Monat hier ausgezogen ... als Amy in Schwierigkeiten geriet. Seitdem habe ich ihn nicht mehr gesehen.«

»Und was würdest du tun, wenn er wieder zurückkommen möchte?«

»Das wird er nicht.«

»Aber wenn doch?«, beharrte Travis.

»Ich habe ihn nie geliebt«, gab sie zögernd zu. »Ich glaube, es war für mich deshalb so einfach, mit ihm zusammenzuleben, weil ich nie das Gefühl hatte, es würde mich verletzen, wenn er mich verlässt.« Noch immer versuchte sie zu verstehen, was für eine Beziehung sie und Stuart eigentlich geführt hatten und warum sie so lange bei ihm geblieben war. »Ich habe herausgefunden, dass ich keinem Menschen traue, der behauptet, dass er mich liebt, mit Ausnahme von

Amy. Bei allen anderen läuft die Liebe auf Abhängigkeit hinaus.«

»Das werde ich mir merken.«

»Ist es das, was du wissen wolltest?«

»So in etwa, ja.« Völlig unerwartet zog er einen Mundwinkel zu einem Grinsen hoch. »Nachdem es also nicht infrage kommt, dass ich dich liebe, wie wäre es denn, wenn ich jetzt einfach nur sage, dass ich dich mag ... und zwar sehr?«

Sie musste lächeln. »Eines kannst du bestimmt nicht behaupten, nämlich, dass ich es dir einfach gemacht hätte.«

Er rührte sich eine ganze Weile nicht von der Stelle, während sein Gesichtsausdruck ganz ernst wurde. »Tut mir leid, Diana, aber das wird nicht funktionieren. Natürlich können wir versuchen, so zu tun, als ob das, was inzwischen vorgefallen ist, nichts zu bedeuten hat, aber das, was wir heute angefangen haben, wird sich nicht einfach in Luft auflösen. Und zwar ganz egal, wie sehr wir uns das auch wünschen.«

»Aber wir müssen es versuchen, zumindest so lange, bis Amy ...« Das Telefon klingelte. Diana riss die Hände hoch. »Ich muss rangehen, es könnte doch das Krankenhaus sein.« Sie ging in die Küche.

»Bin ich froh, dass ich dich noch erwische, bevor du losfährst«, erklärte Stephanie. »Hier ist jemand, der gerne mit dir reden möchte.«

Dianas erster Gedanke war, dass ihr Vater bei Amy im Krankenzimmer auf Besuch war. »Wer denn?«, wollte sie wissen, aber Stephanie hatte den Hörer bereits weitergereicht.

»Und ... wie war ... es in Jackson?«

»Amy? Lieber Himmel, bist du das?« Travis hatte sich zu ihr gesellt. Sie wandte sich zu ihm, um zu sehen, ob er es mitbekommen hatte. Er lächelte.

»Ich glaube schon ... dass ich das bin. Aber ich bin ... mir da nicht sicher. Ich habe da dieses ... Ding da auf meinem Kopf.«

»Nicht mehr weiterreden. Ich bin schon unterwegs.« Sie griff nach Travis' Hand und drückte sie fest.

Inzwischen war Stephanie wieder am Apparat. »Ich habe zwar noch nicht nach draußen gesehen, aber ich wette, dass die Sonne scheint.«

»Wann ist sie denn zu sich gekommen?«

»Ungefähr vor einer halben Stunde. Ich wollte ja schon viel früher anrufen, aber hier geht's zu wie im Zoo, die Ärzte und Krankenschwestern rennen nur noch rein und raus. Und ich wollte, dass es dir Amy selber sagt.«

»Geht es ihr gut?« Travis hatte seine Frage fast lautlos geflüstert.

Diana grinste übers ganze Gesicht und nickte. Und dann sagte sie zu Stephanie: »Drück sie ganz fest von mir.«

»Ich finde, du solltest schleunigst hierherkommen und sie selber ganz fest drücken.«

»Du hast natürlich recht, ich bin schon unterwegs.« Sie legte den Hörer auf. »Beeil dich mit dem Anziehen«, rief sie Travis zu. Ohne seine Hand loszulassen, zog sie ihn einfach mit sich.

»Ich werde dich nicht begleiten«, erklärte er.

Damit hatte sie am allerwenigsten gerechnet. »Wieso nicht? Darauf haben wir doch alle gewartet!«

»Ich weiß immer noch nicht, wie viel ich Amy erzählen soll oder ob ich ihr überhaupt etwas erzählen soll. Und wenn ich jetzt im Krankenhaus auftauche, dann will sie doch ganz bestimmt wissen wollen, wer ich bin. Und wie sollen wir denn um Himmels willen heute meine Anwesenheit dort erklären?«

Diana wollte ihn nicht ausgrenzen, weil das nicht gerecht war. »Wir werden schon eine Erklärung dafür finden.«

»Uns wird nichts einfallen, was sie uns auch abnehmen würde, Diana. Und das, was sich jetzt dort abspielen wird, ist viel zu wichtig, um sie mit einem Menschen zu konfrontieren, den sie noch nie in ihrem Leben gesehen hat. Denn falls sie dann auf die Idee kommt, dass du ihr etwas vorlügst über mich, dann wird sie anfangen, alles, was du ihr erzählst, infrage zu stellen – das darf nicht passieren, vor allem nicht, wenn du ihr sagst, dass sie enorme Fortschritte macht.«

Er hatte recht. Aber wie kam es, dass er Amy so gut einschätzen konnte, obwohl er sie nie kennengelernt hatte? »Und was wirst du dann in der Zeit machen, in der ich weg bin?«

»Ich sollte nach Jackson zurückfliegen, zumindest für etliche Tage.« Er ließ ihre Hand los und verschränkte die Arme vor der Brust, als wollte er damit andeuten, dass er sich von ihr zurückziehen wollte. »Ich muss eine Menge Arbeit nachholen.«

»Du wirst nicht mehr zurückkommen, nicht wahr?« Die Ruhe, die in ihrer Stimme lag, täuschte nur über ihre innere Aufregung hinweg.

»Ich weiß es nicht«, antwortete er mit brutaler Offenheit. »Ich brauche etwas Zeit zum Nachdenken, wir beide brauchen sie.«

Verdammt noch mal, sie wusste, dass das stimmte, aber sie wünschte sich, er hätte damit nicht recht. Und sie wollte ihn nicht verlieren, nicht gerade jetzt. »Wie lange?«

»Egal, was wir machen werden, es darf nur im Sinne von Amy sein. Wir anderen zählen nicht mehr.«

»Nicht einmal dein Vater?«, wollte sie leise wissen.

Er gab ihr keine Antwort.

Kaum dass sich Diana zum Krankenhaus aufgemacht hatte, begann Travis die Fluggesellschaften anzurufen. Doch früher als am Abend um 21 Uhr konnte er an diesem Tag keinen Flug mehr nach Jackson bekommen. Weil er das Risiko nicht eingehen wollte, Diana nochmals zu begegnen, verbrachte er die Zeit bis zum frühen Nachmittag in der Wohnung und fuhr dann zum Flughafen. Der erste Abschied von ihr hatte ihn bereits so mitgenommen, dass er diese Situation auf keinen Fall ein zweites Mal durchmachen wollte.

Er kaufte mehrere Zeitschriften, um die Zeit totzuschlagen, aber er konnte sich nicht einmal so lange konzentrieren, dass er über den ersten Abschnitt eines Artikels hinausgekommen wäre. Schließlich gab er es auf und tat das, was er eigentlich von Anfang an hätte tun sollen.

Und er hatte dafür den perfekten Zeitpunkt gewählt. Er kam genau in dem Moment beim Parkplatz des Krankenhauses an, als Diana das Gebäude verließ. Weil sie ihn nicht sofort entdeckte, hatte er die Gelegenheit, sie vollkommen ungestört zu beobachten, während sie sich ihm näherte. Er versuchte sich vorzustellen, dass sie ihm vollkommen unbekannt sei. Wenn sie einander noch nie begegnet wären, würde er dann immer noch denken, dass ihre Augen diese sexy Intelligenz ausstrahlten oder dass sie sich auf eine so graziöse und erotische Weise bewegte, wie er es noch nie an einer anderen Frau gesehen hatte? Würde ihr Lächeln seinen Tag schlagartig doppelt verschönen? Verklärten seine Gefühle nur die Wirklichkeit, oder machten sie diese nur klarer?

Dann entdeckte sie ihn, und sie reagierte darauf mit solcher Lockerheit, dass es ihm wie ein Geschenk erschien, wie ein wärmender Sonnenstrahl, der ihn tagelang begleiten würde. »Ich dachte, dass du inzwischen längst abgereist wärst.«

Er brachte es nicht einmal fertig, seine Hände aus den Hosentaschen zu ziehen; er wusste, dort waren sie am besten aufgehoben, weil es weder der richtige Zeitpunkt noch Ort war, um den nächsten Schritt in ihrer Beziehung zu wagen. »Ich auch.«

Sie bedachte ihn mit einen schüchternen Lächeln. »Heute Morgen, auf dem Weg ins Krankenhaus, sind mir tausend Dinge eingefallen, die ich dir eigentlich sagen wollte. Doch falls du sie jetzt gerne hören würdest, dann kann ich nur sagen, ich habe sie alle vergessen.« Die Vertrautheit, mit der sie ihn ansah, war unmissverständlich. »Ich bin so froh, dass du da bist.«

»Mein Flug geht erst um neun Uhr abends. Und ich dachte mir, da wir sicher beide Hunger haben, wäre es doch eine gute Idee, zusammen essen zu gehen.« Meine Güte, er war doch sonst nicht so feige. »Um die Wahrheit zu sagen, ich bin hergekommen, weil ich dich sehen wollte.«

»Mir fällt diese ganze Sache auch nicht gerade leicht.« Sie fuhr sich mit einer Hand über den Nacken und unter ihre Haare, die den Kragen bedeckten, und schob dann eine Haarsträhne hinters Ohr.

Völlig unerwartet überkam ihn der Wunsch, dass es seine Hand wäre, die ihren Nacken berührte. Vor allem aber wünschte er sich, er hätte ein Recht auf diese so beiläufige und doch intime Berührung.

»Du hast noch gar nicht nach Amy gefragt«, erklärte Diana.

»Das muss ich gar nicht. Ich kann es von deinem Gesicht ablesen.«

»Sie wird wieder gesund.« Sie sah auf ihre Armbanduhr. »Wenn dein Flug um neun Uhr geht, dann haben wir aber nicht mehr viel Zeit fürs Abendessen.«

»Ich habe keinen großen Hunger.«

»Ich auch nicht.«

Eigentlich hätte das Schweigen, das nun eintrat, etwas Peinliches an sich haben können, aber wie alles zwischen ihnen hatte es etwas ganz Selbstverständliches. »Aber es wäre schade, wenn wir nicht etwas unternehmen würden, um das zu feiern. Du bist die letzte Woche durch die Hölle gegangen.«

»Du aber nicht minder.«

»Wie wäre es mit Kaffee und etwas Süßem?«

Sie überlegte kurz. »Ich habe eine bessere Idee.«

Diana steuerte einen Lebensmittelladen an, kaufte ein

Mehrkornbrot und verschiedenes frisches Gemüse und fuhr zwanzig Minuten später mit ihm zu einem kleinen Park mit einem großen See. Außer einem Pärchen, das es sich auf einer Decke bequem gemacht und alles um sich herum vergessen hatte, während es die späte Abendsonne genoss, und einem Mann, der seinen Hund ausführte, waren sie allein im Park.

»Manchmal komme ich in meiner Mittagspause hierher«, erklärte Diana. »Meistens dann, wenn ich Abstand von der Arbeit brauche, um nachzudenken.«

Sie verließen den Wagen und gingen zu einer Bank, die am Seeufer stand. Als sie sich dort niederließen, war es so, als hätten sie damit stillschweigend einen Lockruf losgelassen, denn mit einem Mal fanden sich dort Dutzende von Enten und Gänsen ein, die bis dahin ganz friedlich herumgewatschelt oder im Wasser geschwommen waren und im Gras gepickt hatten.

»Wenn ich mir die hier so ansehe, dann musst du in letzter Zeit wohl eine Menge nachgedacht haben«, erklärte Travis, als sich die ganze Vogelschar bei ihnen niederließ.

»Es hat nichts mit mir zu tun, sondern mit der Lebensmitteltüte.« Sie holte das Brot aus der Tüte und löste damit eine Kakophonie aus lautem Gequake und Geschrei aus.

Travis fing zu lachen an, als eine besonders freche Gans auf Diana zuwatschelte und beim Öffnen der Verpackung nachhalf sowie ihren Rock ein paar Zentimeter hochhob, als sie ihren Schnabel an Dianas Beinen rieb. »Na, du bist mir ja ein echter Grünschnabel!«

Sie brach das Brotende ab und steckte es der Gans als Belohnung zu. Die Gans rannte damit mit einem erstickten Schrei zum See zurück. Dann drängelte sich das übrige Federvieh voller Erwartung nach vorne. Diana reichte Travis das Brot und packte das Gemüse aus. »Pass bitte ganz genau auf, dass auch die Schüchternen unter ihnen etwas abbekommen.«

Durch den ganzen Wirbel, der um sie herum stattfand, kamen Diana und Travis gar nicht dazu, sich viele Gedanken über andere Dinge zu machen. Dieser so profane Augenblick brachte Travis fast zum Schwärmen, und er genoss es einfach nur, dass er diese Zeit mit Diana verbringen konnte.

Beide mussten ganz automatisch grinsen und lachen, als die Wasservögel mit den Schwimmfüßen auf ihre Schuhe traten, begierig an ihren Fingern knabberten, um einen Happen zu ergattern, und dabei die merkwürdigsten Kunststückchen vollführten, um die Aufmerksamkeit auf sich zu lenken.

Als sie alles an sie verfüttert hatten, kehrte ganz schnell wieder Ruhe und Ordnung ein. Die Enten und Gänse machten sich wieder zum Schwimmen auf, wateten im Wasser herum und rupften das Gras auf der Wiese, während Diana und Travis sich entspannt unterhielten.

»Wie weit ist dein Büro von hier entfernt?«, wollte Travis wissen.

Sie beugte sich weit nach vorne, um durch die tief hängenden Zweige der Esche zu schauen, die neben ihnen stand. »Siehst du das Gebäude dort mit den schmalen Fenstern ganz oben?«

Travis folgte ihrem Blick. »Das hinter dem Kirchturm?«

»Ja, das ist es.«

»Sehr beeindruckend.« Er lehnte sich wieder zurück. »Arbeitest du gerne für Sander's Food?«

»Manchmal; ehrlich gesagt, meistens. In letzter Zeit ging es dort ziemlich hoch her, aber das wird sich wieder normalisieren, wenn wir das neue Produkt auf dem Markt platziert haben.« Sie verschränkte die Hände im Nacken, schloss die Augen und genoss die wärmende Sonne auf ihrem Gesicht. »Eigentlich bin ich in diese Arbeit nur so reingerutscht, weil ein Freund von mir schon dort arbeitete und mir erzählt hat, sie würden noch Leute suchen, und ein guter Collegeabschluss sei dafür nicht so wichtig. Eigentlich hatte ich es nur als eine Art Übergangslösung angesehen, während ich darauf wartete, dass ich endlich einen Platz in einem der Kunstkurse in der Stadt bekommen würde.«

Travis nutzte die Gelegenheit, sie unbeobachtet zu studieren. Ihre Haut wirkte in der frühen Abendsonne wie durchsichtig, und ihr Profil war von einer verführerischen Makellosigkeit. »In einem Kunstkurs?«

Sie ließ den Kopf zur Seite fallen und lächelte ihn an. »Während meiner Collegezeit hatte ich nichts anderes im Kopf als die grandiose Idee, benachteiligten Kindern die Welt der Kunst zugänglich zu machen.«

»Doch dann hast du irgendwann einmal deine Pläne geändert?«

»Nein, ich war nur plötzlich mit so vielen anderen Dingen beschäftigt, im Wesentlichen mit dem Leben. Und mal abgesehen davon ist es wirklich toll, für eine Firma wie Sander's Food zu arbeiten. Dort gibt es ein wirklich wahnsinnig tolles Betriebsrentensystem.«

»Wie bitte?« Er dachte, er hätte sich verhört.

»Meine Güte, ich klinge ja schon wie Stuart.«

»Wie lange wart ihr beiden ein Paar?«

»Wir haben uns etliche Jahre lang getroffen und lebten danach nicht ganz so lange zusammen.«

»Und wessen Idee war es, nicht zu heiraten?«

»Meine.«

»Und wie fand Stuart das?«

Dieses Mal antwortete sie nicht sofort. »Meiner Meinung nach hat ihm das nichts ausgemacht, solange wir offiziell verlobt waren und meine Eltern diese Art von Arrangement auch akzeptiert haben.«

Travis konnte aus ihren Worten eine gewisse Bitterkeit heraushören, die neu für ihn war. Er fragte sich, ob Diana sich inzwischen die Frage stellte, wieso sie überhaupt so lange mit Stuart zusammengeblieben war. »Mochte Amy ihn?«

»Genauso wenig wie Kaugummi, der an ihrem Schuhabsatz kleben bleibt.«

Er musste lachen. »Ich denke mal, dass man es nicht ehrlicher beantworten könnte.«

»Tatsächlich hat sie sich mit ihren Gefühlen ziemlich zurückgehalten, als Stuart und ich noch ein Paar waren. Ich denke, dass sie die Sache nicht forcieren wollte, damit ich mich nicht zwischen ihm und ihr hätte entscheiden müssen.«

»Und falls du es hättest tun müssen?« Er wusste, dass er sich auf ein Thema eingelassen hatte, das ihn eigentlich nichts anging.

Dieses Mal nahm sie sich sehr lange Zeit für ihre Antwort. Und dann drehte sie sich zu ihm, um ihm dabei direkt in die Augen zu sehen. »Amy wird in meinem Leben immer an allererster Stelle stehen.«

Travis wurde das Gefühl nicht los, dass es nicht nur eine klare Ansage war, sondern auch eine direkte Warnung. Weil er die dunklen Wolken, die plötzlich zwischen ihnen aufgezogen waren, überspielen wollte, sah er auf seine Uhr. »Ich gehe wirklich nur sehr ungern. Aber wenn wir jetzt nicht aufbrechen, dann verpasse ich meinen Flug.«

Sie sammelten ihren Müll ein und warfen ihn auf dem Weg zum Auto in einen Abfalleimer. Obwohl Travis protestiert hatte und beharrte, er könne sich doch ein Taxi nehmen, bestand Diana darauf, ihn zum Flughafen zu fahren.

Als er am Straßenrand stand und ihr nachschaute, während sie davonfuhr, wurde ihm schlagartig bewusst, dass sie auf eine Art und Weise miteinander verbunden waren, die überhaupt nichts mit Amy zu tun hatte. Diese Vorstellung gefiel ihm einerseits unglaublich gut, doch andererseits versetzte sie ihn in Angst und Schrecken.

19

Weil er auf seinem Flug einen zweistündigen Zwischenstopp hatte, landete Travis erst kurz nach Mitternacht in Jackson. Während er den so gut wie ausgestorbenen Highway entlangfuhr, überlegte er, ob er nicht die Heizung im Haus per Fernbedienung einschalten sollte, kam aber dann zu dem Schluss, dass ein ausgekühltes Haus durchaus seiner Stimmung entsprechen würde. Er fühlte sich bei dem Gedanken unwohl, wie einfach sein Leben war, er wollte nicht daran erinnert werden, wie sicher er sich seiner Position innerhalb seiner Familie und der Gesellschaft sein konnte. Denn trotz Gottes Barmherzigkeit und dem Zeitpunkt seiner Geburt hätte auch er heute an Amys Stelle stehen können. Sie hatte keinen Einfluss auf das gehabt, was ihr zugestoßen war, sie hatte es weder durch ein Wort, einen Blick noch eine ihrer Aktionen herbeigeführt.

Wieso war ihm ihr Schicksal erspart geblieben? Er konnte es nicht akzeptieren, dass alles nur reiner Zufall gewesen war, es konnte weder mit Glück noch mit Pech zu tun haben. Es musste einen Grund dafür geben. Und genau diesen Grund musste er ermitteln, denn sonst würde er nie wieder seinen Seelenfrieden finden.

Als er schließlich ins Bett fiel, war es bereits fünf Uhr morgens. Eigentlich hätte er bis mittags liegen bleiben müssen, um sich gründlich auszuschlafen, stattdessen war er bereits um acht Uhr wach und schon wieder unterwegs.

Als er auf der Ranch ankam, erfuhr er, dass sein Vater frühmorgens in die Stadt gefahren war und dass seine Mutter, wie gewöhnlich, alleine zu Hause geblieben war. Sie empfing ihn an der Tür mit einer Tasse dampfendem Kaffee in der Hand. »So, wie du aussiehst, hast du den wohl dringender nötig als ich«, meinte sie, lächelte ihn an und drückte ihm die Tasse in die Hand. »Wann bist du denn zurückgekommen?«

»Heute Morgen.«

»Komm rein und erzähl mir von deiner Reise. Hast du die Stute denn gekauft?«

Er hatte es inzwischen fast vergessen, dass er allen erzählt hatte, er würde wegfahren, um sich Pferde anzusehen, die er kaufen wollte. »Wir müssen reden.«

»Du klingst ja so ernst.« Sie folgte ihm ins Haus. »Hast du irgendwelche Probleme?«

»Was hat Diana Winchester dir erzählt, als sie dich hier besucht hat?«

Dorothy erstarrte förmlich. »Ich habe ihr gesagt, dass sie dich in Ruhe lassen soll.«

Doch offenbar dämmerte ihr mit einem Mal, dass er mehr wusste, als sie annahm. Also fragte sie ihn: »Wieso willst du das denn wissen? Hat sie dir gegenüber irgendetwas erwähnt?«

»Wir haben uns unterhalten.« Er hatte nicht vor, ihr das zu erzählen, was er erfahren hatte; sie sollte die Möglichkeit haben, es ihm selbst zu erzählen.

Dorothys Aufmerksamkeit wurde durch die Putzgeräusche, die Felicia in der Küche verursachte, abgelenkt. Sie nahm Travis beim Arm und bugsierte ihn in ihr Büro. Als sie sich hinter ihrem Schreibtisch niedergelassen hatte, wollte sie wissen: »Über was habt ihr euch unterhalten?«

Travis führte die Tasse an seinen Mund und starrte sie über den Rand hinweg an. »Ich weiß es, Mutter.«

»Was weißt du?«, wollte sie vorsichtig wissen.

»Dass meine Schwester nicht gestorben ist.«

»Verdammt noch mal! Ich habe sie gewarnt und ihr gesagt, sie soll meine Familie in Frieden lassen!«

»Wenn man bedenkt, dass sie mit einer deiner Töchter

aufgewachsen ist, war das ziemlich viel verlangt, findest du nicht?«

»Dieses Mädchen hat absolut nichts mit unserer Familie zu tun.«

»Sie heißt Amy«, korrigierte Travis sie.

»Es ist mir vollkommen egal, wie sie heißt. Sie gehört nicht zu unserer Familie, sie hat nie zu ihr gehört.« Dorothy beugte sich nach vorn und bedachte Travis mit einem durchdringenden Blick.

»Und sie wird nie dazugehören.«

Travis war viel zu übermüdet, um sich über ihre drohende Art aufzuregen. »Wieso hast du sie weggegeben?«

»Das geht dich gar nichts an!«

Er ließ den Stuhl nach hinten kippen, weil er wusste, dass er sie damit verärgern würde. »Wäre es dir lieber, wenn ich Dad danach frage?«

Nun wirkte sie zum ersten Mal verunsichert. »Das würde dir auch nicht weiterhelfen. Denn seiner Meinung nach ist sie damals gestorben.«

»Und ganz offensichtlich hast du auch vor, auf diesem Tatbestand weiterhin zu beharren. Ehrlich gesagt, würde ich darauf wetten, dass du alles nur Erdenkliche tun würdest, nur damit er die Wahrheit nicht erfährt.«

Allmählich schienen ihre Bedenken größer zu werden. »Was soll denn das nun wieder heißen?«

Ganz bewusst ließ er das lange Schweigen zwischen ihnen zu, weil er wollte, dass sie die Antwort darauf selber herausfand. »Warum hast du Amy weggegeben?« Er wiederholte seine Frage noch einmal ganz präzise.

»Das würdest du wahrscheinlich sowieso nicht verstehen.«

»Dann versuche es wenigstens zu erklären.«

»Du schlägst dich auf die Seite einer Person, die du nicht einmal kennst, und stellst dich damit gegen deine eigene Mutter?« Als er darauf nicht antwortete, setzte sie noch eins drauf. »Das werde ich dir niemals verzeihen, Travis.«

»Ich denke, damit muss ich dann leben.« – »Hast du deinen Gedanken eigentlich bis zu Ende gedacht? Ich bin der Dreh- und Angelpunkt in dieser Familie. Ich bin diejenige, die den ganzen Laden hier zusammenhält. Ohne mich würdet ihr doch sofort alle eure eigenen Wege gehen. Willst du, dass das passiert?«

Sie wartete seine Reaktion ab, um sich klar zu werden, welche Richtung sie als Nächstes einschlagen sollte. Aber sowohl ihre Worte als auch ihre Versuche, ihn zu manipulieren, waren ihm mittlerweile viel zu sehr vertraut, um noch die gewünschte Wirkung auf ihn zu haben. Travis hatte es längst gelernt, seine Gefühle, egal ob gute oder schlechte, in ihrer Anwesenheit zu verbergen. Und das geschah aus reinem Selbstschutz.

»Warum seid ihr eigentlich alle davon überzeugt, dass ihr ein Recht auf eure Fehler habt«, erklärte sie nun mit der Stimme einer Märtyrerin, »während man mich für ewige Zeiten für meine verantwortlich macht?«

Sie machte ihre Sache wirklich gut, und Travis kannte keinen Menschen, der sie dabei übertreffen konnte. »Dieses Mal funktioniert das nicht, Mom. Ich möchte Antworten auf meine Fragen. Wenn du sie mir nicht geben kannst, dann werde ich sie mir bei anderen holen.«

»Wahrscheinlich kannst du dir überhaupt nicht vorstellen, was ich damals wirklich durchgemacht habe.«

»Ich verspreche dir, dass ich es versuchen werde.« Er beugte sich über den Schreibtisch, um nach ihrer Hand zu greifen, weil er hoffte, dass der körperliche Kontakt es ihr einfacher machen würde.

»Versuch bloß nicht, mir auch noch schönzutun. Ich habe dir bereits gesagt, dass ich dir niemals vergeben werde, wenn du mich dazu zwingst.«

Er rutschte tiefer in seinen Stuhl. »Aber warum erzählst du es mir dann nicht einfach, damit wir es endlich hinter uns haben?«

»Ich war schon fast im sechsten Monat schwanger, als ich die Nachricht bekam, dass dein Vater tot sei. Er hätte gar nicht nach Vietnam gehen müssen, weißt du? Er war verheiratet und hatte zwei Kinder. Doch am schlimmsten war, dass er gewartet hatte, bis der Krieg schon fast vorbei war, um sich dann doch noch als Freiwilliger zu melden. Er meinte, es wäre seine Pflicht, weil auch sein Vater und sein Großvater für ihr Vaterland gekämpft hatten, und dass er bei Gott nicht einfach länger zu Hause herumsitzen konnte, nur weil er das Recht dazu hatte.«

Travis hatte in seiner Kindheit versucht, mit seinem Vater über den Krieg zu reden. Gus hatte ihn immer mit ganz einfachen Antworten abgespeist, bis zu jenem Tag, als Travis bereits fünfzehn Jahre alt war und die Ranch unter einem extrem harten Winter schwer zu leiden hatte. Nur sie beide waren zu Pferd unterwegs, um verirrte Tiere einzufangen, als Gus ohne Vorwarnung plötzlich anfing, über seine Tochter zu reden, die gestorben war, während er durch einen ganzen Ozean von ihr getrennt gewesen war. Travis konnte sich zwar schon seit sehr langer Zeit nicht mehr daran erinnern, was sein Vater damals gesagt hatte, aber den tiefen seelischen Schmerz und das Schuldbewusstsein, das er aus der Stimme seines Vaters herausgehört hatte, würde er niemals vergessen.

»Das ganze Land veranstaltete Protestmärsche und verbrannte die Flagge, um gegen den Krieg zu demonstrieren, während dein Vater im Büro für die Anmusterung neuer Rekruten saß. Ich habe ihn angefleht, nicht zu gehen, aber er hörte mir gar nicht zu. Er wusste, wie schwer es für mich werden würde, wenn ich ganz allein auf mich gestellt hierbleiben müsste. Ich fand es grauenhaft, dass seine Eltern so nahe bei uns wohnten. Sie haben sich ständig in alles bei uns eingemischt. Harold marschierte einfach zur Tür herein, ohne anzuklopfen, egal ob es frühmorgens oder spätnachts war. Und jedes Mal, wenn ich nach draußen in den Hof ging, um dort zu arbeiten, hat mich Gladys vom Fenster aus beobachtet. Als sie starben, haben alle ständig immer wieder betont, wie tapfer ich doch gewesen sei, weil ich bei ihrer Beerdigung keine Träne geweint habe. Kein einziger Mensch, nicht einmal dein Vater, hat die Wahrheit begriffen. Endlich konnte ich meine Freiheit genießen.«

Ihre Wut klang so frisch und bitter, als sei das alles nicht bereits vor vielen Jahren, sondern erst gestern geschehen. Außerdem hatte sie ihr Geheimnis bei Weitem nicht so gut gehütet, wie sie angenommen hatte. Alles, was sie ihm über seine Großmutter und seinen Großvater erzählte, überraschte ihn kein bisschen. Doch Dorothy Martell klammerte sich mit aller Kraft an ihre Vorurteile und ihre Wut. Eine Kränkung, die ihr jemand irgendwann einmal auf der Highschool zugefügt hatte, hatte für sie genauso viel Gewicht wie die Absage des Bankers, der ihr damals keinen Kredit gewährte, damit sie ihren Laden mit Sportartikeln eröffnen konnte. Travis zweifelte keine Sekunde lang, dass sie auch die Drohung, die sie gegen ihn ausgesprochen hatte, wahr machen würde.

»Warum hast du Jackson verlassen, als du gedacht hast, Dad sei tot?«

Dorothy griff nach einem Stift auf dem Schreibtisch, hielt ihn zwischen zwei Fingern und klopfte damit gegen die Kladde.

»Deine Großmutter hat drei Wochen lang ununterbrochen nur geweint. Ich dachte, ich werde langsam verrückt.«

»Und was hat sie dazu gemeint, als du ihr gesagt hast, dass du fortgehen würdest?«

»Sie hat mich angefleht, nicht zu gehen. Aber es lag ihr nichts daran, dass sie mich um sich haben würde, es ging um euch, um die Enkel. Sie meinte, dass ihr das Einzige wärt, was ihr von Gus noch geblieben sei, und sie könnte es einfach nicht ertragen, auch euch noch zu verlieren. Ich habe ihr erklärt, dass ich unbedingt mit meiner eigenen Familie zusammenleben müsste und nach der Geburt des Babys wieder zurückkommen würde.«

Sie versuchte vergeblich, das aufkommende Lächeln zu verbergen. »Auch wenn ich nicht wie sie das College besuchen konnte, war ich noch lange nicht so dumm, ihr etwas zu geben, ohne selbst davon zu profitieren.«

»Und wolltest du das, als du wieder zurückgekommen bist?«

Sie warf den Stift auf den Schreibtisch. »Dein Vater hat mich vollkommen mittellos zurückgelassen.« Damit hatte Travis völlig unwissentlich ihren schwelenden Zorn mit weiterem Zündstoff angefacht. »Er hatte nur eine kleine Lebensversicherung abgeschlossen, mit der man gerade eben die Beerdigungskosten hätte decken können, sonst gab es nur die lumpigen Schecks, die wir von der Regierung erhielten, aber mehr auch nicht. Er hatte mir erklärt, dass wir uns praktisch gar nichts mehr leisten konnten. Und damit hatte er recht, es war unmöglich, zumindest mit dem bisschen Geld, das sein Vater ihm gab. Wir haben wie die Bettler gelebt. Alles, was die Ranch abwarf, haben die beiden Alten sofort einkassiert. Dein Großvater brachte es sogar fertig, Gus davon zu überzeugen, dass wir uns nicht unterkriegen lassen dürften, weil wir jeden Cent mehrmals umdrehen mussten, denn wir würden damit in die Zukunft unserer Familie investieren. Das ging ja auch in Ordnung, solange Gus noch lebte. Aber als man ihn für tot erklärt hatte, hat mich das Schicksal einfach dazu gezwungen, hart zu werden. Es stand vollkommen außer Frage, dass dein Großvater mir niemals seine Ranch überlassen würde. Das einzige Druckmittel, das ich besaß, waren die Enkel. Und wenn ich es ihnen zu leicht gemacht hätte, mit euch zusammen zu sein, dann hätten sie niemals begriffen, was für ein Opfer es für mich gewesen wäre, hier bei ihnen zu bleiben.«

»Einen Moment mal, ich möchte nur wissen, ob ich das

richtig verstanden habe. Der eigentliche Grund, weshalb du von hier weggegangen bist, war der, dass du damit Oma und Opa dazu bringen wolltest, dir Dads Rechte an der Ranch abzutreten?«

»Da haben wir es! Ich wusste, dass es darauf hinauslaufen würde! Du versuchst nicht einmal zu verstehen, was ich alles durchgemacht habe.«

»Es tut mir leid.« Er hatte das nicht einfach nur so dahingesagt, sondern wirklich ernst gemeint. Es tat ihm leid, dass er sich nicht auf ihre Seite schlagen konnte, dass er sie nicht verteidigen konnte, dass er keinen Ausgleich herstellen konnte zwischen dem, was sie an Liebe und Fürsorge den vier Kindern gegeben hatte, die sie behielt, und dem Kind, das sie weggab.

»Ich habe dabei nicht nur an mich selbst gedacht, weißt du. Ich musste doch auch euch Kinder beschützen. Es war doch euer Erbe, mit dem sie vor meiner Nase herumgewedelt haben, um mich dazu zu bringen, dass ich wieder zurückkomme.«

»Aber hättest du denn nicht mit drei Enkelkindern eine noch stärkere Position gehabt?«

»Auch das habe ich überlegt. Und falls es ein Junge geworden wäre, dann hätte ich ihn wahrscheinlich trotz der widrigen Umstände auch behalten.«

»Welche widrigen Umstände?«

»Ich konnte doch nicht allein auf die Martells setzen. Ich musste schließlich einen Ersatzplan in petto haben für den Fall, dass sie zu der Überzeugung gekommen wären, dass sie auch ohne uns hätten weiterleben können. Und mir war klar, dass es schon schwer genug sein würde, einen Mann zu finden, der mich mit zwei Kindern nimmt, die nicht von ihm stammen, aber mit dreien wäre das so gut wie unmöglich geworden.«

Das war es also. Nichts weiter als die biologische Entscheidung anhand einer Münze, mit der Amys Schicksal besiegelt worden war, und eine, die mit gefühlloser Logik gefallen war. »Es verwundert mich doch sehr, dass du so kurz nach der Nachricht von Dads Tod eine so klare Entscheidung fällen konntest.«

»Ich hatte gar keine Zeit, um ihn zu trauern. Damals war ich bereits im sechsten Monat schwanger.«

»Hat Großmutter Hart die Sache mit Amy gewusst?« Es war ihm zwar nicht klar, warum das eine Rolle spielte, aber er wusste, dass es so war.

»Natürlich wusste sie es. Ohne sie wäre ich niemals damit klargekommen. Sie war auch diejenige, die den Anwalt gefunden hat, der die Adoption arrangierte.«

Travis fuhr sich mit beiden Händen übers Gesicht, weil ihn mit einem Mal eine unendliche Müdigkeit überkam. »Ich verstehe ja, dass es dir sehr schwerfallen würde, Dad das jetzt zu erzählen. Aber meinst du nicht auch, dass es ihm über seine Enttäuschung hinweghelfen könnte, wenn er erfährt, dass Amy doch noch zu einem Teil seines Lebens werden könnte?«

»Glaubst du tatsächlich, dass es allein darum geht? Dass ich Angst davor habe, wie dein Vater reagieren könnte?« Sie untermalte es mit einer wegwerfenden Geste. »Gus würde mir alles vergeben und verzeihen.«

Damit überraschte sie ihn aufs Neue. »Wo liegt denn dann das Problem?«

Dorothy erhob sich und ging zu der Wand hinüber, an der ihre Ehrenurkunden und Medaillen hingen, die sie für ihre jahrelange Arbeit in lokalen und staatlichen Bürgerorganisationen und Wohlfahrtsvereinen erhalten hatte. Während sie mit dem Rücken zu ihm auf ihre Auszeichnungen starrte, meinte sie: »Ich habe viel zu hart dafür gearbeitet, um das zu erreichen, was ich heute bin. Ich kann es doch nicht zulassen, dass eine Bettlerin, die ihr Leben selber nicht in den Griff bekommt, einfach hier hereinmarschiert und mir das alles wegnimmt.«

Sie wirbelte herum, um ihn anzusehen. »Stell dich nicht so dumm, Travis. Du weißt genauso gut wie ich, dass ich, sobald es die Runde macht, dass ich deinem Vater über seine Tochter eine Lüge aufgetischt habe, so wenig willkommen sein werde wie eine Dürreperiode. Alle hier halten deinen Vater für einen gottverdammten Heiligen. Selbst wenn er Geld aus der Kirchenkollekte für die Armen stehlen würde, würden die Menschen hier eine Sammlung veranstalten, um ihm zu helfen.«

Mit einem Mal entdeckte Travis an seiner Mutter eine Seite, die völlig neu für ihn war und von der er sich wünschte, dass sie sich ihm niemals offenbart hätte. Travis wusste nicht, was er sagen sollte. Er war hierhergekommen, um an die Frau zu appellieren, die er für seine Mutter gehalten hatte und die ihm nun wie eine Fremde vorkam. »Ich bin mir ganz sicher, dass alle, sobald sie erfahren, wie leid dir das alles tut, auch ...«

»Genau das wird aber nicht passieren. Und deswegen gibt es auch keinen Grund, noch länger darüber zu reden.« Sie ging zu ihrem Schreibtisch zurück, ließ sich in ihrem Stuhl nieder, den sie nach vorne schob, als ob sie beabsichtigte, sich nun ihrer Arbeit zu widmen. »Falls du also nicht noch etwas anderes auf dem Herzen hast, hier warten eine Menge Dinge auf mich, die ich heute Vormittag erledigen muss.«

Travis erhob sich, lehnte sich über den Schreibtisch und sah von oben auf sie herab. »Nur ganz neugierig gefragt: Wie hast du dir es eigentlich vorgestellt, dass du mich davon abhalten kannst, es Dad zu erzählen?«

Sie bedachte ihn mit einem der perfekt einstudierten einschüchternden Blicke, mit denen sie ihre Kinder ein Leben lang konfrontiert hatte. Normalerweise folgte dann der Satz: »Weil ich dir das gesagt habe!« Er implizierte, dass jeder, der sich ungehorsam verhielt, mit irgendwelchen furchtbaren und geheimnisvollen Konsequenzen zu rechnen hatte. »Ich habe dir verboten, es ihm zu erzählen!«

Er blinzelte überrascht mit den Augen. »Und du glaubst tatsächlich, dass das funktionieren könnte?«

»Hast du eigentlich überlegt, was du Gus damit antun könntest?«

»Das ist genau der Punkt, den du eigentlich mit ihm hättest klären müssen, Mom.« Er setzte seine Baseballmütze wieder auf, rückte den Schirm zurecht und schnippte einmal kurz mit den Finger daran, um ihn etwas höher zu schieben. »Wenn du mich davon überzeugt hättest, dass es dir verdammt noch mal nicht nur um dich alleine geht, sondern auch um die anderen, dann hättest du mich womöglich auf deine Seite ziehen können.«

»Wieso schiebst du mir die ganze Schuld an dem zu, was passiert ist?«

»Wem sollte ich denn sonst die Schuld dafür geben?«

»Deinem Vater. Er wusste doch, dass er in diesem blöden Krieg getötet werden könnte. Warum also hat er für den Fall seines Todes nicht Vorsorge getroffen für seine Familie? Nein! Er war ja viel zu sehr damit beschäftigt, den Helden zu spielen, um über uns nachzudenken. Wie hätte ich denn drei Kinder mit dem bisschen durchbringen sollen, was die Regierung den Witwen bezahlt hat?«

Sie hielt inne, weil sie sich vergewissern wollte, ob sie ihn wenigstens ein wenig hatte überzeugen können, und fügte dann hinzu: »Ich habe das doch alles nur für dich und Sharon getan.«

»Gibt es da nicht noch jemand, den du mit einbeziehen möchtest?«

»Du wirst das noch bereuen, Travis«, schwor Dorothy. »Und sie wird das auch bereuen, falls du sie mit hierherbringen solltest.«

Mit einem Mal sah Travis wieder dieses Bild vor sich: Amy, wie sie in ihrem Krankenhausbett lag. »Falls du es auch nur im Entferntesten versuchen solltest, das an ihr auszulassen, dann betrachte ich es als meine ganz persönliche

Mission, dass jeder in diesem Staat erfahren wird, was du getan hast.«

»Wie kannst du mir so etwas antun?« Sie schnellte von ihrem Stuhl hoch und lief um den Schreibtisch herum. »Wo bleibt deine Loyalität? Wie kannst du es dir mit solcher Kaltblütigkeit vornehmen, deine eigene Mutter zu vernichten?«

»Und wie konntest du so kaltblütig sein, deine eigene Tochter wegzugeben?«

»Ich habe sie doch nicht in irgendeiner dunklen Gasse ausgesetzt. Ich habe alles Erdenkliche getan, damit sie ein gutes Zuhause bekommen würde. Der Mann, der sie adoptiert hat, war Arzt. Seine Familie war sehr reich. Und sie wollten Amy unbedingt, und ich wollte sie nicht. Verdammt noch mal, ich habe doch nur das getan, was ich für das Beste hielt! Warum soll ich jetzt dafür bestraft werden?«

Travis wollte sich nicht auf ihre Sicht der Dinge einlassen. Aber er wollte auch seinen Vater nicht verletzen. Doch wo würde dann Amy bleiben? Wer würde sich für ihre Rechte einsetzen?

»Vielleicht ist es ja so, dass Amy, wenn sie das alles erfährt, gar nichts mit uns zu tun haben will.«

»Willst du damit sagen, dass sie es noch gar nicht weiß?« Dorothy verhielt sich bei dieser Neuigkeit wie eine Mücke, die einen nackten Arm entdeckt hat.

Er überlegte kurz, ob er ihr erzählen sollte, was Amy in der letzten Woche durchgemacht hatte, kam dann aber zu dem Schluss, dass es nichts an der Sache ändern würde. »Ich wollte erst einmal hier klare Verhältnisse schaffen.«

»Bitte erzähle es ihr nicht, Travis«, flehte sie ihn an. »Das würde sie nur durcheinanderbringen. Da, wo sie jetzt lebt, hat sie sich doch ein eigenes Leben aufgebaut. Wenn du ihr das aber erzählst, dann zerstörst du damit auch ihr früheres Leben.«

Er wusste, dass er das gar nicht erst musste. Denn falls

Amy so weitermachte wie bisher, dann würde sie es ganz bestimmt irgendwann einmal schaffen, sich selbst zu zerstören. Seine Mutter hatte ihn genau in diesem Moment auf ihre merkwürdige Art davon überzeugt, dass er gar keine andere Wahl hatte.

»Möchtest du es Dad selbst erzählen«, fragte er so sanft, wie es ihm nur möglich war, »oder soll das lieber ich übernehmen?«

Sie suchte nach einem Ausweg. »Das würdest du tatsächlich tun? Nach allem, was ich dir erzählt habe?«

»Es tut mir leid ...«

»Du schlägst dich also lieber auf ihre Seite, ziehst eine Fremde deiner Mutter vor?«

»Es ist keine Frage der Wahl.«

»Falls du das wagen solltest, dann bist du nicht mehr mein Sohn! Dann möchte ich dich hier nicht mehr sehen – nie wieder!«

»Dann solltest du dich besser im Haus aufhalten und die Vorhänge fest verschließen«, antwortete er. »Ich habe nämlich nicht die Absicht, Vater links liegen zu lassen. Solange er hier sein wird, werde ich das auch.«

20

Als Travis bereits unterwegs war, um sich in der Stadt nach seinem Vater umzusehen, beschloss er ganz spontan, dass er es leid war, den lieben Gott zu spielen. Er hatte nie vorgehabt, diese Rolle zu übernehmen, denn dieser Schuh war ihm viel zu groß und die anstehenden Entscheidungen zudem viel zu schwierig.

Denn in dem Moment, wo er seinen Vater über Amy aufklären würde, gab es kein Zurück mehr. August Martell war im Gegensatz zu vielen anderen Männern, die Travis kennengelernt hatte, immer ein fester Rückhalt im Leben seiner Kinder gewesen. Er würde es niemals fertigbringen, auch nur einem seiner Kinder den Rücken zu kehren, so wenig, wie er es schaffen würde, ein Tier in seinem Todeskampf allein zu lassen.

Travis wollte sich an einen Ort zurückziehen, an dem er sich geborgen fühlte, und seinem Vater noch ein paar Stunden Schonfrist gewähren, in denen er guten Glaubens denken konnte, dass er in einer intakten Welt lebte, in der es gut und gerecht zuging.

Er fuhr in die Berge, die hinter seinem Haus lagen, parkte am Ende der schmalen, staubigen Straße und ging dann so lange, bis er bei einer Lichtung im Wald angekommen war. Durch die Wiese führte ein Bach, der das ganze Jahr über Wasser führte, das aus der Schneedecke stammte, die auf den hohen Gipfeln niemals vollkommen abschmolz.

Dort gab es einen Felsen, in dessen Ritzen das Wasser im Laufe der Zeiten eingedrungen und immer wieder auch gefroren war. Das hatte ihn schließlich zum Bersten gebracht, bis er völlig zerklüftet und zersplittert war. Dabei waren ganze Stücke aus dem Felsbrocken herausgespült worden und hatten ihn zu einem beinahe perfekten Stuhl geformt; die Armlehnen waren mit Flechten gepolstert, die Sitzfläche mit Piniennadeln, die wie eine Isolationsschicht gegen die Kälte wirkten.

Immer wenn Travis sich mit einem Problem herumschlug, kam er an diesen Ort, um in der Einsamkeit über die Dinge nachzudenken. Sehr oft machte er das schon bei Sonnenaufgang, manchmal aber auch, wenn der Tag sich bereits verabschiedete und die Nacht heraufzog. Und danach ging er jedes Mal mit dem Gefühl nach Hause, dass er die Dinge wieder in die richtigen Relationen gerückt hatte und seine Probleme nicht länger überbewertete.

Heute war der Himmel in ein warmes Sommerblau getaucht, und an den Pinien sprossen bereits neue zarte Triebe. Schon nach wenigen Minuten kamen die Eichhörnchen und Streifenhörnchen, die bei seiner Ankunft geflohen waren, wieder zurück, um sich ihren eigenen Geschäften zu widmen.

Hätte Travis die Wahl gehabt, dann wäre er am liebsten in der Zeit geboren worden, als noch die Schoschonen die einzigen Bewohner dieses Tales waren. Das war lange bevor sich die Bauern und Rancher hier ansiedelten, um das Land mit Zäunen einzugrenzen, womit sie auch die natürlichen Wanderwege und Futterquellen des Wildes und der Elche zerstört hatten. Sein Urgroßvater hatte ihm noch wilde Geschichten über den Kampf zwischen den Siedlern und den Elchen aufgetischt, etwa über einen Mann, der sich damit brüstete, dass er während eines harten Winters über eineinhalb Kilometer zurückgelegt hatte und dabei in toten und sterbenden Elchen gewatet sei, die manchmal in vier Schichten übereinandergelegen hätten. Inzwischen waren die Elche zu einer Touristenattraktion avanciert, die man in den harten Wintern in einem bewirtschafteten und bewässerten Reservat mit Klee durchfütterte.

Als Travis damals seine ersten Touristengruppen in das Hinterland geführt hatte, war das lediglich ein Versuch gewesen, den Fremden auf gewisse Weise einen Eindruck zu vermitteln, wie Jackson Hole früher einmal gewesen sein könnte. Damals war es sein Wunsch, dass sie selbst dieses Freiheitsgefühl erleben konnten und auch selbst die Gefahren spüren würden, die in einer Gegend lauerten, die noch wild und ungezähmt war.

Sein Ziel dabei war es, dass sie auch nach ihrer Abreise nie mehr vergessen würden, wie der Sternenhimmel ohne die künstliche Beleuchtung der zivilisierten Welt aussah, dass sie den Mut hatten, ihre Augen zu schließen, um sich auf die Geräusche zu konzentrieren, die man in einem Wald, der voller Leben war, hören konnte, und dass sie den Adrenalinstoß merken würden, den man bekam, wenn man wilden Tieren in der freien Wildbahn begegnete.

Seine Schwester Sharon hatte behauptet, durch seine Adern würde Pinienharz fließen, und dass er vollkommen glücklich wäre, wenn er in einer winzigen Holzhütte auf einem Berghang leben könnte, wo ihm der Bart bis zu den Knien wachsen würde und sein allerbester Freund ein Bär wäre. Aber damit hatte sie nur bedingt recht. Sie wusste nicht, wie sehr er menschliche Gesellschaft brauchte. Inzwischen war er sogar so weit, dass er ernstlich darüber nachdachte, dass es langsam an der Zeit wäre, sich an einem Ort fest zur Ruhe zu setzen, was auch immer darunter zu verstehen war.

Vermutlich war dieses Bedürfnis, das Leben mit einem anderen Menschen gemeinsam zu verbringen, bereits seit geraumer Zeit in ihm gewachsen.

Zumindest war das für ihn die einzige Erklärung, die er finden konnte, wieso er sich seltsamerweise so zu Diana hingezogen fühlte, denn sie kannten sich so gut wie gar nicht und hätten zudem nicht unterschiedlicher sein können.

Und dennoch hatte er sie seit seiner Abreise aus Minneapolis einfach nicht aus seinen Gedanken verdrängen können. Obwohl er im Moment derart viel um die Ohren hatte, war er in Gedanken stets bei ihr, und das lenkte ihn von seinen Problemen ab. Es hatte rein gar nichts damit zu tun, dass er sie automatisch als einen untrennbaren Teil von Amy sah. Wenn er an Diana dachte, dann dachte er an die Küsse, die sie geteilt hatten, an die Art, wie sie ihr Haar trug, und daran, welche Gefühle sie in ihm ausgelöst hatte, als sie ihn zum allerersten Mal anlächelte.

Seiner Meinung nach musste er sich darüber Rechenschaft geben, wieso er sich so sehr zu Diana hingezogen fühlte. Denn damit würde er bestimmt auch seine Gefühle wieder in die richtige Balance bringen können, sodass sich sein emotionales Auf und Ab endlich wieder beruhigen würde. Aber warum er sich überhaupt so fühlte, das musste er erst einmal herausfinden.

Und das würde vermutlich noch eine Weile dauern, denn im Augenblick standen sein Vater und Sharon an erster Stelle. Travis hatte zwar zugestimmt, als seine Mutter anbot, sie würde Gus die Sache mit Amy selbst beibringen. Doch bei Sharon lag der Fall schon etwas anders. Er wollte unbedingt vermeiden, dass seine Mutter Sharon einfach damit überrumpelte und sie auch noch beim Erzählen mit in ihre eigenen Vorurteile hineinziehen würde. Sollte Amy tatsächlich beschließen, ihnen einen Besuch abzustatten, dann würde vor allem Sharon der kritische Punkt sein. Sie war die einzige seiner Schwestern, die schon vor Amy geboren wurde. Und sie war damals bereits alt genug gewesen, um sich noch daran zu erinnern, dass ihre Mutter ohne das versprochene Baby heimgekommen war, und bereits in einem Alter gewesen, in dem man diesen Verlust sehr wohl als Schmerz empfindet.

Mittlerweile ging die Sonne hinter Travis langsam unter. Die Bäume warfen lange Schatten auf den Felsen, auf dem er saß. Ihm wurde kalt, und es gab auch keinen Grund mehr, noch länger zu bleiben.

Er hatte seiner Mutter versprochen, dass er ihr genügend Zeit lassen würde, um mit seinem Vater zu sprechen, und er hoffte inständig, dass sie davon Gebrauch gemacht hatte. Travis machte es nichts aus, wenn er danach noch eine Menge Details hinzufügen müsste, aber auf gar keinen Fall wollte er als Erster seinem Vater diese Nachricht überbringen. Schließlich konnte sein Vater eine Erklärung erwarten, und die sollte ihm seine eigene Ehefrau geben.

Travis marschierte zu seinem Pick-up zurück. Ganz spontan beschloss er, zu seinem Haus zu fahren, um nachzusehen, ob Diana eine Nachricht über Amy hinterlassen hatte. Doch sie hatte sich nicht gemeldet, und er ging enttäuscht auf die Veranda hinaus und überlegte bereits, wieder wegzufahren, als er sah, dass sein Vater in die Hofeinfahrt fuhr. Travis genügte ein Blick, um zu wissen, wieso er hergekommen war.

»Ich bin froh, dass ich dich noch erwischt habe«, erklärte Gus.

Travis ging auf ihn zu, um ihn zu begrüßen. »Willst du nicht reinkommen? Ich werde uns Kaffee machen.«

»Ja ... das sollte ich wohl.« Gus setzte seinen verbeulten Stetson ab und warf ihn auf einen Stuhl. Sie gingen schweigend ins Haus.

Gus saß am Küchentisch, während Travis den Kaffee aufsetzte. Er ließ das heiße Wasser über besonders viel Kaffeepulver laufen, bis in dem Topf eine Brühe entstand, die so schwarz war wie noch nie zuvor. Die dicke, dunkle Flüssigkeit, die den ganzen Raum mit ihrem schweren Aroma erfüllte, füllte er in eine Karaffe. Travis holte zwei Kaffeebecher vom Regal, gab in den seines Vaters noch Zucker, während er selbst darauf verzichtete.

Gus nahm einen kräftigen Schluck, stellte den Becher auf dem Tisch ab und deckte ihn mit einer Handfläche ab.

»Also, als Koch bist du eine komplette Niete, aber du kannst verdammt guten Kaffee machen.«

»Ich hatte ja schließlich einen guten Lehrer.« Travis zog einen Stuhl unterm Tisch hervor, ließ sich seinem Vater gegenüber nieder, wobei er die gekreuzten Beine seitwärts wegstreckte und die Arme auf dem Tisch abstützte. Auf diese Weise hätten sie sich auch über das Getreide unterhalten können, oder über das Wetter, oder darüber, dass sie sich eine neue Maschine anschaffen sollten. Was diesen Nachmittag von allen früheren unterschied, war die unterschwellige und kaum wahrnehmbare Spannung zwischen ihnen.

»Mir gehen unsere Campingausflüge ab, die wir gemeinsam unternommen haben, während wir deiner Mutter erzählt haben, dass wir nach verirrten Tieren Ausschau halten würden«, erklärte Gus. »Das Gefühl, wenn man morgens aus dem Schlafsack steigt und in einem Fleckchen Sonne steht, bis es einem den steifen Rücken fast röstet, ist mit nichts zu vergleichen.«

»Es gibt nichts, was uns daran hindert, das jederzeit wieder zu tun.« In diesem Augenblick hätte Travis alles unternommen, um die Traurigkeit, die er in den Augen seines Vaters sehen konnte, zu vertreiben.

»Das würde mir Spaß machen.«

Das Schweigen, das danach zwischen ihnen entstand, wurde irgendwann unerträglich. Also sagte Travis schließlich: »Mom hat es dir also erzählt?« Es war weniger eine Frage als eine Feststellung.

»In gewisser Weise.« Gus nahm einen weiteren Schluck Kaffee. Dann starrte er lange in die dunkle Flüssigkeit, als würde er darin nach der Frage suchen, die er als nächste stellen sollte. »Ich bin hergekommen, weil ich alles erfahren möchte.«

Weil Travis keine Ahnung hatte, welche Informationen für seinen Vater wichtig waren und welche nicht, begann er, die ganze Geschichte von Anfang an zu erzählen. In den Tagen, die er mit Diana verbracht und in denen er Amy aus ihrem Blickwinkel heraus kennengelernt hatte, waren ihm so viele Dinge über seine Vergangenheit klar geworden, die ihm bislang selbst nicht bewusst gewesen waren. Er schilderte Amys Kindheit und wie verzweifelt sie um die Anerkennung und Liebe des Ehepaares gekämpft hatte, das ihr diese Dinge vorenthalten hatte.

Travis beantwortete Gus' Fragen, so gut er es vermochte. Aber es gab viele Dinge, die er seinem Vater nicht erzählen konnte, weil Diana sie entweder selbst nicht gewusst oder beschlossen hatte, sie besser für sich zu behalten. Er konnte seinem Vater auch nicht sagen, welche Farbe Amys Augen hatten, aber dafür, dass Diana erwähnte, ihr Lächeln würde sie an das von Gus erinnern. Er hatte keine Ahnung, ob Amy schüchtern oder extrovertiert war, ob sie gerne Bücher las oder welche Art von Musik sie hörte. Und er konnte auch nicht die allerwichtigste Frage beantworten. Denn auch er wusste nicht, wer sie fast zu Tode geprügelt hatte, und vor allem wieso.

»Über was denkst du nach?«, wollte er wissen, als sein Vater keine weiteren Fragen mehr stellte.

»Ich habe nie verstanden, wieso mich dieses kleine Mädchen nie losgelassen hat«, erwiderte Gus leise. Er sah Travis an, als er sich mit der Faust auf die Brust schlug. »Die ganzen Jahre über ist sie immer hier drinnen bei mir gewesen. Ich habe immer gedacht, es hätte etwas mit meinen Schuldgefühlen zu tun, dass ich mich einfach nicht von ihr lösen konnte. Ich bin absolut davon überzeugt gewesen, dass ich an ihrem Tod schuld war und dass deine Mutter sie niemals verloren hätte, wenn ich mich wirklich darum bemüht hätte, früher aus diesem gottverdammten Dschungel nach Hause zu kommen.«

Travis versetzte der Schmerz, der in der Stimme seines Vaters lag, einen Schock. Seltsam, dass er so wenig über den Mann wusste, mit dem er sein ganzes Leben verbracht hatte. »Du hast sie so gut wie nie erwähnt.«

Gus schüttelte den Kopf. »Ich konnte es nicht.« – »Und was willst du nun tun?«

»Es spielt keine Rolle, was ich will.« Er erhob sich und trug den Kaffeebecher zur Spüle. »Es liegt ausschließlich an Amy, was als Nächstes passieren wird.« Er stand mit dem Rücken zu Travis und starrte in den Hof hinaus. »Amy ... das ist ein hübscher Name, findest du nicht auch? Ich habe mal ein Mädchen namens Amy gekannt. Sie war ...« Er nahm sich eines der Papiertücher, wischte sich die Augen und schnäuzte sich die Nase. Als er weitersprach, klang es so, als wäre er plötzlich meilenweit entfernt und hätte Travis' Anwesenheit vollkommen vergessen. »Ich wusste, dass es ein Mädchen werden würde. Und von Anfang an habe ich Dorothy erklärt, dass ich sie gerne Diana nennen würde nach der griechischen Göttin. In der Nacht, in der sie gezeugt wurde, stand ein Mond am Himmel, so schön, wie ich ihn noch nie gesehen habe. Das Einzige, was ich wusste, war, dass sie eines Tages zu einem ganz besonderen Menschen heranwachsen würde. Als ich erfahren habe, dass sie gestorben ist, ist wahrscheinlich auch ein Teil von mir gestorben.«

Gus schüttelte die Erinnerungen von sich ab und wandte sich wieder an Travis. »Das mit dem Namen habe ich bisher noch keinem erzählt.« Er knüllte das Papiertuch zusammen und warf es in den Mülleimer. »Was denkst du, wie groß waren wohl die Chancen, dass sie schließlich mit einer Schwester namens Diana aufwachsen würde? Man könnte fast glauben, dass es dafür einen Plan des Schicksals gab, der sich von selbst erfüllt hat, oder?«

Travis versuchte sich vorzustellen, was Gus im Moment durchmachte. Aber um nachempfinden zu können, wie es ist, wenn man ein Kind zeugt und einem dieses Kind dann weggenommen wird, dafür fehlten ihm einfach die grundsätzlichsten Erfahrungen.

Beinahe sechsundzwanzig Jahre lang hatte sein Vater

innerlich damit gerungen, einen Weg zu finden, wie er sich mit dem Tod seiner Tochter abfinden konnte. Nun musste er einen Weg finden, um mit den Lügen seiner Ehefrau leben zu können.

»Was meinst du, Travis? Ob sie wohl zu uns zurückkommen möchte?«

»Das weiß ich nicht«, antwortete er ehrlich. »Sie hat einige Probleme, mit denen sie erst einmal fertig werden muss.«

Gus lehnte sich gegen die Spüle und sah Travis ernst an. »Was für Probleme?«

Travis zögerte. Es war keinem damit geholfen, wenn er vorgab, dass Amys Elternhaus keine Spuren bei ihr hinterlassen hatte. »Diana sagte, dass sie mit einem Therapeuten über Amy gesprochen hat. Und der hat ihr erklärt, dass Amy fast besessen davon sei, sich selbst zu zerstören.«

»Meinst du damit, dass sie sich umbringen will?«

»Nicht so direkt. Erinnerst du dich noch an den Sohn von Jack Fender, der ständig in Schwierigkeiten steckte?«

»Ja ...«

»Amy verhält sich ganz genauso wie er.«

»Und ich behaupte immer noch, dass dieser Junge völlig in Ordnung gewesen wäre, wenn sein Vater ihm hin und wieder seine Hand auf die Schultern gelegt hätte, anstatt ihm damit das Hinterteil zu versohlen.«

»Wie ich bereits erwähnt habe, saß Amy praktisch im gleichen Boot, sogar ihre Eltern sind absolut vom gleichen Schlag.«

»Du musst dich da schon etwas klarer ausdrücken, Travis. Ich verstehe den Vergleich immer noch nicht.«

»Amy macht Dinge, die sie ständig in Schwierigkeiten bringen und die nicht gut für sie sind. Manchmal macht sie auch Dinge, die gefährlich für sie sind.«

»Komm endlich auf den Punkt.«

Es gab einfach keinen Weg, die schockierende Wahrheit

zu verharmlosen. »Sie musste wegen Drogen und Alkohol eine Entziehungskur machen.« Dass sie auch wegen Prostitution verhaftet worden war, war eine Sache, die Amy ihm selbst erzählen musste. Am wichtigsten war im Augenblick, dass Gus begriff, dass sie sich auf einer Spirale befand, die immer weiter nach unten führte, und dass sie genau deswegen jetzt ihre Familie brauchte.

In einer Stadt wie Jackson, in der sich die Reichen und Berühmten einfanden, um Geld auszugeben und sich zu amüsieren, gehörten Drogen und Alkohol zum Leben dazu. »Aber jetzt ist sie doch wieder in Ordnung, oder?«

Travis wusste nicht, wie er seine Antwort formulieren sollte. »Diana scheint das wohl zu denken, zumindest was die Drogen und den Alkohol angeht.« Aber dabei konnte er es nicht bewenden lassen, denn man hatte seinem Vater inzwischen zu viele Lügen aufgetischt. »Da ist noch eine andere Sache, die in ihr vorgeht, Dad. Ich könnte es dir zwar erzählen, aber eigentlich möchte ich das Amy selbst überlassen.«

»Was hat Diana gesagt, als du sie gefragt hast, wieso sie hierhergekommen ist, um uns aufzusuchen?«

»Dass Amy ihre eigentliche Familie dringend bräuchte.«

»Hat sie gesagt warum, nach so langer Zeit?« Gus machte sich, wie er es bei allem tat, Schritt für Schritt ein Bild, langsam, methodisch und unfehlbar.

»Es ist etwas vorgefallen, was sie zu Tode erschreckt hat. Und deswegen hat sie beschlossen, dass es besser sei, Amy an uns zu verlieren, als sie für immer zu verlieren.«

Gus fuhr sich mit den Händen übers Gesicht. »Deine Mom möchte nichts mit ihr zu tun haben.«

»Das weiß ich«, antwortete Travis.

»Hast du es Sharon erzählt?«

»Noch nicht.«

»Dann werden wir uns wohl besser darum kümmern, bevor es deine Mutter tut. Wir werden nämlich ihre Unterstützung brauchen, falls Amy heimkommen sollte.«

Noch nie hatte Travis seinen Vater mehr geliebt und bewundert als in diesem Augenblick. »Und was ist mit Mom?«

Gus stieß sich von der Spüle ab. »Was soll mit ihr sein?«

»Sie wird sich in diesem Punkt gegen dich stellen.«

»Das macht nichts.« Er durchquerte den Raum, wobei sein Hinken ihm einen schleppenden Gang verlieh. »Was sie möchte, spielt keine Rolle mehr.«

Travis wurde mit einem Mal ganz anders, weil ihn die plötzliche Gewissheit überfiel, dass seinem bisherigen Leben nicht nur ein Schlag versetzt worden war, sondern dass es unaufhaltsam in Schutt und Asche zerfiel. Wie würde sich das wohl auf Amy auswirken, wenn sie erfahren würde, dass sie der Grund dafür war?

21

Diana schaltete das Flurlicht an, zog gleichzeitig ihre Pumps aus und hängte die Tasche an die Garderobe. Es war bereits Viertel nach zehn Uhr abends, und sie hatte seit mittags nichts mehr gegessen. Ihr taten die Füße weh, ihr tat der Kopf weh, ihr schmerzte der Rücken, und trotzdem musste sie vor sich hin lächeln. Heute Abend hatte es den Anschein gehabt, als würde Amy wieder ganz die Alte werden. Sie erholte sich wesentlich schneller, als es alle ihre Ärzte für möglich gehalten hatten. Sie hatten sogar bereits erwähnt, dass man sie in ein oder zwei Tagen von der Intensivstation in ein normales Krankenzimmer verlegen könnte.

Auch wenn sie und Stephanie jede freie Minute, die sie hatten, im Krankenhaus verbrachten, war es längst nicht mehr dieser Rund-um-die-Uhr-Marathon. Diana war an diesem Morgen sogar an ihren Arbeitsplatz zurückgekehrt, um an einer Sitzung teilzunehmen, in der die revidierten Vorschläge für die Werbekampagne besprochen werden sollten. Sie war selbst überrascht, dass sie tatsächlich in der Lage war, sich auf die einzelnen Vorschläge der Kollegen zu konzentrieren.

Nach der Sitzung hatte sie mit Bill Summersby unter vier Augen über Amy gesprochen. Er hatte genau die richtigen Fragen gestellt und ehrliches Mitgefühl gezeigt und ihr erklärt, dass er alles tun würde, was in seiner Macht stünde, um sie zu entlasten. Aber auch, dass sie nun dringend im Büro benötigt wurde, nachdem sie so viele Sitzungen verpasst hatte, als sie sich um Amy im Krankenhaus kümmerte.

Sie begab sich in die Küche, schüttelte auf dem Weg dorthin ihr Jackett ab und öffnete die obersten Knöpfe ihrer

Bluse. Sie ließ die Jacke und ihre Strumpfhosen auf den Treppenabsatz fallen, um sie später mit hochzunehmen, wenn sie sich umziehen würde. Als sie sah, dass auf dem Anrufbeantworter keine Nachrichten gespeichert waren, verspürte sie ganz kurz das bereits bekannte Gefühl der Enttäuschung.

Travis war nun bereits seit vier Tagen weg, und sie hatte immer noch nichts von ihm gehört. Er hatte nicht versprochen, dass er anrufen würde, aber sie hatte sich eingeredet, dass er es tun würde, auch dann, wenn er nicht mit ihr in Verbindung bleiben wollte, aber doch zumindest, um zu erfahren, wie es um Amy stand.

Vielleicht wartete er auch darauf, dass sie ihn anrufen würde. Er hatte sowohl seine Büronummer als auch seine Privatnummer auf einem Notizzettel an ihren Kühlschrank gepinnt und dazugeschrieben, wann er vermutlich unter welcher Nummer erreichbar sein würde. Wenn sie mit ihm reden wollte, dann hätte sie doch jederzeit den Hörer abnehmen können, um ihn anzurufen.

Meine Güte noch einmal, wieso war ihre Beziehung nur derart kompliziert geworden?

Falls sie morgen immer noch nichts von ihm hören sollte, dann würde sie nachgeben und ihn anrufen. Was für einen Unterschied machte es denn schließlich, wenn sie als Erste den Kontakt wieder suchte? Außerdem hatte sie durchaus plausible Gründe, ihn anzurufen. Solange er sich immer noch nicht sicher war, ob er mit seinem Vater die Sache wirklich besprechen sollte, konnte sie auch Amy nichts erzählen. Natürlich hatte sie nicht vor, mit Amy schon jetzt über die Martells zu reden. Selbst, wenn Travis gute Nachrichten brachte, müsste sie so lange damit warten, bis man Amy endlich aus dem Krankenhaus entließ.

Diana fing an, die Schränke nach etwas Essbarem zu durchsuchen, das man schnell zubereiten konnte. Sie fand nur eine Menge Dosen mit Tomaten, Bohnen und Oliven –

alles nur Zutaten, kein Gericht. Sie hatte keine Lust, sich eine Pizza zu bestellen, und das Einzige, was sie im Kühlschrank vorfand und was nicht bereits weit über dem Verfallsdatum lag, war Zitronenjoghurt. Amy liebte ihn über alles, aber Diana konnte ausgerechnet diese Geschmacksrichtung überhaupt nicht ausstehen.

Irgendwann musste sie sich endlich Zeit nehmen, Lebensmittel einzukaufen. Doch bis dahin ... bis dahin? Das war die Frage.

Sie schnappte sich eine Tüte Popcorn und warf sie in die Mikrowelle. Sie hatte schon ganz anderes zu Abend gegessen. Zudem sagte sie sich, dass Popcorn immerhin aus Kohlehydraten, Fett und Salz bestand.

Genau in dem Moment, als die Mikrowelle zu piepsen begann, klingelte es an der Tür. Sie sah auf die Uhr. Stephanies Verabredung war wohl sehr viel früher zu Ende gewesen, als sie angenommen hatte. Diana nahm das Popcorn heraus, ließ es einfach auf die Küchenanrichte fallen und ging dann zur Tür.

»Wieso bist du denn schon wieder zurück?«, fragte sie, während sie die Tür öffnete.

Aber dort stand nicht Stephanie. Diana verschlug es vor lauter Überraschung fast den Atem. Sie hatte sich längst ausgemalt, welche Gefühle es wohl in ihr auslösen würde, falls Travis wieder zurückkäme, und hatte keine Sekunde daran gezweifelt, dass sie sich darüber freuen würde. Aber mit einer derartig heftigen körperlichen Reaktion, bei der ihr das Herz im Halse klopfte und ihr Verstand vollkommen aussetzte, hatte sie nicht gerechnet.

»Tut mir leid«, versuchte sie zu erklären, »aber ich dachte, es wäre ...«

»Ich hätte wohl besser zuerst anrufen sollen.« Sein Blick wanderte zu ihrer geöffneten Bluse und von dort zu ihren nackten Füßen. Er bedachte sie mit einem kurzen und entschuldigenden Lächeln. »So, wie es ausschaut, war es wohl gut, dass mein Flug Verspätung gehabt hat, sonst hätte ich womöglich bloß gestört.«

Sie begriff nicht, was er meinte. »Von was redest du denn?«

Travis zog den Riemen seines Rucksacks etwas höher über die Schulter. »Ganz offensichtlich hattest du Gesellschaft.«

»Nein, hatte ich nicht. Ich bin soeben aus dem Krankenhaus zurückgekommen.« Sie sah an sich herunter. »Ach deswegen, weil ich so aussehe.«

»Ist ja auch egal«, erwiderte Travis. »Ich wollte nur kurz vorbeikommen, um dir zu sagen, dass ich wieder in der Stadt bin.«

Ganz ungewollt begann sie zu lächeln. »Du hast gedacht, es sei ein Mann bei mir?«

Er zuckte mit den Schultern. »Könnte doch sein, dass du und Stuart beschlossen hättet, dass ihr es noch einmal miteinander versucht.«

»Würde es dir denn etwas ausmachen?« Sie forderte ihn heraus, was sonst gar nicht ihre Art war.

»Ich habe überhaupt kein Recht zu sagen, ob es mir was ausmachen würde, was du machst oder mit wem du dich triffst.«

»Würde es dir denn etwas ausmachen?«, wiederholte sie.

Er sah sie sehr lange an, bevor er zur Antwort gab: »Ja, das würde es.«

»Gut, nachdem wir das geklärt hätten, wie wäre es, wenn du hereinkommen würdest?«

Travis ging hinter ihr her und ließ seinen Rucksack auf den Boden fallen. Sie sahen sich beide sehr lange an, bevor er sie schließlich in seine Arme schloss. Auf den leisen Seufzer der Erleichterung, der ihr nun entfuhr und ihn hoffen ließ, hatte er nur gewartet. Er küsste sie auf eine Art und Weise, als wären sie seit Langem ein Liebespaar mit großer Vertrautheit und ohne Hemmungen. Als sie seinen Kuss erwiderte, waren alle Bedenken, dass er sich zurückhalten sollte oder seine Gefühle unterdrücken müsste, wie weggeblasen. Von ihr ging eine unglaublich erregende Hitze aus, wie er sie noch nie zuvor erlebt hatte.

Inzwischen war es ihm vollkommen egal, ob das, was sich zwischen ihnen abspielte, auch nur die geringste Chance hatte oder ob es nur die Reaktion auf irgendeine emotionale Verwirrung war, die sie wie Geiseln gefangen hielt. Sie war stark, sie war schön, und wenn er nur an sie dachte, ging es ihm gut.

Er nahm ihr Gesicht in seine Hände und streichelte ihre Wangen mit seinen Daumen. Mit einem angedeuteten Lächeln wiederholte er ihre Worte von vorhin. »Gut, nachdem wir das geklärt hätten, wie geht es Amy?«

Sie legte ihre Hände auf die seinen. »Ich muss erst einmal eine Sekunde Luft holen.« Ihr ganzes Leben lang hatte sie sich nach Dutzenden von Regeln gerichtet, die bestimmt hatten, was sie zu fühlen, zu denken und zu erwarten hatte. Innerhalb dieser Grenzen hatte sie sich immer sicher gefühlt, auch wenn sie wusste, dass es auf Kosten ihrer Freiheit ging. Travis lebte in einer ganz anderen Welt. Er reagierte rein instinktiv und handelte so, als wäre Freiheit für ihn geradezu eine Verpflichtung. »Bist du dir deiner Sache immer ...«, sie rang nach den richtigen Worten, »... immer so sicher?«

»Habe ich mich getäuscht?«

Sie schloss die Tür. »Das ist nicht der Punkt.«

»Was ist es dann?«

»Ich habe noch nie jemand wie dich gekannt.« Wie konnte sie ihm bloß klarmachen, was in ihrem Kopf vor sich ging. »Was hättest du denn gemacht, wenn Stuart tatsächlich zurückgekommen wäre?« Eigentlich hatte sie nicht vorgehabt, ihm diese Frage zu stellen, aber auf seine Antwort war sie dennoch neugierig.

Travis lächelte. »Ich hätte mich wohl gefragt, was du mit

ihm anstellen würdest, wenn du für ihn das Gleiche empfinden würdest wie für mich.«

»Woher willst du denn wissen, was ich empfinde?«

»Ich kann es in deinen Augen lesen.« Er kam näher, und seine Stimme wurde zu einem leisen Flüstern, als er sagte: »So, wie auch du es in meinen Augen lesen kannst.«

Sie verspürte ein großes Verlangen nach ihm, das wie ein heißes Feuer durch ihren Körper jagte, als hätte er ihre Brüste berührt oder seine Hand zwischen ihre Beine geschoben. Wie war es nur möglich, dass Travis allein mit Worten in ihr Dinge auslösen konnte, die Stuart nicht einmal im Bett geschafft hatte?

»Das passiert mir alles zu schnell«, erklärte sie, zog ihre Hand von seiner Brust zurück und verschanzte sich in der Ecke.

»Wenn es nach mir gegangen wäre, dann wäre es überhaupt nicht passiert.« Er hob seinen Rucksack wieder hoch. »Ich brauche das genauso wenig wie du.«

»Wo gehst du hin?«

»In ein Hotel.«

»Wieso?«

Er warf ihr einen wütenden Blick zu. »Meinst du das im Ernst?«

»Ja ... nein.« Sie fing an, ihre Bluse zuzuknöpfen, bis sie merkte, wie albern das wirken musste. »Ich weiß nicht, was ich will.«

»Na gut, aber ich weiß es«, erwiderte er leise. »Aber das wird erst dann passieren, wenn auch du dir darüber sicher bist.«

»Geh nicht«, stieß sie hastig hervor. »Zumindest nicht gleich. Ich habe dir noch gar nichts von Amy erzählt.«

Er stellte seinen Rucksack wieder ab. »Und ich habe dir auch noch nichts über meinen Vater und Sharon erzählt.«

»Sie wissen es? Ich dachte, du hattest vor, nichts davon zu erzählen. Wieso hast du deine Meinung doch geändert?«

»Erst einmal, wie geht es Amy?« – »Einfach fantastisch! Langsam kommt sogar wieder die alte Amy zum Vorschein. Endlich haben sie ihr den riesigen Verband abgenommen. Und sie hat auch nicht mehr diese entsetzliche graue Gesichtsfarbe. Die Ärzte haben sogar angedeutet, dass man sie in ein paar Tagen aus der Intensivstation entlassen könnte.« O Gott, sie war so froh, dass er zurückgekommen war! Sie hatte ihn so vermisst wie den Sonnenschein, was man auch erst dann merkte, wenn sich der Regen und die Wolken verzogen hatten. Obwohl sie sich so sehr über die Genesung von Amy gefreut hatte, hatte sie das Gefühl gehabt, dass ihr noch etwas fehlte. Und jetzt wusste sie, was es gewesen war.

»Ich möchte sie besuchen.« Er lehnte sich mit einer Schulter gegen die Wand. »Ich brauche deine Hilfe, damit wir ihr meinen Besuch erklären können und sie uns das auch glaubt, ohne dass wir später irgendwelche Erklärungen abliefern müssen.«

Er hatte tiefe dunkle Ringe unter den Augen. Offenbar war seine Reise nach Hause die Hölle für ihn gewesen. »Komm doch mit mir in die Küche, dann können wir dort darüber reden. Ich habe mir gerade etwas Popcorn gemacht und gebe dir gerne etwas davon ab.«

»Ein andermal«, antwortete er. »Wenn ich mich nicht jetzt nach einem Hotel umsehe, dann werde ich hier schlafen müssen, egal, ob ich das möchte oder nicht.«

Sie nahm ihn bei der Hand und führte ihn den Flur entlang bis zu einem Nebenzimmer. »Deiner Verfassung nach bin ich mir sicher, dass wir es für eine Nacht auch hier hinbekommen werden. Du kannst dir morgen ein Hotel suchen.«

Er warf den Rucksack auf das Bett. »Aber ich halte es immer noch für besser, wenn ich dir keinen Gutenachtkuss gebe.«

Mit einem Mal verspürte sie diese verflixte Hitze wieder. »Gute Idee.«

Als Diana am nächsten Morgen zur Arbeit fuhr, schlief Travis immer noch. Sie hinterließ ihm auf dem Küchentisch eine Nachricht und eine Thermoskanne mit Kaffee.

Lieber Travis,
mit etwas Glück schläfst Du vielleicht bis Mittag durch, und wir könnten uns dann zum Mittagessen treffen. Solltest Du früher wach werden, dann kannst Du Dich natürlich in der Küche nach Lust und Laune bedienen. Es ist mir peinlich, aber ich muss zugeben, dass das wohl eher eine Herausforderung sein wird und keine Großzügigkeit. Und nimm bloß nichts aus dem Kühlschrank. Alles, was da drin steht, ist entweder bereits grün oder am Wuchern. Und ich möchte nicht, dass auch Du noch in der Klinik landest. Ich weiß, dass Du es gar nicht erwarten kannst, Amy zu sehen. Aber seit sie wieder bei Bewusstsein ist, sind die Vormittage für Besuche nicht günstig. Da finden die Arztvisiten statt, sie wird gebadet und tausend andere Dinge dazu. Außerdem müssen wir uns erst einmal eine Erklärung für Deine Anwesenheit überlegen. Und das könnten wir beim Mittagessen machen. Weil ich mit Stephanie fahre, kannst Du den Wagen haben. Die Schlüssel liegen auf dem Tisch im Flur. Wenn Du das gelesen hast, dann ruf mich an. Ich werde Dir dann erklären, wo das Restaurant ist.
Diana

Bevor sich Travis eine Tasse Kaffee eingoss, warf er einen Blick auf die Uhr. Es war halb zehn Uhr morgens, und er starb fast vor Hunger. Er nahm einen Schluck der dünnen Brühe und verzog das Gesicht.

Das Telefon klingelte. Zuerst dachte er, es wäre am besten, den Anruf dem Anrufbeantworter zu überlassen, aber dann überlegte er, dass es Diana sein könnte.

Es war sein Vater. Gus stammelte einige Sekunden lang und meinte: »Ich habe einen Anrufbeantworter erwartet.«

»Ist alles in Ordnung?« Er hatte seinem Vater Dianas Nummer gegeben, damit er, falls sich etwas Unerwartetes ereignen sollte, eine Möglichkeit hatte, ihn zu erreichen.

»Ich habe gehofft, dass ich dich noch erreichen kann, bevor du mit Amy redest. Hast du schon mit ihr gesprochen?«, wollte Gus wissen.

»Ich habe sie noch gar nicht gesehen. Meine Maschine ist gestern Abend mit Verspätung angekommen. Und ich bin gerade erst vor fünf Minuten aufgestanden.«

Es folgte eine lange Pause. »Du bist gerade erst aufgestanden und gehst an das Telefon von Diana?«

Travis schloss die Augen und biss sich auf die Zähne. Er hatte sich zu Hause die allergrößte Mühe gegeben, damit keiner mitbekam, wie nahe sich Diana und er inzwischen standen, und nun hatte er es auf einen Schlag verraten, weil er an das blöde Telefon gegangen war. »Komm bloß nicht auf die Idee, dir da etwas zusammenzureimen, was es nicht gibt«, erklärte er und versuchte dabei möglichst unbefangen zu klingen. »Als ich gestern Nacht hier angekommen bin, war ich vollkommen übermüdet. Und Diana hat mir angeboten, in ihrem Gästezimmer zu schlafen.«

»Sie scheint eine nette Person zu sein.«

August Martell war der ehrlichste Mensch, den Travis kannte. Und er hasste es, ihn zu belügen, selbst wenn es sich nur um Ausflüchte handelte. »Warum willst du mit mir reden, bevor ich Amy besuche?«

»Ich habe mir überlegt, dass es vielleicht besser wäre, wenn du noch ein paar Tage abwartest, bevor du ihr von unserer Familie erzählst.«

Gus hatte rein instinktiv das Gefühl, dass seine Frau etwas im Schilde führte. Travis wandte sich um und sah aus dem Fenster. Von Westen zogen dichte schwarze Wolken auf, die zu seinem Stimmungsumschwung passten. »Was ist los?«

»Sharon hat mich angerufen und mir gesagt, dass deine Mutter vor einigen Tagen Faith und Judy in Frankreich aufgetrieben hat. Sie sind bereits auf dem Heimweg, und sie werden im Laufe des Nachmittags eintreffen.« Gus hielt inne, holte tief Luft, atmete nochmals tief aus, bevor er fortfuhr: »Wir haben keine Ahnung, was sie ihnen erzählt hat. Und ich vermute mal, dass es das Beste wäre, wenn Amy noch nichts erfährt, bevor ich das nicht herausgefunden habe. Ich weiß, dass du davon überzeugt bist, dass sie ohnehin erst einmal eine Weile abwarten wird, bevor sie hier anruft, aber ich wollte das Risiko einfach nicht eingehen.«

»Sie wird nicht anrufen, Dad. Zumindest nicht sofort.«

»Ist denn irgendetwas passiert? Geht es ihr schlechter?«

»Nein, es geht ihr gut. Aber sie liegt immer noch auf der Intensivstation. Ich habe nicht vor, ihr irgendetwas zu verraten, bevor sie nicht hundertprozentig wiederhergestellt ist oder zumindest fast so weit.«

»Und wann, denkst du, wird es so weit sein?«

»Bevor ich sie nicht heute Nachmittag gesehen habe, kann ich darüber noch nicht viel sagen.«

»Du rufst mich aber dann an, ja?«, bat Gus ihn.

Travis rechnete kurz im Stillen vor sich hin, berücksichtigte dabei den Zeitunterschied und überlegte, wann er wohl die Möglichkeit für ein Telefonat haben würde. »Wo bist du heute Abend nach dem Essen?«

»Daheim.«

»Möchtest du, dass ich Mom eine Nachricht hinterlasse, falls ich dich aus irgendeinem Grund verpassen sollte? Ich müsste dabei keine Details erzählen, sondern nur hinterlassen, dass ich Amy besucht habe und sie in Ordnung ist.«

»Sie wird nicht da sein.«

Es waren weniger Gus' Worte, die Travis alarmierten, sondern die Art und Weise, wie er sie ausgesprochen hatte. »Wieso nicht?«

»Sie ist ausgezogen.«

Mit einem Mal überkam Travis erneut eine unendliche Müdigkeit. Er zog einen Stuhl heran und setzte sich. »Wann war das?«

»Vor ein paar Tagen.«

»Du hast es mit keinem Wort erwähnt.« Er stützte seinen Ellenbogen auf den Tisch und den Kopf in die Hand.

»Ich dachte, du hättest schon genug um die Ohren. Außerdem ist das eine Sache, die nur deine Mutter und mich etwas angeht. Ich möchte nicht, dass meine Kinder das Gefühl bekommen, sie würden zwischen uns stehen oder sie müssten womöglich Partei ergreifen.«

Langsam konnte sich Travis ein klares Bild machen. Er verstand nun, wieso seine Mutter Faith und Judy angerufen hatte und wieso sie wollte, dass sie nach Hause kamen. Der Kaffee stieß ihm wie Säure auf. »Wohnt Mom bei Sharon?«

»Sharon hat ihr gesagt, dass sie es für keine gute Idee hält, wenn sie bei ihr einzieht. Im Moment wohnt sie in Rogers Haus.«

Roger war Sharons Schwager, ein Computergenie, der einen geschäftlichen Volltreffer mit gewaltfreien Videospielen für Jugendliche gelandet hatte. Er besaß in Teton Village ein Haus, über das wegen seiner Architektur im Stile von Frank Lloyd Wright, aber auch wegen des Einsatzes von innovativer Technologie bereits diverse Zeitschriften berichtet hatten. Dorothy konnte das Haus nicht ausstehen und hatte sich in ihren Äußerungen diesbezüglich auch nie zurückgehalten. Travis hatte sich oft gefragt, ob bei ihren scharfzüngigen Attacken nicht auch ein Quäntchen Neid mit im Spiel war.

»Das tut mir leid, Dad. Ich hätte nie gedacht, dass es so weit kommen würde.«

»Dir braucht überhaupt nichts leid zu tun«, erklärte Gus barsch, »du hast nur getan, was du für richtig gehalten hast. Und ich bin deswegen verdammt stolz auf dich.«

»Und was ist, wenn Amy letztendlich meint, dass sie mit

unserer Familie gar nichts zu tun haben will?« Langsam, aber sicher begann sich Travis zu fragen, ob es am Schluss überhaupt noch eine Familie für Amy geben würde, zu der sie gehören könnte. »Dann wäre das Ganze völlig umsonst gewesen.«

»Allein, dass ich erfahren habe, dass sie nicht gestorben ist, ist schon mehr als genug. Diese ganzen Jahre, in denen ich mir selbst Vorwürfe gemacht habe ...«

Die Stimme seines Vaters wurde so leise, dass sich Travis anstrengen musste, um seine Worte zu verstehen.

»Und jetzt bin ich mit einem Mal befreit davon«, beendete Gus seinen Satz.

»Möchtest du, dass ich heimkomme, um mit Judy und Faith zu reden?«

»Nein, überlass das deiner Mutter.«

»Aber sie müssen beide Seiten zu hören bekommen.« In manchen Situationen grenzte der Glaube seines Vaters an faires Verhalten schon an Naivität.

»Das werden sie schon noch rechtzeitig.«

Travis wusste, dass es keinen Sinn hatte, noch mehr Druck auszuüben. »Ich werde dich heute Abend anrufen.«

»Mein Gott, ich wünschte, ich könnte jetzt bei dir sein. Es gibt so vieles, was ich ihr gerne sagen möchte.«

»Ja, auch ich wünsche mir, du könntest hier sein.« Travis verabschiedete sich von seinem Vater, legte auf und betete insgeheim, dass auch Amy eines Tages den Wunsch haben würde, ihnen zuzuhören.

22

Als Erstes strömte eine Gruppe von Stammgästen ins Lokal, es waren lauter Frauengrüppchen mit Einkaufstüten. Sie plapperten ununterbrochen, tranken Weißwein und warfen erst einen Blick in die Speisekarte, als der Kellner sie dazu drängte. Danach kamen Männer und Frauen, geschäftsmäßig gekleidet in grauen, dunkelblauen und schwarzen Anzügen oder Kostümen. Sie begrüßten einander überschwänglich und mit einem breiten Grinsen, studierten schweigend die Speisekarte und tranken teures Mineralwasser.

Travis, der die Speisekarte längst gelesen und sich bereits für ein Reuben-Sandwich entschieden hatte, überlegte danach, was Diana wohl bestellen würde. Er tippte auf den chinesischen Hühnchensalat mit Dressing.

Seit er das Restaurant betreten hatte, sah er jedes Mal hoch, wenn sich die Tür öffnete. Schließlich wurde sein Warten belohnt. Diana betrat das Lokal in der anscheinend obligatorischen Geschäftskleidung, nur dass sie ein sandfarbenes Stresemann-Kostüm mit feinen blauen Streifen trug, dessen Schnitt ihre kurvenreiche Figur kaschierte. Doch das regte Travis' Fantasie noch mehr an.

Diana gab der Kellnerin ein Zeichen, als sie Travis entdeckt hatte. Sie lächelte ihn auf eine Weise an, wie es nur Verliebte tun, vertraut und aufgeregt, weil er für sie der wichtigste Mann in diesem Raum war. Während der Zeit, in der sie vorsichtig umeinander herumgetanzt waren, um sich besser kennenzulernen, war ihnen gar nicht bewusst gewesen, dass ihre Herzen längst über ihren Verstand gesiegt hatten. Es musste schon etwas Umwälzendes geschehen, um ihnen das wieder zu entreißen.

Travis hatte von diesem Augenblick geträumt, nicht als Kind, sondern als erwachsener Mann, und war schon so weit gewesen zu glauben, dieser Augenblick werde niemals mehr kommen.

Er erhob sich und rückte den Stuhl für sie zurecht. Es war eine Geste der Höflichkeit, die er sehr wohl beherrschte, die er aber bei Gleichaltrigen nur selten anwandte. Sie quittierte das wiederum mit einem Lächeln.

»Wartest du schon lange?«, wollte sie wissen.

»Nein«, log er.

»Auf dem Weg aus dem Büro bin ich ständig von Leuten aufgehalten worden. Wegen dieser neuen Werbeagentur ist dort die Hölle los.« Sie nahm die Speisekarte zur Hand.

»Und was kannst du in diesem Fall tun?«

Sie senkte die Speisekarte und musterte Travis. »Das kannst du dir sparen.«

»Was sparen?«, meinte er.

»So zu tun, als würde dich das interessieren.«

»Das mache ich nie. Meine Schwester behauptet sogar, dass das einer meiner Fehler wäre.«

»Welche deiner Schwestern?«

Travis merkte sehr wohl, wie viel Überwindung sie diese Frage gekostet hatte. Am Abend zuvor, während sie das Popcorn gegessen hatten, hatte Diana ihm gestanden, dass ihr erst jetzt allmählich klar geworden sei, was es bedeuten würde, Amy mit jemand anderem teilen zu müssen. »Sharon, denn sie ist der Meinung, dass es ihre Aufgabe sei, aus mir einen einigermaßen zivilisierten Menschen zu machen.«

Der Kellner kam, um ihre Bestellung aufzunehmen. Diana wollte zuerst die Pasta Speciale haben, aber als sie mitbekam, was Travis bestellte, entschied sie sich ebenfalls für das Reuben-Sandwich.

Travis schüttelte den Kopf. »Ich bin davon ausgegangen, dass du einen Salat bestellen würdest«, gestand er ihr.

»Wieso?« – »Weil du so dünn bist.«

»Ich bin nicht dünn«, erwiderte sie abwehrend. »Das liegt nur an diesem Kostüm. Das verbirgt meine ...«

»Tut mir leid. Ich wollte eigentlich nur sagen: ›schlank‹. Nun kannst du sehen, was passiert, wenn keine meiner Schwestern dabei ist, um mich zu korrigieren.«

»Es ist nicht deine Schuld. Ich hatte mir vorgenommen, das endlich mal zu lassen.«

»Verdammt noch mal, von was redest du denn da eigentlich?«

Sie griff zu ihrem Wasser, genehmigte sich einen Schluck und ließ sich mit ihrer Antwort Zeit. »Stuart hat mich immer dann als dünn bezeichnet, wenn er dachte, dass ich an Gewicht zulegen würde. Es war seine Art, mir zu stecken, dass ich eine Diät machen müsste.«

»Diese Art von Spielchen spiele ich nicht, Diana. Es ist mir völlig egal, wie viel du wiegst. Mich interessieren eher ganz normale Dinge. Zum Beispiel würde ich gerne wissen, wie du nackt aussiehst ... und wie deine Augen aussehen, wenn du sie liebeshungrig zusammenkneifst.« Er heftete seinen Blick auf ihre Brüste und wanderte dann bis zu ihrer Taille. »Ich weiß zwar, dass Sex mit dir niemals so irre sein kann, wie ich mir das in Gedanken vorstelle, aber das ändert nichts daran, dass ich die ganze Zeit über an gar nichts anderes mehr denken kann. So wie jetzt zum Beispiel. Ich würde sogar das Mittagessen dafür stehen lassen, nur um herauszufinden, was unter diesem schrecklichen Kostüm steckt.«

»Wie kommst du auf die Idee, dass es mit mir niemals so irre sein könnte?« Sie forderte ihn heraus. »Und was gefällt dir an meinem Kostüm nicht? Und was soll denn das heißen – du würdest sogar das Mittagessen dafür stehen lassen? Wenn du es genau wissen willst, ich bin die Mittagessen von mindestens einer ganzen Woche wert.«

Er musste lachen. »Endlich, da haben wir die echte und wahre Diana Winchester wieder. Wo ist die eigentlich abgeblieben, als du mit diesem Blödmann Stuart zusammengelebt hast?«

»Keine Ahnung. Seit er sich davongemacht hat, habe ich mir diese Frage an die hundert Mal gestellt.«

Der Kellner kam mit einem Brotkörbchen und einer reich verzierten Flasche Olivenöl zurück. Mit einer geübten Handbewegung goss er das Öl über ihre Brotteller, wobei er zuerst einen Kreis und dann ein X in der Mitte zog. Danach stellte er die Flasche auf den Tisch und verschwand mit einer kleinen Verbeugung.

»Ich bringe es einfach nicht fertig, denen zu sagen, dass mir Butter lieber wäre«, erklärte Diana, während sie zusah, wie das Öl zu einem kleinen Klecks zusammenlief.

Travis' Gedanken waren meilenweit von Brot, Butter und Öl entfernt. Er wusste, dass er ihr nicht hätte sagen dürfen, wie sehr er sich nach einer Liebesnacht mit ihr sehnte, schon gar nicht nach dem gestrigen Abend. Auch wenn es etwas Verführerisches an sich hatte, so zu tun, als würde alles, was sich zwischen ihnen beiden abspielte, auf einer fernen Insel geschehen und nicht durch die Turbulenzen, die mit Amy zu tun hatten, betroffen oder beeinflusst werden, war er viel zu sehr Realist, um das auf Dauer zu glauben. Er hatte genug Erfahrungen gemacht, wenn es um sexuelle Begierde ging und wie sie sich zeigte. Doch dieses Mal war es anders. Natürlich wollte er Diana, aber er wollte sich nicht allein mit ihrem Körper begnügen.

»Du bist in Gedanken ganz woanders«, bemerkte Diana.

»Nein, das bin ich nicht.«

»Weißt du, du solltest nicht diese Scherze mit mir treiben. Was würdest du denn machen, wenn ich dich beim Wort nähme?«

»Probiere es doch einfach aus«, gab er ihr zur Antwort.

»Wir sollten das einfach lassen.«

Genau diese Bemerkung hatte ihm noch gefehlt. »Du hast recht. Es ist der falsche Ort ... und der falsche Zeitpunkt.«

Auch wenn Travis auf etwas ganz anderes Lust hatte als auf Brot, das noch dazu in Olivenöl schwamm, musste er sich mit etwas beschäftigen. Also griff er in den Brotkorb und brach ein Stückchen von dem leichten Sauerteigbrot ab. Er bot es zuerst Diana an, die jedoch den Kopf schüttelte. Er tauchte es mit einer Ecke in das Öl und nahm einen Bissen davon. »Ich habe nur gerade drüber nachgedacht, wie sehr sich mein Leben in den letzten beiden Wochen verändert hat.«

»Diesen Gedanken lasse ich erst gar nicht zu«, gestand ihm Diana, »weil ich sonst durchdrehen würde.«

»Du lebst also von einem Tag auf den anderen, was?«

»Es macht mir Angst, wenn ich zu weit im Voraus plane. Es gibt viel zu viele Dinge, die ich nicht kontrollieren kann, die aber mein ganzes Leben verändern könnten.«

»Was denn zum Beispiel?«

»Dein Vater und deine Schwestern. Du hast mir immer noch nicht gesagt, wie sie reagiert haben, als du es ihnen erzählt hast. Hat es Gus so schwer getroffen, wie du befürchtet hattest?«

Er lieferte ihr eine kurze Version der Geschehnisse, die er mit den Worten beendete: »Im Augenblick macht er sich vor allem Sorgen darüber, dass Judy und Faith gezwungen werden könnten, Partei zu ergreifen. Er möchte nicht, dass Amy bei ihrer Rückkehr nach Hause plötzlich in einen Familienzwist gerät.«

»Das klingt sehr seltsam – Rückkehr nach Hause. Amy ist niemals in Wyoming gewesen.«

»Meinst du, dass es besser wäre, wenn sie alle hierherkommen würden?«

Seltsamerweise war ihr der Gedanke bis jetzt nie gekommen. In ihrer Vorstellung war es immer Amy gewesen, die zu ihnen fahren würde. Erst als sie darüber nachdachte, wusste sie auch, warum. Für Amy war Minneapolis zum Gefängnis geworden. Sie brauchte dort keine Besucher, sie musste von dort weg.

»Nein«, antwortete Diana, »sie würde ganz bestimmt lieber zu euch kommen.«

Nachdem der Kellner die Sandwichs serviert hatte, aßen sie schweigend, als wären sie froh über die Möglichkeit, sich endlich mit etwas anderem zu beschäftigen.

Schließlich brach Diana das Schweigen. »Ich kann dich heute Nachmittag nicht ins Krankenhaus begleiten. Ich habe im Büro eine Sitzung, die ich nicht schwänzen kann, und ...« Sie zögerte, weil sie ihm nichts über den Anruf ihres Vaters erzählen wollte, der darauf bestanden hatte, dass sie sich mit ihm und ihrer Mutter nachmittags traf. »Und dann ist da noch eine Sache, die ich nicht verschieben kann. Ich wollte eigentlich schon der Krankenschwester Bescheid sagen, damit sie Amy erklärt, dass ich nachmittags nicht kommen kann, aber Stephanie hat gemeint, dass sie gegen vierzehn Uhr im Krankenhaus vorbeischauen würde und das für mich übernimmt.« Ohne Appetit stocherte sie in ihrem Kohlsalat herum. Schließlich gab sie es auf, legte ihre Serviette auf den Tisch und lehnte sich im Stuhl zurück. »Ich brauche heute Nachmittag das Auto, aber ich werde dich dann später in der Wohnung abholen, sobald es mir möglich ist.«

»Gibt es einen speziellen Grund, wieso du nicht möchtest, dass ich allein ins Krankenhaus gehe?«

Diana verstand nicht, weshalb er seine Frage mit solcher Schärfe gestellt hatte. »Meinst du nicht auch, dass es etwas merkwürdig wirken würde, wenn du dort ganz allein auftauchst? Wie willst du das denn begründen?«

»Ich kann Amy sagen, dass ich ein Freund von dir bin.«

»Ein Freund, dem es einen Kick verschafft, wenn er eine Wildfremde in Krankenhäusern besucht?« Es war nicht ihre Absicht, dass ihre Worte so sarkastisch klangen.

»Vielleicht solltest du mir ein bisschen mehr zutrauen, oder?«

»Ich finde einfach nur, dass es viel leichter würde, wenn du noch etwas abwartest.« – »Leichter für wen?«

»Natürlich für Amy«, meinte sie abwehrend, »sie ist schließlich die Einzige, um die ich mir Sorgen mache.«

»Du verhältst dich so, als wäre sie dein persönlicher Besitz.«

»Weil ich mir Sorgen um sie mache? Ich habe nicht vor, dass irgend so ein ...« Sie bekam sich wieder in den Griff, aber da war es schon zu spät.

»Irgend so ein ... was, Diana? Dahergelaufener?« Nun legte auch er seine Serviette auf den Tisch und beendete damit seine Mahlzeit. »Du vergisst immer wieder, dass ich ihr Bruder bin. Wenn du Amy ganz für dich alleine behalten willst, dann hättest du niemals nach Wyoming kommen dürfen. Die Martells kümmern sich schon um sich selbst.«

Diana wurde wütend. »Wenn das stimmen würde, dann wären wir jetzt nicht hier, oder?«

Er zuckte zusammen. »Nein, das wären wir nicht.«

Dianas Wut verrauchte ebenso schnell, wie sie gekommen war. »Es tut mir leid.«

»Ich weiß nicht, was in mich gefahren ist.«

»Ich auch nicht.« Sie sah ihn verwundert an. »Ich habe mein ganzes Leben lang *für* Amy gekämpft, aber das ist das erste Mal, dass ich *um* sie gekämpft habe. Das ist ein merkwürdiges Gefühl.«

»War das auch so ähnlich für euch beide, als ihr zusammen aufgewachsen seid?«

»Ich weiß, es klingt pervers, aber meine Eltern sind der Grund, weshalb Amy und ich uns so nahestehen. Ich glaube nicht, dass wir die fünf Jahre Altersunterschied zwischen uns sonst hätten überwinden können. Ich bin das Einzige, was sie hat.«

Und sie ist das Einzige, was ich habe, wurde Diana mit erschreckender Klarheit bewusst.

»Jetzt nicht mehr«, erwiderte Travis zärtlich.

Wieso fiel es ihr bloß so schwer, loszulassen, obwohl es doch genau das war, was sie sich für Amy erhofft hatte?

»Möchtest du, dass ich Stephanie anrufe und ihr sage, dass sie nicht im Krankenhaus vorbeischauen muss?«

»Sage ihr doch einfach, dass ich auch da sein werde.«

Diana atmete tief durch. »Ich denke mal, dass ich dich dann später sehe.«

»Wann?«

Sie hatte keine Ahnung, was ihr Vater von ihr wollte, und noch weniger, wie lange das Treffen dauern würde. »Ich weiß es ehrlich gesagt nicht, aber wahrscheinlich kannst du mit mir nicht vor siebzehn Uhr rechnen.« Sie sah auf ihre Uhr. Ihre Sitzung würde in fünfzehn Minuten beginnen.

Er griff in seine Tasche und zog ihre Autoschlüssel hervor. »Mach schon«, meinte er, »ich finde schon den Weg zum Krankenhaus.«

Sie wollte noch nicht gehen. »Bist du dir sicher? Es macht nichts aus, wenn ich ein paar Minuten zu spät komme.«

»Wir sehen uns heute Abend, Diana.«

Sie schob ihren Stuhl zurück und erhob sich. »Wie kannst du es dir leisten, so lange von der Arbeit wegzubleiben?«

Sie fand, seine Antwort kam zu schnell und zu locker: »Weil ich der Chef bin.«

Es geschah zwar nicht sehr oft, aber hin und wieder gelang es Diana, hinter Travis' Fassade zu blicken, und was sie dort entdeckte, gefiel ihr immer wieder aufs Neue. Trotzdem wurde sie das Gefühl nicht los, dass auch er versteckte Fehler haben musste. Es konnte doch nicht sein, dass jemand nur gute Seiten hatte.

Die erste halbe Stunde verbrachte Travis im Krankenhaus damit, Amy ausfindig zu machen. Die Krankenschwestern auf der Intensivstation teilten ihm mit, dass sie in einen anderen Trakt verlegt worden sei, aber sie waren viel zu beschäftigt, um nachzusehen, wohin genau. Travis irrte durch mehrere Stockwerke, bis er schließlich aufgab und nach unten zum Informationsschalter für die Besucher ging. Als er abermals in Richtung Aufzug ging, kam er an einem Wägelchen mit lauter Blumensträußen vorbei, die den Patienten zugestellt werden sollten. Ihm gefiel der Gedanke, etwas Besonderes anlässlich der Entlassung von Amy aus der Intensivstation zu machen. Er ging also wieder den ganzen Weg zurück bis zum Geschenkeladen. Weil er keine Ahnung hatte, was für Blumen Amy mochte, kaufte er den Strauß, der ihm am besten gefiel. Es war ein Arrangement aus vielen Farben und Formen und sah aus, als wäre jemand durch einen Garten spaziert und hätte alles gepflückt, was gerade blühte.

Als er schließlich Amys Zimmer erreichte, waren ihm Zweifel gekommen, ob es wirklich eine so gute Idee war, dort mit Blumen aufzutauchen. War so ein Mitbringsel nicht ein bisschen zu viel des Guten für einen x-beliebigen Freund von Diana? Auch wenn ihm durchaus klar war, welche Probleme es zur Folge haben würde, wenn Amy erfuhr, wer er war, konnte er es kaum mehr erwarten, die Sache hinter sich zu bringen. Es gefiel ihm nicht, dass er die Wahrheit vor ihr verschweigen musste.

Er fühlte sich in gewisser Weise erleichtert, als er Amys Zimmer betrat und feststellte, dass sie schlief. Im Zimmer standen zwei Betten, eines davon war Amys, das beim Fenster stand, das andere neben der Tür war nicht belegt. Travis stellte die Blumen auf ein Regal gegenüber von Amys Bett und näherte sich dann geräuschlos, um seine Schwester eingehender zu betrachten.

Schläuche, Apparate und sogar die Infusionsflasche waren weg. Nur eine viereckige Gazebinde bedeckte die Stelle an ihrem Kopf, die man rasiert und orange eingefärbt hatte. Abgesehen davon wirkte sie genauso wenig krank oder pflegebedürftig wie er.

Aus einem merkwürdigen Bedürfnis heraus, ganz sicherzugehen, dass sie auch am Leben war, berührte er mit einer Fingerkuppe ihre Wange. Er war sich nicht schlüssig, ob die äußerliche Ähnlichkeit tatsächlich so stark war, wie er meinte, oder ob er sich das bloß einredete. Die schlafende Amy sah mit ihren hohen Wangenknochen und dem energischen Kinn ganz eindeutig wie eine Schwester von Judy aus, während sie dank der dichten, gebogenen Augenbrauen und der leicht nach oben zeigenden Nase schon verdammt nahe an eine Doppelgängerin von Sharon herankam. Er versuchte sich vorzustellen, wie es ihm wohl ginge, wenn er wüsste, dass es irgendwo einen Bruder von ihm gäbe, der genauso aussah wie er. Würde er sich dann darüber ärgern, dass sich ihm plötzlich jemand aufdrängte, der ihn anscheinend seiner Einmaligkeit beraubte, oder würde damit automatisch eine gefühlsmäßige Verbindung entstehen?

Er hatte zwar versucht, Sharon darauf vorzubereiten, aber konnte man denn überhaupt einen Menschen auf eine solche Situation vorbereiten? Den Äußerlichkeiten nach konnte man die Familienbande gar nicht bestreiten. Und es schien ihm unmöglich, dass sie nicht noch tiefer gingen. Aber war das denn überhaupt möglich? Sharon und Amy waren in völlig verschiedenen Welten aufgewachsen. Sie hatten zwar genetisch dieselbe Herkunft, aber keine gemeinsamen Erfahrungen.

Vielleicht würde vieles anders werden, wenn sich seine Mutter tatsächlich mit Amy träfe, wenn sie Amy selber sehen würde und feststellen musste, wie viel von ihren anderen Töchtern in ihr steckte.

Klar doch, vielleicht können auch Schweine tatsächlich fliegen, und dieser gottverdammte Traktor, für den der Mechaniker eingeflogen wurde, um ihn zu reparieren, würde auch endlich problemlos funktionieren! Travis schob die Hände in die Taschen seiner Jeans und sah zum Fenster hinaus.

Amy war sich nicht klar, was sie aufgeweckt hatte, doch noch ehe sie die Augen öffnete, wusste sie bereits, dass sie nicht allein im Zimmer war. Sie lauschte sehr lange, bis sie ein Geräusch vernahm. Jemand bewegte einen Stuhl und setzte sich. Es war nicht Diana. Das wusste sie genauso sicher, wie sie auch wusste, dass ihre Schwester versuchte, etwas vor ihr zu verbergen.

Schließlich gewann die Neugierde über ihre Müdigkeit die Oberhand, und sie zwang sich dazu, die Augen zu öffnen, wobei sie die Lider nur ganz langsam heben konnte. Es war schon erstaunlich, was für eine Anstrengung es sein konnte und welcher Konzentration es bedurfte, eine so alltägliche Sache zu bewältigen.

Den riesigen Blumenstrauß sah sie als Erstes.

Die Blumen konnten nur von Diana stammen. Keiner sonst wusste, wie sehr sie diese steifen Arrangements hasste, die Floristen normalerweise anboten.

Und außerdem hatte sie sowohl Diana als auch Stephanie das Versprechen abgerungen, keiner Menschenseele zu sagen, dass sie im Krankenhaus lag.

Sie hatte Diana sogar dazu überreden können, auf ihren Anrufbeantworter eine Nachricht zu sprechen, die besagte, dass sie auf Reisen sei, damit niemand auf die Idee käme, nach ihr zu suchen.

Ihr Blick wanderte zum Fenster und dann zu dem Stuhl. Dort saß ein Mann in gebückter Haltung, der ihr ein vorsichtiges Lächeln schenkte. Sie war sich sicher, dass sie ihn nicht kannte, und trotzdem hatte sie dieses merkwürdige Gefühl, dass er sie an jemanden erinnerte.

»Wie geht es Ihnen?«

Er hatte eine leise und fast schmelzende Stimme, die sehr warm klang, so, als würde er sie mit seinen Worten streicheln.

Gehörte er zu ihren Ärzten? Sie runzelte die Stirn. »Gut.«

»Brauchen Sie etwas? Vor wenigen Minuten habe ich eine Krankenschwester vorbeigehen sehen.«

»Kenne ich Sie?«

Offenbar hatte sie ihre Frage zu leise gestellt, denn er erhob sich und kam näher.

»Ich bin Travis Martell, ich bin ein Freund Ihrer Schwester.«

»Ist Diana hier?«

»Sie hat heute Nachmittag eine Sitzung, aber sie wollte, dass ich Ihnen sage, dass sie so bald wie möglich herkommen wird.«

Irgendetwas hatte es mit seiner Stimme auf sich, sie weckte in ihr Erinnerungen, aber sie konnte es nicht wirklich an etwas festmachen. »Wieso habe ich das Gefühl, dass ich Sie kenne?«

Nun sah es ganz so aus, als würde er sich in seiner Haut nicht mehr wohlfühlen. »Ich habe Sie mehrmals besucht, als Sie noch auf der Intensivstation lagen. Vielleicht erinnern Sie sich einfach nur an meine Stimme.«

»Vielleicht.« Es schien zwar ein bisschen weit hergeholt, aber irgendeine Erklärung musste es dafür geben, dass sie diese merkwürdige Verbindung zu ihm verspürte. Plötzlich kam ihr ein Gedanke. »Sie haben gesagt, dass Sie mich auch auf der Intensivstation besucht haben?«

»Ja«, antwortete Travis vorsichtig.

»Aber sie lassen dort nur Familienbesuche zu.«

Jetzt sah er so aus, als würde er sich absolut unbehaglich fühlen, so wie eine Katze, die gerade festgestellt hatte, dass es keinen Weg mehr vom Dach herunter gab. Er zuckte mit den Schultern. »Dann haben sie diese Regeln offenbar geändert, denn Stephanie war genauso oft da wie ich.«

»Sie hat behauptet, sie wäre meine Schwester.« Sie wartete ab. Und er schwieg. »Und was haben Sie behauptet?«, bohrte sie nach.

»Wieso reden wir darüber nicht später? Sie sehen müde aus ... und ich muss ...«

»Was haben Sie gesagt?« Amy gab nicht auf – und bekam

auf einmal Angst, obwohl sie sich beim besten Willen nicht erklären konnte, wieso.

Er versuchte zu lächeln. Doch sie empfand sein Lächeln eher als bedrohlich statt beruhigend. »Ich habe behauptet, Ihr Bruder zu sein.«

Mit einem Fall fiel ihr wieder dieser Anruf ein, den sie erhalten hatte, etwa fünf Minuten bevor sie ohnmächtig geworden war.

Der Anruf war der Grund gewesen, weshalb sie nach unten in Stephanies Wohnung gerannt war.

Amy sah ihn sehr lange und streng an. Schließlich meinte sie: »Stimmt das denn?«

23

Noch während Diana auf den Hintereingang zuging, öffnete Helen bereits die Küchentür für sie. Sie legte einen Finger auf den Mund, um anzudeuten, dass es besser wäre, zu schweigen. Als Diana nahe genug war, flüsterte Helen: »Irgendetwas geht da drinnen vor sich. Nimm dich in Acht!«

Diana war nicht klar, ob es einfach nur an ihrer Erschöpfung lag oder ob sie im vergangenen Monat viel zu viel durchgemacht hatte, jedenfalls schüchterte Helens Warnung sie nicht ein. »Egal, um was es geht, ich hoffe, es ist die Mühe wert. Denn ich musste mich extra aus einer Sitzung davonschleichen, um hierherzukommen.«

Helen nahm Diana beim Arm, als wollte sie mit dieser Berührung die Bedeutung ihrer Worte noch unterstreichen. »Ich habe deinen Vater noch nie so erlebt. Er hat nur herumgeschrien und mit Schimpfwörtern nur so um sich geworfen, was ich bei ihm noch nie erlebt habe, nicht einmal damals, als du seinen Mercedes zu Schrott gefahren hast.«

Normalerweise zeigte ihr Vater seine Verärgerung durch Schweigen und einschüchternde Blicke. »Wo ist er?«

»Im Wohnzimmer mit deiner Mutter.«

Diana ging ins Haus, während aus ihrem Tuscheln ein leises Flüstern wurde. Denn Eileen würde Helen garantiert auf der Stelle feuern, wenn sie mitbekäme, dass sie mit Diana über Familienangelegenheiten geredet hatte. »Hast du irgendeine Ahnung, um was es eigentlich geht?«

Helen schüttelte den Kopf. »Leider nicht. Ich habe zwar versucht, es herauszufinden, damit ich dich vorwarnen kann, aber ihr ganzes Gerede hat überhaupt keinen Sinn ergeben. Dein Vater hat nur immer wieder von irgendeinem

Scheck angefangen, und deine Mutter hat ständig wiederholt, dass sie damit doch nur hätte helfen wollen.«

Diana begann zu schmunzeln, woraufhin Helen überrascht die Augen weit aufriss. »Mach dir keine Sorgen«, sagte Diana, umarmte die ältere Frau kurz und meinte dann: »Diese Sache kann ich alleine durchstehen.«

Wenn es ein Zimmer in diesem Haus gab, das Diana nicht mochte, dann war es das Wohnzimmer. Der Innenarchitekt hatte es in einem steifen, formellen Stil ausgestattet und dabei eine Vorlage kopiert, die Eileen in einem Buch über Reiche und Berühmte gefunden hatte. Um sich wirklich wohlzufühlen, hätte bei Weitem auch die Hälfte der Einrichtung gereicht, zumal der gesamte Raum außerdem mit diversem Krimskrams dekoriert war. Als das Zimmer eingerichtet wurde, hatte Diana den Fehler begangen, ihre Mutter darauf hinzuweisen, dass die Fotovorlagen, nach der sie die Einrichtung gestaltete, alles andere als eine anschauliche Darstellung des gesamten Raumes waren, sondern nur diverse Arrangements zeigte, die der Fotograf selbst zusammengestellt hatte, um auf den Bildern die freien Ecken zu füllen. Eileen hatte Diana ihre Einwände bis heute nicht verziehen und niemals zugegeben, dass sie damit recht hatte. Irgendwann wurde aus dem Zimmer, das sie als ihr Glanzstück geplant hatte, ein einziges Ärgernis, was sie aber aufgrund ihrer Sturheit weder zugeben konnte noch ändern wollte.

Eileen saß, mit dem Rücken zu Diana, auf der unverschämt teuren Kopie eines Chippendale-Stuhls. Carl stand beim Kamin und hatte einen Arm auf den Kaminsims zwischen zwei Staffordshire-Porzellanhunden gelegt.

Carl sah hoch, als Diana in der Tür erschien. »Du bist zu spät dran.«

Weil sie wusste, dass ihn das verärgern würde, warf sie einen Blick auf ihre Armbanduhr. »Ehrlich gesagt, bin ich zu früh dran, um genau zwei Minuten.«

»Mach die Tür zu«, forderte er sie auf. Sie schloss die Tür, doch sie ging nicht ins Zimmer, sondern drückte sich gegen die geschnitzte Türtäfelung.

»Du wolltest mich sehen?«

Er starrte sie wütend an. »Was hast du mit dem Geld gemacht?«

Sie hatte nicht die Absicht, es ihm leicht zu machen. »Von welchem Geld redest du?«

»Du hast den Scheck eingelöst, den deine Mutter Amy gegeben hat.«

Ehe sie überhaupt darauf antworten konnte, fuhr er ihr mit der Hand dazwischen. »Versuche ja nicht, das zu bestreiten. Ich habe mit den Leuten in der Bank geredet, und sie haben mir bis ins Detail geschildert, wie du sie hereingelegt hast. Ich habe Nachforschungen angestellt und herausgefunden, dass sich das Geld nicht auf Amys Konto befindet und auch nicht auf deinem. Was hast du damit gemacht?«

»Das ist doch völlig egal.«

Er wirbelte herum, um sie anzusehen, und hatte sich dabei so schnell bewegt, dass er mit seinem Arm einen der Porzellanhunde streifte und umwarf. Eileen sprang auf und stieß einen Schrei aus. Sie streckte dabei vergeblich die Arme aus, um den Hund aufzufangen, bevor er auf den Kaminsockel krachte. Nach ihrem gescheiterten Versuch meinte sie vorwurfsvoll zu Diana: »Nun kannst du sehen, was du angestellt hast!«

»Würdest du bitte den gottverdammten Hund vergessen!«, herrschte Carl seine Frau an.

Diana konnte sich nicht daran erinnern, dass ihr Vater jemals ihre Mutter angeschrien hatte. Sie wartete ab, wie ihre Mutter darauf reagieren würde. Doch statt einer Retourkutsche, die Diana erwartet hatte, brach Eileen in Tränen aus, als sie sich wieder setzte. Offenbar war heute der Tag der Premieren.

Carl wandte sich wieder Diana zu. »Ich kann dir sagen, wieso das absolut nicht egal ist. Es ist mein Geld, und ich möchte es wiederhaben!«

»Der Scheck war auf Amy ausgestellt. Meiner Meinung nach ist es also ihr Geld.«

»Sie hat doch gesagt, dass sie es nicht haben will«, mischte sich nun Eileen ein, während ihr Blick auf den Scherben des Keramikhundes ruhte.

»Und warum hast du den Scheck dann nicht einfach wieder mitgenommen?«, entgegnete Diana. Bis zu diesem Augenblick war es ihr gelungen, eine gewisse Distanz zu wahren und sich nicht in den Streit hineinziehen zu lassen, sondern ihm eher als unbeteiligte Beobachterin beizuwohnen. Doch als sie plötzlich wieder an den Vormittag denken musste, an dem sie Amy bewusstlos in ihrer Wohnung vorgefunden hatte, konnte sie sich aus den Auseinandersetzungen nicht mehr heraushalten.

»Ich habe dir doch gesagt, dass es mir diese Sache wert war, selbst dann, wenn es uns den letzten Cent kosten würde, weil ich lediglich dafür sorgen wollte, dass dein Vater nicht noch einmal diese Schande und diesen Schrecken erleben müsste, den er nach Amys Verhaftung durchgemacht hat.«

Obwohl Eileen mit ihrer Ansprache offenbar nur ein Ziel vor Augen hatte, nämlich ihren Mann zu beruhigen, hatte Diana nicht das Gefühl, dass sie damit die beabsichtigte Wirkung erzielte. »Falls das alles war« – dabei sah Diana zuerst ihren Vater, danach ihre Mutter und dann wieder ihren Vater an –, »dann würde ich jetzt gerne fahren, damit ich nicht in den Berufsverkehr gerate.«

Carl ging ein paar Schritte auf Diana zu, als wollte er sie mit Gewalt davon abhalten. »Du kommst hier nicht raus, bevor du mir nicht gesagt hast, was du mit dem Geld angestellt hast!«

»Ich habe es so deponiert, dass du nicht an das Geld rankommst«, erklärte Diana. »Egal, wie sehr du mir drohst, ich werde dir auf gar keinen Fall ...«

Carl erhob die Hand gegen Diana, als wollte er sie schlagen. Von Wut übermannt schlug Diana seinen Arm aus dem Weg. »Wage es ja nicht, noch einmal auf die Idee zu kommen, mich zu schlagen!«

»Wenn es um dich geht, dann werde ich verdammt noch einmal genau das tun, was mir passt. Du bist meine Tochter.«

»Und deswegen glaubst du, dass ich dein Besitz bin, oder was?«

»Wehe, wenn du weiterhin in diesem Ton mit mir sprichst ...«

»Wenn du das noch einmal versuchen solltest, dann schwöre ich bei Gott, dass ich dich verhaften lasse.«

Nun mischte sich Eileen in die Auseinandersetzung ein. »Wie kannst du es nur wagen, so mit deinem Vater zu reden? Du entschuldigst dich auf der Stelle!«

»Wenn sich hier einer zu entschuldigen hat, dann doch wohl er!«, schrie Diana.

Carl wich einige Schritte zurück. »Raus! Und komm bloß nicht wieder! Ich will dich nie mehr wiedersehen!«

Eileen schnappte erregt nach Luft. »Das meinst du doch nicht wirklich, Carl. Diana ist ...«

»Und ob ich das so meine! Soll sie doch das Geld behalten, wenn es ihr so wichtig ist. Es wird ohnehin das Letzte sein, was sie jemals von mir zu erwarten hat.«

»Diana, nun sag doch endlich auch mal etwas«, bettelte Eileen.

Aber Diana war nicht in der Lage zu reagieren, für sie war der Schock zu unerwartet gekommen, und sie war aufs Tiefste verletzt. Wie war es nur möglich, dass ihr Vater sie einfach mit diesen wenigen Worten aus seinem Leben verbannen konnte? Das Einzige, was sie in diesem Augenblick wollte, war, sofort von hier wegzukommen. Sie griff hinter sich und tastete blind nach der Türklinke.

»Wenn du jetzt gehst, dann brauchst du gar nicht erst zu denken, dass ich meine Meinung ändern werde«, warnte sie Carl. »Du brauchst hier gar nicht mehr aufzutauchen, wenn du mir nicht mein Geld zurückgibst.« Er wartete ab. Da sie weiterhin schwieg, fuhr er mit seiner Rede fort. »Hast du mich verstanden?«

Diana sah Eileen an. »Mutter?«

»Du hättest dieses Geld nicht an dich nehmen dürfen«, erklärte Eileen.

Merkwürdigerweise fiel es Diana nach diesem Satz ihrer Mutter sehr viel leichter, das Ganze zu akzeptieren. Denn wenn ihre Mutter auch nur im Entferntesten versucht hätte, ihr beizustehen, dann hätte Diana einen Weg gesucht, um sich mit ihrem Vater zu versöhnen. So aber erkannte sie, dass das gar keinen Sinn hatte. Sie hatte sich mit ihren Eltern noch nie besonders gut verstanden, doch nun war auf einmal klar, dass keiner mehr gewillt war, es auch nur zu versuchen. Als sie das Haus durchquerte und zu ihrem Wagen ging, verwandelte sich ihr Zorn in eine unendliche Traurigkeit. Als sie wegfuhr, brach sie in Tränen aus, weil ihr mit einem Mal bewusst wurde, dass es möglicherweise der letzte Besuch bei ihren Eltern gewesen war.

Als sie beim Krankenhaus ankam, waren Dianas Tränen längst getrocknet. Sie hielt sich für einige Minuten auf dem Parkplatz auf, um ihr Make-up zu erneuern. Nicht unbedingt deswegen, weil sie wollte, dass Travis oder Amy nicht mitbekamen, dass sie geweint hatte, sondern weil sie den Grund dafür nicht verraten wollte. Zumindest nicht sofort, nicht, solange sie immer noch so wahnsinnig verletzt war.

Nach diesem Streit mit ihrem Vater und einem harten Arbeitstag, an dem sie zum ersten Mal ernsthaft das Gefühl hatte, dass sie ihren Job bald verlieren könnte, falls sie nicht mehr Zeit für ihre Arbeit aufbrachte, brauchte sie einfach Amy und Travis als Ausgleich zu den vielen Problemen, die sie belasteten.

Mit ein bisschen Glück war Amy vielleicht lange genug wach gewesen, um sich mit Travis zu unterhalten, damit sich die beiden ein bisschen beschnuppern konnten. Es war eine Ironie des Schicksals, dass genau an dem Tag, an dem Amy ein Mitglied ihrer neu gefundenen Familie kennenlernen sollte, ausgerechnet Diana ihre eigene Familie verloren hatte.

Als Diana die Intensivstation betrat, wurde sie von einer Krankenschwester aufgehalten, die ihr mitteilte, dass Amy bereits verlegt worden war. Sie war wegen dieser guten Nachricht so aufgeregt, dass sie Travis fast übersehen hätte, der in dem Warteraum saß, der zu Amys neuem Trakt gehörte. Er saß dort nach vorne gebeugt mit den Ellenbogen auf seinen Knien und schien auf etwas zu starren, was sie nicht sehen konnte.

Selbst im Profil sah er so gut aus, dass es ihr fast den Atem raubte. Die Art und Weise, wie er sich bewegte, wie er redete und wie er lächelte, war inzwischen längst zum Inhalt ihrer Träume geworden. Aber sie hatte eigentlich kein Recht, solche Gefühle für ihn zu hegen. Denn Travis Martell war zum absolut falschen Zeitpunkt in ihr Leben getreten, und darüber hinaus hatte er auch noch den falschen Namen.

»Was machst du denn hier?«, wollte sie wissen.

»Wir müssen reden.«

»Gleich. Zuerst will ich Amy sehen.«

Er erhob sich, nahm sie beim Arm und zog sie zu sich in den Warteraum. »Keine gute Idee.«

»Was ist los?« Sie versuchte, seinen Gesichtsausdruck zu interpretieren. Offenbar war er durcheinander, was wiederum ihren Herzschlag durcheinanderbrachte. »Ist irgendetwas mit Amy los?«

»Wir können das nicht mehr länger aufschieben, Diana. Wir müssen es ihr heute Abend sagen.«

Erleichtert legte sie eine Hand auf seine Brust, um ihn zu

beruhigen, woraufhin er dasselbe tat. Dann sagte sie: »Das ist noch zu früh. Wir haben doch beide beschlossen, dass wir abwarten sollten, bis sie aus dem Krankenhaus entlassen wird.«

»Amy hat ihren eigenen Zeitplan, und sie denkt nicht daran, sich an den unseren zu halten.«

»Von was redest du denn?«

Er legte seine Hand auf die ihre. »Sie hat die ganze Sache zum Teil schon alleine herausgefunden. Nach einem einzigen Blick auf mich hat sie angefangen, Fragen zu stellen. Und weil ich sie nicht belügen wollte, blieb mir nichts anderes übrig, als zu gehen.«

»Ganz bestimmt hat sie es doch nicht von alleine herausgefunden, wer du bist. Du hast bestimmt etwas erwähnt, was ein Hinweis für sie war.«

Diana ließ sich auf das Sofa sinken.

»Ist irgendetwas bei dir vorgefallen? Was war los?«

Sie sah zu ihm hoch. Es konnte doch nicht sein, dass er sie bereits so gut kannte, dass er ihre Stimmungen interpretieren konnte? »Nein, mir geht's gut, ich bin nur ein wenig müde.«

»Das nehme ich dir nicht ab.«

Doch seine Besorgnis löste in ihr etwas aus. War sie wirklich eine derartige Jammerliese, dass sie bereits ein liebevoller Blick völlig aus dem Gleichgewicht bringen konnte? Sie merkte, wie die Tränen in ihr aufstiegen. »Können wir darüber später reden?«

Er ließ sich mit seiner Antwort Zeit. »Ich wollte es Amy nicht sagen, bevor ich nicht mit dir darüber gesprochen habe. Aber du musst dabei nicht anwesend sein.«

»Sie wird unendlich viele Fragen stellen.«

»Und ich werde nur die beantworten, die ich beantworten kann. Den Rest kann sie ja dann von dir erfahren.« Er setzte sich neben Diana und griff nach ihrer Hand.

»Es wird schon gut gehen.«

Diana merkte, dass sie ihn brauchte, und das machte ihr Angst, weil sie nicht wollte, dass er das mitbekam. Deshalb reagierte sie auch nicht auf seine Berührung, sondern zog ihre Hand weg und verschränkte die Arme vor der Brust. »Ich möchte dabei sein, wenn du es ihr erzählst.«

»Dann sollten wir das sofort machen. Es wäre falsch, das noch länger hinauszuschieben.«

Diana nickte, blieb aber weiterhin sitzen. »Sie wird wütend werden, wenn sie es erfährt.«

»Wieso?«

»Weil ich ihr versprochen habe, mich nicht mehr in ihr Leben einzumischen.«

»Sie wird darüber hinwegkommen.«

Völlig unvermittelt griff Diana ihn an. »Langsam werde ich es leid, dass du immer so tust, als wären du und Amy die allerbesten Freunde, obwohl du rein gar nichts über sie weißt.«

Er erhob sich und sah zu ihr hinunter. »Falls du dich aussprechen willst, dann werde ich zuhören. Und falls du Gesellschaft brauchst, dann werde ich bleiben. Aber ich werde es nicht zulassen, das du deine Frustrationen an mir auslässt!« Dann machte er eine Pause, als wollte er ihr Zeit geben, um zu verstehen, was er damit gemeint hatte, bevor er hinzufügte: »Was nun? Kommst du mit oder soll ich allein zu ihr gehen?«

»Ich komme mit.«

Amy lag auf der Seite mit dem Rücken zur Tür, als sie Dianas Stimme vernahm. Eigentlich hatte sie gehofft, dass ihr etwas mehr Zeit bleiben würde, um sich über gewisse Dinge klar zu werden, bevor ihre Schwester auftauchte. Zeit, um ihre Wut zu überwinden oder, falls das nicht möglich war, sie zumindest auf ein erträgliches Maß zu reduzieren. Doch im Moment fühlte sich ihr Zorn an, als hätte sie ein seltsamer Virus befallen, der jeden einzelnen ihrer Gedanken besetzte und somit jeden Versuch zunichtemachte, ihre heftigen Reaktionen auf ein vernünftiges Maß zu mindern. Auch dass sie sich ununterbrochen einredete, dass Diana nur aus Liebe zu ihr so gehandelt hatte, machte es nicht besser. Selbst wenn Diana aus rein altruistischen Gründen gehandelt hatte, traf sie damit eine Entscheidung, die sie rein gar nichts anging. Und damit hatte sie Amy das Einzige weggenommen, was ausschließlich ihr gehörte. Und folglich gab es keinen Weg mehr zurück, keinen Weg, um diesen Fehler wiedergutzumachen.

»Amy?«, sagte Diana leise.

Im ersten Moment überlegte Amy, dass es wohl am besten wäre, einfach die Augen zu schließen und so zu tun, als würde sie schlafen. Aber das war wohl genauso blöde wie der Versuch, den Regentropfen auszuweichen. Da eine Konfrontation nicht mehr vermeidbar war, wieso sollte sie sie weiterhin aufschieben? Sie ließ sich auf den Rücken fallen, rückte dann vorsichtig ihren Kopf auf dem Kissen so zurecht, dass sie Diana ansehen konnte, ohne den Hals zu verrenken. Auch Travis war da. Es gelang ihr nicht, den Blick von ihm zu wenden.

Das war also ihr Bruder ... Wie seltsam, dass er plötzlich so vor ihr stand. In all den Jahren, in denen sie sich in den Schlaf geträumt hatte, indem sie sich ihre eigene Familie vorstellte, hatte zu ihren Lieblingsfantasien immer ein großer Bruder gehört, der sie liebte und der sich um sie kümmern würde.

»Wie fühlst du dich?«

»Manipuliert!«

Daraufhin verschwand jegliche Hoffnung aus Dianas Blick, und sie sah Travis und dann wieder Amy an. »Wie hast du es denn herausgefunden?«

»Was spielt das schon für eine Rolle?«

»Nun, vermutlich gar keine. Ich hatte nur gedacht, dass uns mehr Zeit dafür bleiben würde.«

Amy hatte nicht erwartet, dass Diana so schnell klein beigeben würde. »Tut mir leid, dass ich deine Pläne durchkreuzt habe.«

»Diana hat damit doch nur gemeint, dass wir eine Möglichkeit haben sollten, uns allmählich kennenzulernen«, erklärte nun Travis.

»Ach so, ja ...« Amy bemühte sich, nicht verletzt zu klingen. »So nach dem Motto, falls mir das, was ich da zu sehen bekomme, nicht gefällt, pack ich meinen Kram wieder zusammen und fahre heim. Dann hätte ich natürlich nie erfahren, dass ich deinen Test nicht bestanden habe, und hätte also auch gar nicht verletzt sein können. Wie rücksichtsvoll.«

Travis schob die Hände in die Gesäßtaschen seiner Hose, wippte auf seinen Absätzen auf und ab und sah sie mit einem langen, traurigen Lächeln an. »Wenn ich nicht gesehen hätte, dass du deinen Mund bewegt hast, dann könnte ich schwören, dass da Judy gerade geredet hat. Ich habe immer gedacht, dass kein Mensch außer ihr mit so einem großen Komplex durch die Welt läuft. Aber du übertriffst sie ja noch um Längen.«

»Wer ist Judy?«, wollte Amy wissen.

»Meine Schwester – und auch deine Schwester. Diejenige, die nach dir geboren wurde. Du siehst ihr sehr ähnlich. Und ich vermute mal, deswegen ist es auch ganz normal, dass du dich wie sie verhältst.«

Amy griff ganz unbewusst an ihre Wange. Sie hatte also eine Schwester, die wie sie aussah ... Jahrelang hatte sie sich gefragt, wie es wohl wäre, wenn sie sich in einem anderen Menschen wiedererkennen würde, doch dabei hatte sie natürlich immer nur an ihre leibliche Mutter gedacht. Als sie alt genug war, um zu verstehen, was es hieß, ein Adoptivkind zu sein, hatte sie immer wieder die Gesichter von Wildfremden studiert, in der Hoffnung, dass eines Tages einer ihren Blick erwidern würde, weil er sie erkannte.

»Ich habe eine Schwester?«, fragte Amy. Erst als ihr Diana einen traurigen Blick zuwarf, wurde ihr bewusst, wie kränkend ihre Worte klingen mussten. Aber es war bereits zu spät, um sie zurückzunehmen. Und noch viel zu früh, um Diana davon zu überzeugen, dass es eine spontane Reaktion gewesen war, die nichts mit ihren wahren Gefühlen zu tun hatte.

»Du hast sogar drei.« Doch nun wurde auch Travis plötzlich bewusst, wie unsensibel seine Worte klingen mussten, also fügte er hinzu: »Mit Diana natürlich vier. Bei uns daheim hast du eine ältere und zwei jüngere Schwestern.«

Amy verspürte eine enorme Last auf ihrer Brust, und jeder Atemzug begann zu schmerzen. Als sie schließlich zu alt gewesen war, um weiterhin an ihren Träumen festzuhalten, zum Beispiel, dass sie als Baby entführt worden sei, hatte sie sich ein Dutzend Gründe zurechtgelegt, wieso ihre Mutter sie nicht behalten konnte. Und alle ihre Überlegungen waren darauf hinausgelaufen, dass sie ihr Baby nicht freiwillig weggegeben hatte. Die Möglichkeit, dass ihre Mutter auch noch andere Kinder haben könnte, die sie behalten hatte, war Amy niemals in den Sinn gekommen. Es war so furchtbar demütigend, ausgerechnet das einzige Kind zu sein, das sie nicht hatte behalten wollen, dass Amy es einfach nicht über sich brachte, die naheliegendste Frage zu stellen: Warum ich?

Amy wandte sich an Diana. »Ich möchte mit dir reden ... alleine.« Travis zögerte kurz, meinte dann aber: »Ich gehe in den Warteraum.«

Als er verschwunden war, rückte Diana näher ans Bett heran: »Woher hast du es gewusst?«

»Als du weggefahren bist, hat eine Frau bei mir angerufen. Noch ehe ich die Möglichkeit hatte, ihr zu sagen, wer ich bin, hat sie mir mitgeteilt, dass sie noch weitere Informationen über die Familie meiner Schwester in Erfahrung gebracht hätte. Und sie wollte wissen, ob sie diese direkt an mich persönlich schicken sollte oder wie bisher weiterhin an Stephanie.«

»Und wieso hast du bis jetzt gewartet, um mir das zu sagen?«

»Ich hatte es vollkommen vergessen, bis Travis heute Nachmittag hier aufgetaucht ist. Der Anruf kam, kurz bevor ich in Stephanies Wohnung gelaufen bin und bewusstlos wurde.«

»Es tut mir wirklich leid, dass du es auf diesem Weg erfahren musstest.«

»Es tut dir leid, dass ich es auf diesem Weg erfahren musste? Mehr nicht?«

Amy umklammerte mit einer Hand das Metallgitter an ihrem Bett und richtete sich mühsam auf. »Mein ganzes Leben lang gab es nur eine einzige Sache, die ausschließlich mir gehört hat – und das war meine richtige Familie. Und es war allein mein Recht, nach ihr zu forschen, Diana, und nicht deines. Und das hast du mir einfach weggenommen.«

Diana breitete hilflos die Arme aus. »Ich wollte doch nur helfen.«

»Wem helfen? Doch ganz bestimmt nicht mir, oder?«

»Natürlich dir«, erwiderte Diana. »Aus welchem Grund hätte ich denn sonst nach ...«

»Vielleicht wolltest du einfach nur jemand finden, damit du mich endlich loswirst?«

»Das ist nicht fair.«

Das bisschen Halt, das Amy noch hatte, um ihre Gefühle in Schach zu halten, schmolz dahin wie ein Hagelschauer auf dem heißen Sommerasphalt. »Fairness hat gar nichts damit zu tun, egal ob ich damit recht habe oder nicht.«

»Aber du bist doch meine Schwester, ich liebe dich.«

»Du hast auch dein Pony damals geliebt, aber als Mom dich schließlich dazu überreden konnte, es wieder herzugeben, wurde dein Leben auch sehr viel leichter.« Amys Kräfte ließen nach, und sie konnte sich nicht mehr länger aufrecht halten. Sie sank auf ihr Kissen zurück. »Ich mache dir keine

Vorwürfe, Diana. Du hast jedes Recht dazu, so über mich zu denken.«

»Nun hör aber auf damit. Du weißt ja gar nicht, was du daherredest.«

Amy verbarg abweisend das Gesicht unter ihrem Arm. »Ich bin müde. Ich möchte jetzt gerne schlafen.«

»Ich wollte dich doch nur nicht in die Sache einweihen, weil ich erst einmal herausfinden wollte, was für eine Art von Mensch deine Mutter ist.«

»Sie wollte mich nicht sehen, nicht wahr?«

»Die ganze Situation ist viel komplizierter«, erklärte Diana.

Amy schob den Arm auf ihre Stirn und sah Diana an. »Wollte sie mich nun sehen oder nicht?«

»Nein«, gab Diana nun zu.

Ihr ganzes Leben lang hatte Amy eine Illusion gehegt, die für sie so kostbar war, dass sie nur für die Augenblicke ihres Lebens bestimmt war, in denen ihr alles düster, sinnlos und hoffnungslos erschien. Irgendwo auf dieser Welt gab es eine Frau, die das kleine Mädchen liebte, das sie weggegeben hatte, und von ihm träumte; eine Frau, die jeden Abend betete, dass ihre Tochter sie eines Tages aufspürte, eine Frau, die in Tränen ausbrechen würde, wenn sie sich begegneten, und die Amy bitten würde, wieder an ihrem Leben teilzuhaben. Doch auf einmal war diese Illusion zerstört. Und ihr war kein einziger Ort mehr geblieben, an den sie in ihrer Einsamkeit hätte gehen können.

»Geh bitte«, bat Amy sie. »Ich möchte, dass du mich in Ruhe lässt.«

Diana rückte näher an sie heran. »Erst wenn du dir auch noch den Rest angehört hast.«

Amy drehte sich zur Wand. »Egal, was du mir zu erzählen hast, es wird nichts daran ändern.«

24

»Du musst Amy einfach noch ein bisschen Zeit lassen«, erklärte Travis, als sich die Türen zum Aufzug öffneten, der zu Dianas Wohnung führte. »Sie hat in den letzten vier Wochen wirklich die Hölle mitgemacht.«

Er wusste, dass er sich nur wiederholte, aber etwas anderes fiel ihm beim besten Willen nicht ein. Seit sie die Klinik verlassen hatten, hatte Diana ununterbrochen versucht, ihn davon zu überzeugen, dass sie mit Amys Wut durchaus umgehen könne. Und trotzdem nahm er ihr das nicht ab. Ihr verlorener und verwirrter Gesichtsausdruck erinnerte ihn an einen Hund, den man in den Wäldern ausgesetzt hatte, in der Hoffnung, er würde schon für sich selbst sorgen können, auch wenn in seinen Augen die Gewissheit stand, dass ihm unwiderruflich ein langsamer und schmerzhafter Tod bevorstehen würde.

Sie betraten die Wohnung, und Diana schaltete das Licht ein. »Du hast wahrscheinlich Hunger. Wir hätten unterwegs noch etwas einkaufen sollen«, sagte sie.

»Wir sind auf dem Weg hierher an einem Chinarestaurant vorbeigekommen. Wie wäre es, wenn ich dort etwas bestelle?«

»Ich glaube, ich verzichte einfach auf das Essen.« Sie hängte ihre Tasche an den Haken und knöpfte ihr Jackett auf. »Mein Magen ist sowieso etwas durcheinander.«

»Aber du musst doch etwas essen.«

Ihre Schultern wurden ganz steif, weil sie plötzlich ein Anflug von Wut überkam. »Nein, muss ich nicht. Es ist mein Magen, und es ist mein Leben. Und damit kann ich verdammt noch mal machen, was ich will, ja?«

»Falls du auf mich losgehen willst, nur weil ich mich um dich kümmere, nur zu«, meinte Travis gelassen. »Auch wenn ich nicht weiß, was für einen Sinn das haben sollte. Wenn du morgen früh aufwachst, dann wird Amy immer noch sauer auf dich sein, weil du dich in ihr Leben eingemischt hast. Und ich werde auch noch da sein, weil ich so lange bleibe, bis es ihr wieder besser geht und ich sie mit nach Wyoming nehmen kann. Du kannst das, was du getan hast, nicht mehr rückgängig machen. Alles, was du jetzt tun kannst, ist durchzuhalten, um das Ganze heil zu überstehen.«

»Das war ein verdammter Dreckstag«, erklärte Diana. »Im Moment ist mir alles vollkommen egal, ich will einfach alles nur vergessen, damit ich morgen wieder neu durchstarten kann. Falls du was vom Chinesen willst, dann bestell dir doch einfach etwas. Ich werde mir ein Bad einlaufen lassen, und danach gehe ich ins Bett.« Sie ging in den Flur. Als sie merkte, dass Travis ihr nicht folgte, drehte sie sich um und sah ihn an. »Was ist los?«

»Meiner Meinung nach ist es keine gute Idee, dass ich heute hier übernachte«, erklärte er mit tiefer, rauer Stimme.

»Und wieso?«

»Weil du immer noch nicht für das bereit bist, was passieren würde, wenn ich bleibe.« Es schien ihm lächerlich, seine Gefühle und sein Verlangen noch länger zu verbergen.

Sie wollte schon protestieren, hielt aber dann inne. »Und wohin willst du dann?«

»Das weiß ich noch nicht. Wahrscheinlich in eines der Hotels in der Nähe des Krankenhauses.« Er öffnete die Tür und ging ins Treppenhaus hinaus.

»Ich hätte es sehr gerne, wenn du hierbleiben würdest«, gestand sie ihm, »denn ich bin bei Weitem nicht diese Einsiedlerin, die ich allen immer so vorspiele.«

Doch falls er jetzt bei ihr blieb, dann würde sich ihre Beziehung vollkommen verändern. Wenn es bis jetzt nur kompliziert gewesen war, würde es danach zu einer Last werden, und das Vergnügen würde zwangsläufig mit Heimlichkeiten einhergehen. Und weil er sie so sehr begehrte, war er im Moment auch bereit, alles für sie zu tun, selbst wenn das bedeuten sollte, dass er sie nun verlassen musste.

Travis legte die Hand auf die Türklinke, um die Tür hinter sich zuzuziehen. »Wir sehen uns morgen im Krankenhaus.« Sie winkte ihm mit einem melancholischen Lächeln nach. »Gibst du mir Bescheid, wo du bist?«

»Sobald ich ein Zimmer habe, rufe ich dich von dort an.« Er schloss die Tür hinter sich, bevor er es sich noch einmal anders überlegen konnte und womöglich bleiben würde.

Travis wollte gerade in ein Taxi steigen, als er merkte, dass er seine Tasche bei Diana vergessen hatte. Er schickte das Taxi weg und ging zurück zum Aufzug. Doch Diana reagierte weder auf sein Klopfen noch auf sein Klingeln. Er ging davon aus, dass sie unter der Dusche stand und war schon dabei, die Tür aufzusperren, als sich diese mit einem Mal öffnete.

»Tut mir leid, dass es so lange gedauert hat«, meinte Diana, »ich war im Schlafzimmer.«

Sie trug inzwischen einen dunkelgrünen Hausmantel, den sie mit der Hand zusammenhielt. Ihre Wangen waren gerötet, und unter den Augen war die dunkle Wimperntusche verschmiert. Offenbar hatte sie heftig geweint. Ihn überkamen gleichzeitig die unterschiedlichsten Gefühle, die allesamt mit seinem Beschützerinstinkt einhergingen. »Wieso hast du geweint?«

»Weiß ich auch nicht, auf einmal ist es passiert.« Ihre Augen füllten sich erneut mit Tränen. »Sieht ganz so aus, als könnte ich gar nicht damit aufhören.« Sie versuchte vergeblich ein Lächeln. »Irgendwie beängstigend, was?«

Er nahm ihr Gesicht in seine Hände und wischte die Tränen mit den Daumen von ihren Wangen. Im Krankenhaus hatte Diana selbst in den hoffnungslosesten Phasen von Amys Koma eine geradezu stoische Ruhe bewahrt. Als er nun sah, dass sie am Rande eines Zusammenbruchs stand, zerriss es ihm fast das Herz. Eigentlich war das vorhersehbar gewesen – oder war er wirklich in seiner eigenen Welt so gefangen? Er hauchte ihr einen Kuss auf die Stirn und meinte leise: »Es tut mir leid. Ich hätte dich nicht allein lassen dürfen, nicht heute Abend.«

Sie drehte ihren Kopf, um ihre Wange gegen seine Hand zu drücken. »Und wieso bist du zurückgekommen?«

»Ich habe meine Tasche vergessen.«

Mit diesem Satz brachte er sie wieder auf den Boden der Tatsachen zurück. Sie zog den Morgenmantel enger um sich. »Ich hole sie.«

Sie wollte schon davoneilen, als Travis sie festhielt. Er sah ihr tief in die Augen. »Vergiss es. Ich werde hierbleiben.« Und dann zog er sie mit einem mühelosen Schwung in seine Arme.

Eine Weile verharrte sie dort ganz steif, doch irgendwann verlor sie diesen Kampf gegen sich selbst und ließ sich gehen, und ihre tiefen Schluchzer, die sie zum Beben brachten, klangen wie eine Erlösung. Als sie ihren Tränen erst einmal freien Lauf ließ, wollten sie gar nicht mehr aufhören. Sie drückte sich eng an ihn, schlang die Arme um seine Taille und hielt ihn so fest, als würde sie sich an den durchgescheuerten Gurt eines Fallschirms klammern.

Im ersten Moment dachte Travis, dass ihr Ausbruch nichts anderes war als ein Ventil für all ihre aufgestauten Gefühle und diesen unablässigen Druck, dem Diana seit einem Monat ausgesetzt war. Doch sehr schnell wurde ihm klar, dass es noch einen anderen Grund dafür geben musste. Denn ihre nachlassenden Schluchzer gingen in ein tiefes, erschöpftes Atmen über. Travis lehnte sich zurück und sah sie an. »Es sieht ganz so aus, als hätten wir so einiges zu besprechen.«

Sie griff in ihre Tasche, zog ein Taschentuch hervor und trocknete sich die Augen und die Nase. »Es tut mir leid. Das ist mir noch nie passiert.«

»Was ist los, Diana?«

»Keine Ahnung. Ich vermute mal, dass mich plötzlich alles auf einmal eingeholt hat.«

»Wenn du nicht darüber reden willst, dann sag mir das. Aber lüg mich nicht an und mach mir nicht irgendetwas vor, als wäre ich irgendein dahergelaufener Kerl von der Straße.«

»Ich habe es dir doch schon gesagt, ich hatte einen miesen Tag, aber es lohnt sich nicht, darüber zu reden.«

»Das sieht aber ganz so aus, als wäre es mehr als nur ein mieser Tag gewesen«, hakte er nach.

Ihr Blick wanderte zum zweiten Knopf an seinem Hemd. »Ich komme mit der Arbeit nicht mehr nach ... Falls ich nichts dagegen unternehme, könnte es mich meinen Job kosten.« Langsam umkreiste sie mit ihrem Finger den Knopf. »Und mit meinen Eltern hatte ich heute Nachmittag auch einen Streit«, fügte sie leise hinzu. »Darüber möchte ich nicht reden, nicht jetzt. Das ist mir noch zu früh.«

»Bestimmt wünschst du dir, dass du diese Sache mit Amy niemals angefangen hättest.«

»Nein, da irrst du dich. Auch wenn sie unglaublich wütend auf mich ist, bin ich immer noch davon überzeugt, dass das Einzige, was ich wirklich richtig gemacht habe, war, ihre Familie ausfindig zu machen ... und damit dich.«

Eine Träne bildete sich in ihrem Augenwinkel. Travis berührte sie mit seinen Lippen, fühlte den salzigen Geschmack, mit dem er ihren Kummer in sich aufnahm. Sie legte die Arme um seinen Hals. Schweigend drückte sie ihren Mund auf seinen und öffnete dann die Lippen.

Er reagierte darauf schnell und voller Gier, während seine Zunge ihren Mund erforschte, wobei ihm ein tiefes, primitives und erlösendes Stöhnen entfuhr.

Travis hatte schon viele Frauen voller Leidenschaft geküsst, in den Momenten, die dem Liebesakt vorangingen, währenddessen und auch danach. Aber dabei hatten ihn noch nie solche Gefühle wie in diesem Augenblick überkommen. Es war, als hätte er Diana vollkommen in sich aufgenommen, als wäre sie zu einem festen Bestandteil seines eigenen Ichs geworden, sowohl im Geiste als auch im Herzen. Ihre Berührung war direkt, vertraut und zutiefst intim. Er konnte ihr ganzes Wesen allein mit seinen Händen und beim Atmen spüren. Sie vertrieb die Kälte aus seinem Körper und setzte ihn in Brand, wo immer sie ihn auch berührte.

»Ich will dich, Diana.« Er fuhr ihr mit den Händen durch die Haare und küsste sie abermals. »Und es ist mir verdammt egal, ob das alles zu früh passiert.«

»Ja ...« Sie wippte auf den Zehenspitzen nach vorne und streckte sich, um ihn zu küssen.

Nach einer Weile entfuhr ihm ein frustriertes Stöhnen. »Aber ich habe gar keine Kondome bei mir.«

»Ich habe welche«, hauchte sie ihm auf die Lippen.

Nach ihren Worten durchfuhr es seine Lenden, als hätte sie ihm einen scharfen, süßen Elektroschock verpasst. Das erfüllte ihn mit einem sehnsuchtsvollen Schmerz, endlich in ihr die Erlösung zu finden. Seine Hände glitten über den Rücken ihres Hausmantels, dann an ihren Seiten entlang, wobei er sehr wohl wahrnahm, dass sie unter dem dünnen Satin vollkommen nackt war.

Er öffnete den Mantel nur so weit, dass er einen kleinen Streifen ihrer weichen Haut sehen konnte. Als er eine Hand auf ihre Brüste legte, ließ sie ihn ohne Scheu gewähren. Ihr zarter Körper kam ihm erwartungsvoll entgegen. Er fuhr mit dem Daumen über ihre festen Brustwarzen, während sie das Kreuz nach hinten bog, um auf seine Liebkosungen zu reagieren.

Als er mit seiner Zunge eine kleine, feuchte Spur von ihrem Hals bis zu ihren Brüsten zog, wagte Diana kaum zu atmen. Sie war nicht nur für ihn bereit, sondern konnte es kaum mehr erwarten. Sie zog ihm das Hemd aus der Hose, ließ ihre Hände daruntergleiten, um seinen festen, muskulösen Rücken zu streicheln.

Er war vollkommen anders als all die anderen Männer, die Diana bis jetzt kennengelernt hatte. Er strahlte eine ruhige, selbstsichere Stärke aus, die auf Arbeit beruhte und nicht auf dem Muskeltraining in einem Fitnesscenter. Er bewegte sich voll Grazie und Zuversicht, und er berührte und liebte sie ohne Verlegenheit und Hast. Als er seine Hand zwischen ihre Beine legte und sein Finger in ihre feuchte Spalte fuhr, hatte sie das Gefühl, dass diese Art der Intimität für sie vorherbestimmt gewesen war und dass sie auf diesen Augenblick ein Leben lang gewartet hatte.

Sie riss die Knöpfe seiner Jeans auf und spürte, wie sehr sich sein erhitztes Glied danach sehnte, befreit zu werden. Als sie es mit ihrer Hand umfasste, stöhnte Travis auf.

Er starrte sie derart intensiv an, dass Diana ein Zittern überkam. Ohne ein Wort hob er sie hoch, trug sie in das Gästezimmer und legte sie sanft auf das Bett, in dem er ganz bestimmt nie wieder übernachten würde. Denn er stand zu dem, was sie angefangen hatten und was sie noch tun würden, das war wie ein unausgesprochenes Versprechen. Und davon gab es kein Zurück mehr.

Diana beobachtete Travis, als er aufstand, um sich auszuziehen, während sich sein Körper in dem Licht abzeichnete, das aus dem Flur kam. Er besaß den Körperbau eines Schwimmers, mit breiten Schultern und schmalen Hüften und langen, kräftigen Beinen. Die Männer, die sie vor Travis kennengelernt hatte, hatten ihre Kämpfe im städtischen Dschungel ausgefochten, trugen anstelle einer Rüstung ihre Anzüge, Krawatten, Laborkittel und Stethoskope. Sie konnte diese Männer verstehen, die Hoffnungen und Träume, die sie vorantrieben. Doch Travis war für sie ein Rätsel. Trotz seines unendlichen Mitgefühls und seiner Einfühlsamkeit, die er für Amy aufgebracht hatte, lag etwas Gefährliches in Travis Martell verborgen, denn unter dieser ruhigen Oberfläche tobten offenbar gewaltige Stürme.

Als er sich ausgezogen hatte, streckte er sich neben ihr aus, und ihre Körper passten so gut zusammen, als hätte ein begnadeter Bildhauer sie füreinander geschaffen. Diana wollte nicht mehr länger warten und drängelte, aber er ließ sich Zeit. Mit besonderer Vorsicht erforschte er ihren Körper, bis er jene Stellen gefunden hatte, an denen er allein durch eine einzige Berührung all ihre Hemmungen in nichts auflöste. Seine Zärtlichkeit und Umsicht führten sie in eine erotische Freiheit, die sie bislang noch nie verspürt hatte, und es gab keine einzige Art der Intimität, die sie ihm nicht gewährt hätte.

Irgendwann konnten sie bei ihrem Vorspiel ihre unendliche Lust nicht mehr zurückhalten, und ihr Verstand setzte schlagartig aus, als er in sie eindrang. Sie gab sich ihm mit solchem Ungestüm hin, dass keine Zeit mehr blieb für irgendwelche Raffinessen.

Travis drang mit aller Kraft in sie ein, und bald waren alle anderen Gedanken vergessen, weil er sich nur noch nach diesem einen erlösenden Gefühl sehnte. Als er zum Orgasmus kam, war es, als würde sich der ganze Raum um ihn herum in einem irisierenden Schleier drehen.

Ganz langsam kamen sie wieder zu sich, ohne das Bedürfnis, ein einziges Wort zu sagen. In Travis breitete sich ein Gefühl von Heimat aus, das rein gar nichts mit dem Ort zu tun hatte, an dem er sich befand, sondern allein mit dem Menschen, der neben ihm lag. Er zog Diana enger an sich und berührte ihre Haare mit seinen Lippen. »Nun sag mir endlich, was heute vorgefallen ist.«

Aber Diana wollte dieser Nacht nicht ihren Glanz nehmen, indem sie über ihre Arbeit, über den Streit mit ihren Eltern oder über Amys Vorwürfe sprach. Es würde auch später noch genug Zeit bleiben, um Travis zu sagen, dass an diesem Tag mit einem Mal ihre ganze Welt zusammengebrochen war. In diesem Moment wollte sie lediglich, dass er wusste, wie viel Glück sie verspürte, weil sie ihm begegnet war.

Sie stützte sich auf den Ellenbogen. Doch noch ehe sie überhaupt in der Lage war, klar darüber nachzudenken, was sie eigentlich sagen wollte, und bevor ihr Verstand sie warnen konnte, dass es für ein solches Geständnis noch viel zu früh war, dass sie wieder einmal den falschen Zeitpunkt dafür wählte und dass sie ihn damit womöglich vergraulen würde, meinte sie: »Ich glaube, ich könnte mich glatt in dich verlieben.«

Er sah sie so verblüfft an, dass sie ihr ganzes Vermögen dafür hergeschenkt hätte, um ihre Worte ungeschehen zu machen. Doch es war zu spät, um den Schaden wiedergutzumachen. »Es tut mir leid, das hätte ich nicht sagen sollen. Es ist mir einfach rausgerutscht.«

Er schob ihr das Haar aus dem Gesicht, schob es hinter ihre Ohren, weil er sich auf etwas ganz Banales konzentrieren wollte, um Zeit zu gewinnen. Er verstand selbst nicht, wie es geschehen war, dass er so tiefe Gefühle für Diana hegte und dass er eines Tages erkannt hatte, dass er sie nicht nur begehrte, sondern auch brauchte. Sie hatte eine Leere in ihm gefüllt und damit in ihm eine solche Freude ausgelöst, als öffne sie damit die Tür zu seinem künftigen Leben. Sein angeborener Instinkt hatte ihm zwar gesagt, dass er durchaus ohne sie weiterleben könnte, aber mit ebenso großer Sicherheit wusste er auch, dass dann sein Leben nur noch ein Schatten dessen wäre, was er sich erhofft hatte, wenn sie bei ihm sein würde, um es mit ihm zu teilen.

Als er schließlich halbwegs sicher war, dass seine Stimme nicht versagen würde, erwiderte er: »Und ich glaube, dass es durchaus möglich ist, dass auch ich mich in dich verliebt haben könnte.«

Ihre Lippen bebten, als sie ihn strahlend anlächelte. »Und wann ist das passiert?«

»So langsam fange ich an zu glauben, dass das schon immer so war«, erwiderte er leise.

Er zog sie wieder in seine Arme und küsste sie mit sehnsüchtiger Zärtlichkeit.

»Wir mussten uns einfach begegnen«, sagte Travis mit fester Stimme.

»Ich bin so froh, dass du auf mich gewartet hast.«

Er sah ihr sehnsuchtsvoll in die Augen. »Ich hatte gar keine andere Wahl.«

25

Als Diana am Morgen darauf die Dusche verließ, klingelte das Telefon. Sie hob im Schlafzimmer den Hörer fast zeitgleich mit Travis ab, der unten an den Apparat ging. Es war Stephanie.

Nachdem Travis sie kurz begrüßt und dann wieder aufgelegt hatte, meinte Stephanie: »Travis ist aber heute Morgen besonders früh bei dir.«

»Er wohnt wieder hier«, meinte Diana. Mehr wollte sie nicht verraten, weil sie mit Travis übereingekommen war, dass sie ihre Beziehung geheim halten wollten, bis Amy aus dem Krankenhaus entlassen wurde. Bis dahin würde sie genügend Zeit haben, um mit den ohnehin schon dramatischen Veränderungen in ihrem Leben klarzukommen. »Es ist für uns alle einfacher als ein Hotel.«

Überraschenderweise bohrte Stephanie nicht weiter. »Wie geht es Amy? Ich habe es nicht mehr geschafft, gestern Abend bei ihr vorbeizuschauen.«

»Sie ist nicht mehr auf der Intensivstation – und sie weiß, dass Travis ihr Bruder ist.«

»Wie ist das denn passiert? Ich dachte, ihr wolltet ihr das erst sagen, wenn sie wieder zu Hause ist.«

»Sie hat es selbst herausgefunden, wobei Margaret McCormick mit einem Anruf nachgeholfen hat.«

»Ich verstehe rein gar nichts.«

Dianas Handtuch begann zu rutschen, und sie zog es höher, um es unter die Arme zu klemmen. »Das ist eine sehr lange Geschichte, doch die Details werde ich dir später erzählen.«

»Könnten wir uns nicht zum Mittagessen treffen?«

»So wichtig ist es nun auch wieder nicht, Stephanie, nur reichlich kompliziert. Aber diese Geschichte kann warten.«

»Nein, es geht um etwas anderes«, erwiderte Stephanie geheimnisvoll. »Ich mache das wirklich nicht gerne, aber ich brauche unbedingt deinen Rat, obwohl ich doch weiß, dass du derzeit eine Menge um die Ohren hast.«

Diana hatte zwar vorgehabt, sich zum Mittagessen mit Travis zu treffen. Aber weil Stephanie sie so selten um einen Gefallen bat, konnte sie das einfach nicht ablehnen. »Wie wäre es denn mit dem kleinen Italiener gleich um die Ecke von deiner Redaktion?« Sie sah auf und entdeckte, dass Travis im Türrahmen stand und sie anlächelte. Automatisch wollte sie schon nachsehen, ob das Handtuch noch an seiner Stelle war, aber dann fiel ihr wieder ein, mit welcher Sorgfalt er in der letzten Nacht ihren Körper eingehend studiert und angesehen hatte. Es würde wohl sehr albern wirken, wenn sie jetzt versuchte, sich vor ihm zu verstecken. Bei den Erinnerungen daran durchfuhr sie ein warmer Schauer. »Wie wäre es um halb eins?«

»Ich bestelle schon einmal einen Tisch«, erwiderte Stephanie.

»Dann also bis später«, meinte Diana und legte auf. »Es tut mir leid«, sagte sie zu Travis, »ich konnte ihr das nicht abschlagen.«

Er durchquerte das Zimmer, setzte sich neben sie aufs Bett und drückte ihr eine Tasse Kaffee in die Hand. Sie saßen da, als hätten sie dieses morgendliche Ritual schon an die hundert Male zuvor erlebt. »Probleme?«

»Keine Ahnung.« Sie nahm einen Schluck Kaffee, der ihr so stark in der Kehle brannte, als hätte sie statt der schwarzen Brühe Alkohol geschluckt. Zuerst würgte sie, dann musste sie husten.

»Ist wohl zu stark?« Er nahm ihr die Tasse ab und stellte sie auf den Nachttisch.

»Nein, absolut nicht.« – »Du Schwindlerin.«

»Na ja, vielleicht habe ich ein bisschen geschwindelt.« – »Nach einer Weile wirst du dich schon daran gewöhnt haben.« Er sah auf seine Armbanduhr. »Wann musst du gehen?«

»An was denkst du denn?«

»Ehrlich gesagt nur an das eine, an das ich ausschließlich gedacht habe, seit wir uns das erste Mal getroffen haben.«

»Ach, und wer ist nun derjenige, der hier schwindelt?« Obwohl er sie nicht einmal berührte, hatte er in ihr ein tiefes Feuer entfacht. Bevor sie überhaupt nachdenken konnte, hatte sie sich ihm bereits an den Hals geworfen, während ihre heißen Brüste voll Erwartung schmerzhaft anschwollen. »Ich wette, dass du dich nicht einmal daran erinnern kannst, wann du mich das erste Mal gesehen hast.«

»Doch, in dem Lokal.« Er beugte sich nach vorn und leckte einen Wassertropfen von ihren Schultern. »Du hast deine Haare lose bis zu den Schultern herunter getragen und deine Nase hoch nach oben. Wer hätte sich das wohl vorstellen können damals, was?«

Sie berührte eine kleine Narbe auf seinem Kinn und eine weitere auf seiner Stirn. Es gab so vieles, was sie von ihm nicht wusste, so vieles, was sie erst in Erfahrung bringen musste.

»Ich glaube nicht an die Liebe auf den ersten Blick.«

»Ich auch nicht.« Er zog kurz an ihrem Handtuch, das daraufhin in ihren Schoß fiel.

»Und was ist es dann, was mit uns passiert ist?« Sie legte eine Hand auf seinen Arm.

»Vielleicht der Beweis, dass wir uns beide geirrt haben?« Er schob ihre Haare aus dem Weg und küsste sie hinter ihrer Ohrmuschel.

»Vielleicht geht es nur um sexuelle Lust?« Sie schob ihre Hände unter sein Hemd. »Hast du noch nie daran gedacht?«

»Nein.«

»Wieso bist du dir da so sicher?« Sie begehrte ihn so sehr, dass sie sich kaum mehr beherrschen konnte und es ihr vollkommen egal war, aus welchem Grund auch immer sie sich so zu ihm hingezogen fühlte.

Er bekam ihr Kinn zu fassen und zwang sie, ihn anzusehen.

»Vor was hast du Angst, Diana?«

»Dich zu verlieren«, gestand sie viel ehrlicher, als sie es vorgehabt hatte.

»Das wird nicht passieren, dafür sorge ich schon.«

»Kannst du mir das versprechen?«

Statt einer Antwort gab er ihr noch einen tiefen Zungenkuss, was für den Augenblick genügen musste.

Stephanie wartete bereits, als Diana das Restaurant betrat. »Bist du heute schon bei Amy gewesen?«, wollte sie wissen, während man ihnen einen Tisch zuwies.

»Ich habe beschlossen, sie erst heute Abend zu besuchen. Sie war gestern ziemlich wütend auf mich.« Diana setzte sich und legte ihre Serviette über den Schoß. »Travis verbringt den Tag bei ihr.« Sie lieferte Stephanie eine Kurzfassung ihrer Auseinandersetzung mit Amy tags zuvor und erwähnte auch, dass Travis zum Schluss versucht hatte, als Friedensstifter zu fungieren.

»Dieser Typ ist echt nicht von dieser Welt; keiner kann das sein, der so nett ist.«

Vor Stephanie Geheimnisse zu haben, fiel Diana mindestens so schwer, als wenn sie einen Monat lang auf Schokolade hätte verzichten müssen. Aber nun blieb ihr nichts anderes übrig, als es zu versuchen. »Also, entweder ist er wirklich so oder er ist ein verdammt guter Schauspieler.«

»Meinst du, dass er es schaffen könnte, Amy dazu zu überreden, ihn auf einen Besuch bei ihrer Familie zu begleiten?«

»Ich habe keine Ahnung. Sie wird noch mehr durcheinander sein, wenn sie erfährt, was sich bei den Martells abgespielt hat, seit sie wissen, dass sie existiert. Es wird für uns kaum möglich sein, Amy zu überzeugen, dass der Familienzwist dort nicht auch noch ihre Schuld ist.«

»Wer hätte gedacht, dass sich diese ganze Sache dermaßen kompliziert gestalten würde?«

Diana lächelte säuerlich, weil sie daran denken musste, dass es mit jedem Tag noch komplizierter wurde. »Ist bei dir wenigstens alles in Ordnung?«

»Ja. Nein, das stimmt nicht. Gar nichts ist in Ordnung.«

»Das ist wohl der Grund, weshalb du mit mir reden möchtest, oder?«

»Es tut mir echt leid, dass ich dir das auch noch auflade, vor allem, wenn man bedenkt, was sich derzeit bei dir alles abspielt.«

»Würdest du bitte damit aufhören? Ich weiß nicht, was ich hätte machen sollen, wenn du die letzten vier Wochen nicht ständig da gewesen wärst. Lass mich also wenigstens versuchen, dir eine mindestens ebenso gute Freundin zu sein.«

Bevor Stephanie darauf antworten konnte, kam der Kellner, um ihre Bestellung aufzunehmen. Als er verschwunden war, lehnte sich Stephanie zurück, holte tief Luft und versuchte ihr Problem zu schildern. »Es fällt mir gar nicht leicht, dir die Sache zu erklären.«

Stephanies aufgesetzte Unbeschwertheit verschwand, und Diana sah nun Stephanies tiefe Besorgnis, die der Grund für dieses Treffen war. »Vergiss das mit dem leicht, sondern spuck es endlich aus!«

»Ich bin schwanger.«

Diana fiel vor Überraschung die Kinnlade herunter. Ihr fehlten einfach die Worte, denn bei allen ihren Überlegungen wäre das das Letzte gewesen, was sie in Betracht gezogen hätte. »Ich weiß nicht, was ich sagen soll«, gestand sie.

»Genau was ich auch dachte, als ich es erfahren habe. Stell dir das mal vor, ich habe dem Arzt sogar diese dämliche Klischeefrage gestellt: ›Wie kann denn so etwas passieren?‹«

»Hast du es Stan schon gesagt?« Ihre Reaktion darauf sprach Bände. »Ja, und er stellt sich verdammt noch mal sehr blöde an, weil er einfach nicht begreifen will, dass das für mich ein Problem ist.«

»Er möchte, dass du es abtreibst.« Dianas Antwort war weniger eine Frage, sondern eher eine Feststellung.

»Er meint, ich sei scheinheilig, weil ich mich bei jedermann als Befürworterin von Abtreibungen gebe, nur nicht, wenn es um mich geht. Schließlich habe er ja alles richtig gemacht, und dann hat er mir auch direkt ins Gesicht gesagt, ich würde doch nur versuchen, ihn mit dem Baby zu erpressen, und dass ich das Ganze bestimmt von vornherein so geplant hätte.«

»Dann kennt er dich aber nicht besonders gut.« Bei diesen Worten musste sie plötzlich daran denken, dass es ihr mit Travis nicht besser ging. Er hatte keine Ahnung, was sie dachte, wie sie politisch orientiert war, und schon gleich gar nicht, wenn es um die ganz grundsätzliche Entscheidung ging, ein ungeplantes Kind in die Welt zu setzen.

»Da ist er nicht der Einzige. Ich habe angenommen, dass ich ihn kennen würde, aber ganz eindeutig habe ich nicht die geringste Ahnung, wer er wirklich ist. Klar, ich weiß, was er im Bett mag, und ich kenne seine Lieblingsrestaurants und weiß, wie sich seiner Meinung nach die Vikings in der kommenden Saison schlagen werden. Aber ich habe keinen blassen Schimmer, wen er wählen wird, wer seine Lieblingsautoren sind oder was er über Umweltprobleme denkt. Gott, wie konnte ich denn nur so blöd sein, mir selbst einzureden, dass ich einen Mann liebe, den ich nicht einmal kenne?«

Diana drückte sich um eine Antwort, weil sie genau über diese Dinge auch nicht nachdenken wollte. »Ich gehe also davon aus, dass eine Ehe nicht infrage kommt, oder?«

»Er hat überhaupt nie die Absicht gehabt, sich von seiner Frau scheiden zu lassen.« Sie ließ einen Lacher los, als könnte sie es selbst nicht glauben. »Er hat sie die ganze Zeit über lediglich als eine Art Sicherheitsnetz benutzt. Du lieber Himmel, kannst du dir vorstellen, dass ich diese abgedroschene Ausrede tatsächlich geschluckt habe? Wie konnte ich bloß so blind sein?«

»Nun hör endlich mal auf, dir selbst Vorwürfe zu machen. Du hast einen Fehler gemacht. Das passiert uns doch allen, auch mir. Ich erinnere dich nur an Stuart.«

»Besten Dank. Aber ich bin nicht auf der Suche nach jemand, der mein Unglück mit mir teilt, was ich brauche, ist ein Rat.«

»Ich nehme an, dass du von dem Kind redest?«

Stephanie rückte ihre Serviette auf dem Schoß zurecht, dann das Besteck auf dem Tisch und danach das Wasserglas. »Ich bin einfach nicht in der Lage, das Ganze logisch anzugehen.«

»Ich weiß nicht, ob es gut ist, wenn du dir meine Meinung dazu anhörst«, erklärte Diana. »Du siehst ja, welches Chaos ich angerichtet habe, nur weil ich Amy helfen wollte.«

»Nicht alles, was man aus reiner Liebe heraus macht, entwickelt sich so, wie man es eigentlich wollte. Und dennoch siegt bei mir stets die Liebe über die Vernunft.« Stephanie rückte zur Seite, damit der Kellner ihre Pasta servieren konnte. »Mal abgesehen davon, habe ich aus irgendeinem Grund das Gefühl, dass sich die ganze Sache für Amy wesentlich besser entwickeln wird, als wir das ursprünglich gedacht haben.«

»Ich hoffe, du hast recht.« Diana spießte einen der Shrimps auf, mit denen ihr Salat garniert war, doch er war zäh und ohne Geschmack. Sie lehnte sich zurück und musterte Stephanie.

»Was ist denn?«, wollte Stephanie wissen, als sie hochsah und feststellte, dass Diana sie anstarrte.

»Ich versuche gerade, mir dich als Mutter vorzustellen.«

»Ziemlich schwierig, was?«

»Dein Leben würde sich vollkommen verändern.« – »Ehrlich gesagt, macht mir das keine Sorgen«, antwortete Stephanie.

Ihre Antwort überraschte Diana. »Was ist es dann?«

»Was, wenn ich eine schlechte Mutter bin? Wenn man nicht weiß, was man da eigentlich anstellt, kann man ein Kind komplett kaputtmachen. Schau dir doch Amy an.«

»Hast du Angst, dass du dieses Kind nicht lieben könntest?«, wollte Diana wissen.

Stephanie blinzelte überrascht. »Dieser Gedanke ist mir gar nicht erst gekommen.«

»Dann hör auf, dir darüber den Kopf zu zerbrechen. Meine Mutter hätte unendlich viele Fehler in Amys Erziehung machen können. Das würde überhaupt keine Rolle spielen, wenn sie diese auch nur mit ein bisschen Liebe wieder ausgeglichen hätte.«

Das überzeugte Stephanie nicht. »Ich habe zwar einige Ersparnisse, aber trotzdem wird es mir unmöglich sein, meine Arbeit aufzugeben, um zu Hause mein Kind großzuziehen. Es würde die überwiegende Zeit nicht mit mir verbringen, sondern mit Fremden. Und was wäre das für ein Leben für das Kind?«

»Ich habe keine Ahnung.« Genau diese Frage hatte auch Diana in den seltenen Augenblicken gequält, als sie darüber nachdachte, mit Stuart ein Kind zu haben. »Wieso stellst du diese Frage nicht einigen deiner Kolleginnen in der Redaktion, die auch Kinder haben? Denn schließlich ist dieses Problem ja nicht gerade einzigartig.«

»Willst du damit sagen, dass ich das Kind behalten soll?«

»Nein«, erwiderte Diana vorsichtig. »Alles, was ich damit sagen will, ist, dass du genau das tun solltest, was du sonst auch tust, um ein Problem zu lösen. Versuch genau herauszufinden, was dir Sorgen macht, und überrede Mike Jones dazu, dass er dir beim Recherchieren der Antworten behilflich ist. Wir können über diese Sache so lange reden, bis man dich in den Kreißsaal schiebt. Aber solange du dir nicht im Kopf klarmachst, was dir dein Herz bereits sagt, wirst du ganz bestimmt nicht zufrieden sein.«

»Und was sagt mir mein Herz?«, wollte Stephanie wissen.

»Nachdem du das Wort Adoption nicht einmal in den Mund genommen hast und du es auch nicht abtreiben willst, liegt die Sache doch eigentlich klar auf der Hand, meinst du nicht?«

»Ich habe eine Adoption sehr wohl in Betracht gezogen. Ich kenne ein Ehepaar, das gerade einen kleinen Jungen bekommen hat, nachdem es fünf Jahre lang darauf warten musste. Du kannst dir gar nicht vorstellen, wie aufgeregt sie sind. So, wie sie mit ihm angeben, könnte man meinen, sie hätten Babys glatt erfunden.«

»Aber?«, wollte Diana wissen, obwohl sie die Antwort bereits kannte.

»Was ist, wenn mein Kind an solche Eltern wie deine gerät? Ich könnte den Gedanken nicht ertragen, dass es nicht geliebt wird. Oder was, wenn sie sich samt Kind einer obskuren Sekte anschließen? Oder wenn sie es mit Vorurteilen impfen oder ihm erklären, dass nichts dagegen spricht, Pelze zu tragen?«

»Es gibt immer noch die Möglichkeit für eine direkte Adoption.« Diana hatte inzwischen begriffen, dass Stephanie gar keinen Rat nötig hatte, sondern jemanden, der sich wie ein Resonanzboden verhielt. »Du hast das Recht, vorher ein Treffen mit dem Ehepaar zu arrangieren, um sicherzugehen, dass es deinen Vorstellungen entspricht.«

»Das würde niemals funktionieren. Wenn ich wüsste, wer sie sind, würde ich es nicht fertigbringen, sie in Ruhe zu lassen.«

»Du solltest dir mal zuhören, wenn du redest«, meinte Diana.

»Ich habe mir niemals vorgestellt, eine alleinerziehende Mutter zu werden.«

»Ich vermute mal, dass das nur sehr wenige Frauen tun. Ich bin mir sicher, dass die allermeisten Frauen ihre Kinder lieber in einer traditionellen Familie aufziehen würden, wenn sie die Wahl hätten.«

»So schnell kann's gehen«, erwiderte Stephanie trocken. »Einmal geht was schief, und schon ist man dazu verdammt, die moralischen Werte einer ganzen Generation zu zerstören.«

Ohne es zu ahnen, hatte Stephanie damit bei Diana einen Nerv getroffen. »Ich möchte nie wieder etwas Derartiges von dir hören. Diese Leute, die diesen ganzen Mist verzapfen, wollen doch gar keine Lösungen finden, sondern sich nur wichtig machen. Sie sind genau diejenigen, die dich verteufeln werden, falls du abtreibst, dich kritisieren werden, wenn du das Kind zur Adoption freigibst, und dich verdammen, wenn du es behältst. Ist dir schon mal aufgefallen, dass die Leute, die alleinerziehende Mütter kritisieren, nie auch nur andeutungsweise darauf hinweisen, dass man an die Verantwortung des Vaters appellieren müsste? Diese Leute leben doch alle noch im Mittelalter. Ich finde, wir sollten …«

»Wow«, entfuhr es Stephanie. »Ich habe es kapiert.« Sie griff über den Tisch nach Dianas Hand. »Ich bin wirklich froh, dass du zu mir hältst.«

»Bin ich zu vehement gewesen?«

Stephanie musste grinsen. »Vielleicht für die Militanten, aber nicht für mich.«

Der Kellner kam vorbei, um nachzusehen, ob sie mit dem Essen schon fertig waren. Als er sah, dass sie die Speisen kaum angerührt hatten, runzelte er die Stirn und warf einen Blick auf die lange Schlange, die auf einen freien Tisch wartete.

»Damit ist sein Trinkgeld gerade um fünf Prozent gefallen«, erklärte Stephanie.

Diana musste lachen. »Na, Gott sei Dank, endlich bist du wieder die Stephanie Gorham, die ich kenne und liebe.«

Als Diana nachmittags beim Krankenhaus ankam, war der Parkplatz bereits voll besetzt. Sie fuhr mehrmals um den Block in der Hoffnung, einen freien Parkplatz zu ergattern, und dachte dabei über das Mittagessen mit Stephanie nach. Sie hatte beschlossen, Amy vorerst noch nichts über Stephanies Schwangerschaft zu erzählen. Selbst wenn ihre Entscheidung wieder einmal ein Beweis dafür sein sollte, dass sie sich einfach nicht aus Amys Leben heraushalten konnte, war das eben nicht zu ändern. Als sie den Flur entlanglief, setzte eine Sekunde lang merkwürdigerweise ihr Herzschlag aus. Sie merkte, dass sie Angst hatte. Nicht Angst um Amy, sondern Angst vor der Begegnung mit ihr. Das war etwas völlig Neues für sie.

Diana hatte keine Ahnung, was sie Amy gegenüber äußern müsste, um wieder ein besseres Verhältnis zwischen ihnen herzustellen. Auch wenn Travis darauf pochte, dass Amy einfach mehr Zeit benötigte, merkte Diana instinktiv, dass Zeit allein dafür nicht ausreichen würde. Amy hatte ihr vollkommen vertraut, und das war ein Geschenk, das sie keinem anderen Menschen gegeben hatte. Doch falls sie tatsächlich einen Weg finden sollten, um diesen Vertrauensbruch zu überwinden, dann würde alles andere nicht mehr zählen.

Die Tür stand offen, und das Zimmer war von der Spätnachmittagssonne durchflutet. Travis saß in einem Stuhl beim Fenster und machte sich in einem Spiralblock Notizen. Amy schlief. Dianas Blick fiel auf die beiden Menschen, die ihr ganzes Leben ausmachten. Seltsamerweise gab es Augenblicke, in denen auch sie zwischen den beiden eine körperliche Ähnlichkeit entdeckte, etwa in der Art, wie sie lächelten und jemanden ansahen, oder in ihrer Kopfhaltung, wenn sie tief in Gedanken versunken waren. Und immer dann, wenn sie das bemerkte, ging ein jäher Ruck durch sie, weil sie dadurch gleichzeitig auf bittersüße Weise erkennen musste, wie anders das Leben von ihnen allen wohl verlaufen wäre, wenn man Gus damals nicht für tot erklärt hätte.

Travis konnte es förmlich spüren, dass sie im Zimmer war. Als er hochsah, schien er nicht überrascht, sondern angenehm berührt. Er erhob sich, um sie zu begrüßen, wobei er zuerst einen Blick zum Bett warf, bevor er ihr einen flüchtigen Kuss gab.

»Wie war das Mittagessen mit Stephanie?« Sie sah ihm in die Augen. Wieso war ihr entgangen, dass sie nicht nur blau waren, sondern auch goldgesprenkelt, und dass er lange Wimpern hatte? Vor lauter Freude, wieder bei ihm zu sein, fing ihr Herz zu klopfen an. Doch dann verdüsterte eine dunkle Wolke ihre Gedanken. Bestimmt waren das auch die Gefühle, die Stephanie für Stan gehabt hatte. »Ich werde es dir später erzählen.«

Travis warf einen Blick auf Amy, die immer noch schlief. Er nahm Diana bei der Hand, ging mit ihr auf den Flur, wo er dann lächelnd meinte: »Wir haben einen schönen Tag verbracht. Amy hat mit ihren Fragen gar nicht mehr aufgehört.«

»Was hast du ihr erzählt?«

»Die Wahrheit. Ich möchte nicht, dass sie ahnungslos in irgendwelche Dinge hineingerät, wenn sie nach Hause kommt.«

Als er »nach Hause« sagte, blieb ihr das Herz stehen. »Amy hat zugestimmt, mit dir heimzufahren?«

»Sie meinte, dass sie erst einmal Zeit brauchen würde, um sich an diesen Gedanken zu gewöhnen.«

»Ganz meine Meinung.«

»Ich verstehe absolut nicht, wem damit geholfen wird, wenn wir das weiterhin hinauszögern.«

Sie wusste nicht, wieso sie auf seine Worte dermaßen wütend reagierte. »Was sie im Moment bestimmt am allerwenigsten gebrauchen kann, ist, direkt in euren Familienstreit zu geraten, nach allem, was sie durchgemacht hat.«

»Es ist nicht nur meine Familie, Diana, es ist auch Amys Familie. Sie gehört inzwischen auch zu uns. Und das bedeutet auch, dass sie nicht nur von den positiven Dingen profitieren wird, sondern auch die negativen einstecken muss.«

»Wenn du das sagst, dann klingt das ganz so, als würde sie nach Wyoming ziehen.«

»Wir haben beide sehr viele Jahre nachzuholen. Und so etwas kann man nicht über das Telefon machen.«

Diana wich einen Schritt nach hinten aus, als wollte sie auf Distanz zu ihm gehen und könnte damit rückgängig machen, was er soeben gesagt hatte. »Amy wird Minnesota niemals verlassen.« Und dabei schüttelte sie den Kopf, um ihre Worte noch zu bekräftigen. »Wenn sie in Wyoming leben müsste, würde sie verrückt werden. Länger als einen Monat könnte sie es dort nicht aushalten.«

»Wen willst du damit eigentlich überzeugen, mich oder dich?«

»Was willst du denn damit sagen?«, fauchte Diana ihn an.

»Und würdest du mir vielleicht endlich sagen, was sich hier abspielt?« Und weil Travis mit einem Mal bewusst wurde, wie lautstark ihre Unterhaltung geriet, legte er einen Arm um Diana und schob sie den Flur entlang bis zum Warteraum. »Wieso hast du eigentlich versucht, unsere Familie ausfindig zu machen, wenn du gar nicht willst, dass Amy von uns wieder aufgenommen wird?«

»Weil ich nicht erwartet habe, dass du ihr ganzes Leben in die Hand nehmen würdest.« Mit voller Absicht ließ sich Diana nicht auf dem Sofa nieder, sondern auf einem Stuhl, weil sie nicht wollte, dass sich Travis neben sie setzte.

Travis ging direkt vor ihr in die Hocke. »Du hast damit einen Prozess ausgelöst, über den du keine Kontrolle mehr hast«, meinte er mit sanfter Stimme. »Ab jetzt wird Amy selbst entscheiden. Alles, was nun passiert, hängt allein von ihr ab ... und das ist ganz genau das, was auch geschehen sollte.«

Mit einem Mal konnte sie die Angst, die die ganze letzte Woche an ihr genagt hatte, auch in Worte fassen. »Ich möchte sie nicht verlieren.«

»Das wirst du auch nicht.«

Er klang so überzeugend. »Woher willst du das wissen?«

»Weil sie dich liebt.« Er erhob sich und streckte seine Hand aus. »Ich habe den ganzen Tag heute mit ihr allein verbracht. Jetzt bist du an der Reihe.«

»Und wo willst du hin?«

Er schob sie in Richtung von Amys Zimmer. »In den Supermarkt. Ich mag zwar Popcorn, aber nicht jeden Abend.«

26

Diana lief das Wasser im Munde zusammen, als ihr beim Öffnen der Wohnungstür ein herrlicher und würziger Essensgeruch entgegenkam. Erst jetzt wurde ihr bewusst, was für einen Hunger sie hatte, zumal auch noch ihr Magen wie auf Knopfdruck zu knurren begann.

Travis kam aus der Küche und begrüßte sie mit einem Kochlöffel in der Hand. »Du kommst zu früh. Das Essen wird noch mindestens eine halbe Stunde dauern.«

»Amy war müde. Ich habe beschlossen, sie schlafen zu lassen.« Sie befreite sich von ihren Pumps, zog das Jackett aus und ließ beides im Vorübergehen auf den Treppenabsatz fallen.

Doch sie konnte ihn mit ihrer aufgesetzten Fröhlichkeit nicht täuschen. »Ich vermute mal, dass dein Besuch nicht gerade erfreulich verlaufen ist.«

Sie war so tief verletzt, dass sie jeden anderen Menschen, der ihr diese Frage gestellt hätte, einfach belogen hätte. »Es war, als wären wir uns vollkommen fremd. Jedes Mal, wenn ich versucht habe, mit ihr über dich oder deinen Vater oder das zu reden, was ich bei meinem Aufenthalt in Jackson erlebt habe, hat sie mir nur geantwortet, dass sie das alles nicht hören will.«

»Wahrscheinlich nimmt sie es dir einfach nur übel, dass du über ihre eigene Familie mehr weißt als sie.« Er nahm sie in die Arme und schmiegte sein Kinn an ihren Kopf. »Aber irgendetwas in mir sagt, dass sie noch etwas plagt, was weitaus tiefer geht. Aus irgendeinem Grund hat sich in ihrem Kopf die Idee festgesetzt, dass sie sich von uns allen so sehr unterscheidet, dass sie sich zu keinem zugehörig fühlt.«

»Hat sie dir das gesagt?«, fragte Diana beunruhigt. – »Nicht direkt. Ich habe dieses Gefühl nur aufgrund der Fragen bekommen, die sie mir gestellt hat.«

Er ließ sie los und goss für jeden ein Glas Wein ein.

»Ich habe zwar überlegt, ob ich ihr sagen soll, dass ich über die Probleme, die sie in der Vergangenheit hatte, bereits Bescheid weiß und dass das alles überhaupt keine Rolle spielt. Aber dann habe ich beschlossen, dass es vielleicht besser wäre, wenn sie ein paar Geheimnisse für sich behalten kann.« Er reichte Diana das Weinglas.

Es handelte sich um einen Merlot. Eigentlich bevorzugte sie Weißwein, aber natürlich konnte er so etwas nicht wissen. Was ein Mensch mochte oder nicht, erfuhr man erst im Laufe der Zeit und wenn sich eine gewisse Vertrautheit eingestellt hatte. Sie nahm einen Schluck und war angenehm überrascht, probierte den Wein noch einmal und merkte, dass er ihr tatsächlich schmeckte. Dann musste sie in sich hineinlächeln. Falls Travis ihre Vorlieben gekannt hätte, hätte sie vermutlich nie erfahren, dass sie in diesem Punkt weitaus weniger festgefahren war, als sie vermutet hatte, zumindest nicht, wenn es um Wein ging. »Erzähle mir bloß nicht, dass du auch noch ein Weinkenner bist.«

Er hob fragend die Augenbrauen. »Wieso ›auch noch‹?«

»Es war nur eine Bemerkung. Ich weiß so wenig über dich, dass ich ...«

»Du kannst mich alles fragen.« Er zog einen Stuhl heran und gab ihr ein Zeichen, sich zu setzen.

»Wer ist dein Lieblingssänger?« Sie hatte keine Ahnung, wieso ihr das so wichtig war und warum sie ausgerechnet diese Frage gestellt hatte.

»Mir kommt es mehr auf den Song als auf den Sänger an.« Er öffnete den Ofen, um den Schweinebraten mit Fett zu übergießen.

»Und welche Fernsehsendung?«

»Nun hast du mich erwischt. Mein Fernseher ist schon

vor Jahren kaputtgegangen. Ich nehme mir ständig vor, einen neuen zu kaufen, vor allem, wenn mir Leute erzählen, was sie gerade für eine tolle Sendung gesehen haben, aber anscheinend schaffe ich das einfach nicht. Vielleicht, wenn mir irgendwann einmal mein Lesestoff ausgeht. Aber wenn ich an den Stapel von Büchern denke, der auf meinem Nachttisch liegt, dann glaube ich nicht, dass das so bald passieren wird.«

Sie hatte noch nie einen Menschen kennengelernt, der keinen Fernsehapparat besaß. »Du verfolgst also keines der Football- oder Baseballteams?«

»Wenn ich ein Spiel sehen möchte, dann besuche ich eine der Sportbars in der Stadt. Ansonsten höre ich sie mir im Radio an.«

»Also gut, wenn du auf einer einsamen Insel stranden solltest, was würdest du dann auf jeden Fall mitnehmen?«

Er grinste sie unverschämt an. »Das ist doch offensichtlich ...«

Sie hatte zwar darüber gelesen, dass es manche Menschen in den Zehen kribbelt, aber bislang hatte sie dieses Gefühl noch nie selbst verspürt. »Komm, ich meine es ernst.«

»Ich auch.« Er warf den Topflappen auf die Küchenanrichte, beugte sich zu ihr und gab ihr einen Kuss, der keinen Zweifel daran ließ, wie ernst er es gemeint hatte.

Sie legte die Arme um seinen Hals und ließ ihn gewähren, als er sie nach oben zog. »Wie lange dauert es noch bis zum Abendessen?«, murmelte sie nach dem zweiten Kuss.

»Ich dachte, du wolltest mich besser kennenlernen.«

»Ja, natürlich möchte ich das ...«

Er lehnte sich nach hinten, um sie anzusehen. »Ich werde mit dir Liebe machen, wann immer und wo immer du es möchtest. Denn es ist verdammt noch mal so ziemlich das Einzige, an was ich in der letzten Woche unablässig denken musste. Aber wir haben Zeit, Diana«, meinte er zärtlich, »denn ich gehe nicht fort.«

»Ich kann dieses Gefühl einfach nicht loswerden, dass ich dich verlieren könnte.«

»Du verwechselst mich mit Amy.«

Diana schmiegte sich an ihn und legte ihren Kopf auf seine Schulter. »Sie war schon früher wütend auf mich, aber so schlimm ist es noch nie gewesen.«

»Versetz dich doch mal in ihre Lage. Wie würdest du dich denn fühlen?«

»Ich wäre stocksauer«, gab sie zu.

»Aber irgendwann mal würde sich das doch bei dir legen.«

»Ich bin nicht so stur wie Amy.« Sie merkte, wie seine Brust durch ein sanftes Lachen erschüttert wurde. Sie war über seine Reaktion so verblüfft, dass sie zu ihm hochsah. »Du kannst gerne meine Freunde fragen. Sie alle werden dir bestätigen, dass ich die umgänglichste Person der Welt bin. Ich bin sogar bei einem Mann geblieben, den ich nicht einmal gemocht habe, weil ich nicht den Mumm hatte, eine Szene hinzulegen, um ihn hinauszuwerfen.«

»Die Frau, die du da beschreibst, habe ich jedenfalls nicht kennengelernt«, stellte er fest. »Wenn die wirkliche Diana Winchester tatsächlich eine so gefügige Stoffpuppe ist, wie du mir weismachen möchtest, wer war denn dann die Frau, die ich in Wyoming kennengelernt habe?«

»Selbst ein Schaf setzt sich zur Wehr, wenn es sich bedroht fühlt.«

»Aber wer ist dann die Frau, mit der ich in der letzten Nacht Sex hatte?«

»Ich habe dir doch gesagt, dass ich gestern einen wirklich furchtbaren Tag hatte. Du hast mich einfach in meiner schwächsten Stunde erwischt.«

Er ließ sie los und wich einen Schritt zurück. »Wieso machst du so etwas?«

»Was mache ich denn?«

»Du versuchst, mich zu verjagen.«

»Wie kommst du denn bloß auf diese Idee?« – »Weil du das Beste, was mir je passiert ist, für dich lediglich auf das Resultat eines besonders furchtbaren Tages herabwürdigst. Was zum Teufel soll ich denn deiner Meinung nach danach denken?«

»Was sich zwischen uns abgespielt hat, ist viel zu schnell passiert. So etwas kann doch nicht wirklich etwas Ernstes sein, oder?«

»Und über welchen Zeitraum reden wir dann, bis du unsere Beziehung ernst nehmen wirst? Sechs Monate? Ein Jahr? Wenn du diese Zeit brauchst ... ich kann warten. Ich habe dir bereits gesagt, dass ich nicht einfach verschwinden werde.« Er zog einen Stuhl heran und setzte sich. »Dann sei doch mal so nett und sage mir, was wird in sechs Monaten passieren? Und was für einen Unterschied sollte das machen?«

»Wenigstens wirst du mich dann besser kennen, also die wirkliche Diana.« Sie ließ sich auf dem Stuhl ihm gegenüber nieder. »Und ich kenne dich dann auch besser.«

Er beugte sich über sie, angelte nach einem Notizbuch auf der Küchenanrichte und gab es ihr. »Das hier habe ich für dich angefangen, während Amy geschlafen hat. Ich habe zwar eine gewisse Mühe, damit voranzukommen, aber es ist immerhin ein Anfang.«

Sie warf einen Blick auf die Seiten, die mit flüssiger Handschrift vollgeschrieben waren. »Und was ist das?«

»Ein Schnellkursus in Sachen Vorlieben und Abneigungen von Travis Martell. Ich hatte nämlich schon vor unserem Gespräch jetzt das Gefühl, dass es auf so etwas hinauslaufen würde bei uns.«

Vielleicht kannte er sie wesentlich besser, als sie sich eingestehen wollte. »Dein zweiter Vorname ist Augustus?«

Er musste lachen. »Keine Bange. Es existiert bei uns keine festgeschriebene Familientradition, nach der auch unser erstgeborener Sohn so getauft werden müsste.«

Seine versteckte Anspielung verfehlte nicht ihre Wirkung. Doch sie fühlte sich dabei nicht überrumpelt oder in die Ecke gedrängt, stattdessen durchflutete sie ein Gefühl der Wärme, weil er so ganz selbstverständlich davon ausging, dass sie mit ihm ein Kind haben würde. »Und wie ist es mit der erstgeborenen Tochter?«

»Marigold.«

»Marigold?«

»Ja, so hieß nämlich meine Ururgroßmutter.«

Sie begann zu lächeln. »Du schwindelst.«

»Komm her«, befahl er, wobei das gleichzeitig sehr verlockend klang.

Sie erhob sich, ging um den Tisch herum und ließ sich auf seinem Schoß nieder. Er nahm ihr Gesicht in die Hände und küsste sie sehr lange und intensiv. »Wir haben Zeit, Travis«, erklärte sie, wobei sie seine Worte wiederholte.

Er küsste sie abermals. »Ja, ich weiß ... und zwar mindestens eine Stunde, falls wir den Herd runterschalten.«

»Darf ich das für dich machen?«

»Du darfst alles, wenn es dich glücklich macht, gerne.«

»Alles?« Sie grätschte die Beine, schob ihren Rock bis zu den Hüften hoch, bevor sie zum Temperaturregler am Herd griff.

»Sag es schon«, forderte er sie auf, während er ihre Bluse aufknöpfte.

Sie meinte lächelnd: »Das kann ich nicht, weil ich die Worte dafür nicht kenne.«

»Dann vermute ich, dass du es mir zeigen musst.« Er fuhr mit seinem Finger den Rand ihres BHs entlang.

Sie hielt den Atem an, als seine Hand weiter nach unten glitt. »Das kann ich allerdings schon.«

Es vergingen drei weitere Tage, in denen Amy ihrer Schwester bei allen Besuchen nur den Rücken zukehrte. Doch als Diana ihr schließlich erklärte, dass sie nicht die Absicht habe, abermals ohne ein klärendes Gespräch zu gehen, gab Amy schließlich nach. Zuerst ließ sie ihre Wut heraus, danach ihre verletzten Gefühle. Nachdem Diana drei Stunden lang zugehört hatte, in denen Amy ihr ganzes Herz ausschüttete, sah es so aus, als wäre damit der heilsame Versöhnungsprozess in Gang gesetzt worden.

Obwohl es bereits weit nach Mitternacht war, als Diana nach Hause kam, war Travis aufgeblieben und hatte auf sie gewartet.

Er begrüßte sie an der Tür, küsste sie und meinte: »Ich vermute mal, dass Amy endlich beschlossen hat, mit dir zu reden.«

Sie nickte. »Aber manchmal habe ich mir sogar gewünscht, dass sie es nicht getan hätte.«

»Hast du schon etwas gegessen?«

»Ich habe keinen Hunger. Aber ich möchte sehr gerne ein Glas Wein.«

Sie gingen in die Küche, in der Travis die Weingläser füllte und Diana anwies, etwas Käse und Cracker auf ein Tablett zu legen. »Ich habe Stephanie seit Tagen nicht mehr gesehen«, meinte er, »was ist los mit ihr?«

»Sie hat mit dem Kerl Schluss gemacht, mit dem sie in letzter Zeit eine Beziehung hatte.« Ganz automatisch hatte ihm Diana diese ausweichende Antwort gegeben, weil sie davon ausging, dass Stephanie ihre Schwangerschaft geheim halten wollte, obwohl sie nicht ausdrücklich darum gebeten hatte. Doch urplötzlich wurde sie von einer unbezwingbaren Neugier getrieben und erklärte Travis: »Sie ist schwanger.«

Travis ließ einen leisen Pfiff los. »Das ist wohl ein Schlag für sie.«

»Was sollte sie deiner Meinung nach machen?«

»Diese Art von Entscheidungen treffe ich nicht für andere Menschen, Diana. Ich werde doch niemals in der Lage sein, das nachzuempfinden, was Stephanie derzeit durchmacht.

Ich habe nicht das Recht, ihr Ratschläge zu geben, was sie machen soll.«

»Ich habe dich nicht um einen Rat gebeten, ich möchte nur wissen, was du denkst.«

»Ich denke, dass sie einen verdammt harten Weg vor sich hat, ganz egal, wie sie sich entscheiden wird.«

»Sie will nicht einmal über eine Adoption ihres Kindes nachdenken.«

»Wegen Amy und dem, was ihr zugestoßen ist?«

Diana gluckste. »Und weil sie dann vielleicht an die Art von Eltern geraten könnte, die sogar Pelze tragen.«

»Eine Frau mit Prinzipien.« Er trug drei der Küchenstühle auf den Balkon hinaus, zwei, um darauf zu sitzen, und einen als Tisch. Das Getöse des unablässigen Straßenverkehrs unter ihnen war inzwischen nur noch ein leises Geräusch, das an einen Bach erinnerte, der über Stock und Stein plätscherte. Nichtsdestoweniger kamen Travis diese Geräusche so fremd und aufdringlich vor, wie es wohl auch Diana mit dem Ruf einer Eule oder eines Kojoten gegangen wäre, wenn sie bei ihm daheim auf der Veranda gesessen hätte.

»Sind die Sterne nicht unglaublich?«, meinte Diana, die sich in ihrem Stuhl räkelte.

Er sah zu einem Himmel hoch, der wegen der vielen künstlichen Lichter so diffus wirkte, dass es ihm sehr schwerfiel zu glauben, dass es sich um dieselben Sterne handelte, die er zu Hause sehen konnte. »Hast du schon einmal die Milchstraße gesehen?«

»Ja, als Kind, aber das ist eine Ewigkeit her.«

»Hinter meinem Haus gibt es in den Bergen eine Stelle, an die ich dich eines Tages gerne führen würde. Manchmal leuchtet der Mond dort so rund und hell, dass man schwören könnte, man müsste einfach nur die Hand ausstrecken, um ihn zu berühren.« Es würde unendlich viele Dinge geben, die ihm gänzlich neu erscheinen würden, wenn er sie mit Dianas Augen betrachtete.

Diana lehnte sich nach vorne, während sie die Ellbogen auf den Knien abstützte. »Amy ist sauer, weil ich vor ihr in Jackson gewesen bin.«

»Sie braucht einfach jemand, an dem sie ihren Frust auslassen kann. Und du bist ein leichtes Opfer.«

»Ich habe ja gewusst, dass sie eingeschnappt sein wird, wenn sie erfährt, dass ich hinter ihrem Rücken nach ihrer Familie geforscht habe. Aber ich hatte keine Ahnung, dass es so schlimm werden könnte.« Sie nippte an ihrem Wein. »Redet sie eigentlich mit dir darüber, wenn du bei ihr bist?«

»Nein, sie hat nicht ein einziges Mal deinen Namen erwähnt«, antwortete Travis sanft.

»Das überrascht mich gar nicht. Sie ist genauso verletzt wie wütend. Gott sei Dank weiß sie das über uns nicht.« Diana sah Travis an. »Du hast ihr doch nichts erzählt, oder?«

Er schüttelte den Kopf. »Meiner Meinung nach hat sie derzeit genug Probleme, mit denen sie sich herumschlagen muss. Wenn sie aus dem Krankenhaus entlassen wird, dann können wir ...«

»Nein, auch dann noch nicht. Nicht bevor sie die Möglichkeit gehabt hat, dich besser kennenzulernen. Sie muss erst absolut davon überzeugt sein, dass du allein ihr gehörst, bevor sie in der Lage sein wird, dich mit mir zu teilen. Ich weiß, das klingt verrückt, aber unser ganzes Leben über sah es immer so aus, als würde ich in der allerersten Reihe stehen und abkassieren, während für sie nur noch die Brosamen übrig blieben. Dieses Mal muss Amy in der ersten Reihe stehen.«

»Aber wir werden es niemals schaffen, das vor ihr geheim zu halten. Es wird allenfalls fünf Minuten dauern, wenn sie uns zusammen sieht, und sie wird wissen, welche Gefühle ich für dich hege.«

»Dann müssen wir eben einen Weg finden, um das zu verhindern. Denn so, wie es nun einmal aussieht, wird es wohl sehr lange Zeit dauern, bis sie die ganze Sache mit mir vergisst oder sie mir vergibt.«

»Sie hat einfach nur Angst.«

»Nein, da steckt noch mehr dahinter.« Sie dachte nach, wie sie ihm das erklären sollte, weil es sich dabei lediglich um ein Gefühl handelte, für das sie keine Belege hatte. »Amy ist irgendwie verändert. Ich kann es im Moment noch nicht genau erklären, aber offenbar macht sie eine merkwürdige Wandlung durch. Also, entweder wird sie tatsächlich erwachsen, oder sie wird alt oder reif oder ... Ich weiß zwar nicht, was in ihr vorgeht, aber ich weiß, dass sie eine Veränderung durchmacht.«

Diana hatte Probleme, die passenden Worte dafür zu finden. »Sie ist nachdenklich geworden; nein, ich denke ›introvertiert‹ passt wohl besser. Aber wie auch immer, es hat nichts mehr mit der alten Amy zu tun.«

Travis legte die Füße auf das Balkongeländer. »Sie musste in letzter Zeit auch über eine Menge Dinge nachdenken.«

»Den ganzen Heimweg über habe ich versucht, mir selbst einzureden, dass ich da aus einer Mücke einen Elefanten mache.« Sie griff nach einem Käsestückchen und legte es wieder zurück. »Wenn du mich besser kennen würdest, dann wüsstest du, dass das normalerweise nicht meine Art ist. Ich neige nämlich eher dazu, besonders wichtige Angelegenheiten als banalen Alltagskram abzutun.« Sie warf ihm einen Blick zu und versuchte ein schüchternes Lächeln. »Aber in der letzten Zeit habe ich eine Menge Dinge getan, die ich noch nie zuvor gemacht habe.«

Travis griff nach ihrer Hand und drückte sie zärtlich. »Du musst Amy noch ein paar Tage Zeit geben. Denn nach allem, was ihr beide gemeinsam durchgestanden habt, habt ihr beide ein Recht auf diese Verschnaufpause.«

Diana ließ sich mit ihrer Antwort Zeit. Sie legte den Kopf in den Nacken, um die Sterne zu betrachten, und hoffte, eine Sternschnuppe würde herunterfallen, damit sie sich etwas wünschen könnte. »Wir haben uns immer so nahegestanden«, erklärte sie mit heiserer Stimme, »und jetzt ist es so, als würde eine Wand zwischen uns stehen. Obwohl ich es immer wieder versuche, weiß ich einfach nicht, wie ich an sie herankommen soll.«

Nun war es Travis, der um eine Antwort verlegen war.

»Ich darf sie einfach nicht verlieren.« Dianas Stimme war nur noch ein leises Wispern, als hätte sie angefangen zu beten. »Sie ist meine beste Freundin, Travis. Ich weiß nicht, was ich ohne sie machen würde.«

Die weiteren Besuche, die Diana in dieser Woche bei Amy absolvierte, gestalteten sich von Mal zu Mal besser. Am Donnerstag schien es so, als hätte sich ihre Wut gelegt. Und am Freitag konnte ihr Diana sogar ein Lächeln entlocken, als sie mit einem Teddybären ankam, den sie während ihrer Mittagspause in einem Antiquitätenladen aufgetrieben hatte. Und trotzdem herrschte weiterhin eine unangenehme Verlegenheit zwischen ihnen, über die sie nicht redeten.

Da sie mit Travis übereingekommen war, dass es für Amy sicherlich einfacher sein würde, nur mit einem von ihnen beiden konfrontiert zu werden, wechselten sie sich bei den Besuchen ab. Und Stephanie kam immer dann vorbei, wenn ihr Terminkalender es zuließ.

Am Montag ließ der Arzt durchblicken, dass er Amy bald entlassen könnte, wobei er sich allerdings noch nicht auf einen bestimmten Tag festlegen wollte, weil er meinte, dass es ausschließlich davon abhinge, ob sie weiterhin so gute Fortschritte machte.

Es stellte sich zudem als wesentlich schwieriger heraus, als Diana vermutet hatte, ihre Beziehung mit Travis vor Amy geheim zu halten. Bei ihren Besuchen musste sie sich ständig auf die Zunge beißen, weil sie merkte, dass sie fast dabei war, gewisse Dinge zu verraten, die wiederum gewisse Fragen von Amy nach sich ziehen würden. Anscheinend bemerkte Amy es nicht, und falls doch, dann ging sie einfach darüber hinweg.

Am Mittwoch saß Diana in einer Besprechung in ihrer Firma, als ihre Assistentin hereinkam, um ihr mitzuteilen, dass sie einen wichtigen Anruf für sie habe.

Sie raste in ihr Büro, wobei ihr das Herz bis zum Hals klopfte, als ihr alle möglichen Gründe dafür durch den Kopf gingen. »Ja?«, meldete sie sich über die Freisprecheinrichtung, noch ehe sie den Schreibtisch umrundet hatte, um sich zu setzen.

»Es tut mir leid, dass ich dich aus deiner Sitzung herausholen musste«, erklärte Travis, »aber ich konnte nicht länger warten. Der Arzt hat Amy erklärt, dass sie noch diesen Vormittag entlassen werden kann, wenn es jemand gibt, der sich um sie kümmert. Sie hat ihm gesagt, dass sie die kommenden Wochen bei dir wohnen würde und dass ich tagsüber da wäre, um mich um sie zu kümmern.«

»Das hatten wir doch schon längst so geplant. Ich verstehe nicht, wieso ...«

»Ich kann das Krankenhaus nicht ohne Amy verlassen. Und wenn wir dann in deiner Wohnung ankommen, habe ich nicht die geringste Möglichkeit, meine Sachen aus deinem Schlafzimmer zu räumen, ohne dass sie es mitbekommt.«

»Ach du liebe Güte! Wie viel Zeit bleibt mir?« Diana musste sich nicht nur eine Erklärung zurechtlegen, wieso sie die Sitzung verlassen musste, sie musste auch noch ein Transportmittel finden, weil Travis ihr Auto hatte.

»Ich werde es so lange hinauszögern, wie es nur geht. Aber mit mehr als einer Stunde kann ich dir nicht dienen. Ich habe schon fast so lange gebraucht, um wegzukommen, damit ich dich anrufen kann.«

»In einer Stunde schaffe ich das nicht.«

»Das musst du aber. Denn Amy hat mir schon damit gedroht, dass sie auch ohne mich gehen würde, falls ich mich nicht endlich beeile.«

27

Travis half zuerst Amy in den Wagen und stieg dann auf der Fahrerseite ein. »Nun, wie fühlt man sich denn, wenn man endlich wieder frische Luft schnappen kann?«

Amy ließ das Autofenster herunter: »Einfach unglaublich.«

»Möchtest du vielleicht, dass wir ein bisschen herumfahren und etwas Sightseeing machen?« Was für eine Frage, denn ganz bestimmt gab es keinen einzigen Fleck in der Stadt, den sie nicht bereits Hunderte Male zuvor gesehen hatte.

»Nicht heute.«

»Bist du müde?«

»Ein bisschen«, gab Amy zu. »Das kommt immer urplötzlich über mich. In der einen Minute habe ich noch das Gefühl, als könnte ich den ganzen Tag Bäume ausreißen, und in der nächsten bin ich auf einmal dermaßen erschöpft, dass ich kaum mehr die Augen aufhalten kann.

»Hat der Arzt dir denn gesagt, wann er damit rechnet, dass du wieder ganz auf der Höhe sein wirst?«

»Er meinte, wenn ich es nicht übertreibe, dann müsste ich eigentlich in ein paar Wochen wieder ganz die Alte sein.« Sie drehte sich zu Travis um und sah ihn an. »Wieso willst du das denn wissen?«

»Dad möchte es wissen. Ehrlich gesagt, redet er praktisch von nichts anderem mehr. Er kann es gar nicht erwarten, dich kennenzulernen, aber es ist schwierig für ihn, die Ranch Knall auf Fall zu verlassen, ohne einige Tage zuvor die entsprechenden Arrangements getroffen zu haben.«

»Er hat vor, hierherzukommen?«

Travis nahm absichtlich eine falsche Abzweigung. »Sharon hat ihm erklärt, dass es ihrer Meinung nach nicht fair wäre, dich zu bitten, den ganzen langen Weg nach Wyoming zu machen. Sie wird gemeinsam mit ihm hierherfliegen, sobald du dich gut genug fühlst, um Besuch empfangen zu können.«

»Ich möchte aber nicht, dass sie hierherkommen«, erklärte sie mit Nachdruck. »Ich möchte auf gar keinen Fall, dass sie auch nur in meine Nähe kommen.«

Ihre Worte gingen ihm sehr zu Herzen. »Wenn ich das nächste Mal mit Dad rede, dann werde ich ihm sagen, dass du lieber zu uns kommen möchtest.«

»Wird er denn verärgert sein?«

»Nein, allenfalls, weil er dann noch ein bisschen länger warten muss, bis er dich sehen wird. Aber er wird es verstehen.«

»Und wie ist es mit Sharon?«

Travis begann zu lächeln. »Wahrscheinlich wird Dad sie mit aller Gewalt festhalten müssen, damit sie Wyoming nicht verlässt. Geduld war noch nie eine ihrer Stärken.«

Amy rückte den Sicherheitsgurt über ihrer Schulter zurecht. Dann griff sie mit einer Hand in ihre Haare, was Travis zuerst für eine Geste der Verlegenheit hielt. Wie sich jedoch herausstellte, wollte sie damit lediglich überprüfen, ob die rasierte Stelle auf ihrem Kopf kaschiert war. »Hast du mit Judy oder Faith geredet, seit sie wieder zu Hause sind?«

Doch sie konnte Travis mit dieser Frage nicht hinters Licht führen, denn eigentlich wollte sie damit nur herausfinden, ob er seitdem mit seiner Mutter gesprochen hatte. »Sharon hat mir erzählt, dass sie sich auf der Ranch aufhalten und dass Faith versuchen würde, das Buchhaltungssystem von Mom zu durchschauen.«

»Ich habe auf dem College ein paar Kurse in Buchhaltung gemacht. Vielleicht könnte ich ...« Sie strich über die Bügelfalte ihrer Hose und blickte aus dem Fenster. »Nun höre sich das mal einer an, ja? Schon wieder mische ich mich da ein, wo man mich gar nicht braucht.«

Es gingen ihm ein Dutzend abgedroschene Gemeinplätze durch den Kopf, die man sagt, wenn man jemandem Mut machen möchte, aber er wusste, dass es nichts bringen würde, ganz egal, was er sagte. »Ich werde dir nichts vormachen, Amy, und nicht so tun, als würdest du, wenn du nach Hause kommst, automatisch deinen Platz in der Familie einnehmen, während alle anderen so tun, als wärst du schon immer ein Familienmitglied gewesen.«

»Vielleicht wäre es dann besser, wenn ich erst gar nicht hinfahre.«

»Besser für wen? Für dich? Mich? Dad?«

»Für alle.«

»Wir alle können nicht mehr zu unserem früheren Leben zurückkehren, Amy. Egal, ob du heimkommst oder nicht, für keinen von uns wird es je wieder so sein wie zuvor. Du bist nicht verantwortlich für das, was sich in unserer Familie abgespielt hat, aber du kannst es auch nicht mehr ungeschehen machen. Egal, wie du dich entscheiden wirst, deine Entscheidung hängt allein davon ab, was du gerne möchtest. Alles andere zählt nicht.«

»Und was wird passieren, wenn sich herausstellt, dass ich völlig anders bin als ihr alle und überhaupt nicht zu euch passe?«

»Und was wird passieren, wenn ein Meteor genau in dem Moment auf den Flughafen fällt, wo dein Flugzeug landet?«, entgegnete er. »Wenn du dir ständig über alles Mögliche den Kopf zerbrichst, dann könntest du dir auch über so etwas Sorgen machen.«

Ihre Mundwinkel verzogen sich leicht zu einem schüchternen Grinsen. »Du hast diese Masche wirklich gut drauf.«

»Ich habe keine Ahnung, was du damit meinst.«

»Na, diese Nummer mit dem großen Bruder.«

Er lachte.

»Wenn das so sein sollte, dann nur, weil ich eine Menge Erfahrung auf diesem Gebiet habe.«

»Sind denn die anderen auch so wie du?«

»Das zu entscheiden, überlasse ich lieber dir selber.«

Sie fuhren schweigend eine Weile weiter, bis Amy merkte, wo sie eigentlich waren, und die Stirn runzelte. »Wo fährst du denn hin?«

»Na, zu Dianas Wohnung«, erklärte er mit vorgetäuschter Selbstverständlichkeit.

»Aber das ist der falsche Weg.«

Er hatte keine Ahnung, wo sie sich befanden, hoffte aber, dass er so weit gefahren war, dass Diana inzwischen in ihre Wohnung fahren konnte. »Ich habe mich schon gewundert, weil ich keines der Gebäude erkannt habe, an denen wir vorbeigefahren sind.«

»Bei der nächsten Ecke musst du nach links abbiegen.«

Amy dirigierte ihn durch eine heruntergekommene Wohngegend, die in starkem Kontrast zu der sonst vornehmen Stadt stand, danach durch ein riesiges Einkaufsviertel, in dem rote, weiße und blaue Wimpel an den Lichtmasten hingen, und durch ein Industriegebiet, in dem sie endlich auf den Highway Richtung Süden abbiegen konnten.

»Dad hätte es sehr gerne, wenn du auf der Ranch wohnen würdest, wenn du uns zu Hause besuchst«, sagte Travis, nachdem er sich in den Verkehr eingefädelt hatte. »Ich habe ihm aber gesagt, dass das allein deine Entscheidung sein wird.«

Sie schwieg eine Weile. »Ich vermute mal, wenn ich das mache, dann könnte ich ebenso gleich Nägel mit Köpfen machen. Entweder es funktioniert oder es funktioniert nicht, wenn ich dort bei euch leben werde.«

»So einfach funktioniert das Leben aber nicht, Amy. Es gibt dort ebenso wie hier gute und schlechte Tage. Ich möchte nicht, dass du mit dem allerersten Flug zurück nach Minneapolis abhaust, wenn es zu Schwierigkeiten kommen sollte.«

»Darüber musst du dir keine Sorgen machen. Ich habe beschlossen, nie wieder hierher zurückzukommen, ganz egal, was in Wyoming passieren wird.«

Ebenso gut hätte sie ihm erzählen können, dass sie vorhatte, nach Südafrika auszuwandern, um sich einer Sekte anzuschließen. »Weiß das auch Diana?« Er hatte seine Frage behutsam formuliert.

»Diesen Entschluss habe ich erst heute Vormittag getroffen.«

»Das ist eine ziemlich große Entscheidung. Vielleicht solltest du darüber noch einmal nachdenken.«

»Hier gibt es nichts mehr, was mich hält.«

»Und was ist mit Diana?«

»Und außer Diana?«

»Was ist mit deinen Freunden hier?«

»Sie sind auch nur noch ein Teil meiner Vergangenheit.« Sie fuhr mit dem rechten Zeigefinger über die Lebenslinie auf ihrer linken Handfläche. »Die Dinge, die uns einmal verbunden haben, gibt es nicht mehr.«

»Und wenn du zu der Überzeugung kommen solltest, dass es dir in Jackson nicht gefällt, wo willst du dann hin?«

Sie umklammerte den Finger mit ihrer Hand, als wollte sie damit symbolisch zeigen, dass sie mit ihrem alten Leben abgeschlossen hatte. »Ich weiß es nicht ... ich habe mir früher nie vorstellen können, irgendwo anders zu leben.« Sie sah ihn lächelnd an. »Wahrscheinlich sollte ich endlich anfangen, mir darüber Gedanken zu machen, nicht?«

Travis konnte aus Amys Stimme weder eine Drohung noch Resignation oder gar Kompromissbereitschaft heraushören. Ihre Worte waren nichts anderes als eine Unabhängigkeitserklärung. »Versprich mir, dass du uns wenigstens eine Chance gibst.«

Sie versuchte zwar, ihr Lächeln beizubehalten, aber ihre Lippen bebten verräterisch, und hinter ihren Wimpern bildeten sich Tränen. »Keiner wünscht sich wohl mehr als ich, dass sich alles zum Guten wendet, Travis«, meinte sie, »und ich werde nicht kampflos aufgeben.«

Als Diana Stephanies Wohnung verlassen hatte, warf sie einen Blick auf die Liftanzeige, die ihr sagte, dass der Aufzug im Parterre stand. Statt auf ihn zu warten, raste sie die Treppen zu ihrer Wohnung hoch und kam dort atemlos an, wenige Sekunden, bevor sich die Aufzugtüren öffneten und Travis und Amy ausstiegen.

»Endlich bist du wieder zu Hause«, erklärte Diana mit einem gezwungenen Lächeln. Es gefiel ihr absolut nicht, dass sie Amy schon wieder belügen musste. »Vor lauter Warterei bin ich die ganze Zeit nur noch auf und ab gegangen.«

»Wir wären schon viel früher hier gewesen, wenn Travis sich nicht verfahren hätte.« Amy kam ihr im Treppenhaus entgegen und umarmte sie kurz. »Wieso bist du nicht im Büro?«

»Ich wollte da sein, wenn du heimkommst.« Sie hielt die Wohnungstür auf und ließ Amy vorangehen.

Travis warf ihr einen fragenden Blick zu. »Ich habe alles in Stephanies Wohnung untergebracht«, flüsterte sie ihm zu, als er an ihr vorbeiging. »Du kannst die Sachen später dort abholen, wenn wir wissen, in welches Hotel du ziehen wirst.«

Er hielt in der einen Hand eine Tasche mit Amys persönlichen Sachen und in der anderen eine Vase mit Blumen. »Wo soll ich mit deinen Sachen hin?«

»Ins Gästezimmer«, schlug Amy vor.

»Wie geht es dir?«, wollte Diana wissen.

»Ich bin ein bisschen müde, aber es ist großartig, dass ich endlich aus dieser Klinik heraus bin. Ich glaube, ich wäre zu Fuß nach Hause gegangen, wenn Travis nicht da gewesen wäre, um mich heimzufahren.«

»Hast du Hunger?« Die unsichtbare Mauer zwischen ihnen war immer noch vorhanden. »Ich habe eine Suppe und einige Sachen, um ein Sandwich zu machen.«

»Sie haben mich erst nach dem Mittagessen gehen lassen«, antwortete Amy. »Aber Travis hat noch nichts gegessen.«

»Ich esse später etwas«, erklärte er.

Diana warf einen Blick auf die Uhr und sah dann Travis an. »Ich habe den restlichen Nachmittag leider nicht freinehmen können. Würde es dir etwas ausmachen, bei Amy zu bleiben, bis ich abends heimkomme?«

»Ich brauche kein Kindermädchen«, erklärte Amy gereizt. »Und du hättest dir auch nicht freinehmen müssen, um mich zu empfangen.«

»Tut mir leid, Miss Winchester, wenn ich dich daran erinnern muss, dass es eine der Bedingungen für deine Entlassung aus der Klinik war, dass sich jemand zu Hause um dich kümmert.« Und Diana gegenüber erklärte er: »Ich hatte ohnehin bereits vorgehabt, hierzubleiben.«

»Es ist schön, dass du endlich daheim bist.« Diana umarmte Amy nochmals und ignorierte einfach, dass sie sich weiterhin abweisend verhielt. »Sobald ich im Büro wegkann, komme ich wieder.«

»Es ist schön, wieder daheim zu sein«, erwiderte Amy ganz automatisch.

»Ich liebe dich«, fügte Diana hinzu, auch wenn sie bei diesen Worten einen Knoten im Hals verspürte.

»Du solltest mal besser gehen.« Amy ließ sie los und ging einen Schritt nach hinten. »Du hast wegen mir schon viel zu oft deine Arbeit vernachlässigt.«

Diana streichelte Amy über die Wange. »Pass gut auf dich auf.«

»Ich werde schon dafür sorgen, dass sie das tut«, versprach Travis.

Als Diana weg war, wandte sich Amy an Travis.

»Sie mag dich offenbar.«

Er legte ihr einen Arm um die Schultern und führte sie in die Küche. »Wieso kommst du denn auf diese Idee?«

»Du darfst ihr Auto benutzen. Soweit ich weiß, hat sie

das noch keinem erlaubt. Sie hat dich nicht einmal um die Schlüssel gebeten, als sie gegangen ist. Und das kann nur bedeuten, dass sie dir ihren Zweitschlüssel überlassen hat.«

Travis war sich nicht im Klaren darüber, ob sie vorhatte, ihn auf die Probe zu stellen, oder lediglich über ihre Beobachtungen redete. »Wie wäre es mit einer Tasse Tee vor deinem Nickerchen?«

»Was für ein Nickerchen denn?«

»Na das, zu dem du dich sofort hinlegen wirst, sobald du deinen Tee getrunken hast.«

»Kommandierst du eigentlich alle anderen auch so herum, oder machst du das nur bei mir?«

Er zog einen Stuhl heran und gab ihr zu verstehen, dass sie sich setzen sollte. »Wenn du Sharon fragst, würdest du von ihr wahrscheinlich zu hören bekommen, dass ich das mit allen mache.«

»Glaubst du, dass sie mich mögen wird?«

Wenn es um seine Schwestern ging, dann musste er Amy gegenüber absolut ehrlich sein. Er musste ihr erklären, dass Faith und Judy wahrscheinlich ziemlich zurückhaltend reagieren würden, dass sie aber Sharon durchaus als eine Verbündete betrachten konnte. »Sie hat mir erst gestern Abend dieselbe Frage gestellt.«

»Und was hast du ihr geantwortet?«

»Dass ich mir absolut sicher bin, dass ihr euch beide auf Anhieb hassen würdet.«

Sie wich erstaunt zurück. »Aber wie konntest du nur so etwas sagen?«

»Ich mache doch nur Scherze.« Doch er hätte wissen müssen, dass sie seine Bemerkung ernst nehmen würde. Inzwischen nahm Amy alles ernst. »Ich habe ihr gesagt, wenn ihr das Bild gefällt, das sie morgens im Spiegel sieht, wenn sie sich ansieht, dann würdet ihr beide sehr gut miteinander auskommen.«

Amy erhob sich, füllte den Wasserkessel und nahm zwei

Tassen aus dem Schrank. »Du hast mir wirklich einen Schrecken eingejagt, Travis. Wenn du mir nicht sofort gesagt hättest, dass du dir nur einen Scherz erlaubt hast, dann weiß ich nicht, was ich getan hätte.«

»Es tut mir echt leid. Ich hätte das einfach nicht ...«

Sie drehte sich um und zwinkerte ihm schelmisch zu. »War nur ein Scherz.«

Travis musste lachen. »Ich habe absolut keinen Zweifel, dass du und Sharon sehr gut miteinander auskommen werdet.«

Diana hielt auf dem Heimweg bei der Bäckerei an und holte die Karottentorte ab, die sie am Nachmittag bestellt hatte, um damit Amys Heimkehr zu feiern. Als sie in die Wohnung kam, schlief Amy, während Travis mit einer Teetasse in der einen und dem Telefon in der anderen Hand auf dem Balkon saß.

Er sah hoch, als er sie an der gläsernen Schiebetür entdeckte, und gab ihr zu verstehen, dass er gleich zu ihr hereinkommen werde. In der Zwischenzeit stellte sie den Kuchen in den Kühlschrank und befreite sich von ihren Schuhen und ihrem Jackett.

Travis kam in die Küche, als sie sich gerade ein Glas Eistee eingoss. »Ist sie wach?«, wollte Travis leise wissen.

Diana schüttelte den Kopf.

Er legte den Telefonhörer auf die Gabel zurück, warf einen Blick in den Flur und gab ihr dann einen flüchtigen Kuss. »Wie war dein Tag?«

»Wie üblich.« Dabei war es die Hölle gewesen. Alles war schiefgelaufen, angefangen von der Sitzung, die sie verlassen hatte, bis hin zu einer Eilfracht aus der Niederlassung in Nebraska, die unterwegs verloren gegangen war. Aber sie hatte keine Lust, über ihre beruflichen Probleme zu reden. »Wie ist es denn mit Amy gelaufen?«

»Sie war ein wenig überrascht zu sehen, wie gut ich mich in deiner Küche zurechtfinde, und wollte wissen, wie ich dich dazu überreden konnte, mir dein Auto zu überlassen. Aber abgesehen davon sind wir gut miteinander klargekommen.«

»Ich nehme an, dass sie mit deinen Erklärungen zufrieden war.«

»Sie macht sich so viele Gedanken über das Treffen mit der Familie, dass sie kaum in der Lage ist, sich mit anderen Dingen wirklich zu beschäftigen.«

»War das dein Dad am Telefon?«

Er schüttelte den Kopf. »Nein, einer meiner Tourenführer. Allmählich häufen sich bei TMO wegen meiner Abwesenheit die Probleme ein bisschen.«

»Ein bisschen?« Sie bot ihm einen Schluck Tee an.

»Also gut, es gibt jede Menge Probleme dort. Sobald Amy sich so weit erholt hat, dass man sie allein lassen kann, muss ich endgültig abreisen.«

»Es tut mir leid, Travis. Ich weiß, dass ich dich wirklich über Gebühr strapaziere, aber im Moment geht es in meinem Büro derart drunter und drüber, dass ich befürchte, dass sie sich bald nach einem Ersatz für mich umsehen, wenn ich mir weiterhin immer wieder freinehme.«

»Ich habe mir eingebildet, Stimmen zu hören«, meinte Amy, die im Türrahmen stand. Sie gähnte. »Wann bist du denn heimgekommen?«

»Vor ungefähr fünf Minuten«, antwortete Diana. »Wie geht es dir?«

Amy gähnte nochmals, bevor sie antwortete. »Als wenn sich in meinem Magen ein riesiges Loch befinden würde. Können wir uns Pizza bestellen?«

Es lag Diana bereits auf der Zunge, Amy solle doch etwas Nahrhafteres zu sich nehmen, aber als sie im Geiste ihre Worte vernahm, schluckte sie sie einfach hinunter. Also wirklich, manchmal konnte sie eine echte Nervensäge sein. »Für mich klingt das auch nach einer guten Idee.«

28

Am Donnerstag hatte sich Amys Zustand bereits so gebessert, dass sie Travis beim Lebensmitteleinkauf begleiten konnte. Sie schob den Einkaufswagen, den er mit Dosen und Päckchen füllte. Als sie heimkamen, ließ es sich Amy nicht nehmen, für sie beide das Mittagessen zuzubereiten. Nachdem sie die Küche aufgeräumt hatten, besaß sie sogar noch so viel Energie, dass sie ihn zweimal hintereinander beim Rommé schlug. Travis schob seine Karten auf einen Haufen und warf sie auf den Tisch, während er meinte: »Du benötigst ebenso wenig ein Kindermädchen, wie eine Biene einen Atlas braucht.«

Amy sammelte die Karten ein, mischte sie noch einmal neu, bevor sie sie wieder in den Karton zurücklegte. »Das habe ich doch ständig versucht, dir und Diana zu erklären. Aber ihr beide seid dermaßen stur, dass ihr mir gar nicht zugehört habt.«

»Was machen denn deine Kopfschmerzen?«

»Seit Montag hatte ich keine mehr.« Es gefiel ihr, dass er so besorgt um sie war. »Langsam fange ich an zu glauben, dass ich einfach nur gegen das Krankenhaus allergisch war.«

»Na gut, wenn ich nicht mehr gebraucht werde, dann gibt es wohl keinen Grund mehr für mich, weiter hierzubleiben. Es ist wohl besser, wenn ich wieder nach Hause fahre und mich dort um meine Geschäfte kümmere.«

Obwohl sie gewusst hatte, dass dieser Tag irgendwann einmal kommen würde, war es für sie nicht leicht. »Ich werde dich vermissen.«

»Wie lange wird es dauern?«

Sie runzelte die Stirn. »Wie lange wird was dauern?« – »Bis du uns zu Hause besuchen wirst ... in Jackson.«

»Da bin ich mir nicht sicher. Zuerst einmal muss ich hier einige Dinge abklären.«

»Aber du musst doch irgendeine Vorstellung haben. Eine Woche? Einen Monat?«

»Eigentlich willst du damit doch nur andeuten, dass du denkst, du müsstest womöglich wieder zurückkommen, um mich zu holen, oder?«

»Irgendetwas in der Art, ja.«

Sie zog die Papierdecke vom Tablett, auf der sie ihren Punktestand notiert hatten, zerknüllte sie und warf sie in den Papierkorb. »Keine Bange. Ich werde es mir nicht noch einmal anders überlegen.«

»Ich habe über deine Entscheidung nachgedacht, nicht mehr nach Minneapolis zurückzugehen.«

»Und?«

»Damit setzt du dich nur selbst unter einen enormen Druck. Die ganze Zeit über hast du dir nur Sorgen darüber gemacht, ob unsere restliche Familie dich mögen wird. Aber was ist, wenn sich herausstellen sollte, dass du sie nicht leiden kannst? Vielleicht wäre es für alle Beteiligten das Beste, wenn du deinen ersten Besuch relativ kurz halten würdest, vielleicht kommst du für eine Woche oder zwei. Danach könntest du wieder nach Minneapolis zurückgehen und die Familie nach einigen Monaten nochmals besuchen.«

»Die Idee, Minneapolis zu verlassen, ist mir nicht einfach von heute auf morgen gekommen, Travis. Ich habe darüber sehr lange nachgedacht.« Wenn sie ehrlich war, hatte sie, seit sie aus dem Koma erwacht war, praktisch nichts anderes mehr getan.

»Hast du mit Diana inzwischen darüber geredet?«

Ihr waren immer wieder neue Gründe eingefallen, es zu verschieben – entweder war es nicht der richtige Zeitpunkt, oder Diana war viel zu sehr beschäftigt, und dann wieder waren sie nicht allein. Doch das alles waren nur Ausreden, weil sie es immer aufs Neue hinauszögern wollte, den Menschen zu verletzen, der es am allerwenigsten verdient hatte. »Bis jetzt noch nicht«, gestand sie ihm, »aber das werde ich schon noch ... bald.«

»Ich habe das Gefühl, dass ihr diese Idee ganz und gar nicht gefallen wird.«

Amy wusste, dass es Diana nicht gefallen würde, wie sie sich entschieden hatte. Aber gleichzeitig wusste sie auch, dass Diana sich nicht länger dagegen wehren würde, wenn sie erst einmal den allerersten Schock verdaut hatte. Denn Diana liebte sie so sehr, dass sie es nicht fertigbrächte, sie aufzuhalten. »Also gut, wann gedenkst du denn wieder heimzufahren?«, wollte sie wissen und wechselte damit bewusst das Thema.

»Morgen Abend.«

»So früh?«

»Wir haben einen unserer Tourenleiter verloren, der fast von Beginn an unserer Firma angehört hat. Wenn wir bis zur kommenden Woche keinen Ersatz für ihn gefunden haben, dann müssen wir seine Ausflugsexpedition absagen. Du kannst dir vorstellen, dass so etwas nicht gerade förderlich fürs Geschäft ist.«

»Einer deiner Tourenleiter ist gestorben?«

Travis musste lachen. »Nein, so dramatisch ist es nun auch wieder nicht. Er hat sich beim Fallschirmspringen das Bein gebrochen.«

»Für mich klingt das dramatisch genug. Ich bin erstaunt, dass du es zulässt, dass einer deiner Angestellten solche Dinge macht, wenn er für dich arbeitet.«

»Das ist ein unabhängiger Haufen, Amy. Sie alle machen immer so ziemlich, was und wann sie es wollen.« Er erhob sich und brachte die leeren Gläser zur Spüle. »Wieso legst du dich nicht für dein Nickerchen hin, während ich mich um meinen Flug kümmere?«

Sie war müde und hatte ohnehin vorgehabt, sich hinzulegen, aber sie konnte es sich dennoch nicht verkneifen, ihm vorzuhalten: »Zuerst erklärst du mir, wie gut es mir geht, und dann forderst du mich auf, ein Nickerchen zu machen.«

»Ich möchte, dass du blendend aussiehst, wenn Diana heimkommt.«

»Nein, erst einmal werde ich eine Anzeige in der Zeitung aufgeben, dass ich meinen Wagen verkaufen möchte. Was glaubst du wohl, was ich für ihn verlangen könnte?«

Travis hatte einige Male Amys Auto benutzt, als Diana mit ihrem Wagen zur Arbeit gefahren war. »Meiner Meinung nach solltest du besser fragen, wie viel du jemandem dafür bieten musst, dass er dich von dieser Karre befreit.«

»Aber er fährt. Irgendetwas muss er doch noch wert sein.«

»Nur weil dieses Ding noch fährt, heißt das noch lange nicht, dass es das auch tun sollte.«

»Du denkst also, ich sollte ihn verschrotten lassen?«

»Je eher, desto besser. Na, was glaubst du, warum ich mir heute Dianas Wagen ausgeliehen habe, um damit die Einkäufe zu erledigen?«

»Also gut, ich mach es, sobald ich ihn nicht mehr benötige.«

»Hattest du nicht selbst gesagt, dass du die Nase voll hast von Krankenhäusern?«

»Also, so schrecklich kann er doch nicht sein. Du bist doch auch damit gefahren.«

»Zweimal«, erwiderte er. »Danach war ich der Meinung, dass es für mich sicherer wäre, wenn ich direkt auf dem Highway zu Fuß marschiere.«

»Also gut, also gut ... ich geb's auf. Gleich morgen früh werde ich einen Schrottplatz anrufen.«

Er gab ihr einen sanften Schubs in Richtung des Gästezimmers. »Danach kann ich dann als glücklicher Mann von hier abreisen.«

An diesem Abend konnte Diana nach dem Büro mit Stephanie nach Hause fahren. »Wie geht es dir denn?«, wollte sie wissen.

»Ganz gut. Manchmal ist mir ein wenig übel, aber das ist nichts im Vergleich zu dem, was meine Cousine durchgemacht hat, als sie ihr erstes Kind bekam.«

»Hast du es schon deinen Eltern erzählt?«

Stephanie drehte sich nach hinten, um sich über den Verkehr ein Bild zu machen, bevor sie die Spur wechselte. »Ich hatte es eigentlich schon vor, habe aber dann beschlossen, damit zu warten, bis ich beim Arzt gewesen bin. Ich habe bei ihm nächste Woche einen Termin.«

»Wie werden sie es wohl deiner Meinung nach aufnehmen?«

»Nicht gerade begeistert. Mein Vater glaubt wahrscheinlich noch immer, dass ich noch Jungfrau bin. Seit meinem Umzug hierher ist es das erste Mal, dass ich froh darüber bin, dass uns drei Staaten voneinander trennen.«

»Wenn sie erst einmal das Baby gesehen haben, dann werden sie bestimmt einlenken. Denn wer würde es schon fertigbringen, ein Baby abzulehnen?« Sie hatte diese Bemerkung ganz automatisch gemacht. Sie warf Stephanie einen Blick zu. »Von allen Menschen auf dieser Welt muss ausgerechnet ich so etwas sagen, ich kann es nicht fassen.«

»Ich mache mir keine Sorgen darüber, wie sie das Baby aufnehmen werden«, erklärte Stephanie. »Mir macht nur der Gedanke zu schaffen, dass sie von mir enttäuscht sein werden.«

»Hat sich Stan bei dir gemeldet?«

»Er hat letzte Woche mehrmals etwas auf meinem Anrufbeantworter hinterlassen, aber noch bin ich nicht so weit, um mit ihm zu reden.« Sie drosselte das Tempo, als der Verkehr dichter wurde. »Das zu mir. Wie läuft es denn mit deinen Eltern? Hast du ihnen das mit Travis erzählt?«

Diana hatte Stephanie gegenüber bislang den Streit mit

ihren Eltern noch gar nicht erwähnt, weil sie überzeugt war, dass ihre Freundin derzeit genug eigene Probleme hatte. Doch nun wollte sie Stephanie nicht belügen oder ihrer Frage ausweichen, und deswegen schilderte sie ihr in kurzen Worten, was vorgefallen war.

»Mannomann«, entfuhr es Stephanie danach, »das wird ja immer besser. Was meinst du, wie lange wird es wohl dauern, bis sie sich wieder beruhigen?«

»Falls ich nicht irgendetwas unternehme, um sie zu besänftigen – und das heißt, dass ich ihnen das Geld zurückgeben muss –, könnte es sein, dass das gar nicht mehr passiert.«

»Und? Hast du vor, ihnen das Geld zurückzugeben?«

»Nie im Leben.«

»Hast du denn schon überlegt, was du mit dem Geld machen wirst?«

»Ich hatte eigentlich vor, es Amy zu geben«, erklärte Diana.

»Aber im Moment glaube ich nicht, dass ich sie dazu bringen könnte, es anzunehmen. Ich habe nicht einmal mehr Lust, ihr das vorzuschlagen«, fuhr sie fort.

»Warum behältst du es dann?«

»Aus reiner Sturheit, ganz einfach.«

Stephanie musste lachen. »Ich vermute mal, dass ist genauso gut wie jeder andere Grund. Und das Geld läuft ja nicht weg. Eines Tages wird dir die optimale Lösung einfallen, wie du es verwenden kannst.« Sie bog in die Tiefgarage ein.

»Amys Auto ist weg.«

Diana sah zu dem Gästeparkplatz hinüber, auf dem heute Morgen noch Amys Pinto gestanden hatte. »Wäre es denn nicht großartig, wenn den endlich einer geklaut hätte?«

Travis saß in der Küche und telefonierte, als Diana die Wohnung betrat. Im Vorbeigehen lugte sie kurz durch den Türspalt in Amys Zimmer und sah, dass sie schlief. Es hatte ganz den Anschein, als habe sie inzwischen einen festen Tagesrhythmus gefunden.

»Ja, genau«, hörte sie Travis sagen. »Nur einen Hinflug, egal mit wem, Hauptsache, es ist einer morgen Abend.« Er wartete ab. »Ja, zwanzig Uhr fünfundvierzig passt mir.«

Diana hielt die Luft an, weil ihre Enttäuschung ihr ganz kurz einen kleinen Stich versetzte. Anscheinend war Travis dabei, seine Abreise zu organisieren. Dabei hatte er ihr nicht einmal gesagt, dass er vorhatte abzureisen. Sie betrat die Küche.

»Travis Martell«, antwortete er, wobei er seinen Nachnahmen buchstabierte. Nachdem er die Nummer seiner Kreditkarte durchgegeben hatte, legte er auf.

»Du reist ab?«, meinte sie.

Er nahm sie in die Arme. »Es tut mir leid. Aber inzwischen ist dort die Hölle los ...«

Sie legte ihm einen Finger auf den Mund. »Du musst dich nicht rechtfertigen. Ich weiß, dass du bleiben würdest, wenn du könntest.«

»Amy geht es gut. Bis zum Montag ist sie bestimmt so stabil, dass man sie unbesorgt alleine lassen kann.«

»Ich werde dich vermissen.« Sie lehnte ihren Kopf gegen seine Brust. Mein Gott, wie sehr sie sich doch wünschte, dass er nicht ginge.

Doch dann wurde Travis abgelenkt, weil er sich einbildete, im Flur ein Geräusch gehört zu haben. Doch als er danach keine weiteren Geräusche mehr hörte, entspannte er sich wieder und war dankbar darüber, dass ihnen noch einige ungestörte Augenblicke blieben. Er schmiegte sein Gesicht an Dianas Haar und atmete ihren frischen Geruch ein.

Eigentlich hätte er nun die Worte sagen müssen, die schwer zwischen ihnen lasteten. Aber er konnte sich keine Fernbeziehung vorstellen, dazu war seine Liebe zu Diana viel zu groß. Er wollte abends mit ihr zu Bett gehen und morgens mit ihr gemeinsam aufwachen können, und er wollte sich sicher sein, dass sie immer da sein würde, in guten und in schlechten Zeiten, mit gemeinsamen Kindern und auch ihren Enkelkindern. Er hatte längst verstanden, dass er nicht das geringste Recht hatte, sie darum zu bitten, ihr Zuhause und ihre Karriere aufzugeben, die sie sich selbst aufgebaut hatte. Aber andererseits gab es für ihn keinerlei Möglichkeit, seinen Lebensunterhalt in Minneapolis zu verdienen. Sie mussten also erst einmal eine Möglichkeit finden, ihre beiden Welten unter einen Hut zu bekommen, bevor sie ein gemeinsames Leben planen konnten.

Doch bevor er selbst keine Lösung dafür gefunden hatte, konnte er ihr auch nicht die entscheidende Frage stellen.

»Ich möchte, dass du mit Amy nach Wyoming kommst. Es gibt dort in den Bergen einige Gegenden, die ich dir unbedingt zeigen muss, an denen man tagelang keiner Menschenseele begegnet. Es gibt Orte, da sprudelt das Wasser so kalt und klar, dass man schwören könnte, es würde wie zerspringendes Eis klingen, wenn es auf die Felsen trifft. Es gibt so vieles dort, was ich dir gerne zeigen möchte, Diana.«

Sie lehnte ihren Kopf zurück, sah zu ihm hoch und küsste ihn. Es tat schon fast weh, so sehr sehnte sie sich danach, mit ihm Sex zu haben. Seit Travis nach Amys Rückkehr in ein Hotel gezogen war, hatten sie nur noch wenige Minuten gehabt, die sie alleine miteinander verbringen konnten. Doch genau das hatten sie so dringend nötig – Zeit für sich selbst und einen Ort, an dem sie die Realität aussperren konnten, die es verhinderte, ihre Liebe in Worte zu fassen und ihre Hoffnungen zu formulieren, die angesichts der widrigen Umstände ohnehin viel zu zerbrechlich erschienen.

Travis entfuhr ein leises Stöhnen, als er den Kuss vertiefte, ihre Zunge in seinem Mund willkommen hieß und sie miteinander verschmolzen. »Komm doch bitte heute Nacht mit mir ins Hotel«, murmelte er durch die Lippen.

Noch nie in ihrem Leben hatte sie sich etwas so sehnlich gewünscht. »Ich werde Stephanie anrufen. Vielleicht kann sie ja bei Amy bleiben.«

Diana hatte Stephanies Nummer bereits zur Hälfte gewählt, als Amy in der Küche auftauchte. Sie stand im Türrahmen und streckte sich. »Ich habe wohl doch sehr viel länger geschlafen, als ich eigentlich dachte«, stellte sie fest. »Ich habe nicht mal mitgekriegt, dass du heimgekommen bist.«

Diana legte den Hörer wieder auf, weil sie der Meinung war, sie könnte mit dem Anruf noch ein paar Minuten warten. »Ich habe versucht, leise zu sein.«

»Hat Travis dir gesagt, dass er morgen abreisen wird?«

»Wir haben uns gerade darüber unterhalten.«

»Ich habe überlegt, ob wir vielleicht irgendetwas Besonderes machen könnten, um seinen letzten Abend hier in der Stadt zu feiern. Natürlich nur, wenn dir das recht ist.«

Diana warf einen kurzen Blick in Travis' Richtung. »Natürlich ist mir das recht.« Es war unmöglich, Amys Vorschlag abzulehnen. »Was hast du dir denn vorgestellt?«

»Wir haben heute im Laden Steaks gekauft, die könnte Travis grillen. Du könntest dazu Kartoffelgratin machen, und ich werde den Salat anrichten.« Während sie weiterredete, wurde sie geradezu enthusiastisch. »Ich denke, wir sollten auch Stephanie dazu einladen. Denn wahrscheinlich werden sich die beiden nicht mehr wiedersehen. Und auf diese Weise könnte auch sie ihm Lebewohl sagen.«

»Was hältst du davon, Travis?«, meinte Diana und bemühte sich dabei, ihre Enttäuschung zu unterdrücken. »Hast du Lust auf eine Abschiedsparty?«

Er schob die Hände in die Hosentaschen. »Klar, wieso nicht?«

Am nächsten Tag verspätete sich Diana, als sie Travis abholen wollte, um ihn zum Flughafen zu fahren. Sie hatte das

Büro extra früher verlassen, weil sie mit ihm unterwegs noch irgendwo etwas essen wollte. Doch eigentlich ging es nur darum, dass sie wenigstens die Möglichkeit hätte, sich von ihm unter vier Augen zu verabschieden. Doch auf dem Heimweg hatte sie zum allerersten Mal in ihrem Leben eine Reifenpanne. Der Pannendienst versprach ihr, umgehend einen Abschleppwagen zu schicken, was aber dann schließlich erst nach einer Stunde geschah.

Obwohl Travis Amy versprochen hatte, sie bereits tags darauf anzurufen, fiel es Amy sehr schwer, sich von ihm zu trennen. Zuerst begleitete sie die beiden bis zur Wohnungstür, dann bis zum Lift, und schließlich fuhr sie sogar noch mit ihnen in die Tiefgarage.

»Ich komme mir beschissen vor, weil ich sie verlassen muss«, erklärte Travis, als sie bereits unterwegs waren.

»So habe ich sie noch nie erlebt«, gestand ihm Diana. »Normalerweise versucht sie, ihre Gefühle zu verbergen. Ehrlich gesagt, war ich überrascht, dass sie nicht darauf bestanden hat, uns zu begleiten.«

»Ich glaube, dass sie sehr wohl weiß, dass das über ihre Kräfte gehen würde.«

»Die alte Amy hätte darauf keine Rücksicht genommen.«

»Vermutest du etwa, sie hat gemerkt, dass wir alleine sein wollen?«

Diana schüttelte den Kopf. »Ich habe ganz bewusst mehrmals ansatzweise gewisse Bemerkungen fallen lassen, um zu testen, ob sie darauf eingehen würde, was sie aber nicht getan hat.«

Diana wählte anfangs absichtlich die Route über die Stadtautobahnen, um so den freitäglichen Berufsverkehr einigermaßen zu umgehen, gab aber dann doch irgendwann auf und kehrte auf den Highway zurück. Sie hatte wirklich alles Erdenkliche versucht, um noch ein paar Minuten herauszuschinden, damit sie sich in aller Ruhe verabschieden konnten. Aber als sie endlich am Flughafen ankamen, war es bereits so spät, dass sie Travis direkt zu seinem Terminal bringen musste. Sie stieg aus dem Wagen und blieb neben Travis stehen, der seine Reisetasche überprüfte.

»Das zu dem Thema optimale Planung ...«, meinte sie mit aufgesetzter Fröhlichkeit, weil sie wollte, dass er sie lächelnd in Erinnerung behalten sollte.

Er stellte seine Tasche auf dem Gehsteig ab und nahm sie in die Arme.

»Versprich mir bitte, dass ich nicht erst hierherkommen muss, um dich zu holen, sondern dass du uns mit Amy besuchen wirst.«

»Ich werde mein Bestes versuchen.«

Ein Mann in einer blauen Uniform kam auf sie zu. »Entschuldigen Sie, Sir, wollen Sie diese Tasche als Gepäck aufgeben?«

»Ja.«

Travis ließ Diana los und zog seinen Flugschein aus der Hosentasche.

Der Mann überflog die Daten. »Wenn es Ihnen wichtig ist, dass Ihre Tasche zeitgleich mit Ihnen in Jackson landet, dann würde ich mir an Ihrer Stelle überlegen, ob Sie sie nicht besser bei sich behalten.«

Travis warf einen Blick auf seine Uhr. »Ich wusste gar nicht, dass wir so spät dran sind.«

Diana hatte auf einmal das dringende Bedürfnis, ihm zu sagen, dass ihr Leben ohne ihn genauso leer sein würde wie der Himmel ohne die Milchstraße.

Für sie würde nichts mehr auf der Welt so sein, wie es einmal gewesen war. Sie legte ihre Hand auf seinen Arm und begann mit ihrem Geständnis, als er sich zu ihr beugte und sie küsste.

»Ich muss los.«

Er entfernte sich bereits von ihr, als er noch hinzufügte: »Ich werde dich morgen anrufen.«

Sie stand wie angewurzelt da, als er den Flughafen betrat, und heftete ihren Blick auf seinen Rücken, während er sich entfernte.

Doch plötzlich blieb er stehen, als hätte er ihre Sehnsucht gespürt, drehte sich um, rannte noch einmal auf sie zu und rief: »Ich liebe dich!«

Die Glastüren öffneten sich, und hinter ihnen verschwand ein verzweifelter Mann. »Ich liebe dich auch!«, erwiderte sie, aber da hatten sich die Türen hinter ihm bereits wieder geschlossen. Es war vollkommen unmöglich, dass er ihre Worte noch mitbekommen hatte.

29

Als Travis am nächsten Vormittag anrief, saßen Diana und Amy gerade bei einem Schlemmerfrühstück mit Waffeln. Noch ehe es Diana gelungen war, ihren Stuhl zurückzuschieben, war Amy bereits aufgesprungen und hatte den Hörer abgenommen.

»Wie war der Flug?«, fragte Amy in den Hörer.

Diana setzte sich wieder und griff nach ihrer Kaffeetasse, nahm die Tageszeitung zur Hand und versuchte, sich auf einen Artikel zu konzentrieren, in dem es um die Wölfe im Yellowstone Park ging. Dabei kam ihr flüchtig der Gedanke, was wohl Travis als Rancher davon hielt. Wäre er für eine Auswilderung von Raubtieren oder eher dagegen, oder würde das ihn als Naturkundigen womöglich in einen Gewissenskonflikt stürzen? Wie wenig sie doch über den Mann wusste, den sie liebte.

»Mir geht es wirklich gut«, antwortete Amy. »Auf gar keinen Fall werde ich noch länger als zwei Wochen brauchen, um wieder ganz in Form zu sein. Selbst Diana meint, dass ich so schnelle Fortschritte mache, dass ich selbst die kühnsten Erwartungen der Ärzte übertreffe.«

Selbst Diana? Sie fühlte sich plötzlich wie eine Außenstehende und fragte sich, wann sie in diese Kategorie abgestiegen war.

»Das werde ich«, meinte Amy, und danach: »Du auch ...«, und schließlich: »Ruf mich wieder an, wenn du zurück bist.« Sie legte den Telefonhörer auf und meinte zu Diana: »Travis lässt dich grüßen.«

»Wollte er denn nicht auch mit mir kurz reden?« Diana gab sich redlich Mühe, um ihre Enttäuschung zu verbergen.

Amy sah sie überrascht an. »Tut mir leid, ich bin gar nicht auf die Idee gekommen, ihn danach zu fragen.«

»Das macht nichts. Ich werde bestimmt ein andermal mit ihm reden können.« Sie faltete die Tageszeitung zusammen, in der sie gelesen hatte, und legte sie in den Zeitungsständer zurück. »Ich wollte eigentlich nur wissen, ob mit seinem Flug alles geklappt hat. Wir sind nämlich sehr spät am Flughafen angekommen.«

»Das hat er gar nicht erwähnt.«

Sie musste sich schwer zusammenreißen, um Amy nicht weiterhin mit Fragen zu löchern. »Ich habe zufällig mitbekommen, dass du mit Travis über irgendeine geplante Reise von ihm geredet hast?«

Amy schenkte ihnen beiden Kaffee nach, bevor sie sich setzte. »Er und sein Vater ...«, dabei wurde sie rot und zog eine Grimasse, »anscheinend habe ich immer noch nicht kapiert, dass er ja auch mein Vater ist. Wie auch immer, sie fahren in einen Ort namens Pinedale, weil sie versuchen wollen, einen alten Freund von Travis aus der Studentenverbindung zu überreden, auf der Ranch auszuhelfen, damit Travis den Rücken freihat, um diese Sache mit dem Tourenführer zu klären.«

Diana nahm versuchsweise ein Toastbrot in die Hand, wusste aber, dass sie keinen Bissen hinunterbekommen würde. »Wie lange wird er unterwegs sein?«

»Ein paar Tage. Er hat gemeint, er würde gleich anrufen, sobald sie wieder zurück sind.«

Diana war sich sicher, dass es viel zu auffällig wäre, wenn sie noch mehr Fragen stellen würde. »Und was möchtest du heute unternehmen?«

Amy überlegte. »Wie wäre es denn, wenn wir einen Ausflug machen? Wir könnten uns ein Picknick einpacken und eine Decke und dann so lange durch die Gegend fahren, bis wir Hunger haben.«

»Und den restlichen Tag dann damit verbringen, die Wolken zu beobachten und dabei die herausfinden, die wie ein Mensch aussieht«, beendete Diana den Satz für sie. Das war eine der Lieblingsbeschäftigungen von Amy in ihrer Kindheit gewesen.

»Am besten, wir leihen uns das Vogelbestimmungsbuch von Stephanie aus. Hast du eigentlich noch dein Fernglas?«

»Stuart hat es ... nein, Moment mal. Das war ja in meinem Schrank.« Diana stand auf, weil sie nachsehen wollte. Auf halbem Wege zur Treppe fiel ihr plötzlich etwas ein, was sie Amy schon die ganze Zeit hatte fragen wollen. »Was hast du eigentlich mit deinem Auto gemacht?«

»Das habe ich verkauft.«

»Wer kauft denn ...«, meinte Diana und beschloss, den Rest für sich zu behalten. Ehrlich gesagt, war ihr nicht klar, über was sie mehr überrascht sein sollte. Über die Tatsache, dass sich Amy tatsächlich von ihrem heißgeliebten Schrotthaufen getrennt hatte, oder darüber, dass sie tatsächlich jemanden gefunden hatte, der ihn haben wollte.

»Travis hat einen Schrotthändler gefunden, der mir 25 Dollar dafür gegeben hat und ihn umsonst abgeschleppt hat.«

Eigentlich hätte Diana wissen müssen, dass Travis hinter dieser Sache steckte. »Ich gehe also jetzt einmal davon aus, dass wir auf unsere Erledigungsliste auch noch die Suche nach einem neuen Auto schreiben sollten.«

»Das hat Zeit. Davor muss ich noch eine Reihe anderer Dinge erledigen.«

Diana konnte ihr nicht ganz folgen, denn Amy hatte stets betont, wie wichtig ein Transportmittel für ihre Unabhängigkeit wäre. »Du kannst den Volvo benutzen, bis du dir im Klaren darüber bist, was du machen wirst.«

»Ich bin beeindruckt. Zuerst Travis und jetzt auch noch ich.«

»Ich weiß nicht, was du meinst.«

»Wenn es darum ging, dein Auto anderen zu leihen, bist du immer unerbittlich gewesen und hast das abgelehnt, und nun ...«

»Ich habe gelernt, dass es im Leben Wichtigeres gibt.«

Amy lächelte. »Das wurde aber auch Zeit.«

Diana und Amy konnten sich kaum noch daran erinnern, wann sie das letzte Mal ein so schönes Wochenende miteinander verbracht hatten. Sie fuhren für ihr geplantes Picknick Richtung Norden, lachten über blöde Witze und aßen ihren Kartoffelsalat mit den Fingern, als sie merkten, dass sie vergessen hatten, das Besteck einzupacken. Abends heulten sie sich beim Ansehen von »Casablanca« die Augen wund und gönnten sich ein Abendessen mit geringem Nährwert.

Am Montag stand Amy früh auf und brachte Diana zur Arbeit. Dabei erwähnte sie, dass sie sich um einige Dinge in ihrer Wohnung kümmern müsste, ohne nähere Angaben zu machen. Als sie abends Diana wieder abholte, war sie ungewöhnlich still und bat ihre Schwester, sich hinters Steuer zu setzen.

»Wie war dein Tag?«, wollte Diana wissen. Bevor sie auf dem Fahrersitz Platz nahm, zog sie ihre Jacke und die Pumps aus. Dann drehte sie die Klimaanlage bis zum Anschlag hoch. Die feuchte Hitze hatte inzwischen bestimmt an die 32 Grad erreicht, und sie kam sich inzwischen von oben bis unten wie ein Fliegenfänger vor.

»Interessant«, antwortete Amy.

Daraufhin beschloss Diana, nicht weiter in sie zu dringen. »Was hättest du denn gerne zum Abendessen?«

»Was immer du möchtest, ich bin nicht besonders hungrig.«

»Wie wäre es mit einer Gazpacho? Zum Kochen ist es viel zu heiß.«

»Das klingt gut.«

Den restlichen Weg legten sie in einem angespannten

Schweigen zurück. Gelegentlich warf Diana ihrer Schwester einen kurzen Blick zu, weil sie sehen wollte, ob sie schlief. Aber Amy starrte ununterbrochen aus dem Fenster.

Als sie schließlich zu Hause waren, machte sich Amy erst einmal ins Badezimmer auf, während Diana in die Küche ging, um sich etwas zu trinken zu holen. Als sie sich auf dem Weg nach oben befand, erregte ein Gegenstand im Wohnzimmer ihre Aufmerksamkeit. Sie stand wie angewurzelt da und starrte auf etwas, das sie sich absolut nicht erklären konnte.

Ganz egal, wie sie es drehte und wendete, sie konnte einfach keine Erklärung dafür finden, wieso Amys Uhr plötzlich dort auf ihrem Bücherregal stand. Irgendwann klopfte sie schließlich gegen die Badezimmertür und fragte: »Was macht denn deine Uhr hier?«

Kurz darauf verließ Amy das Badezimmer. »Ich möchte, dass du sie für mich aufbewahrst.«

»Wieso denn ich? Wieso kannst du sie denn nicht in deiner Wohnung lassen?«

Amy senkte den Blick zu ihren Füßen, um Dianas fragendem Blick auszuweichen. Mit einem Mal war die ganze Unbeschwertheit ihres Wochenendes verschwunden, als hätte die Nacht einen Schatten darauf geworfen. »Wir müssen miteinander reden, Diana.«

Diana merkte, dass allmählich ein Angstgefühl in ihrer Brust aufstieg. Eine innere Stimme warnte klar und bestimmt, dass sie das, was Amy ihr zu sagen hatte, gar nicht hören wollte. »Gleich, ich muss nur schnell diese Klamotten loswerden.« Sie machte sich auf den Weg nach oben. »Weißt du, mir ist gerade eingefallen, dass wir seit Monaten nicht mehr bei Roberto's gewesen sind, um Pasta zu essen. Was hältst du davon, wenn wir das mit der Suppe vergessen und …«

»Mir wäre es viel lieber, wenn wir heute Abend zu Hause bleiben würden.«

Dianas Angst schnürte ihr fast die Kehle zu. »War ja nur so eine Idee.«

Als Diana wieder nach unten kam, stand Amy in der Küche und bereitete Eistee zu. »Eine gute Idee«, rief Diana übertrieben fröhlich aus.

Amy drehte sich um und stützte die Hände gegen die Küchenanrichte. »Ich bin heute aus meiner Wohnung ausgezogen.«

»Wieso denn das?« Noch ehe Amy antworten konnte, fragte sie weiter: »Und wohin?«

»Ich denke mal, dass Ausziehen nicht unbedingt die akkurate Bezeichnung dafür ist. Tatsächlich habe ich diese Organisation angerufen, die für die Obdachlosen billige Unterkünfte baut, und sie gebeten vorbeizukommen, um alles abzuholen, was sie gebrauchen können. Es stellte sich heraus, dass sie so ziemlich alles haben wollten, was ich hatte. Und alles, was sie nicht mitgenommen haben, habe ich dann von dem Trödelladen beim Einkaufszentrum abholen lassen.«

»Du hast deine ganzen Möbel weggegeben?« Diana versuchte zwar zu begreifen, was sie da eben gehört hatte, aber Amy hätte ihr ebenso erklären können, dass ihr Flügel gewachsen seien und sie nun fliegen könne. »Aus welchem Grund hast du das denn getan?«

Amy verschränkte ihre Arme über der Brust, aber offenbar nicht, um auf Distanz zu Diana zu gehen. Vielmehr sah es so aus, als wolle sie sich damit selbst einen Halt geben. »Ich wollte sie nicht in einem Möbellager unterbringen, weil mir die Idee, in jeder Hinsicht einen absoluten Neustart zu wagen, sehr gut gefällt.«

»Nun sag mir endlich, was du mir bitte schön wirklich verheimlichst!«

»Wenn ich wegfahre, dann komme ich nicht mehr zurück.« Diana versetzten ihre Worte einen so tiefen Schmerz, dass es ihr schier den Atem raubte. Natürlich war sie davon ausgegangen, dass Amy Wyoming einen Besuch abstatten würde. Aber nicht ein einziges Mal war ihr der Gedanke gekommen, dass sie dort für immer bleiben könnte. »Das ist doch nicht dein Ernst?«

»Ich habe mir sehr lange darüber Gedanken gemacht, Diana. Und ich weiß ganz genau, was ich tue.«

»Aber dein Zuhause ist doch hier.«

Doch anstatt Diana darauf zu antworten, ließ Amy ihre Worte einfach im Raum stehen.

»Und was ist, wenn du deine neue Familie überhaupt nicht leiden kannst? Was wirst du denn dann machen?«

»Dann fange ich eben irgendwo anders wieder ganz von vorne an.«

Dianas Beine gaben nach. Sie nahm sich einen Stuhl und setzte sich. »Ich wollte, du hättest erst einmal mit mir darüber gesprochen.«

»Findest du nicht, dass es endlich Zeit wird, dass ich meine eigenen Entscheidungen treffe?«, fragte Amy sanft.

»Das ist doch Unsinn. Du hast doch immer deine eigenen ...«

»Nein, das habe ich nicht, Diana.« Nun ließ sich auch Amy seufzend auf einem Stuhl nieder. Sie griff über den Tisch hinweg nach Dianas Hand. »Mein ganzes Leben habe ich mich immer nur auf dich verlassen. Und wenn ich irgendwann einmal ein selbstständiger Mensch sein will, dann muss ich endlich lernen, auf eigenen Beinen zu stehen.«

»Aber warum muss das denn ausgerechnet in einem anderen Bundesstaat sein? Das könntest du doch ebenso gut auch hier versuchen.«

»Es handelt sich dabei nicht um eine Laune, ich kämpfe um mein Leben.«

Und ich kämpfe um meines, hätte Diana ihr am liebsten ins Gesicht geschrien. Auch wenn sie keine genetischen Geschwister waren, so war Amy doch ihre Familie. Und wenn es nach ihrem Vater ging, dann war sie sogar das einzige Familienmitglied, das sie noch hatte.

»Ich weiß wirklich nicht, was ich dazu sagen soll.«

»Da ist noch etwas«, erklärte Amy leise.

Diana zog ihre Hand zurück und ließ sie auf ihren Schoß fallen. »Am besten, du rückst gleich damit heraus, damit wir es endlich hinter uns haben.«

»Ich muss diese Sache ganz alleine meistern.«

»Was musst du alleine meistern?« Doch Diana kannte die Antwort, noch bevor Amy es ihr erklärt hatte. Sie verstand Amys Wunsch nach Unabhängigkeit durchaus, und sie würde keine Probleme damit haben. »Du möchtest nicht, dass ich dich nach Wyoming begleite?«

»Diana, bitte ... hör mir bitte genau zu. Du musst zuhören, mit dem ganzen Herzen.« Ihre Stimme klang belegt, und sie blinzelte, um die aufsteigenden Tränen zurückzuhalten. »Mein ganzes Leben lang bist du immer mein Halt gewesen. Immer, wenn ich gedacht habe, dass ich einfach nicht mehr weiterkann, warst du die Einzige, die da war, um mich wieder aufzubauen. Ohne dich hätte ich niemals bis heute durchgehalten.«

»Aber?« Diana wusste, dass sie das Folgende gar nicht hören wollte, aber es ging ihr wie den schockierten Zeugen eines Unfalls, die es auch nicht fertigbrachten, einfach wegzusehen.

»Ich habe keine Ahnung, was es heißt, auf eigenen Beinen zu stehen«, gestand Amy ihr.

»Drücke dich bitte klarer aus, damit ich es verstehen kann.«

»Ich muss nicht nur alleine nach Wyoming fahren, ich muss dort auch ganz alleine auf mich gestellt sein. Bevor ich mir nicht absolut sicher bin, dass ich es auch ohne dich schaffen werde, kann ich mich nicht mit dir treffen, ich kann nicht einmal mit dir reden.«

Diana hatte das Gefühl, dass man ihr einen Eisblock auf den

Rücken gelegt hatte und jegliche Wärme aus ihr entwich. Amy gehörte mit solcher Selbstverständlichkeit zu ihr wie ihre Beine und ihr Herz. Ohne sie würde sie sich unvollständig fühlen. »Machst du das eigentlich, weil du immer noch wütend auf mich bist?«

»Diana ... bitte nicht ...« Ihre restlichen Worte gingen in ein Schluchzen über. »Ich liebe dich, ich würde mein Leben für dich opfern.«

»Aber dann verstehe ich nicht, wieso du so etwas tust?«

»Ich habe diese Chance bekommen, noch einmal ganz von vorne anzufangen und aus mir einen Menschen zu machen, den vielleicht sogar ich eines Tages lieben kann ... einen Menschen, auf den du stolz sein kannst. Weißt du überhaupt, wie viel mir das eigentlich bedeutet?«

»Ich liebe dich auch, Amy. Schon allein deswegen kannst du doch nicht erwarten, dass ich kampflos zulasse, dass du einfach aus meinem Leben verschwindest.«

»Ja, du liebst mich zwar, aber stolz auf mich bist du nicht. Aber damit du eines Tages deine Meinung über mich ändern kannst, musst du es einfach zulassen, dass ich diese Chance jetzt ergreife. Wir werden doch nicht für immer voneinander getrennt sein. Das würde auch ich niemals fertigbringen, nicht einmal dann, wenn ich es bis zum Ende meiner Tage nicht schaffen sollte, mich zu ändern.«

»Trotzdem verstehe ich immer noch nicht, was es bringen soll, wenn du mich völlig aus deinem Leben ausschließt.«

»Wenn mich etwas umhauen sollte, dann bist du nicht da, um mich wieder aufzurichten. Ich werde es ganz alleine schaffen müssen. Ich kann nicht mit meinen Problemen zu dir rennen, ich werde sie selbst lösen müssen. Und falls ich irgendwelche Fehler machen sollte, dann muss ich sie ganz alleine wieder in Ordnung bringen. Und falls ich auf die Schnauze fallen sollte, dann muss ich meine blutige Nase selbst verarzten. Und am allerwichtigsten von allem ist, falls ich tatsächlich wieder mit der Trinkerei anfangen sollte, muss ich es entweder alleine schaffen, davon loszukommen, oder zulassen, dass ich mich damit selbst zerstöre.«

Es fiel Diana alles andere als leicht, neben ihrem tiefen Kummer auch noch andere Gefühle zu empfinden. Aber es gelang ihr trotzdem nicht, den verzweifelten Ausdruck in Amys Augen und die Entschlossenheit, die in ihrer Stimme lag, einfach zu ignorieren. »Und wie lange?«

»Das weiß ich nicht. Ich habe einen solchen Bammel vor diesem ersten Treffen mit meiner Mutter, dass ich kaum an etwas anderes denken kann.«

Amy ließ ihren Blick aus dem Fenster nach draußen schweifen.

»Hat Travis dir eigentlich erzählt, dass sie nach wie vor bestreitet, dass sie etwas mit mir zu tun hat?«

»Sie ist es nicht wert, dass du dich wegen ihr so fertigmachst.«

Aber das war wohl die falsche Reaktion gewesen, denn Amy meinte: »Wenn das jemand zu entscheiden hat, dann ich, Diana.«

Damit hatte sie Diana aus ihrem Leben ausgeschlossen. Es war, als würde sich Amy im Geiste bereits im Kreis ihrer neuen Familie befinden.

Wenn das auch nur ein vager Hinweis darauf war, wie Amy sich ein Leben lang gefühlt hatte, dann war ihre Einsamkeit weitaus tiefer gegangen, als Diana immer gedacht hatte.

»Es tut mir leid«, sagte sie, weil ihr nichts Besseres einfiel.

»Ich weiß, dass ich da von dir etwas sehr Schweres fordere. Aber sobald ich merken werde, dass ich es auch alleine schaffen kann, werde ich dich anrufen.«

»Zwischen uns wird es dann nie mehr so sein wie früher.«

Amy sah sie mit einem leichten Lächeln an. »Ich kann nur hoffen, dass es danach sogar noch viel besser zwischen uns laufen wird.«

»Ich werde dich vermissen«, gestand ihr Diana, die allmählich wieder Boden unter den Füßen spürte.

»Ganz bestimmt nicht so sehr, wie ich dich vermissen werde.«

Amy blickte abermals aus dem Fenster. »Du musst mir versprechen, dass du weder versuchen wirst mich zu sehen noch mich anzurufen ... und dass du dich gedulden wirst, bis ich dich anrufen werde, ganz egal, wie lange du auch darauf warten musst.«

Als Diana schließlich antwortete: »Ich verspreche es«, kam es ihr vor, als hätte man ihr diese Worte gewaltsam entrissen.

»Moment, das ist noch nicht alles.«

»Was erwartest du denn noch von mir, Amy?«

»Versprich mir bitte, dass du auch Travis weder anrufen noch treffen noch ihm schreiben wirst.«

Diese Worte versetzten Diana einen solch gewaltigen Schlag, als hätte Amy sie körperlich angegriffen.

Bevor sie etwas darauf erwidern konnte, fuhr Amy fort: »Ich weiß, dass ihr euch angefreundet habt. Aber ich weiß auch, wenn ihr weiterhin Freunde bleiben werdet, dann wirst du es einfach nicht lassen können, ständig nach mir zu fragen. Aber wir müssen einen kompletten Schlussstrich ziehen.«

Diana schwieg immer noch.

Amy wandte sich ihr zu und sah sie an.

»Versprochen?«

Der unschuldige Gesichtsausdruck von Amy reichte aus, um zu erkennen, dass sie überhaupt keine Ahnung hatte, was sie damit von ihr verlangte.

Dianas Schmerz war so tief, dass sie kaum noch atmen konnte.

Eine große Einsamkeit überkam sie.

Es war, als seien Liebe und Glück auf einmal zum Hauptgewinn beim Glücksrad geworden und als habe man ihr die zweifelhafte Ehre erteilt, zu entscheiden, wer der Gewinner sein sollte – Travis, Amy oder sie selbst.

Aber wie lauteten dabei die Spielregeln?

Sollte der Preis an denjenigen gehen, der ihn am dringendsten nötig hatte, oder an den, der ihn am meisten verdiente?

Falls es nach Letzterem gehen würde, dann hatte sie ihre Entscheidung darüber schon vor sehr langer Zeit getroffen.

Diana sah ihrer Schwester in die Augen. »Ich verspreche es dir«, erwiderte sie leise.

30

Während Diana in den beiden darauffolgenden Tagen durchs Leben ging, als wäre sie von einer Art bittersüßem Nebelschleier umgeben, blühte Amy bei dem Gedanken, dass sie noch einmal die Chance bekommen hatte, ein neues Leben anzufangen, förmlich auf. Je näher der Tag heranrückte, für den Amy ihre Abreise geplant hatte, umso stärker und entschlossener wirkte sie. Zwar war auch Diana insgeheim darüber sehr froh, dass ihre Schwester diese Chance für einen Neustart bekommen hatte, aber sie wurde traurig, wenn sie nur daran dachte, welcher Anlass dazu geführt hatte.

Sie hatte von Amy zwar keinen einzigen Beweis verlangt, dass diese zu Recht darauf bestanden hatte, ihr zukünftiges Leben alleine zu meistern, aber sie bekam in der Zeit, die sie gemeinsam verbrachten, tagtäglich welche geliefert. Statt des erhofften Sinneswandels musste Diana erleben, dass Amy ihre Argumente, die sie so leidenschaftlich vorgetragen hatte, stets aufs Neue bekräftigte. Also blieb Diana gar nichts anderes übrig, als sich langsam und unerbittlich mit den Tatsachen abzufinden, obwohl sie diese weiterhin hartnäckig leugnete. Natürlich stimmte es, dass Amy erst einmal lernen musste, auf eigenen Beinen zu stehen, bevor sie sich wieder auf andere verlassen konnte. Denn andernfalls würde sie im Verlauf dieses Prozesses schon wieder einen Teil von sich selbst aufgeben. Amy demonstrierte auf bemerkenswerte Weise ihre Entschlossenheit, als sie ihren Arzt dazu überredete, sie ab Mittwoch aus der Behandlung zu entlassen. Nachdem sie die Praxis verlassen hatte, buchte sie sofort einen Flug für sich, mit dem sie schon am nächsten Morgen Minneapolis verlassen wollte.

Diana brachte sie zum Flughafen und schob unterwegs die innere Stimme beiseite, die auf kindische und selbstsüchtige Weise darauf pochte, dass sie Amy unbedingt daran erinnern sollte, wer bislang ihre Schwester gewesen war, wer es war, der bis jetzt mit ihr durch dick und dünn gegangen war, und wem es allein bei der Vorstellung, sie möglicherweise zu verlieren, schier das Herz brach. Die Zeit, die sich Amy erbeten hatte, um sich eine Basis für ihr neues Leben aufzubauen, kam selbst Diana, die für ihre unendliche Geduld bekannt war, unerträglich lange vor. Sie fragte sich, was passierte, wenn aus den geplanten Wochen doch Monate würden? Würde für sie die Zeit schneller vergehen, wenn sie wie ein Gefängnisinsasse die Tage in einem Kalender durchstrich?

Als sie den Flughafen durchquerten, hatten sie keinen Gesprächsstoff mehr, über den sie sich hätten unterhalten können. Sie hatten sich nichts Neues mehr zu sagen, alles war bereits ein Dutzend Mal besprochen worden. Amys Freude wurde lediglich durch ihr Angstgefühl etwas gedämpft, während sich Diana an ihre Hoffnungen klammerte, um nicht in eine tiefe Depression zu verfallen.

Dann wurde der Flug aufgerufen. Diana gelang es, ihre Tränen zurückzuhalten, als sie Amy zum Abschied noch einmal küsste. Sie bekam sogar ein Lächeln hin, als sie ihr eine gute Reise wünschte.

Diana wartete so lange, bis das Gepäck in die Maschine verfrachtet wurde. Sie brachte es erst fertig, zu gehen, als der Steward die Tür zur Einstiegstreppe schloss. Fast kam es ihr so vor, als wollte sie nicht jene unbekannten Mächte, die ihr Schicksal bestimmten, verärgern. Sie sollten nicht achselzuckend daraus schließen, dass Diana Winchester ihre Schwester nicht wirklich am Herzen lag, nur weil sie nicht einmal genügend Geduld aufbrachte, abzuwarten, ob es sich Amy nicht doch noch in letzter Minute anders überlegen würde. Aber Amy kam nicht die Rampe heruntergestürmt, und schließlich wurden die Türen des Flugzeugs geschlossen.

Völlig benommen ging Diana zum Aussichtsfenster und beobachtete die Maschine, die auf die Startpiste rollte. Sie blieb dort stehen, das Gesicht an das Glasfenster gepresst, während sie auf die glitzernden silbernen Tragflächen starrte, auf die schweren Motoren, auf die lange Reihe von Fenstern, an denen Menschen saßen, die ebenfalls nach draußen sahen, und auf das Flugzeug, bis es abhob ... bis es zu einem kleinen Punkt wurde ... bis es für immer verschwunden war, während sie immer noch die Augen zusammenkniff.

Nun war Amy also fort, um ein ganz neues Leben zu beginnen ... und sie würde niemals mehr zurückkehren, wie sie beteuert hatte.

Diana fuhr den langen Weg zurück nach Hause und versuchte dort, Trost bei den vertrauten Dingen zu finden. Aber nichts war mehr so, wie es früher einmal gewesen war. Ihr war das Zugehörigkeitsgefühl zu den Menschen in den Parks abhandengekommen, und sie fühlte sich auch in ihrer Nachbarschaft nicht mehr zu Hause. Obwohl sie ihr ganzes Leben in Minneapolis verbracht hatte, fühlte sie sich auf einmal wie eine Fremde. Ihre Familie war seit Generationen in dieser Stadt verwurzelt gewesen, und nun kam sie sich vollkommen isoliert vor. Das Einzige, was sie hier überhaupt noch halten konnte, war die Gewissheit, dass sie einfach keine Ahnung hatte, wohin sie sonst hätte gehen sollen.

31

Kaum dass Diana vom Flughafen nach Hause in ihre Wohnung gekommen war, brach sie bereits das Versprechen, das sie Amy gegeben hatte. Von Anfang an hatte sie gewusst, dass es für sie eine einzige Ausnahme geben würde, bei der sie sich nicht an ihr Versprechen halten konnte. Erst danach würde sie sich nach Amys Bitte richten und sich sämtlichen Regeln unterwerfen. Auf gar keinen Fall brach sie jedoch den Kontakt zu Travis ab, bevor sie ihm nicht noch einmal Lebewohl gesagt hatte, denn das konnte nicht einmal Amy von ihr verlangen.

Sie hatten seit seiner Rückkehr nach Jackson nicht mehr miteinander gesprochen, einerseits auf ihren eigenen Wunsch hin, andererseits aber auch der Umstände wegen. Es hätte zwar einmal die Möglichkeit gegeben, mit ihm am Telefon zu reden, als Amy unter der Dusche stand. Aber sie hatte diese Chance verstreichen lassen, weil sie den Anrufbeantworter nicht unterbrach. Damals wusste sie einfach nicht, was sie ihm hätte sagen sollen und wie sie ihm erklären konnte, dass sie sich zugunsten von Amy gegen ihn entschieden hatte. Aber genau gesagt stimmte das auch nicht. Denn sie hatte gar nicht die Zeit gehabt, um darüber nachzudenken; es hatte keinerlei Möglichkeit gegeben, abzuwägen, für wen sie sich tatsächlich entscheiden wollte. Doch selbst dann, wenn sie sich auf einen Kampf eingelassen hätte, wäre am Schluss nur einer der Gewinner gewesen. Am Ergebnis hätte es letzten Endes überhaupt nichts geändert, weder an ihrem Verlustgefühl noch an ihrem Kummer.

Diana nahm das Mobiltelefon mit auf den Balkon hinaus

und wählte Travis' Privatnummer. Bereits beim zweiten Läuten hob er ab.

»Ich bin's«, meldete sie sich.

»Meine Güte, wie schön, endlich wieder deine Stimme zu hören. Wo bist du denn?«

Sie hatte das Gefühl, dass viel zu viel freier Raum um sie herum war. Sie hatte dringend einen gewissen Halt nötig, und sei es nur der Schutzraum eines Zimmers. Deshalb ging sie wieder in die Wohnung zurück. »Zu Hause.«

»Was machst du denn dort? Solltest du nicht in ein paar Stunden hier landen?«

Sie ging in das Gästezimmer, das Amy bewohnt hatte, und setzte sich auf die Bettkante. »Amy kommt alleine.«

Er schwieg sehr lange und wollte dann wissen: »Wessen Idee war das denn?«

»Ihre.«

»Ich habe zwar gewusst, dass sie beschlossen hatte, nicht mehr nach Minneapolis zurückzugehen, aber sie hat kein Wort darüber gesagt, dass ...«

»Ich muss dir unbedingt etwas erklären, Travis«, meinte sie. »Es wird dir nicht leichtfallen, das anzuhören, und noch weniger leicht, es zu verstehen. Aber ich muss wissen, dass du mir nicht nur aus vollem Herzen, sondern auch bei vollem Verstand zuhörst.«

Travis ging zum Fenster hinüber und betrachtete die kleine Douglasie, die er an diesem Vormittag eingepflanzt hatte. Er hatte den Baum für Diana als Willkommensgruß gepflanzt und vorgehabt, ihren ersten gemeinsamen Tag damit zu feiern. Er hatte sich vorgestellt, dass sie gemeinsam verfolgen könnten, wie der Baum allmählich wachsen würde. »Offenbar etwas, was mir absolut nicht gefallen wird, oder?«

»So wenig wie mir selbst.«

Es dauerte nur ein paar Minuten, bis sie ihm alles erzählt hatte. Er hörte ihr zu, ohne sie zu unterbrechen, während er versuchte, das zu verstehen, was sie ihm erklärte. Dabei wies er gleichzeitig den Gedanken weit von sich, dass es keinen Weg geben sollte, die Kluft, die Amy unabsichtlich zwischen ihnen geschaffen hatte, auf eine andere Art und Weise zu überwinden. Doch mit jedem weiteren Satz von Diana baute sich zwischen ihnen langsam, aber sicher eine Mauer aus Logik und Gefühlen auf. Er wusste zwar nicht, ob das stimmte, aber er konnte sich nicht vorstellen, dass Amy es fertiggebracht hätte, sich auf diese Weise von Diana zu verabschieden, wenn sie nicht mit jeder Faser ihres Herzens davon überzeugt war, dass es für sie das einzig Richtige sei.

»Ich wusste einfach nicht, was ich machen soll«, gestand ihm Diana, »ich musste sie einfach ziehen lassen.«

»Seit wann hast du es denn gewusst?« Er wusste zwar nicht, was das für eine Rolle spielen sollte, aber ihm war es wichtig.

»Seit ein paar Tagen.«

»Und wieso hast du mit deinem Anruf bis jetzt gewartet?«

»Weil ich erst einmal Zeit gebraucht habe ... und weil ich Amy versprochen habe, dich nicht anzurufen.«

»Sie hat von dir verlangt, dass du ihr versprichst, nicht mit mir zu reden?« Er konnte sich einfach nicht vom Anblick des kleinen Baumsetzlings losreißen.

»Ich weiß, was du jetzt denkst. Aber sie hat nicht die geringste Ahnung, was uns beide betrifft.«

»Aber warum ...«

»Sie wollte einen klaren Schlussstrich.«

»Und woher sollte sie es denn erfahren, wenn wir miteinander reden?«

»Vielleicht wird sie es nicht, aber ich würde es wissen. Und ich habe ihr das versprochen, Travis. Sie hat mich noch nie um etwas gebeten, nicht ein einziges Mal.« Ihre Stimme versagte. »Nicht einmal, als sie dieser verdammte Hurensohn so übel zugerichtet hat.«

»Hast du denn mit so was gerechnet?« – »Nein, aber selbst dann, wenn ich es getan hätte, hätte es nichts daran geändert.«

Er konnte das Ganze nicht einfach ganz automatisch akzeptieren. Es musste doch einen Weg geben, dass sie zusammen sein konnten. »Du musst dein Versprechen nicht brechen. Ich komme einfach zu dir.« Kaum, dass er die Worte ausgesprochen hatte, wurde ihm klar, dass er das absolut Falsche gesagt hatte. »Es tut mir leid. Ich weiß, welchen Druck ich damit auf dich ausübe, aber ich kann das nicht einfach so widerspruchslos akzeptieren, so wie du es offenbar getan hast.«

»Um das zu tun, hatte ich auch mehr Zeit als du. Wir sollten beide nicht vergessen, dass es sich lediglich um ein paar Wochen handeln wird.«

Doch genau das nahm er ihr keine Minute lang ab. »Deine Eltern haben Jahre dafür gebraucht, um Amy das anzutun. Und auch ohne meine Mutter, die hier nur darauf lauert, sich mit Amy auf einen Kampf einzulassen, sobald sie das Flugzeug verlässt, werden ganz bestimmt mehr als nur ein paar Wochen vergehen, bis Amy das gefunden hat, was sie ihrer Meinung nach braucht.«

»Das spielt keine Rolle. Und das ändert auch nichts an dem Versprechen, das ich ihr gegeben habe.«

»Du glaubst doch genauso wenig wie ich, dass es dabei nur um ein paar Wochen gehen wird.«

»Dann eben um Monate«, gab sie klein bei.

Er nahm ihr das immer noch nicht ab. »Wieso tust du eigentlich so, als würden wir uns nie mehr wiedersehen?«

»Wahrscheinlich, weil du dich erst vor ein paar Tagen von mir verabschiedet hast und es mir bereits wie eine Ewigkeit vorkommt«, erwiderte sie leise. »Ich nehme an, dass einem das nur dann passiert, wenn man einen Menschen wirklich liebt.«

Er lehnte sich mit der Schulter gegen die Wand, weil ihn

ihr Geständnis schwach machte und mit bittersüßer Freude erfüllte. »Was soll ich denn ohne dich machen?«

»Das, was du getan hast, bevor du mich kennengelernt hast.«

Er hatte keine Kraft mehr, ihr zu widersprechen. »Warte auf mich.«

»Für immer ... und ewig.«

»Ich liebe dich, Diana.«

Lange Zeit schwieg sie, und dann meinte sie: »Was Liebe bedeutet, habe ich erst durch dich erfahren.« Ihr Atmen ging in ein kurzes, unterdrücktes Schluchzen über. »Pass bitte an meiner Stelle auf Amy auf.«

Und dann legte sie auf.

Amy beugte sich auf ihrem Sitz nach vorne und richtete ihren Blick auf die Berge und die Täler dazwischen, als das Flugzeug zur Landung in Jackson ansetzte. Sie knüllte weiterhin nervös die ungeöffnete Packung Erdnüsse zusammen, die sie bereits seit einer Stunde in der Hand hielt. Sie konnte nichts essen, allein bei dem Gedanken daran verkrampfte sich ihr Magen. Es hatte sie sogar große Überwindung gekostet, zuvor ein Club Soda zu trinken. Offenbar hatte sich ihr Magen aus lauter Angst förmlich zusammengeschnürt.

Endlich landete die Maschine und rollte langsam auf der Piste aus. Sie öffnete ihren Sicherheitsgurt und betrat den Gang. Während sie auf die Ausstiegsluke zuging, merkte sie, dass sich in ihr eine Verwandlung vollzogen hatte.

Jetzt lief sie nicht mehr vor ihrer Vergangenheit davon, sie ging vielmehr ihrer Zukunft entgegen.

Travis wartete bereits auf sie. Er kam auf sie zu, begrüßte sie mit einer überschwänglichen Umarmung, die keinen Zweifel mehr aufkommen ließ, dass sie wirklich willkommen war. »Dad hat beschlossen, zu Hause auf uns zu warten. Er war der Meinung, dass es für dich vermutlich leichter sein würde, wenn wir dich nicht alle auf einmal überfallen.« – »Du bist also alleine hier?«, meinte Amy. – »Sharon wartet draußen im Auto.« Gerne hätte er sich nach Diana erkundigt, überlegte aber dann, dass es wohl besser wäre, abzuwarten, bis Amy selbst von ihr erzählte. Er nahm ihr das Handgepäck ab und ging mit ihr zur Gepäckausgabe.

»Ich habe es tatsächlich geschafft, alle meine Habseligkeiten in zwei Koffern zu verstauen«, erklärte sie.

Erst als es eine unumstößliche Tatsache gewesen war, hatte sie ihm erzählt, dass sie sich von all ihren Besitztümern getrennt hatte. Denn wenn es nach ihm gegangen wäre, hätte sie die Dinge etwas langsamer angehen sollen und nicht einfach ins kalte Wasser springen ohne Sicherheitsnetz und doppelten Boden. Aber offenbar war das nun einmal nicht Amys Art – oder zumindest nicht die Art der neuen, zielstrebigen Amy. »Hattest du denn keinerlei Zweifel?«

»Ein paar schon, aber nicht die, die du vielleicht vermutest. Obwohl ich wusste, dass es mir schwerfallen würde, Diana zu verlassen, habe ich nicht geahnt, wie schwer es mir wirklich fällt.«

»Ich hatte angenommen, dass sie mit dir hierherkommen würde«, sagte er, wobei er sich weiterhin um Zurückhaltung bemühte.

»Sie hat ihr ganzen Leben lang auf mich aufgepasst. Ich habe beschlossen, dass es endlich an der Zeit ist, das selbst in die Hand zu nehmen.«

»Sollte das tatsächlich stimmen, dann hat ihr das aber offenbar nie wirklich etwas ausgemacht.«

»Vielleicht hat es das auch nicht, das heißt aber noch lange nicht, dass es so richtig war. Ich kann nur hoffen, dass sie, wenn sie mich nicht mehr die ganze Zeit am Hals hat, endlich einen wirklich tollen Mann kennenlernt, heiratet und ein halbes Dutzend Kinder bekommt.«

Travis wollte gerade etwas darauf erwidern, als er sah, dass Sharon auf sie zusteuerte.

»Ich habe es einfach keine Minute länger ausgehalten«, erklärte sie und reichte Amy die Hand. »Hi, ich bin Sharon, deine große Schwester.«

Amy schüttelte ihre Hand. »Und ich bin Amy.«

»Und ob du das bist. Ich hätte dich überall auf Anhieb erkannt.« Sharon nahm Amys Gesicht in die Hände und blickte ihr in die Augen. »Außerdem bist du die Hübschere, aber das weißt du ja sowieso.«

Amy öffnete den Mund, um zu protestieren. »Aber ich bin nicht ...«

»Du verschwendest nur deine Zeit«, erklärte ihr Travis. »Sharon gewinnt jede Debatte. Sie ist die sturste ...«

»Hör bloß nicht auf das, was er über mich verzapft«, mischte sich Sharon ein. »Er ist doch bloß sauer, weil die Martell-Schwestern jetzt noch mehr die Oberhand haben werden.« Sie hakte sich bei Amy unter. »Als es drei gegen einen waren, ist es ihm noch gelungen, hin und wieder zu Wort zu kommen. Aber jetzt, wo wir zu viert sind, wird er keine Chance mehr haben.«

Travis hatte Sharon zwar immer bewundert, aber noch nie so sehr wie in diesem Augenblick. Es war ihr allein durch ihre Herzlichkeit und die richtigen Worte gelungen, Amy in der Familie willkommen zu heißen.

»Wir warten draußen im Wagen auf dich«, erklärte Sharon ihm. Und zu Amy meinte sie: »Ich habe ein paar Fotos der Familie dabei. Nichts Besonderes, nur diese üblichen Kinderfotos, aber es ist ganz lustig, sich die anzusehen. Insbesondere die von Travis. Warte nur ab, bis du selber siehst, wie er mit zehn Jahren ausgesehen hat. Er war so dürr wie eine Zaunlatte und bestand nur aus Ohren.« Sie blickte zu Travis hinüber und lächelte. »Natürlich ist er inzwischen der am besten aussehende Mann in ganz Jackson. Mit Ausnahme von Davis natürlich.«

»Davis hat es zur Bedingung gemacht, dass sie vor ihrer Heirat ein Papier unterschreibt, in dem sie einen Eid darauf schwören musste, was für ein gut aussehender Mann er ist«, meinte Travis.

Sharon lachte los und hakte sich abermals bei Amy ein. »Glaub ihm bloß kein einziges Wort.«

»Meine Koffer sind grün«, rief Amy Travis nach, als sich Sharon mit ihr davonmachte. »Und um die Griffe habe ich ein Stückchen orangefarbenes Klebeband gewickelt.«

»Dad hat mit seinem nervösen Hin-und-her-Gelaufe fast den ganzen Teppich ruiniert, weil er deine Ankunft nicht erwarten konnte«, erzählte ihr Sharon. »Er brennt darauf, dich endlich zu sehen. Und auch Faith wartet im Haus auf dich. Sie hat ein Geschenk besorgt, aber dann hat sie überlegt, dass das womöglich eine blöde Idee sei. Also hat sie es wieder zurückgebracht und stattdessen Blumen gekauft. Tu einfach so, als wenn du überrascht wärst. Sie würde mich nämlich erschießen, falls sie erfahren ...« Ihre Stimme verlor sich, als sie mit Amy den Terminal verließ.

Travis sah ihnen lächelnd nach. Ein Hoffnungsschimmer blitzte in ihm auf, während es ihm ganz warm ums Herz wurde. Vielleicht würde sich doch noch alles zum Guten wenden. Wenn Amy merkte, dass sie eine Familie hatte, die sie liebte, würde sie wahrscheinlich bald ihre eigene innere Stärke entdecken, ohne die sie niemals zu dieser überlebensstarken Person geworden wäre. Und dann könnten auch er und Diana endlich wieder zusammen sein.

»Travis! Was machst du denn hier?«

Als er hochsah, entdeckte er, wie Joyce Lockford, eine Freundin seiner Mutter, auf ihn zukam. »Ich habe meine Schwester abgeholt.«

»Wenn ich das gewusst hätte, dann hätte ich dich darum gebeten, auch Jack abzuholen. Sein Wagen befindet sich in der Werkstatt, und er musste gestern wegen einer Sitzung nach Casper fliegen.«

»Überlegt er eigentlich immer noch, ob er den Stier nun kaufen will oder nicht?«

Sie nickte und warf einen unendlich frustrierten Blick gen Himmel. »Wie geht es deiner Mutter? Ich habe sie schon längere Zeit nicht mehr gesehen.«

Ihre Frage brachte Travis wie der Blitzeinschlag in einen Heißluftballon mit voller Härte wieder auf den Boden zurück.

Wie hatte er auch nur eine einzige Minute glauben können, dass Amys Heimkehr in harmonischer Eintracht verlaufen würde, wenn seine Mutter nur darauf wartete, die Messer zu wetzen?

32

Während Diana sich zum Aufzug begab, blätterte sie ihre Post durch. Beim Anblick der kindlichen Liebesbotschaft, die ihr Stephanies Tochter Rachel durch den Briefschlitz geschoben hatte, musste sie lächeln. An ihrem Kühlschrank hing inzwischen eine ganze Reihe dieser lustigen Zeichnungen, es war eine ganze Kollektion, von denen die erste von dem Tag stammte, als ihr eineinhalbjähriges Patenkind seine erste Schachtel mit Malstiften bekommen hatte. Diana glaubte in Rachels Zeichnungen ein echtes Zeichentalent zu erkennen, aber Stephanie pochte beharrlich darauf, dass es sich dabei lediglich um die frustrierten Kritzeleien eines Kindes handle, das eigentlich nur davon träume, sein Meisterwerk auf der Wohnzimmerwand zu verewigen.

Weniger interessant und amüsant war hingegen der Stapel aus Werbesendungen, Zeitschriften und Rechnungen. Doch dazwischen lagen auch ein paar Briefe, die recht vielversprechend aussahen. Zum Beispiel diese Ankündigung zum bevorstehenden Abendessen samt Auktion zugunsten der Frauenhäuser für misshandelte Frauen in Minneapolis und Saint Paul. Und der weibliche Ehrengast des Abends war keine andere als Diana Winchester.

Sie musste unwillkürlich lächeln, angenehm überrascht, weil sie damit eigentlich nicht gerechnet hatte. Die Organisation hielt sich im Allgemeinen an die überkommene und auch etwas altmodische Regel, den Namen des Ehrengastes erst dann bekannt zu geben, wenn die Einladungen verschickt wurden, weil sie ganz automatisch davon ausging, dass alle anderen mit der Wahl genauso einverstanden sein würden wie das Komitee selbst. Diana hatte nicht einmal gewusst, dass sie mit im Rennen war. Es gab ein Dutzend freiwillige Helferinnen, die im letzten Jahr wesentlich mehr Zeit und Mühe aufgebracht hatten als sie. Aber natürlich hatte keine von ihnen zweihundertfünfzigtausend Dollar im Namen ihrer Schwester gespendet. Wenn auch einer Schwester, von der sie seit zwei Jahren nichts mehr gehört hatte.

In Wahrheit stand diese Ehrung aber eigentlich ihrer Mutter und ihrem Vater zu. Diana hatte zwar bewusst vermieden, dass sie erfahren würden, was sie mit ihrem Geld gemacht hatte. Einerseits ergab sich dazu nie die Gelegenheit, und andererseits hatte sie absolut keine Lust darauf gehabt, noch einmal diese Situation über sich ergehen zu lassen, die sie bei ihrem Abschiedsbesuch erlebt hatte. Aber es war ihnen auf irgendeine Weise trotzdem zu Ohren gekommen, wobei Diana sich nicht sicher war, ob sie es der Tageszeitung entnommen hatten oder es über eine Freundin ihrer Mutter erfahren hatten. Wobei die Informationsquelle eigentlich keine Rolle spielte, ganz im Gegensatz zu dem Anruf, den sie danach bekommen hatte. Dabei spielte ihre Mutter sozusagen die Rolle des Boten, während ihr Vater nur als Hintermann in Erscheinung trat. Jedenfalls meinten ihre Eltern, dass Diana mit ihrem Entschluss, sie öffentlich zum Gespött der Leute zu machen, endgültig bewies, dass sie ganz offensichtlich beschlossen hatte, mit ihren Eltern für immer und unwiderruflich zu brechen.

Sie steckte den Brief in ihre Tasche, während sie zum Aufzug ging, wobei sie kurz anhielt, um den ganzen Werbemüll in den Papierkorb zu befördern. Nachdem sie auf den Liftknopf gedrückt hatte, ging sie ihre Post abermals durch.

Da war noch ein Brief, der sich in einen Antrag für eine Kreditkarte geschoben hatte, und er sah wegen der gedruckten Aufschrift auf dem cremefarbenen Umschlag wie eine Einladung oder eine normale Mitteilung aus. Weil der Brief so unauffällig aussah, ließ sich Diana zu etwas verleiten, was sie seit rund zwei Jahren nicht mehr getan hatte. Sie riss mit dem Finger einfach die Rückseite des Kuverts auf, griff hinein und zog die handgeschriebene Mitteilung heraus, ohne erst einmal einen Blick auf den Absender zu werfen.

Als sie den Brief auseinanderfaltete und die Handschrift erkannte, bekam sie einen solchen Schock, dass es ihr schier den Atem raubte. Diana starrte eine Ewigkeit auf den Brief, bis Amys sorgfältig geschriebene Zeilen sich zu verständlichen Worten formten.

Liebe Diana,
ich weiß auch nicht, wieso es mir so schwerfällt, endlich zu Feder und Papier zu greifen, um Dir zu schreiben, obwohl ich Dir im Geiste von dem Tag an, seitdem ich hier bin, jeden Tag einen Brief geschrieben habe. In meinem Herzen habe ich jeden Augenblick der Freude und des Kummers, alle meine Ängste und Fortschritte mit Dir geteilt. Das mag vielleicht unsinnig klingen, aber ich habe immer das Gefühl gehabt, dass Du bei mir bist und dass Du mir so manchen Morgen in den Hintern getreten hast, wenn ich das nötig hatte, und dass Du mir immer wieder den nötigen Mut gemacht hast, wenn ich schon daran dachte, einfach aufzugeben.
Als ich fortgegangen bin, habe ich Dir gesagt, dass ich mich erst dann bei Dir melden würde, wenn ich mit mir selbst ins Reine gekommen wäre. Nun brich aber bitte nicht gleich in Jubelgeschrei aus. Mir geht es zwar gut, aber es gibt immer wieder Tage, an denen ich am liebsten einfach meinen Kram packen und verschwinden würde. Das Einzige, was ich inzwischen mit absoluter Sicherheit weiß, ist, dass ich nicht einen einzigen weiteren Tag meines Lebens ohne Dich verbringen möchte. Insbesondere nicht jetzt.

Ich habe einen Mann kennengelernt, Diana, er heißt Peter Drennan. Er behauptet, dass er mich lieben würde. Und das Unglaublichste dabei ist, dass ich ihm das auch glaube. Er möchte, dass wir heiraten. Aber ich habe ihm gesagt, dass er zuerst einmal Dich kennenlernen müsste.
Kannst Du – und willst Du – nach Jackson kommen? Optimal wäre es am kommenden Wochenende. Da ist Sharons dreißigster Geburtstag, und wir werden auf der Ranch eine riesige Party für sie geben. Alle sind wahnsinnig neugierig darauf, Dich kennenzulernen. Ich rede die ganze Zeit nur über Dich.
Bitte, komm doch, Diana. Ich liebe Dich, und ich vermisse Dich so sehr, dass ich es Dir gar nicht sagen kann.
Amy

Das war wieder einmal typisch Amy. Endlich hatte Diana den Schmerz, der sich so lange hingezogen hatte, allmählich überwunden und auch diese Leere, nachdem sie versprochen hatte, sich nicht mehr mit Amy zu treffen. Und nachdem sie ewige Zeiten kein einziges Wort von ihr gehört hatte, verkündete Amy urplötzlich, dass sie nun bereit sei, ihre alten Bande wieder neu zu knüpfen. In Diana regten sich die unterschiedlichsten Gefühle, und sie hatte keine Ahnung, welchem dieser Gefühle sie den Vorrang geben sollte. Sie war wütend auf Amy, weil sie sich so lange nicht mehr gemeldet hatte, und erleichtert, weil das Warten endlich zu Ende war, und sie bekam Angst, wenn sie daran dachte, wie sehr sich ihrer beider Leben inzwischen verändert hatte. Was, wenn die Veränderungen sich als viel zu groß herausstellen würden? Was, wenn es ihnen wie ehemaligen Schulkameraden bei einem Klassentreffen gehen würde, die keinerlei Gemeinsamkeiten mehr hatten und sich nichts mehr zu sagen wussten außer vielleicht »Wie geht es dir?« oder »Was hast du in der Zwischenzeit getrieben?«

Und was war eigentlich mit Travis? Wieso hatte ihn Amy mit keinem Wort erwähnt? Schließlich waren sie doch befreundet gewesen, zumindest hatte Amy das angenommen.

An was konnte sie sich denn klammern, wenn sie herausfinden sollte, dass er nicht auf sie gewartet, sondern inzwischen längst eine andere gefunden hatte?

Meine Güte, wann war sie eigentlich zu einem solchen Feigling geworden?

Genau in dem Moment, als der Aufzug ankam, öffnete sich die Tür, die zur Tiefgarage führte. »Diana, warte bitte einen Moment auf mich.«

Diana drehte sich um und entdeckte Stephanie, die auf einer Hüfte Rachel balancierte und auf der anderen eine Lebensmitteltüte. Diana stopfte den Brief mit der restlichen Post in ihre übergroße Handtasche, durchquerte dann die Lobby, um Stephanie das Baby abzunehmen, während diese ihren Briefkasten leerte.

Rachel Gorham war für Diana in den letzten beiden und überaus betrüblichen Jahren der einzige Lichtblick gewesen. Selbst jetzt war es ihr einfach unmöglich, das strahlende Lächeln, mit dem sie das kleine Mädchen bedachte, während sie ihre Zähne zeigte und herumzappelte, nicht zu erwidern. Als die Kleine mit ihren Patschhändchen nach ihren Ohrringen zu greifen versuchte, duckte sie sich schnell, damit sie mit ihren neugierigen Fingern nicht nach den goldenen Ringen schnappen konnte.

Dabei rutschte das pinkfarbene Elastikband von Rachels Stirn, sodass ihre schwarzen Haarbüschel plötzlich in sämtliche Himmelsrichtungen standen. Diana gab ein leises Schnalzen von sich, als sie nach Rachels Klammerhand griff und ihre Wange tätschelte. »Hat dir denn keiner gesagt, dass du noch viel zu klein bist, um einen Tag zu erleben, an dem deine Frisur schlecht sitzt? Ich denke mal, dass wir endlich mit deiner Mutter darüber reden sollten, was wir von diesen albernen Haarbändern halten.«

»Was hast du denn jetzt schon wieder meiner Tochter erzählt?«, wollte Stephanie wissen, als sie ihre Post in die Lebensmitteltüte fallen ließ.

»Wir sind übereingekommen, dass es Zeit wäre, endlich diese blöden Haarbänder abzuschaffen.«

Als der Aufzug ankam, gab Stephanie Diana das Zeichen, einzusteigen. »Und was würdest du stattdessen vorschlagen? Soll ich ihr vielleicht einen Zettel auf die Stirn kleben, auf dem steht, dass es sich um ein Mädchen handelt? Wir haben über diese geschlechterspezifische Sache erst gestern Vormittag diskutiert, nicht wahr, Rachel? Ich habe ihr dabei versprochen, dass sie nie wieder etwas Pinkfarbenes tragen muss, wenn sie mir verspricht, dass ihr endlich ein paar ordentliche Haare wachsen.«

Diana stupste Rachel mit der Nase in den Nacken und wartete darauf, dass sie wie immer vor Freude losquietschen würde. »Ich kann es wirklich nicht glauben, dass irgendjemand tatsächlich so dumm ist, zu glauben, dass diese hinreißenden und verführerischen Augen einem Jungen gehören sollen.«

Sie kamen auf Stephanies Stockwerk an. Doch Stephanie stieg nicht aus, sondern warf Diana einen misstrauischen Blick zu. »Stimmt irgendetwas nicht? Was ist los?«

Manchmal fand sie das Wahrnehmungsvermögen von Stephanie mehr als beängstigend. Denn Diana hätte schwören können, dass sie sich absolut nichts hatte anmerken lassen. »Ich werde dir das später erzählen.«

»Du hast doch nicht etwa Ärger im Büro, oder?« Aber sie wartete Dianas Antwort erst gar nicht ab. »Meine Güte, Travis hat sich bei dir gemeldet, ja?«

Diana schüttelte den Kopf. »Nein, Amy.«

Die Aufzugtür begann sich zu schließen, und Stephanie hielt sie mit ihrer Hand auf. »Sie hat dich im Büro angerufen?«

»Sie hat mir einen …« Diana verlagerte Rachel auf ihren anderen Arm und griff in ihre Tasche, um den Brief herauszuholen. »Hier ist er, du kannst ihn selber lesen.«

Stephanie griff in dem Moment nach dem Brief, als die Aufzugtür gegen ihre Hand fuhr. Sie machte einen Schritt nach vorn, um die Lichtschranke zu durchbrechen. »Am besten, du kommst kurz mit rein. Wir können …«

»Nicht jetzt. Ich muss jetzt erst einmal alleine sein. Ich muss über eine ganze Menge Dinge nachdenken.«

»Eine Stunde sollte dafür reichen. Bis dahin ist Rachel fertig zum Schlafengehen, und wir können uns dann ganz ungestört darüber unterhalten.«

»Vielleicht morgen.«

»Aber du musst doch auch etwas essen. Ich könnte …«

»Kannst du dich noch daran erinnern, dass du mir einmal erklärt hast, ich sollte es dir sagen, wenn du zu viel Druck auf mich ausübst?«

Stephanie riss erstaunt die Augen auf. »Meinst du mich? Ich mache Druck? Ich kann mich wirklich nicht daran erinnern, dass ich das jemals getan hätte.«

Diana hatte beschlossen, dass sie den restlichen Weg zu ihrer Wohnung die Treppe hinaufeilen würde. Deshalb verließ sie mit Stephanie den Aufzug, begleitete sie bis zu ihrer Wohnungstür, wartete ab, bis sie aufgeschlossen hatte, um ihr dann Rachel wieder auszuhändigen. »Ich sage dir Bescheid, falls ich meine Meinung doch noch ändern sollte und zu dir kommen möchte.«

»Ehrlich gesagt, ist mir nicht ganz wohl dabei, dich einfach so alleine zu lassen.«

Eine so gute Freundin wie Stephanie zu haben, war sowohl ein Segen als auch bisweilen ein Fluch. Es gab keinen Menschen, der sie so gut kannte. Früher war das einmal mit Amy so gewesen, aber das kam ihr nach den zwei Jahren, in denen sie keinerlei Kontakt gehabt hatten, so vor, als wäre es eine Ewigkeit her. »Mach dir keine Sorgen.«

Rachel wand sich aus Stephanies Armen und rannte mit einem wackeligen, o-beinigen Zickzackkurs in die Wohnung. »Ich bin leider nicht dazu gekommen, den Brief zu lesen. Hat Amy denn in irgendeiner Weise Travis erwähnt?«

Diana schüttelte den Kopf. »Mit keinem Wort. Sie möchte nur, dass ich am kommenden Wochenende nach Jackson komme, aus vielerlei Gründen.«

»Und? Wirst du hinfahren?«

»Das weiß ich noch nicht.« Doch in dem Moment, als sie diese Worte ausgesprochen hatte, war ihr klar, dass ihre Entscheidung bereits gefallen war.

Offenbar konnte man ihr die Überraschung über diese Selbsterkenntnis vom Gesicht ablesen, denn Stephanie meinte ganz spontan: »Ich glaube, du hast dich in diesem Moment dazu entschlossen.«

»Du hast recht.«

»Und weiter?«

»Ich muss doch hinfahren.« Dabei überkam Diana das Gefühl, dass diese Tür, hinter der sie alle Antworten auf ihre Fragen vermutete und die sie seit zwei Jahren verzweifelt versucht hatte, hinter sich zuzuschlagen, sich plötzlich mit einem großen Schwung geöffnet hatte. »Ich habe doch die ganze Zeit über gedacht, dass ich großes Verständnis für die Gründe aufgebracht hätte, wegen denen mich Amy aus ihrem Leben ausgeklammert hat. Doch genau in diesem Moment ist mir plötzlich bewusst geworden, dass ich ihr trotz meiner selbstlosen Haltung nicht ein einziges Wort davon abgenommen habe.«

Dieses Eingeständnis brachte sie vollkommen durcheinander, und deswegen konnte sie einfach nicht mehr weiterreden.

»Was nichts anderes heißt, als dass auch du nur ein ganz normales menschliches Wesen bist«, erklärte Stephanie.

»Dieser Brief von Amy hat mich vollkommen umgehauen. Auf einmal merke ich, wie verletzt und wie wütend ich war, was mir vorher gar nicht bewusst gewesen ist. Ich muss schon deswegen hinfahren, um endlich Frieden mit ihr zu schließen.« Diana runzelte dabei die Stirn. »Und ich glaube, dass es auch der einzige Weg ist, um endlich mit mir selbst ins Reine zu kommen.«

« Und was ist mit Travis?«

»Was soll mit ihm schon sein?«

»Ich möchte nicht, dass du da hinfährst, ohne irgendetwas über ihn zu wissen, während du dein Herz auf der Zunge trägst.«

»Ich müsste ja vollkommen verblödet sein, wenn ich annehmen würde, dass er auf mich gewartet hat, nach seinen vielen Anrufen, die ich nicht erwidert habe, und seinen Briefen, die ich ungeöffnet zurückgeschickt habe.« Während jener Zeit war sie sich wie ein Alkoholiker auf Entzug vorgekommen, weil sie wusste, dass auch nur die geringste Schwäche von ihr, wenn es darum ging, auf einen Anruf zu reagieren oder einen Brief zu öffnen, zwangsläufig dazu führen würde, dass sie das Versprechen brach, das sie Amy gegeben hatte. Und als dann schließlich aus den Wochen doch Monate wurden und ihr allmählich klar geworden war, dass es sich bei dieser Trennung nicht um etwas Vorübergehendes handeln würde, wie anfangs alle angenommen hatten, war es bereits zu spät. Travis hatte nicht mehr angerufen. Sie nahm längst an, dass er für sein Schweigen triftige Gründe haben würde, was sie wiederum davon abgehalten hatte, selbst die Initiative zu ergreifen und ihn anzurufen. Falls er beschlossen haben sollte, sein Leben mit einer anderen Frau zu verbringen, wollte sie es gar nicht erst wissen. Sie klammerte sich stattdessen an ihre Träume, die sie durch ihre schlaflosen Nächte gebracht hatten.

»Hast du eigentlich vergessen, mit wem du hier redest?«, erinnerte sie Stephanie. »Ich weiß doch, wie sehr du diesen Kerl liebst. Du hast in den letzten beiden Jahren nicht einmal einen anderen Mann angesehen.«

»Vielleicht muss es einfach so sein, dass ich ihn mit einer anderen an seiner Seite sehe, damit ich endlich wieder mein eigenes Leben führen kann.« Als ob das so einfach sein würde. Denn dank seines Notizbuches, das er hinterlassen hatte, kannte sie ihn inzwischen wesentlich besser als noch vor zwei Jahren. Und folglich war auch ihre Liebe zu ihm im Laufe der Zeit und trotz der Entfernung nicht schwächer, sondern noch sehr viel stärker geworden.

Aus Richtung der Küche war plötzlich ein klirrendes Geräusch zu hören, dem ein frustriertes Heulen folgte. »Bleib bloß hier«, meinte Stephanie, »ich bin gleich wieder da.«

»Du kümmerst dich jetzt um Rachel. Und für mich wird es endlich Zeit, dass ich mich um mich selbst kümmere.« Diana machte sich zur Treppe auf, während das, was sie soeben zu Stephanie gesagt hatte, wie ein Echo in ihrem Kopf nachhallte. War es denn nicht genau das gewesen, was Amy mit ihrer Trennung eigentlich bezweckt hatte? Dass sie sich endlich um ihr eigenes Leben kümmern würde?

33

Amy holte Diana vom Flughafen ab. Doch sie fuhr anschließend nicht sofort mit ihr wieder zur Ranch zurück, sondern schlug den Weg in Richtung Norden zu einem Aussichtspunkt ein, der neben der Straße lag. Dort gab es einen Bach, der früher von Bäumen gesäumt war und viele Biber beherbergt hatte und der auf ganz gemächliche Weise dahinfloss, um dann irgendwann in den Snake River zu münden. Die Berge und die tiefen Täler dazwischen vermittelten einem ein Gefühl von Zeitlosigkeit und rückten alle Alltagsprobleme angesichts des ewig Unvergänglichen wieder in die richtige Perspektive. Amy suchte diesen Ort immer dann auf, wenn sie alleine über etwas nachdenken wollte.

Auf der Fahrt dorthin waren sie ungewöhnlich schweigsam. Es sah fast so aus, als hätten weder Amy noch Diana eine Ahnung, über was sie sich, außer auf eine höchst unpersönliche Art und Weise, noch miteinander unterhalten sollten. Sie konnten zwar über die Wirtschaftspolitik oder die bevorstehenden Wahlen reden, aber nicht über Dinge wie etwa den neuen Nagellack, den Amy an diesem Morgen ausprobiert hatte. Oder ob Diana ihre Drohung wahr gemacht hatte, den zweikarätigen Diamantring, den sie von Stuart zur Verlobung bekommen hatte, tatsächlich für wohltätige Zwecke zu spenden.

»Wieso sind wir denn hierhergefahren?«, wollte Diana wissen.

»Damit du eine Möglichkeit hast, alles das, was du endlich loswerden willst, zu sagen, ohne dass es andere mitbekommen.« Sie öffnete die Wagentür. »Komm, wir laufen zum Bach hinunter. Wahrscheinlich bist du sowieso lange genug gesessen.«

Sie stiegen aus dem Wagen und betraten schweigend den Weg, der zum Bach führte. Als sie etwa einhundert Meter gegangen waren, brach es plötzlich aus Diana heraus. »Ich bin wütend auf dich, Amy.«

»Ich weiß, und ich verstehe das sogar.«

»Nein, nein, nein, das tust du nicht. So leicht kommst du mir nicht davon.« Sie schob die Hände in ihre Jackentasche, zog sie aber sofort wieder hervor, ein untrügliches Zeichen dafür, wie groß ihre Wut tatsächlich war. »Du hast mit deinem Brief bei mir den Eindruck erweckt, dass du, obwohl du die Absicht hast, dich zu verloben, immer noch nicht im Reinen mit dir bist und dass du immer noch darum kämpfen musst, um hier anerkannt zu werden. Ich komme also hierher, und was finde ich vor? Ein strahlendes Bild voller Gesundheit und Glück.«

Diana ging einen Schritt zurück, um Amy zu mustern. »Du hast noch nie so gut ausgesehen wie jetzt.«

»Ich sollte mich wohl bedanken dafür.«

»Ich habe das nicht als Kompliment gemeint.«

Diana lief voraus, drehte sich aber dann um, um Amy erneut anzugreifen. »Warum hast du dir bloß so lange Zeit gelassen, um dich bei mir zu melden? Hat dich denn dein neues Leben so sehr auf Trab gehalten, dass du es deswegen einfach nicht geschafft hast, auch nur einen lausigen Anruf bei mir reinzuquetschen?«

Es war nicht Dianas Wut, die Amy zu schaffen machte. Es war der Schmerz, der hinter Dianas defensiver Haltung zum Vorschein kam. »Es tut mir leid. Ich habe dich nicht verletzen wollen.«

»Wieso hast du mich nicht angerufen?«

»Bis ungefähr vor einem Monat hat es nicht einen einzigen Tag geben, an dem ich nicht am liebsten davongelaufen wäre. Und falls ich dich angerufen hätte und du auch nur die geringste Andeutung gemacht hättest, dass du willst, dass ich wieder zurückkomme, dann wäre ich in das nächstbeste Flugzeug gestiegen.«

»Was ist denn passiert?« Dianas Wut schlug plötzlich in echte Besorgnis um. Sie setzte den Weg fort, um sich Amy anzuschließen. »Was haben sie dir denn angetan?«

Amy starrte Diana sehr lange an, bevor sie antwortete. »Ach ja, meine süße, wunderbare Schwester, die stets bereit ist, das Streitross zu satteln und in den Kampf zu ziehen, um mich zu verteidigen, obwohl sie mir eigentlich viel lieber den Hals umdrehen würde. Verstehst du denn immer noch nicht, wieso ich dich nicht anrufen konnte? Ich habe keinen Menschen gebraucht, der mir hilft, sondern einen, der mir zuhört.«

Mit einem Mal wurde Diana auf ganz brutale Weise klar, was ihr Amy die ganze Zeit über schon versucht hatte beizubringen. »Du hast dir eine Freundin gewünscht und nicht einfach nur eine Schwester.«

»Das war ja nicht dein Fehler. Ich habe es doch zugelassen, dass du dich ein Leben lang um mich gekümmert hast. Und ich war es auch, die plötzlich die Regeln geändert hat, weil ich beschlossen habe, dass es nun an der Zeit sei, dass ich endlich erwachsen werde und mich um mich selbst kümmere.«

»Ich bin stolz auf dich«, erklärte Diana und fügte dann etwas hinzu, was ihr absolut nicht leichtfiel: »Und ich bin eifersüchtig auf dich.«

Amy sah sie verblüfft an. »Warum solltest du auf mich eifersüchtig sein?«

»Es hat mir gefallen, dass ich mich um dich kümmern musste.« Dieses Geständnis überraschte nicht nur sie selbst, sondern auch Amy. »Eigentlich habe ich mir gewünscht, dass du mich brauchst.«

»Ich werde dich immer brauchen.«

»Aber nicht mehr auf dieselbe Weise.«

»Macht dir das denn etwas aus?« Amy hatte diese Frage sehr vorsichtig gestellt.

»Nein, es wird vermutlich nur eine Weile dauern, bis ich mich daran gewöhnt haben werde.«

Diana dachte über ihre eigenen Worte eine ganze Weile nach. »Ich denke mal, dass es mir gefallen würde, deine Freundin zu sein.«

»Verdammt noch mal, Diana. Ich hatte mir geschworen, dass ich nicht mit dem Heulen anfangen werde.«

Amy wischte sich die beiden nassen Rinnsale der aufgelösten Wimperntusche von ihren Wangen. »Und jetzt schau dir das einmal an.«

Diana griff automatisch nach ihrer Tasche, um Amy ein Taschentuch zu geben, als ihr einfiel, dass sie die Tasche im Wagen gelassen hatte. »Ich befürchte, du musst dir mit deinem Ärmel behelfen.«

Amy begann zu lächeln. »Ich liebe dich.«

»Und ich liebe dich auch.« Diana legte ihren Arm um Amy. Dann machten sie sich wieder zum Wagen auf, während sie die Köpfe in die Luft streckten und den Trampelpfad entlangschlurften. »Und jetzt erzähl mir endlich, was sich hier alles abgespielt hat, ja?«

»Willst du das denn wirklich wissen?«

»Ich kann das schon aushalten.« Sie drückte kurz die Schultern ihrer Schwester. »Ich muss wohl erst einmal eine gewisse Übung darin bekommen, wenn es darum geht, einfach nur zuzuhören und meinen Mund zu halten.«

Auf der Fahrt zurück zur Ranch gab ihr Amy eine Zusammenfassung der Streitigkeiten mit Dorothy mit allen Höhepunkten und den Vorwürfen, die sie gegen sie zusammengetragen hatte. Ganz so, wie es ihrer Natur entsprach, hatte sich Dorothy nicht still und leise davongemacht und auch gar nicht erst versucht, einen Weg zu finden, um die alten Wunden zu kurieren. Stattdessen hatte Dorothy alles auch nur Erdenkliche getan, um ihre Tochter, die sie einst weggegeben hatte, in Misskredit zu bringen. Man konnte schon beinahe den Eindruck bekommen, als sei sie tatsächlich davon überzeugt, sie könnte damit ihr eigenes Verhalten und ihre Entscheidung von früher rechtfertigen. Laut Sharon war es Dorothy sogar gelungen, sich selbst einzureden, dass ohne Amy endlich der Weg frei gewesen wäre, um ihr altes Leben und auch das der ganzen Familie, wie es vor Amys Geburt gewesen war, wieder aufzunehmen.

Dorothy hatte sogar einen Privatdetektiv angeheuert, der Amys gesamtes Leben durchleuchtete, und das bis zu dem Zeitpunkt zurück, als sie die sechste Schulklasse besucht hatte. Doch anstatt ihre Munition mit einem Schuss zu verpulvern, gab sie ihre Informationen kleinen Almosen gleich an Freunde und die jüngeren Schwestern von Amy weiter, die für solche Dinge noch empfänglich waren. Dabei war sie sehr bedacht darauf, ihre Neuigkeiten auf dramatische Weise zeitlich so geschickt anzubringen, dass sie damit jedes Mal aufs Neue das bisschen Vertrauen erschütterte, das sich Amy inzwischen bei den anderen aufgebaut hatte. Der Klatsch, der in der Stadt die Runde machte, reichte von purer Neugierde bis zu tiefer Entrüstung. Und die Freunde der Familie wurden in verschiedene Lager gespalten, was sowohl mit ihrem Alter als auch ihrer Loyalität zu tun hatte.

Dorothy wurde von all jenen als Heldin gefeiert, die ihre Meinung teilten, dass die Familie ein unumstößliches Heiligtum darstellte, und in Amy die zerstörerische Kraft sahen. Sie hatten alle Verfehlungen von Amy, die ihnen Dorothy aufgezählt hatte, missbilligend registriert, angefangen von ihren Drogenproblemen und ihrem Alkoholismus bis hin zu ihrer Verhaftung als Prostituierte, und hatten sie danach als einen geldgierigen, selbstsüchtigen Eindringling abgestempelt. Und Gus hielten sie einfach nur für einen sentimentalen Trottel, der blind war vor lauter Freude über die Nachricht, dass er noch eine weitere Tochter hatte.

Erst als Gus allen, die es interessierte, fröhlich mitgeteilt hatte, dass nun endlich eines seiner Kinder so viel Verstand besitze, dass es bereit sei, die Ranch zu übernehmen, gab Dorothy auf und kehrte nach Ohio zurück, um dort bei ihrer hochbetagten Mutter zu leben. Judy hatte sie anfangs zwar begleitet, war aber nach einem Monat bereits wieder zurückgekommen. Sie nahm sich eine kleine Wohnung in der Stadt und fing an, halbtags in Sharons Laden zu arbeiten.

Zwei Monate nachdem Dorothy Jackson verlassen hatte, waren Gus die Scheidungspapiere zugestellt worden. Er hatte sie seinem Anwalt ausgehändigt, weil er herausfinden wollte, ob man möglicherweise eine Vereinbarung aushandeln könnte, mit der sich ein Teilverkauf der Ranch verhindern ließe. Aber keiner hatte ihm große Hoffnungen gemacht.

Diana unterbrach Amys Schilderungen nur hin und wieder mit Fragen, hielt sich aber sonst mit eigenen Kommentaren weitgehend zurück. Amy merkte zwar, wie schwer Diana dieses neue Verhalten fiel, dass sie aber offenbar auch Gefallen daran fand, als sie feststellte, dass ihr das sogar gelang.

Als sie bei der Abzweigung zur Ranch angekommen waren und auf den Kiesweg einbogen, drosselte Amy das Tempo. »Wir sind gleich da.«

»Es hat sich nichts verändert«, stellte Diana fest.

Amy warf Diana einen Blick zu und lächelte. »Ich hatte glatt vergessen, dass du schon einmal hier gewesen bist.« Sie fuhr langsam, weil ein Hase ihren Weg kreuzte. »Hättest du dir vorstellen können, dass ausgerechnet ich mich in dieser abgelegenen Wildnis wohlfühlen würde?«

Diana musste lachen. »Nie im Leben!«

»Ich kann es kaum erwarten, dass du Carter kennenlernst.«

»Carter?«

»Er ist mein Neffe.« Carter war das erste Baby, das Amy regelmäßig um sich hatte, und sie war über alles, was es tat, völlig begeistert. »Und das Baby von Sharon.«

»Ich habe vollkommen vergessen, dass sie damals schwanger gewesen ist.« Diana war schon drauf und dran, Amy über Stephanies Kind zu informieren, beschloss aber dann, ihr die Neuigkeit erst später zu erzählen.

»Möchtest du wissen, was Travis derzeit treibt?«, fragte Amy.

»Nein«, erwiderte Diana viel zu schnell. Deshalb versuchte sie ihre Reaktion zu überspielen und meinte: »Ich bin mir sicher, dass er heute Abend zur Party kommen wird und dass wir das dann nachholen können.«

Amy lehnte sich in ihrem Sitz zurück. Sie war überrascht und auch ein wenig verwirrt, weil sie auf die Weise nun doch erfuhr, dass sie sich bezüglich Travis' und Dianas nicht getäuscht hatte. Jedoch erschien ihr nach wie vor rätselhaft, wieso sie so lange dazu gebraucht hatte, um dahinterzukommen. »Er hat gestern angerufen, um zu sagen, dass er sich verspäten wird.«

»Weiß er, dass ich hier bin?«

Amy war es nicht entgangen, wie viel Überwindung Diana diese Frage gekostet hatte. »Ich habe keinem erzählt, dass du kommen wirst. Ich wollte, dass es eine Überraschung wird.«

Diana sah zum Fenster hinaus. Sie kam sich vor wie die Gefangene in einem Gefängnis, das sie sich selbst gebaut hatte, und fühlte sich durch die Lügen, die sie und Travis erzählt hatten, um ihre Beziehung geheim zu halten, wie gefesselt – und auch durch die beiden Jahre, die verstrichen waren, in denen sie sich nicht mehr gesehen hatten.

Am Abend durchquerte Diana den Raum, lächelte dabei einer Frau zu, der sie zuvor vorgestellt worden war und die entweder Mandy oder Sandy hieß, und nickte einem Teenager zu, der eine Gürtelschnalle aus Silber und Gold trug, die so groß wie ein Esstablett war. Noch nie zuvor hatte Diana eine Party von dieser Größe besucht, bei der sich offenbar alle kannten und auch mochten. Und das Merkwürdigste daran war, dass sie sich unter all diesen Leuten überhaupt nicht wie eine Fremde vorkam. Es hatte fast den Anschein, als würde man auch sie plötzlich als eine Martell akzeptieren, nur weil sie Amys Schwester war, ganz egal, wie verwickelt die Familienbande auch waren.

Die ganze Familie hatte Diana mit Begeisterung aufgenommen, mit Ausnahme von Judy, die zwar höflich, aber reserviert reagierte. Nach der anfänglichen Überraschung über ihr plötzliches Auftauchen hatte Gus begeistert ihr Gepäck in das Gästezimmer gebracht und darauf bestanden, dass es so lange ihr Zimmer bleiben würde, wie man sie überreden könnte zu bleiben. Bei jedem anderen hätte sie diese Einladung als eine dieser oberflächlichen Höflichkeitsfloskeln abgetan, aber bei Gus wusste sie, dass er sie absolut ernst gemeint hatte.

Schon nach wenigen Minuten, nachdem sie Sharon vorgestellt worden war, hatte sie das Gefühl, als würden sie sich bereits seit Jahren kennen. Faith war anfangs sehr zurückhaltend und höflich gewesen. Bei ihr war es nicht so einfach, sie gleich für sich einzunehmen. Erst nach dem Abendessen ging sie etwas aus sich heraus, als sie alleine waren und sie begann, Diana über ihre Arbeit bei Sander's Food auszufragen. Ironischerweise verkörperte Diana offenbar alles, was auch Faith sich wünschte oder was sie sich zumindest vorstellte. Sie war ganz erpicht darauf, in einer Großstadt zu leben, in der Atmosphäre einer großen internationalen Firma zu arbeiten und für sich selbst diese Welt zu entdecken, von der sie durch die reichen Touristen, die Jackson besuchten, aus zweiter Hand gehört hatte.

Diana verließ das Gedränge im Wohnzimmer und ging in die relativ ruhige Vorhalle. Sie schob den Ärmel ihres Pullovers hoch und warf einen verstohlenen Blick auf die Uhr. Travis war bereits seit zwei Stunden überfällig.

Sie ging zum Fenster neben der Tür und sah nach draußen. Vielleicht würde er gar nicht kommen. Bei dem Gedanken verspürte sie eine seltsame Mischung aus Erleichterung und Enttäuschung. Außerdem hätte sie sich dieses bange Herzklopfen ersparen können, was sie wohl machen würde, falls er mit einer anderen Frau auftauchte. Sie hätte einfach nur Amy danach fragen müssen. Es war ihr noch nie gelungen, ihre Gefühle zu verbergen. Und er würde in dem Moment, da er sie bloß ansah, wissen, was in ihr vorging.

Zumindest musste sie vor all den anderen Leuten keine Show abziehen. Denn es gab nicht den geringsten Grund dafür, dass alle mitbekommen mussten, wie lange sie sich an eine bloße Illusion geklammert hatte.

Sie öffnete die Vordertür, blickte sich kurz um, ob sie jemand beobachten würde, bevor sie nach draußen ging.

»Ich hätte darauf bestehen sollen, dass sie mir zuhört«, meinte Amy, die in der gegenüberliegenden Ecke des Wohnzimmers stand und sah, wie Diana das Haus verließ. »Es ist nicht fair, dass sie diese elendige Warterei über sich ergehen lassen muss.«

Peter legte die Hände auf Amys Schultern und drehte sie zu sich, damit sie ihn ansehen musste. »Falls Diana etwas über Travis hätte erfahren wollen, dann hätte sie doch gefragt.«

»Ich weiß. Es ist nur so ...«

»Es ist einfach nur so, dass du möchtest, dass sie genauso glücklich ist, wie ich es bin«, erklärte er zärtlich, bevor er sie in die Arme schloss. »Übrigens mag ich sie sehr gerne. Wir konnten uns vor der Party noch ein wenig unterhalten, und sie ist haargenau so, wie du sie mir beschrieben hast.«

Sie drückte ihre Wange gegen seine Schulter. »Es wäre einfach perfekt, wenn Diana und Travis sich wirklich lieben würden.« Amy konnte die kleinen, verräterischen Signale, die die beiden unbewusst ausgesandt hatten, erst richtig deuten, nachdem sie sich in Peter verliebt hatte.

Da waren diese Blicke gewesen, die sich ein bisschen zu lange hinzogen, und das Lächeln, das allein ihre Freude darüber ausgedrückt hatte, dass sie sich gemeinsam in ein und demselben Zimmer aufhielten, und diese kleinen Berührungen, die Interesse für den anderen ausdrückten, und diese Sehnsucht nach dem anderen, der allein in der Lage gewesen wäre, dieses Gefühl der Leere zu füllen.

Sie war wie am Boden zerstört, als sie herausfand, was sie eigentlich damit angerichtet hatte, als sie darauf bestand, dass die beiden keinen Kontakt mehr haben sollten. Weil sie auf der Stelle alles wiedergutmachen wollte, hatte sie Peter erklärt, dass sie Diana tags darauf sofort anrufen würde, um den Weg wieder frei zu machen, damit sich Diana und Travis wiedersehen konnten. Aber wie immer hatte Peter logisch argumentiert und gemeint, es sei ausschließlich Dianas und Travis' Angelegenheit, ihr Verhältnis zu klären. Dabei konnte Amy, wenn überhaupt, allenfalls die Rolle der Vermittlerin übernehmen. Sharon kam ihr dabei unwissentlich zu Hilfe, als sie einer Party zu ihrem Geburtstag zustimmte, den sie sonst vermutlich einfach übergangen hätte.

Peter drückte sein Kinn gegen ihren Kopf. »Ich befürchte, dass du dich auf eine Niederlage einstellen musst, Amy.«

Das war ihr egal, auch wenn sie wusste, dass er recht hatte. Noch vor zwei Jahren hätte sie sich niemals vorstellen können, ein solches Leben zu führen. Sie lebte im Kreis einer liebevollen Familie, stand kurz vor der Verlobung mit einem Mann, der sich mit offenen Augen und einem offenen Herzen in sie verliebt hatte und dem es völlig egal war, was sie früher einmal gewesen war, der sich nur für die Amy interessierte, die er kennengelernt hatte. Obwohl Amy wusste, dass es nicht in ihrer Hand lag, Diana und Travis das zu geben, was sie besaß, wollte sie es unbedingt. Sie legte die Arme um Peters Hals, stellte sich auf die Zehenspitzen und gab ihm einen Kuss. »Ich bin gleich wieder da.«

»Wo willst du denn hin?«

»Auf die Veranda.«

»Du wirst damit auch nichts ausrichten, nur weil du dort stehst«, meinte er.

»Das weiß ich auch.«

Er nahm sie bei der Hand. »Am besten, ich komme einfach mit.«

Sie sah zu ihm hoch, während sie ihre Finger mit seinen verschränkte. Er würde immer für sie da sein, egal ob in guten oder schlechten Zeiten. »Ich liebe dich.«

Er gab ihr einen weiteren Kuss. »Womit habe ich so viel Glück verdient?«

»Glück hat damit rein gar nichts zu tun, mein Cowboy.« Sie grinste ihn schelmisch an. »Es lag nur daran, dass ich dich in diesen sexy engen Jeans die Straße habe entlanggehen sehen.«

Er musste lachen. »Letzte Woche hast du noch behauptet, es wäre mein Aftershave gewesen.«

Amy lehnte sich gegen das Geländer der Veranda, als sie sich nach Diana umsah. »Hast du sie zufällig irgendwo gesehen?«, fragte sie Peter.

»Dort drüben.« Er näherte sich von hinten und legte die Arme um ihre Taille. Diana war über den Hof bis zur Scheune gewandert, und dort hatte sie Bercut, der helle Labrador von Peter, dazu gedrängt, ein Stöckchen für ihn zu werfen.

»Da kommt er!«, meinte Amy. Sie blickte hoch, weil sie Travis' Geländewagen entdeckt hatte, der bei der Kreuzung abbog und auf das Haus zufuhr. Es schnürte ihr die Kehle zu, und sie lehnte sich schutzsuchend gegen Peter. »Ich hätte ihm doch sagen sollen, dass sie hier ist. Was, wenn er beschlossen hat, in Begleitung hierherzukommen?«

»Dafür ist es nun zu spät.«

Je näher der Wagen kam, umso größer wurde ihre Panik. Warum war ihr denn nicht der Gedanke gekommen, dass Travis womöglich in Begleitung kommen könnte? Sie richtete einen konzentrierten Blick auf die Fahrerkabine, aber die untergehende Sonne spiegelte sich auf der Windschutzscheibe und verwehrte ihr den Blick nach innen. Sie schloss kurz die Augen und öffnete sie wieder, als sie hörte, dass der Pick-up zum Stehen kam. Travis stieg aus, entdeckte sie auf der Veranda und winkte ihnen zu.

Auf der anderen Seite des Hofes stand Diana, die schon die Hand erhoben hatte, um ein Stöckchen zu werfen, als sie plötzlich innehielt. Der Hund drehte sich erwartungsvoll zu ihr, weil er darauf wartete, dass sie endlich das Stöckchen warf. Doch kaum, dass er Travis entdeckt hatte, rannte er schwanzwedelnd auf ihn zu und hatte das Spielzeug längst vergessen.

In den beiden vergangenen Jahren war in Dianas Kopf ein Bild von Travis entstanden, das sie bewahrt hatte, obwohl sie davon ausging, dass ihre Vorstellungen, was seine äußeren Vorzüge betraf, mit der Zeit reichlich übertrieben ausgefallen waren. Doch diesbezüglich hatte sie sich gründlich geirrt. Denn der leibhaftige Travis, so wie er nun vor ihr stand, war noch viel stärker und sah vor allem noch viel besser aus, als sie ihn in Erinnerung hatte. Wie konnte sie nur vergessen, mit welch selbstverständlicher Leichtigkeit er sich bewegte? War sie vor zwei Jahren so beschäftigt gewesen oder so sehr auf Amy konzentriert, dass ihr entgangen war, welche Gefühle er in ihr auslöste, wenn sie ihn nur ansah? Oder hatte sie das schlichtweg deswegen vergessen, weil sie sich davor schützen wollte?

Diana wischte sich nervös die Hände an den Hosen ab, während sie nur darauf wartete, dass er sie endlich entdecken würde. Wenigstens war er alleine gekommen. Denn nun wurde ihr bewusst, dass sie es niemals ertragen hätte, wenn er mit einer anderen Frau an seiner Seite erschienen wäre. Sie hatte so lange auf ihn gewartet, weil sie keine andere Wahl hatte. Sie liebte ihn, und das würde sie immer tun.

Travis kraulte den Labrador hinter den Ohren. »Du bist

mir vielleicht ein Wachhund. Du solltest ...« Doch dann versagte seine Stimme. Er blieb wie angewurzelt stehen, als müsse er sich selbst erst einmal davon überzeugen, dass es sich bei dem, was er sah, nicht um eine Geistererscheinung handelte.

»Diana?«

Sie nickte nur, weil auch sie befürchtete, dass ihr die Stimme versagen würde. Nach einer Weile kam Travis auf sie zu. Offenbar hatte der Hund gespürt, was sich hier abspielte, denn er folgte ihm nicht, sondern blieb zurück.

Sie sprachen kein einziges Wort, das war auch nicht nötig. Alles, was Diana wissen wollte, konnte sie in Travis' Augen lesen. Er hatte auf sie gewartet. Er streckte die Arme voll brennender Sehnsucht und spürbarer Lust nach ihr aus und umarmte sie.

»Bist du das wirklich?«, wollte er mit einem erstickten Flüstern wissen.

»Ja, ich bin es ... endlich.«

Er lehnte sich zurück, um sie anzusehen, nahm ihr Gesicht in seine Hände und starrte ihr in die Augen. »Ich brauche einen Beweis, der mich davon überzeugt, dass ich das nicht einfach nur träume.«

»Ich liebe dich.«

»In meinen Träumen hast du immer wieder gesagt, dass du mich liebst.«

»Ich will dich.«

»Auch das hast du gesagt.«

»Wenn du jetzt nicht die Klappe hältst und mich sofort küsst, dann ...«

Er wartete das Ende ihres Satzes gar nicht erst ab. Er küsste sie auf eine Art und Weise, die ihr verriet, dass er sie nicht nur rein körperlich auf eine fast schon schmerzhafte Weise begehrte. Es kam ihr vor, als wollte er mit diesem Kuss den ganzen Schmerz, der hinter ihnen lag, einfach auslöschen und diesen Augenblick zugleich für immer bewahren.

»Ich hatte solche Angst, hierherzukommen.« – »Wieso denn?«

»Weil ich keine Ahnung hatte, was ich machen würde, wenn du inzwischen eine andere gefunden hättest.«

Er drückte seine Lippen auf ihre Schläfe, ihre Stirn und auf ihre Nasenspitze. »Vollkommen unmöglich. Für mich gibt es keine andere. Und die wird es auch nie geben.« Dann hob er sie mühelos hoch und wirbelte sie mit fröhlicher Ausgelassenheit einmal im Kreis herum. »Ich habe nämlich vor, mein restliches Leben damit zu verbringen, dir zu beweisen, dass wir beide füreinander bestimmt sind.«

»Ist das ein Antrag, Mr Martell?«

»Nein, natürlich nicht.« Er stellte sie wieder auf den Boden und ging vor ihr auf die Knie. »Willst du mich heiraten?«

Lachend ließ sich Diana neben ihm nieder und warf die Arme um seinen Hals. »Ja, tausendmal ja.«

»Wieso weinst du denn?« Peter sah Amy an.

»Ich habe nie begriffen, wie sehr mich Diana wirklich geliebt hat ... bis zu diesem Augenblick.« Sie drehte sich um und sah ihn an. »Anscheinend bin ich doch ein ganz besonderer Mensch, wenn ich eine solche Liebe verdient habe.«

Dieses Gefühl war wie ein wunderbares Geschenk, das sie ein ganzes Leben lang begleiten würde.

Weltbild Buchverlag
–Originalausgaben–
Deutsche Erstausgabe 2008

Projektleitung: Gerald Fiebig
Übersetzung: Ingeborg Schober
Redaktion: Claus Keller
Umschlag: Hauptmann & Kompanie
Werbeagentur GmbH, München–Zürich
Umschlagabbildung: Jon Arnold Images/IFA-Bilderteam
Satz: Sabine Müller
Gesetzt aus der Sabon 10,5/12,5 pt
Druck und Bindung: CPI Moravia Books s.r.o., Pohorelice

Gedruckt auf chlorfrei gebleichtem Papier

Printed in the EU

ISBN 978-3-89897-771-5